本书为山东省社会科学规划研究项目（14CWXJ62）的最终成果。

边缘者的吟唱

以A.T.何巴特为中心的中国叙事

王鹏 ◎ 著

中国社会科学出版社

图书在版编目 (CIP) 数据

边缘者的吟唱：以 A. T. 何巴特为中心的中国叙事/王鹏著 . —北京：中国社会科学出版社，2020. 8

ISBN 978 – 7 – 5203 – 6647 – 2

Ⅰ. ①边…　Ⅱ. ①王…　Ⅲ. ①文学研究—美国—现代　Ⅳ. ①I712. 065

中国版本图书馆 CIP 数据核字（2020）第 098003 号

出 版 人	赵剑英
责任编辑	慈明亮
责任校对	沈丁晨
责任印制	戴　宽

出　　　版	中国社会科学出版社
社　　　址	北京鼓楼西大街甲 158 号
邮　　　编	100720
网　　　址	http://www.csspw.cn
发 行 部	010 – 84083685
门 市 部	010 – 84029450
经　　　销	新华书店及其他书店

印　　　刷	北京明恒达印务有限公司
装　　　订	廊坊市广阳区广增装订厂
版　　　次	2020 年 8 月第 1 版
印　　　次	2020 年 8 月第 1 次印刷

开　　　本	710 × 1000　1/16
印　　　张	16.5
插　　　页	2
字　　　数	226 千字
定　　　价	99.00 元

凡购买中国社会科学出版社图书，如有质量问题请与本社营销中心联系调换
电话：010 – 84083683

目 录

绪 论 ………………………………………………………… （1）

  第一节 中国形象的男性叙事 …………………………… （4）

  第二节 中国形象的女性叙事 …………………………… （14）

  第三节 选题及意义 ……………………………………… （28）

第一章 边疆欢歌 ………………………………………… （50）

  第一节 何巴特的文化继承 ……………………………… （51）

  第二节 美国西部的历史意义 …………………………… （54）

  第三节 西部的召唤 ……………………………………… （60）

  第四节 隐藏的边疆 ……………………………………… （66）

  第五节 与何巴特同时代的中国作家笔下的中国 ……… （90）

  第六节 越界的女性 ……………………………………… （99）

第二章 孤岛咏叹 ………………………………………… （120）

  第一节 等待救赎的西部与吞噬白人的大江 …………… （121）

  第二节 中国民族主义的兴起 …………………………… （135）

  第三节 越界的代价 ……………………………………… （148）

第三章　复调的哲思 ……………………………………（191）

　　第一节　中国，照亮美国的油灯 …………………（192）

　　第二节　流放者归来 ………………………………（215）

　　第三节　中美两国的性别隐喻 ……………………（226）

结　语 ………………………………………………………（239）

参考文献 ……………………………………………………（242）

后　记 ………………………………………………………（261）

绪　论

20 世纪上半叶，中国形象在美国人心目中发生了一次重要转变——一个更人性化的中国逐渐取代了以往被视为"黄祸"的中国。在这次转变中，一批美国女性作家功不可没。

爱丽丝·蒂斯代尔·何巴特（Alice Tisdale Hobart）[①] 是其中不应被我们忘记的一位。她以传教士教师的身份来到中国，试图以美国模式来改造这个古老的国度。然而，在中国生活了十五年之后，重返美国时，她却已经被中国和中国人所改变。何巴特批判了西方人按照西方的标准改造中国的"激情"，也意识到了当时美国清教主义的简单化和局限性以及工业革命的负面影响，她开始相信中美文化各有其优缺点，认为中美两种文化的理想关系应该如同中国的阴阳学说所言，和谐共存、互为补充，而不应该只是对立冲突。伊丽莎白·克罗尔（Elisabeth Croll），一位欧洲著名的评论家，曾经这样赞扬过何巴特，认为她"是拥有广大的读者群并且最早以小说的形式对美国人和欧洲人在中国人面前所表现出来的傲慢和优越感提出严肃质疑的作家之一"[②]。在何巴特出版的十四部作品中，有九部是关于中国的。2003

[①]　商务印书馆发布的《英语姓名译名手册》中，把 Hobart 翻译为霍巴特。然而，何巴特一些作品的封面上，在她英文名字的下面经常会出现一个汉字"何"，笔者推测这应该是她根据夫姓的首字母给自己取的汉语姓氏。因此，行文中把她译为何巴特。

[②]　Elisabeth Croll, *Wise Daughters from Foreign Lands: European Women Writers in China*, London: Pandora Press, 1989, p. 171.

年，她的小说《中国灯油》（*Oil for the Lamps of China*，1933）由康奈尔大学再次出版，又一次证明了这个作家在当今全球化语境下的重要意义。正如美国教授舍曼·科克伦（Sherman Cochran）在该书的前言中所说："如果说《中国灯油》这本书的出版在20世纪30年代是非常及时的，那么在今天它也同样及时。"①

　　然而，许多美国学者都把这一阶段对中国的肯定性的文学描述归功于另外一位女性作家——赛珍珠（Pearl S. Buck）。赛珍珠是1938年诺贝尔文学奖得主，她的《大地》三部曲也的确给西方人展示了一个与他们以往的想象不同的中国。哈罗德·艾萨克斯（Harold R. Isaacs）认为赛珍珠"为整整一代美国人'创造'了一个中国"②，"《大地》——其中的中国形象相对更加写实，赛珍珠用更加有吸引力的笔触描绘了一个崭新的、更加亲切的中国人形象——小说连同电影一起，几乎单枪匹马地取代了大多数美国人所想象出的中国和中国人形象。的确，《大地》在为一群面容模糊的大众刻画出清晰的容貌方面取得了丰功伟绩"③。美国读者从《大地》中看到的是"高贵的中国农民的形象：踏实可靠、不同凡响、品德高尚、令人钦佩"④。伊丽莎白·克罗尔也称赞赛珍珠为"成千上万的欧洲人提供了关于中国农民家庭和社会生活的最初印象并激发了他们的思考"⑤。瑞典学院的珀·豪斯托姆博士（Dr. Per Hallstrom）在诺贝尔颁奖典礼上盛赞赛珍珠和她的名作一起"将会跨越种族的鸿沟，为广泛传扬人类之间的同情扫清道路"⑥。美

---

　　① Sherman Cochran, "Introduction", *Oil for the Lamps of China*, By Alice Tisdale Hobart, Norwalk：EastBridge Books, 2003.

　　② Harold R. Isaacs, *Scratches on Our Minds：American Images of China and India*, New York：The John Day Company, 1958, p. 155.

　　③ Ibid., p. 156.

　　④ Ibid., p. 157.

　　⑤ Elisabeth Croll, *Wise Daughters from Foreign Lands：European Women Writers in China*, London：Pandora Press, 1989, p. 208.

　　⑥ "Publisher's Foreword", Pearl S. Buck, *The Chinese Novel：Nobel Lecture Delivered Before The Swedish Academy At Stockholm*, New York：The John Day Company, 1939, p. 5.

国总统理查德·尼克松（Richard Nixon）则把她称为"沟通东西方文明的人桥"①。

　　不少中国学者也持相同的观点。② 翻译家毛如升教授指出：在赛珍珠"伟大的著作《大地》出版之前，欧美作家真正能了解中国的，不仅是很少，而且简直是没有"③。赵家璧，中国 20 世纪 30 年代一位颇为知名的出版家，也在他的文章《勃克夫人和黄龙》中表达了同样的看法：

　　　　自从十三世纪马可·波罗（Marco Polo）到中国来，回去写了那部东方的游记以后，西洋人对于中国故事的兴趣，跟了政治和经济势力的侵入，而继续增高。同时为适应这种需求起见，西洋人写的中国小说，那种封面上画了怪诞束装的"支那人"，横七倒八画了半个中国字的书，在书铺子的橱窗和报张上的广告栏里，也时常映入我们的眼帘。这些中国小说的作者，都是凭了有限的经验，加上了丰富的幻想力，渗入了浓厚的民族自尊心，才写出这些看了要使人发笑的书。因为他们至多是尽了一个讲故事者的责任，谈不上是文学的作品，所以除了满足一部分读者卑劣的欲望以外，总不脱自生自灭的命运。世界文坛上，更没有注意过这辈小说家。

　　　　一九三一年勃克夫人（Mrs. Pearl S. Buck）的《大地》（*The Good Earth*）出版以后，情形就大大的不同了。

　　　　……

　　　　许多写中国小说的人所以失败而伯克夫人的《大地》所以获

────────────

① Nora Stirling, *Pearl Buck*, *Woman in Conflict.* Piscataway：New Century Publishers, Inc., 1983, p. 330.

② 赛珍珠在中国是一个颇有争议的作家。中国学者关于她的评论可以分为三类：肯定、否定和褒贬不一。详细内容请参见刘海平教授的文章《赛珍珠在中国的接受再思索》以及郭英剑主编的《赛珍珠评论集》。

③ 毛如升：《勃克夫人的创作生活》，《文艺月刊》1933 年第 4 卷第 6 期。

得世界的——连中国的在内——赞美，就为了前者单描画得了中国人的外形，而勃克夫人已抓到了中国人一部分的灵魂。①

显然，赛珍珠的确对中美之间的交流和沟通做出了巨大的贡献。然而，她独自一人不可能弥合两国之间认知的鸿沟，她的其他一些姐妹也在这座跨越太平洋的"人桥"上刻下了自己的名字。何巴特就是其中最不应该被人遗忘的一位。

第一节　中国形象的男性叙事

实际上，在 20 世纪 30 年代之前，"如同中国的名川大河常涨常落并不断改变入海路线一样，中国人在美国人心中的形象也经历了一条漫长的变化历程"②。英国汉学家雷蒙·道森（Raymond Dawson）认为中国最确切的象征不应该是龙，而应是变色龙。③

美国人对中国最初的印象来自他们的欧洲"表兄"。在对欧贸易往来中，他们从欧洲人那里得到了中国的丝绸和瓷器。他们被高雅的丝绸和精美的瓷器所吸引，也被马可·波罗和 17、18 世纪的欧洲传教士和学者们对中国的描述所打动。一位美国历史学家说：在当时的历史条件下，中国工艺品充当了"使者"的角色，向美国人民介绍了中国文化。④ 殖民时期的美国文人给中国以非常高的评价并把她当作了他们启蒙的范例：

---

① 郭英剑编：《赛珍珠评论集》，漓江出版社 1999 年版，第 73—74 页。

② ［美］哈罗德·伊罗生：《美国的中国形象》，于殿利、陆日宇译，中华书局 2006 年版，第 77 页。

③ Raymond Dawson, *The Chinese Chameleon : An Analysis of European Conceptions of Chinese Civilization*, London : Oxford University Press, 1967.

④ Francis Ross Carpenter, *The Old China Trade : Americans in Canton*, 1784 – 1843, New York : Coward, McCann & Geoghegan, 1976, p. 141.

在《美国思想者学会会刊》（*American Philosophical Society*）①
首卷的致谢词中表达了这样的愿望——希望美国在时机成熟的时
候，也能够拥有像中国一样的财富、工业和资源。如果我们能够
有幸接触到中国的工业、生活的艺术、管理方面的先进技巧……
美国也应该可以迅速地变得像中国一样富强。②

然而，自从 1784 年 2 月 22 日中美开始了直接接触之后，这个被
理想化了的中国形象便逐步褪去了昔日斑斓的色彩。走进中国，他们
得以从各个角度观察它，很快，他们瑰丽的中国想象便被这个国家的
现实所击碎。快速帆船"中国皇后"号把一批美国商人带到了正处于
衰退时期的清政府统治之下的古老的东方帝国，这些美国商人又把关
于中国的故事带给了美国读者。此后，大量关于中国和中国人的书
籍、文章、动画和电影便出现在美国。水手、船长、商人、传教士、
政客、新闻工作者和旅游者都对中国形象的形成做出了贡献。水手和
商人的书信和汇报形成了最早的记录。水手主要从地理的角度来描述
中国，商人的描述则主要出自他们对经济方面的考虑。

山茂召（Samuel Shaw）曾是"中国皇后"号上的货物管理员，
后来成为美国首任驻广州领事。他在首次前往中国贸易前沿的重要城

---

① 美国思想者学会会刊（*American Philosophical Society*，APS）是 1743 年由美国著名科
学家、国务活动家本杰明·富兰克林在费城创建的。根据富兰克林的设想，APS 的作用是在
英属北美殖民地"促进有用的科学"。这些有用的科学在当时包括医学、植物学、数学、化
学、机械、地理等学科。1769 年，APS 的成员超过 250 名。1771 年，APS 出版了第一期学
会通讯，介绍了会员的天文观察记录。这个通讯立即使"富兰克林的学会"在欧洲声名鹊
起。因此，APS 是美国最早获得国际声誉的学者组织。至今，APS 的会员中有 200 多人获得
过诺贝尔奖。目前，APS 在全球有成员 852 名，其中 717 人是美国居民（公民或永久居民）。
应该指出的是，有人把 APS 翻译成"美国哲学学会"，这是错误的。在英文中，Philosophical
虽然与"哲学"一词同根，但其实际含义是"思辨、学问"。APS 实际包括所有的科学和艺
术领域，但恰恰不包括哲学（http://www.amphilsoc.org/）。实际上，"美国哲学学会"的
英文名称是 American Philosophical Association，它才是美国哲学家的组织。所以笔者把它翻译
为"美国思想者学会会刊"，参见 http://www.china.com.cn/chinese/feature/389605.htm。

② Dave Williams, *Misreading the Chinese Character: Images of the Chinese in Euroamerican
Drama to 1925*, New York: Peter Lang Publishing, Inc., 2000, p. 24.

市的航行中所写的日记就已经初步体现了美国人对中国态度的改变，对中国贬抑的看法已初露端倪。他承认中国的政府依然是长久以来非常明智的政府，中华帝国"仍然受到世界各国的尊重"；"商行里的中国商人也像世界上其他国家的普通商人一样令人尊敬"。尽管如此，山茂召却说中国的小商小贩们都是些无赖，中国政府是在全世界文明国家中最压迫人的政府，中国的宗教导致了中国人的偶像崇拜和迷信。①

　　紧随商人和外交官，美国传教士也到达了中国。"近代宗教复兴精神之父"查尔斯·芬尼（Charles Finney，1792—1843）提出"宗教是人的工作"。他认为，宗教的复兴"不是神迹，也毫不依赖神迹。复兴纯粹是人正确地应用已有的种种方式手段的哲学结果，一如正确地应用各种方式手段后所产生的其他结果一样"②，这就大大唤起了人们的宗教热情，把美国带入了宗教复兴。美国的第二次宗教大觉醒，连同 1845 年 7 月由美国民主党纽约刊物《美国杂志和民主评论》的主编约翰·沙利文（John Sullivan）提出的"天定命运说"和重新兴起的"千禧年主义"使 19 世纪成为"新教扩张的世纪"。美国宗教思想家乔赛亚·斯特朗（Josiah Strong）声称："美国基督教及其民主机构和制度的扩展，将把世界带进一个完美的千年王国，美国是上帝复兴世界的代理者。"③ 然而，虽然有着狂热的宗教热情，传教士们试图把"讨厌的中国异教徒"转变为基督徒的努力在 1840 年之前收效甚微。当时，他们在中国的旅行受到了很大的限制。鸦片战争及其后来的一系列战争却给他们带来了一些契机。清政府在这些战争中的失败不仅暴露出了中国的弱点，粉碎了许多美国人幻想中的理想国度的形象，而且中国被迫开放了通商口岸，更多地区开始允许传教士们进

---

① Samuel Shaw，"Knavery and Idolatry"，*The American Image of China*. eds. Benson Lee Grayson，New York：Frederick Ungar Publishing CO.，1979，pp. 71 - 77.

② Michael S. Horton，*Charles Finney vs. the Westminster Confession*，the Alliance of Confessing Evangelicals，1995，http：//www. mountainretreatorg. net/articles/charles_ finney_ vs_ westminster_ confession. shtml.

③ 雷雨田：《上帝与美国人——基督教与美国社会》，上海人民出版社 1994 年版，第 54 页。

行传教，他们从而有机会更加近距离地观察中国和中国人。在此后的几十年间，传教士们不仅通过日记、日志、书信、报道的形式记录下了他们在中国的所见所闻，并且发行杂志、报纸，出版书籍，对美国公众心目中的中国形象的形成起到了举足轻重的作用。

对于这些专门来中国寻找"罪恶"的传教士们来说，这个"堕落的异教徒种族"急需他们的拯救，而使中国唯一可能获救的机会就在于基督教文明。因此，带着一种屈尊俯就的感觉，他们笔下的中国人往往被描述成劣等的种族。《中国丛报》(The Chinese Repository)① 和《传教士通讯》(The Missionary Herald)② 是 19 世纪上半叶最流行的两份传教士杂志。"传教士栏目的编辑们故意选用色彩浓重并易于煽情的辞藻来极力描绘中国之破败，并刻画出中国人最坏的一面，以引起国内民众对中国这一传教区的广泛兴趣。"③ 和水手以及商人不同的是，这些传教士们更加关注的是中国人的心灵。另外一个在中国影响很大的传教士裨治文（E. C. Bridgman)④ 认为："在他们（中国人）的心灵

---

① 《中国丛报》由马礼逊倡议，裨治文（E. C. Bridgman）任主编，广州美商同孚洋行老板奥立芬提供经费和印刷场所，于 1832 年 5 月出版一份英文的月刊，名为 The Chinese Repository，中文译作《中国丛报》，又译作《中国文库》，旧译作《澳门月报》（与林则徐编译的《澳门月报》无关）。自此开始，至 1851 年 12 月约十年间，《中国丛报》共出版 21 卷（每月一期，每年一卷，其间 1839 年 5 月迁澳门，1844 年 10 月迁香港，不久又迁回广州），登载了鸦片战争前后二十年期间有关中国社会的政治、经济、语言、文字、风俗等方面的调查资料，其中包括中外关系和外国人在中国活动等情况，也包括了鸦片战争时期林则徐等中国官吏的政策措施活动等记载。参见中华人民共和国国务院新闻办公室网站，http://www.scio.gov.cn/glfw/wlcbbk/200706/t117861.ht。

② 《传教士通讯》创刊于 1821 年。主要刊登来自美国公理会的传教士的报道。对美国的许多基督徒来说，《传教士通讯》为他们打开了一扇认识世界的窗口。该杂志的主要内容包括关于当地的习俗、历史、经济活动、地理特征的描述以及福音在这些遥远的土地上的影响。在那个没有电视、收音机和其他快速交流工具的时期，这些传教士的报道成为许多美国人获取关于外国的信息的主要来源，http://globalministries.org/resources/mission-study/abcfm/the-missionary-herald.html。

③ Murray A. Rubinstein, "American Board Missionaries and the Formation of American opinion toward China, 1830 – 1860", *America Views China: American Images of China Then and Now*, eds. Jonathan Goldstein Jerry Israel, and Hilary Conroy, London: Associated University Presses, Inc., 1991, p. 73.

④ 裨治文（Elijah Coleman Bridgman, 1801—1861），美部会传教士，响应新教第一位来华传教士英国人马礼逊（R. Morrison）的呼吁而来华的第一位美国传教士，他和马礼逊共同创办了《中华丛报》。

深处，他们的良知好像已经枯萎凋谢了——他们对待未来的生活是如此的麻木，就像正在走向腐烂毁灭的畜生一样。任何画笔、任何想象都无法向基督世界描绘出这块土地上到处充斥着的那令人恐怖憎恶的可怕的罪恶。"①

　　1833 年来到中国，后来成为美国驻华公使秘书的传教士卫三畏（Samuel Wells Williams）②认为："从理论上去爱异教徒的心灵要比实际行动容易得多。它们被如此污浊肮脏的身体所包围。粗鄙低俗的言辞和鄙贱的天性无一不昭示着他们的堕落。"③事实上，他们不仅认为中国人在道德上是堕落的，而且认为从生物学角度上来讲，他们也是低劣的种族。另一位传教士明恩溥（Arthur H. Smith）对中国人的观察可谓是细致入微，在分析中国国情和中国人性格时也不乏真知灼见。然而，他的西方传教士身份使得他对中国人和中国传统文化还是有许多误解，言辞有时失之偏颇。比如在《中国人的素质》（Chinese Characteristics）④

---

　　①　Xi Lian, *The Conversion of Missionaries: Liberalism in American Protestant Missions in China*, 1907 – 1932, PA: Pennsylvania State University Press, 1997, p. 8.

　　②　卫三畏（Samuel Wells Williams, 1812—1884），近代中美关系史上的重要人物。1832 年 7 月，他被美部会（美国对外传教机构）正式任命为广州传教站的印刷工。他于 1833 年 10 月抵达广州，从此开始了在中国长达四十年的工作生涯。在最初的二十年中，他的主要工作是编辑和印刷《中国丛报》。1853 年和 1854 年，他两次随美国舰队远征日本，担任翻译。1856 年，他脱离美部会开始在美国驻华使团任职。1858 年，随美国公使列卫廉赴天津订立《中美天津条约》。1862 年，卫三畏携家眷到北京居住。1856—1876 年二十年间，七次代理驻华公使职务。1877 年，他辞职回美国，被耶鲁大学聘为该校第一位中国语言与文学教授。

　　③　Benson Lee Grayson, "A History of Sino-American Relations", *The American Image of China*, ed. Benson Lee Grayson, New York: Frederick Ungar Publishing CO. , 1979, p. 6.

　　④　明恩溥（Arthur Henderson Smith, 1845—1932），1872 年以传教士的身份来华，后居住天津、山东等地，兼任《字林西报》通讯员。1905 年辞去教职，留居通州写作。1926 年返回美国。他在华生活 54 年，熟悉下层人民生活，是最早向美国政府建议退还中国庚子赔款的人。著有多部关于中国的书籍：《中国人的性格》（*Chinese Characteristics*, 1894）、《中国乡村生活》（*Village Life in China: A Study in Sociology*, 1899）、《今日的中国和美国》（*China and America Today*, 1907）等。《中国人的性格》一书曾被鲁迅向国人郑重推荐，李景汉、潘光旦、辜鸿铭、费正清也都对该书发表过评论。该书曾被几家出版社翻译成中文，2001 年学林出版社把它译为《中国人的素质》出版。金城出版则把它译为《中国人的德行》，于 2005 年出版。2005 年，新世界出版社也以《中国人德行》为名出版了该书的中文译本。陕西师范大学出版社也曾以《中国人的脸谱》为名出版了译本。该书共分为 27 章，分别谈论了中国人的面子问题以及中国人"省吃俭用、辛勤劳作、恪守礼节、漠视时间、漠视精确、拐弯抹角、柔顺固执、心智混乱、轻蔑外国人、因循守旧、言而无信等"明恩溥眼中中国人的品质。

一书中宣称中国人"缺乏神经、麻木不仁",并专门用一章来阐述这一特征。他一开头就指出神经的发展是由"现代文明"带来的:"毫无疑问,现代文明使人们的神经激动,神经疾病也要比上个世纪前更为普遍。"[①] 然后他又通过列举事例做出判断:"中国人与我们相比,生来就是'缺乏神经、麻木不仁'。"[②] 此后,明恩溥的这一说法不断地被后来的学者引用,得以广泛流传接受,并逐渐形成了对中国人的一种模式化的看法。由于这些传教士的介入,美国文学中的中国形象急转直下,中国人在西方公众眼里成了一个低贱可鄙的劣等种族。

这一时期海外传教士所描述的负面的中国形象在美国本土作家那里又得到了强化。1848 年的淘金热把许多中国人带到了加利福尼亚。1849 年,加州共有约 325 名中国人。到了 1868 年,笃信于大量的廉价中国劳动力会有益于横跨大陆的铁路线的铺设以及荒凉的美国西部的发展,当时的美国驻华公使蒲安臣(Anson Burlingame)[③] 代表中国,与美国国务卿席华德(William Seward)签订了"中美续增条约",史称"蒲安臣条约",条约赋予了中国人自由移民美国的权利。此后,太平洋沿岸的中国人数从 1867 年的 50000 人迅速增长到了 1882 年的 130000 人。到 1869 年,美国联合太平洋铁路公司的 10000 个工人中有十分之九是中国苦力。[④]

这次大的移民浪潮给美国本土人提供了一种和以往不同的与中国人相遇的经验。尽管蒲安臣关于中国劳工将会有助于美国的发展的判断得到了证实,中美的这次相遇却不是那么友好。"1869 年,中央太平洋铁路公司和联合太平洋铁路公司在犹他州会合。九年之后,内华

---

① [美]明恩溥:《中国人的素质》,秦悦译,学林出版社 2004 年版,第 78 页。

② 同上书,第 83 页。该章标题英文是"Lack Nerves",秦悦先生翻译为"麻木不仁",为了更突出明恩溥对中国人生理方面的强调,笔者又增加了对它的直译"缺乏神经"。

③ 蒲安臣(1820—1870):美国外交家。曾任美国驻华大使,后向华盛顿辞去本职,接受清廷委派出任中国驻美特使,对中外交流做出了巨大的贡献。

④ Benson Lee Grayson, "A History of Sino-American Relations", *The American Image of China*, ed. Benson Lee Grayson, New York: Frederick Ungar Publishing CO., 1979, p. 9.

达矿坍塌。在这期间，中国人的出现从祝福变成了诅咒。"① "蒲安臣条约"刚刚签订之后不久，中国移民便由于"不可被同化"以及接受较低的工资导致了和白人劳工之间的矛盾和冲突，从而在美国遭到了轻视和憎恨。继 1850 年加州通过《外侨矿工照会税法》之后，"行人道条例""立方空气条例""辫子条例""洗衣业条例"等针对华工的各项条例也相继出台。同时，华工也经常成为种族冲突事件中的牺牲者。1877 年 6 月，旧金山的一次反华暴乱持续了三天，最后不得不出动联邦军队和当地警员，才平息了下去。1885 年 9 月 2 日，在美国怀俄明州西南部的城市罗克斯普林斯发生了一次大规模的屠杀华人的"石泉惨案"。事件造成"华工死者 28 人，重伤 15 人，财产损失达147748.74 美元"，"地方政府对此次大屠杀完全采取袖手旁观态度"。② 渐渐地，这股反华潮流上升到了国家议程，并最终在 1882 年由美国议会通过了"排华法案"。天使岛拘留营，当年关押中国移民的地方，遗留下来 135 首诗歌，描述了排华法案生效后，华人在那里所遭受到的屈辱以及他们的绝望、痛苦和愤恨："国弱被人多辱慢。俨然畜类任摧残"；"虎狼差。横行更欲噬。罪及无辜真恶抵。几时出狱开心怀"。③ 黄遵宪、梁启超、张荫桓④等一些在此期间旅美的中国学者也记录下了中国华工所遭受的不公正待遇，表达了他们的同情、困惑和愤慨。⑤ 时任美国旧金山总领事的黄遵宪在《逐客篇》中写到了华人在美国所遭受到的苦难和耻辱以及美国人眼中的中国人形象——如虫如兽、野蛮凶残："鬼蜮实难测，魑魅乃不若。岂谓人非人，竟作异类虐。…… 同室戈娄操，入市刃相斮，助以国纲宽，日长土风恶。渐渐生妒争，时时纵谣诼。谓彼外来丐，只图饱囊橐。……或言彼无

① Robert McClellan, *The Heathen Chinee*: *A Study of American Attitudes Toward China* 1890 – 1905, Columbus: Ohio State University Press, 1971, p. 23.

② 李定一：《中美早期外交史》，北京大学出版社 1997 年版，第 541 页。

③ 天使岛诗歌，转引自朱刚《新编美国文学史第二卷》，上海外语教育出版社 2002 年版，第 551 页。

④ 张荫桓（1837—1900）：清末大臣，字樵野，广东南海人，著有《三洲日记》。

⑤ 参见阿英编《反美华工禁约文学集》，中华书局 1958 年版。

赖，初来尽袒膊，喜如虫扑缘，怒则兽噬搏。野蛮性嗜杀，无端血染锷。此地非恶溪，岂容食人鳄。又言诸娄罗，生性极龌龊，居同狗国秽，食等豕牢薄。……倾倒四海水，此耻难洗濯。"①

　　这个时期的美国文学也反映出美国公众对中国人的敌意和仇视。尽管也有一些作家对中国移民严苛的生存环境感到非常震惊，尽管中国人的勤劳也给他们留下了深刻的印象，然而，当时的主流社会对中国人却是持不欢迎的态度。"从拉尔夫·华尔多·爱默生到 E. A. 罗斯的知识分子，从约翰·昆西·亚当斯到西奥多·罗斯福的政治家，都拒绝承认华人具备一般人（或至少美国白人）最基本的性质。即使那些 19 世纪后期几乎唯一公开替华人辩护的清教传教士，辩护时也显然不诚心，常把华人和无可救药的、粗暴的、人数众多的、信奉罗马天主教的爱尔兰人相比，说华人邪恶得稍微好一点。"② 华人聚居的唐人街对他们来说就是各种罪恶滋生的发源地、"神秘、罪恶和犯罪的黑窝"：

　　　　再没有任何罪行比那些中国恶棍所犯下的罪行更加凶残恶毒了。他们在阴暗的胡同里跟随着他们的牺牲品，穿过一条条隐蔽的小径。他们懒洋洋地拿着烟斗四处闲逛，吸食鸦片，走私毒品，贩运奴隶、妓女或者其他中国人，在帮会争斗中互相砍杀。以这些帮会斗争和黑帮匪徒为主题的各种版本的电影在 20 世纪 20 年代充斥着美国银幕。③

　　中国人在这一时期的文学中的形象或者被塑造为斜眼、留着肮脏的长辫子、做着卑贱的工作、说着洋泾浜英语的愚蠢的大烟鬼，或者被塑造成"黄祸"。弗郎西斯·布莱特·哈特（Francis Bret

---

　　① 刘世南：《黄遵宪诗选注》，上海古籍出版社 1986 年版，第 12—16 页。
　　② 朱刚：《新编美国文学史》第 2 卷，上海外语教育出版社 2002 年版，第 519 页。
　　③ Harold R. Isaacs, *Scratches on Our Minds*: *American Images of China and India*, New York: The John Day Company, 1958, p. 116.

Hart）笔下的阿新（Ah Sin）就是前一种形象的最好的代表。① 林语堂的女儿林太乙在日记《吾家》中也记录了初到美国时曾经被同学问到的一些问题："在中国有椅子吗？在中国有桌子吗？你吸鸦片吗？你在中国觉得冷吗？你是用鼓棒吃饭吗？你吃鸽子的窠吗？你为什么不裹小脚？你的眼睛的两端为什么不是向上竖起的呢？在中国有车吗？你的身后没有辫子吗？你不戴碗形的帽子吗？你也穿了睡衣上街吗？"② 这些虽然只是些小学生的疑问，但是也反映了当时美国人对中国强烈的偏见和那些刻板的模式化认识是多么深入美国的民心。

美国华裔作家伍家球（William F. Wu）把"黄祸"定义为美国白人作家所表述的东亚人对美国的威胁：

> 作为一个文学主题，对这种威胁的恐惧被投射到一些特定的事例中，包括可能的来自亚洲的军事入侵，已经很明显的亚洲工人和白人劳动力之间的竞争，所谓的亚洲人的道德的堕落，盎格鲁—撒克逊人和亚洲人基因混合的潜在危险。这些亚洲人在19世纪的某些学者看来，从生物学的角度来说就是低劣的种族。作为最早的大量移民美国的亚裔，中国移民首当其冲，成了被攻击的对象。③

这里，有几位美国小说家不能不提。阿特韦尔·惠特尼（Atwell Whitney）的小说《杏仁眼：那一天的故事》（*Almond-Eyed：A Story*

---

① 阿新最早出现在布莱特·哈特的诗歌《异教徒中国人》（A Heathen Chinee，1870）中，后来又出现在哈特和马克·吐温合写的剧本中。实际上，哈特对中国的态度是有些矛盾的。和吐温一样，他在某些作品中也表达了对中国人的同情。比如说他在《异教徒万力》（*Wan Lee，the Pagan*，1874）中塑造的万力的形象。然而，在那个特定的时期，他们对中国人较为同情的描述被忽视了，而他们对中国人的愚蠢的嘲弄和讽刺在美国公众眼里却非常具有吸引力。

② 万平近：《林语堂传》，海峡文艺出版社1998年版，第187页。

③ William F. Wu, *The Yellow Peril：Chinese Americans in American Fiction 1850 - 1940*, Hamden：The Shoe String Press, Inc. , 1982, p. 1.

of the Day, 1878）"标志了美国关于中国移民的写作从本土色彩向
战争幻想的转变"①。他和罗伯特·沃尔特（Robert Woltor）、皮埃尔
顿·杜纳（Pierton Dooner）以及奥托 E. 默多（Oto E. Murdo）一起，
开创了关于中国描述的新题材——关于中国入侵的幻想。他们作品
的标题就已经清晰地反映出了对中国大量移民的恐惧。杜纳的小说
名为《共和国的最后岁月》（*Last Days of the Republic*，1880），沃尔
特和默多的小说分别为《中国人在公元 1899 年占领俄勒冈和加利
福尼亚的简短而真实的历史》（*A Short and Truthful History of the Tak-
ing of Oregon and California by the Chinese in the Year A. D. 1899*，1882）
和《失而复得的大陆：中国人入侵的故事》（*The Recovered Conti-
nent: A Tale of the Chinese Invasion*，1898）。中国人在这些作品中被
妖魔化为没有脸孔的一群人，他们如同有毒的河流一样涌入美国，
污染着白人的道德环境、抢走白人的工作、发动侵略战争。在小说
《杏仁眼：那一天的故事》的结尾，惠特尼向美国白人发出的呼吁
清楚地揭示了他们的恐惧：

> 异教男女的人流仍旧注入、填满本该由白人种族占据的地
> 方，污染道德环境，败坏社会风气，破坏美国的自由机构，降低
> 劳动力的水平，并安静、狡猾、成功地抵抗所有赶走他们或防止
> 他们入境的努力。善良的人们，该怎么办?②

除了这些小说家之外，剧作家和诗人也为这一时期中国形象的形
成提供了漫画式的塑造。亨利·格里姆（Henry Grimm）的《中国佬
必须滚出去》（*The Chinese Must Go*，1879），弗兰克·鲍尔（Frank
Power）的《头生子》（*The First Born*，1897），约瑟夫·贾罗（Joseph

---

① William F. Wu, *The Yellow Peril: Chinese Americans in American Fiction 1850 – 1940*,
Hamden: The Shoe String Press, Inc., p. 40.
② ［美］阿特韦尔·惠特尼:《杏仁眼：那一天的故事》，转引自宋伟杰《中国·文
学·美国：美国小说戏剧中的中国形象》，花城出版社 2002 年版，第 44 页。

Jarrow）的《唐人街的女王》（*The Queen of Chinatown*，1899）等都是很激烈的反华作品。丹尼尔·奥康奈尔（Daniel O'Connell）在一首诗中表达了白人对华人以较低的工资"抢夺"白人饭碗的强烈的不满和恐慌："我们会把你们惬意的西海岸变成第二个中国；我们会像大批蝗虫一样蹂躏古老的东部……我们可以做你们女人的工作，工钱只要女人的一半……我们会垄断并且掌握你们海岸内的每一个技能，而且我们会把你们都饿死，只要再来五十——嗯，五万个华人！"①

美国文学中的中国形象可以说在傅满洲（Fu Manchu）这个人物身上达到了最低点。他被描述成为一个邪恶、狡诈、残忍，然而又法力无边的撒旦式人物，时刻窥视着白人社会，策划着反对白人的阴谋。他的塑造者称他为"黄祸的化身"。②尽管傅满洲系列小说是由英国作家塞克斯·罗默（Sax Rohmer，1883—1959）——本名阿瑟·沃德（Arthur Henry Sarsfield Ward）——创造出来的，但是很快在美国流行起来，尤其是在1929年罗默的小说在美国被改编成电影之后。

如同前文提出的，20世纪早期一个颇为正面的中国形象在美国文学中的出现理应主要归功于美国的一批女性作家。随着美国女作家进入中国，随着她们关于中国的作品的发表，美国公众眼中的中国形象开始具有人性化特征。

第二节　中国形象的女性叙事

女性和男性在社会上扮演的角色不同，她们关注的对象和命题也势必有所不同。尤其生活在中国的封建社会，这些来华女性作为女儿、妻子或者母亲，主要活动范围限定在家庭和其他女性以及孩子们中间，即便拥有教师、传教士等身份职务，她们也很难进入中国男性生活的圈子。因此她们观察到的异邦和男性眼中的异邦必然会有所

---

① 朱刚：《新编美国文学史》第2卷，上海外语教育出版社2002年版，第523页。

② Sax Rohmer, *The Return of Dr. Fu Manchu*. 1916, New York：Pyramid Books, 1965, p. 7.

不同。

　　男性作家从男性的角度描述了中国，而男性文艺评论家又有意或者无意地忽视了那么多女性作家的存在，从男性角度分析了这批作家笔下的中国。比如在周宁的《天朝遥远》一书的"前言"一开头就提出了著作研究所关注的问题："为什么马可·波罗和他同时代的旅行家，不像他们的先辈那样赞美圣城耶路撒冷，而是'把对东方描述的最高级留给了中国'？为什么中国文明方方面面，他们却对财富与君权情有独钟？伊比利亚扩张时代西方人再度前来，冒险家、传教士、商人水手们，面对明清交替间衰败、动荡、严酷的中国社会，却一味歌颂中华帝国君主开明、政治廉洁、司法公平、民风淳朴？为什么从文艺复兴到启蒙运动的若干世纪，西方人对中国总是好感过多，而此后一段时间，这种好感顿然消失？中华帝国可敬的历史悠久，成为可耻的历史停滞；美好的孔教理想国成为臭名昭著的东方专制帝国；曾经发明过火炮与造纸术，皇帝是诗人、农夫是哲学家的民族，如今成为被奴役的、愚昧残暴的、野蛮或半野蛮的民族。是什么因素造成了这种转变？"[①] 周宁的这些问题，其主要原因自然是女性的描述资料难以找到，因此基本都是基于对男性作品的关注，也是从男性的角度进行分析和理解。然而如果加入了女性作品，这一切将会发生改变。如果马可·波罗同时代的旅行家中有女性的话，她关注的重心未必会是财富和君权。伊比利亚扩张时代到达中国的西方人中女性的描述也必定不仅仅局限于中华帝国的君主、政治、司法和民风。启蒙运动之后，虽然很大程度上女性对中国的了解会受到男性的影响，但相信加入了女性的描述，这种好感也不会顿然消失，历史是悠久还是停滞、是孔教理想国还是专制帝国，是否被奴役的、愚昧残暴的、野蛮或半野蛮的民族？这一切都有待讨论。尤其是 20 世纪 30 年代，西方人对中国态度的转变恰恰发生在大批女性来到中国的时期，和许多女

---

　　① 周宁：《天朝遥远——西方的中国形象研究》，北京大学出版社 2006 年版，前言，第 1—2 页。

性作家的作品息息相关，这些绝对不能当作一种巧合，值得深入探讨。此前女性关于中国的记述难以找到，然而得益于女性运动的兴起，这一时期出现了不少来华女性以及她们关于中国的记录，为我们寻找男女之间的不同视角和女性在文化交流中的作用提供了研究蓝本。

根据美国著名汉学家史景迁（Jonathan D. Spence）的考证，西方女性居住在中国的历史可以追溯到 14 世纪中期。当时，有一位名叫凯瑟琳娜·依莲娜（Katherina Yllioni）的白人女性居住在扬州一个很小的主要是由意大利人组成的外国人社区，他们在那里居住和贸易。然而，到了清朝，清政府禁止这些西方男性携带女眷到中国居住。仅有极个别的西方女性旅游者会女扮男装"偷偷地溜进广东城外的外国人居住地"。①鸦片战争之后，西方国家迫使清政府废除了闭关锁国的政策，允许西方人，包括男性和女性在划定的开放口岸居住和贸易。此后，紧随她们的男性开路者，一大批美国女性冒险来到中国，这些女性当中有家庭主妇、传教士、记者和游客等。其中，最早来到中国的女性冒险家主要是传教士的妻子。

贯穿整个 19 世纪后半叶，在美国人的生活中，家的概念占据着非常重要的位置。家被理想化和浪漫化为"道德的堡垒"。女性则被塑造为孩子教育的督导者和健康的守护者，成为家的象征。美国女评论家巴巴拉·韦尔特（Barbara Welter）曾把 19 世纪美国社会所提倡的"真正女性"模式归纳为四种基本品质：虔诚、贞洁、顺从、持家。②在异国环境下，人们又期望她们可以帮助她们的丈夫，使他们不致陷入不道德的纠纷中和被当地人同化的灾祸中。③ "由于此时'家'成为表达民族文化的精神特质的主要场域，妇女因此要更好地

---

① Jonathan D Spence, *The Chan's Great Continent：China in Western Minds*, New York：W. W. Norton & Company, 1998, p. 104.

② Barbara Welter, "The Cult of True Womanhood, 1820 – 1860", *Dimity Convictions：The American Women in the Nineteenth Century*, Athens：Ohio University Press, 1976, p. 21.

③ Ellen M Plante, *Women at Home in Victorian America：A Social History*, New York：Facts on File, 1997, p. 35.

承担这个'家'的守护人和养育人的责任。"① 美国公理会海外传道部就曾经宣布："置身野蛮人中，妻子是一把保护伞，没有她们，男性不可能忍受在那儿长期安家。"19 世纪中期以后，"如果没有女性的陪伴，越来越少的传教士会留意到上帝的召唤，牧师的妻子成了边疆和海外传教不可分割的一部分"②。此外，由于中国人"男女授受不亲"的传统习俗，当时的男性传教士很难接触到中国女性，因此，对中国女性的劝化还得依靠这些传教士的妻子们。同时传教士们也认为如果中国的女性不能皈依基督教，那么就很难转化她们的丈夫和儿子。因此，这些传教士之妻对传播基督教的福音和推行"美国的生活方式并使之成为世界的标准"是必不可少的。托马斯·伍德罗·威尔逊（Thomas Woodrow Wilson）总统作为基督教女青年会（Young Women's Christian Association，YWCA）及其在中国的传教事业的非常忠实的支持者，曾经这样大力赞赏她们遵循基督精神重整世界秩序的抱负：

> 因此，如同在美国一样，在国外也是如此……我们不仅使我们的生活秩序化，而且把它推行成为一种生活标准。在这一过程中，我们遵循的是世界上唯一永恒的、唯一经得住长期历史考验的标准。正是这些标准成为了文明进程的基石，装备了人类自由的天才，也正是从基督教中诞生了全世界的政治自由。③

然而，尽管这些美国女性已经从她们国内的家庭中走了出来，但是她们依旧被困在国外的家中。对这些女性而言，每当工作和家庭发生冲突时，工作总是要让位给家庭。因此，在海外的传教工作中，单

---

① 陈顺馨、戴锦华选编：《妇女、民族与女性主义》，中央编译出版社 2004 年版，第 16 页。
② Catherine Clinton, *The Other Civil War: American Women in the Nineteenth Century*, New York: Hill and Wang, 1984, pp. 43 – 44.
③ Jane Hunter, *The Gospel of Gentility: American Women Missionaries in Turn-of-the-Century China*, New Haven: Yale University Press, 1984, p. 9.

身女性的需求量很大。除了来自中国的吸引力之外，女性在美国的生存状态也把她们推出国门。首先，工业和科技的发展使女性从繁杂的家庭工作中解放出来，女性拥有了更多的闲暇时间。1848年6月，美国历史上首次女权主义大会召开。在这次大会上，通过了第一个女权主义宣言，宣布女性和男性生而平等。第一次世界大战期间，女权主义运动达到了高潮。女性意识的觉醒唤起了美国女性强大的自信。其次，美国内战期间，许多女性出去工作，担负起传统男性的责任。这一经历也使她们对自己可以胜任家庭之外的工作拥有了自信。然而，战争结束之后，这些工作岗位又重新归还给了男性，这给她们留下了深深的失落感。因此，到中国去，到那个古老的、有着那么多"令人憎恶的异教徒"的帝国去劝化那里的人，在某种程度上，能够满足她们获取来自传统女性角色之外的认同的需求。再次，对那些贫穷而又想得到更多尊重的女性来说，作为生活在中国的白人女性所拥有的种种特权可以给她们提供一种相对舒适的生活，她们甚至可以拥有仆人，而这一点在她们自己的国家不仅是非常昂贵的而且内战之后也是被禁止的。最后，美国婚姻市场的不平衡也是吸引一些美国女性到中国来的主要原因之一。她们到中国来或者是要寻找机会嫁给白人男性，或者是要避免她们"老处女"的身份在国内带给她们的尴尬处境。因此，早期那种认为单身女性到中国来传播上帝的福音是不适宜的看法逐渐消退了，代之以鼓励的声音。到1890年为止，女性，包括已婚女性和未婚女性，占到了传教大军的60%。[1] 到1919年，南北卫理公会在中国的传教士中，女性均是男性的两倍之多，而公理会在中国的传教士中单身女性的数量和已婚女性加上单身男性的数量差不多。[2]

　　这些女性早期的书信、日记、游记和其他文字记录中关于中国和中国人的描述和她们的男性先驱们的描述基本上是一致的。裨吉

---

① Jane Hunter, *The Gospel of Gentility*：*American Women Missionaries in Turn-of-the-Century China*. New Haven：Yale University Press, 1984, p. xiii.

② Ibid., p. 13.

励莎（Eliza Jane Gillett）是第一位来华的美国传教士裨治文（Elijah Bridgman）的妻子，曾经在中国的许多地方居住过，她把自己在中国的生活详细地记录了下来。她这样批评中国的"偶像崇拜"："难以控制的情绪经常使家里弥漫着不和谐的气氛。对偶像深深的迷信和崇拜通过一句永恒效忠的誓言就把她柔弱的后代永远牢牢地束缚在了错误的神祇的祭坛之前。"① 埃尔西·克拉克（Elsie Clark）也在自己 1913 年 9 月 14 日的日记中表达了自己的困惑：是否耶稣基督时期的"叙利亚人就和中国人一样愚昧、原始、没有脱离动物的本质？耶稣了解他们这种人"。露西·琼斯（Lucile Jones）也把当时的中国和基督教早期相比："我知道《圣经》里有麻风病人，但是我以为他们仍然在那里。"奎勒玛·奥尔索普（Guilema Alsop）也认为她在中国的生活就像"一只脚停留在二十世纪而另一脚却踏入了公元前"。②

　　20 世纪上半叶，美国出现了一大批由女性作家完成的关于中国的流行著作。这一点可以从以下这个名单中得到证实：爱丽丝·蒂斯黛尔·何巴特（Alice Tisdale Hobart）、露易丝·乔丹·米尔恩（Louise Jordan Miln，1864—1933）、赛珍珠（Pearl S. Buck）、诺拉·沃恩（Nora Waln，1895—1964）、伊丽莎白·刘易斯（Elizabeth Foreman Lewis）、安娜丽·雅各比（Annalee Jacoby）、萨拉·康格（Sara Pike Conger）等。③ 所有这些作家都曾经在中国居住过一段时间。她们的许多作品，尽管现在已经被遗忘了，但是在她们那个时代的中外报纸

---

　　① Eliza Jane Gillett Bridgman, *Daughters of China：or，sketches of domestic life in the Celestial empire*，New York：Robert Carter & Brothers，No. 285 Broadway，1853，p. 30.

　　② Jane Hunter, *The Gospel of Gentility：American Women Missionaries in Turn-of-the-Century China*，New Haven：Yale University Press，1984，pp. 1 - 2.

　　③ 还有许多其他美国女性作家曾经出版过以中国为主题的作品，例如：Grace M. Boynton, Emily Hahn, Berta Metzger, Dorothy Graham, Mrs Florence Ayscough, Mrs. L. Adams Beck, Stella Benson, Ann Duffield, Agnes Smedley, Anna Louis Strong, Nym Wales（pen name of recently deceased Helen Foster Snow），Faith Baldwin, Ann Morrow Lindbergh, Grace Zaring Stone, Margaret Mackprang Mackay, Grace Yaukey（the pseudonym of Pearl. S. Buck's sister Cormelia Spencer），Genevieve Wimsatt, Ida Pruitt, 等等。

和杂志上却是会经常见到，比如《纽约时报书评》（*New York Times Book Review*）、《书目——新书指南》（*Booklist—A Guide to New Books*）、《文学月刊》（*Literature Monthly*）、《中国评论周报》（*The China Critic*）等。罗伯特·里格尔博士（Dr. Robert Riggle）在一次演讲中说：在关于中国的写作中，这些女性"足以与她们的父兄、丈夫、爱人和儿子们媲美，甚至可以说要优于他们"①。林疑今教授（作家林语堂的侄子）的言辞可能有点儿夸张，但也证实了这些西方女性作家关于中国题材的创作的成功："有一个很奇怪的事实，在众多描述中国现代生活的外国小说家中，几乎所有的都是女性：赛珍珠、安·布里奇（Ann Bridge）、爱丽丝·何巴特、伊丽莎白·刘易斯。"② 当大多数同时代的西方男性作家仍然或陶醉于自己的"伟大"或恐惧于所谓的"黄祸"而固执地投身于对中国人的人性和中国的社会制度的分析中，试图以一种外科医生的冷静"通过图表和一页一页的数据"③寻找出"中国到底哪里出了错"④ 时，这些"来自西方的聪慧的女儿们"⑤ 则开始为人们提供另外一种不同的视角。她们表达了对中国普通民众深切的同情，批判了她们同时代的男性对待这个国家的傲慢和屈尊的态度，对她们的政府以及政府"以进步的名义所进行的伟大事业"提出了质疑，针对白人对中国的干涉发出了反对的声音，并且描述了一个不同的中国。⑥ 就像罗伯特·里格尔所说的一

---

① 罗伯特·里格尔在他的演讲《四海之内皆姐妹》中，高度赞扬这些描述中国的欧美女性作家，并且清楚地指出西方女性作家和男性作家在中国题材创作中的不同。

② Lin Yi-chin, "Foreign Novels on Modern China", *The China Critic*, Feb. 28, 1935, p. 205.

③ Samuel Merwin, *Hills of Han: A Romantic Incident*, The Bobbs-Merrill Company, 1919, p. 2.

④ 美国记者吉尔伯特（R. Y. Gilbert）在他的作品《中国错在哪里》（*What Wrong With China*, 1923）中断言中国人相对于美国人而言是一个劣等种族。

⑤ 这里借用了伊丽莎白·克罗尔的作品的名字《来自异乡的聪慧女儿们》，该书主要介绍了欧美女性笔下的中国。

⑥ 当然，读者可能也会发现一些例外。一些美国男性作家，例如，赫齐卡亚·巴特沃思（Hezekiah Butterworth）和厄尔·比格斯（Earl Derr Biggers）也有对中国的正面描述，威尔·莱文顿（Will Levington）也曾经著书反对西方对中国的侵略，但是总体来讲，当时描述中国的男性作品中以负面描述和分析居多，这一点已经超出了本书的探讨范围。

样："如果说西方男性把我们自己、我们的价值观、我们的思想和文化投射到中国这个大屏幕上并让这一切突显出来，而我们的姐妹们则选择认同于中国，在中国这个背景下认识她们自己，并自觉地去感悟它，努力从它那里学习，而不是擅自对它妄加揣测。"① 赛珍珠毅然对美国的海外传教说"不"，并且描述了一个个有血有肉的中国人形象。何巴特从中国文化那里学到了阴阳学说，对本国二元对立的思维方式以及美国的优越性和美国试图改造中国的"国家计划"产生了怀疑。除了爱丽丝·何巴特和赛珍珠之外，露易丝·乔丹·米尔恩（1864—1933）和诺拉·沃恩（1895—1964）也是那个时期最流行的女作家。

　　1864 年出生于美国伊利诺伊州的米尔恩在少年时代曾拜访过居住在旧金山的亲戚，有机会接触到那里的唐人街。19 世纪末，她以演员的身份和同为演员的丈夫乔治·克赖顿（George Crichton）一起来到中国。在中国，她曾出入过显赫之家的豪门大宅，也曾拜访过普通的农家小院，她把自己的这些经历都记录在《一个西方艺人的东方印象》(*When We Were Strolling Players in the East*)② 一书中。后来，她转而学习东方文化，成为东方文化的崇拜者。米尔恩至少有 13 部关于中国的作品出版，1941 年的《美国小说书目》推荐了她的 9 部以中国为主题的作品。据报道，一位很著名的中国外交官曾经如此赞扬她的小说《灯会》(*The Feast of Lanterns*)："她描写的确实是真实的中国。真是难以置信，简直就是不可思议，竟然有西方人能够如此理解和描述我的祖国。"③ 她的写作生涯是在英国度过的。她的主要作品出现在赛珍珠的名作之前，以一种唯美的笔调描述了中国的风土人情，为西方读者认识中国打开了视野，在美国一度极

---

　　①　1997 年 7 月 14 日，罗伯特·里格尔以"四海之内皆姐妹"为题，在南京大学做了精彩的演讲。

　　②　该书已由笔者翻译，2009 年南京出版社出版。

　　③　Charles S. Braden，"The Novelist Discovers the Orient"，*The Far East Quarterly*，Vol. 7，No. 2，Feb. 1948，p. 172.

为风行。

米尔恩在她关于中国的小说和游记中，表达了对中国文化的喜爱以及对西方人的不满，批判了西方列强对中国的干涉以及他们对这个古老国度的美好事物的无知和偏见。她把这种无知和偏见归咎于他们贪婪地想在中国获得更多利益，并提高自己在美国的名声。

米尔恩曾严厉地谴责了那些"肤浅的动物"，那些西方游客，认为由于他们对中国"愚蠢"的概括而导致了人们对这个国家严重的误解。她也谴责了那些游记作家关于中国人无知、野蛮、残忍的说法，认为当时许多西方作家对中国的描述完全是出于无知的胡说，而他们根据自己很肤浅的对个别的中国人的了解就判定整个中华民族是劣等民族是犯了一个极为严重的错误。她反问他们："难道欧洲人中间就没有坏人吗？"

　　　　欧洲游客最大的错误就在于他们往往仅凭几个他们几乎不怎么了解的属于那个伟大的国家的成员就形成了他们对一个伟大而独特的东方民族的判断……如果仅凭几个陌生而又荒唐的中国人就去判断数以万计的全体中国国民，这只会令我们自己显得愚蠢可笑。如此类推，我们是否可以因为伦敦有那么多不幸的女人而想当然地相信弗罗伦斯·南丁格尔是堕落的？是否可以因为我们的清洁工目不识丁就断定丁尼生也是个文盲？同样，难道我们能因为伦敦东区的白教堂曾经出现过一个开膛手杰克①，就要相信高等法院的首席法官也是一个杀人凶手吗？

---

① 开膛手杰克（Jack The Ripper）是于1888年8月7日到11月9日，在伦敦东区的白教堂（Whitechapel）一带以相同的残忍手法连续杀害至少五名妓女的凶手的化名。犯案期间，凶手多次写信至相关单位挑衅，却始终未落入法网。在当时英国社会引起了巨大恐慌。虽然犯案距今已达百年之久，但因缺乏证据，凶手是谁各执一词，案情依旧扑朔迷离。至今仍影响着世界范畴内的大众文化。

米尔恩相信"中华民族是当今世界被误解最深的民族"①，"这个世界上，再没有其他任何一个文明国家如同中国一样受到了我们错误地理解和判断。我也坚信，没有任何一个国家像中国一样值得我们同情和尊重"②。她同时对比了西方人在中国所受的待遇和中国人在西方所受到的待遇，表达了对中国人深深的同情。当那些居住在中国的西方人抱怨他们在中国所遭受的不公正待遇时，米尔恩客观地评价说："总体说来，我认为，我们在中国所受的待遇要比中国人在我们的家乡所受的待遇好得多。"③

米尔恩还认为西方人在对中国的文化传统一无所知的情况下，一厢情愿地试图转变中国人、让他们接受西方文明也是非常愚蠢的，是对中华文明的摧残。她还勇敢地向那些不能客观地描述东方的传教士们宣战："我并不讨厌传教士。但是那些从事写作的传教士——那些只知道一件事情的皮毛却写出关于一切事情的书籍的人——应该让他们闭嘴。"④

在谈论到中国习俗的一些"阴暗面"时，米尔恩也表达了她与同时代人所不同的理解。比如，中国人的缠足，这一受到西方人最严厉的攻击并被认为是中国人残忍天性的标志性习俗，在米尔恩看来则是出于"怜悯和慈爱"。她相信中国人并非是出于享受或者残忍，而是由于生活的艰辛才给他们选中的女性裹足。她从富裕的官宦女儿的裹足和穷苦家庭的女孩的裹足两个方面论证了自己的观点。富裕的官员要给他们的女儿裹足因为他们足够富裕："她不必再干活儿，可以进一步确保她拥有一辈子衣食无忧的悠闲生活。脚被裹了，她就可以衣来伸手，饭来张口，永远也不必辛勤劳动，不必靠自己优雅羸弱的身

①　Louise Jordan Miln, *When We Were Strolling Players in the East*, New York: Charles Scribner's Sons, 1896, p. 165.

②　Ibid., p. 187.

③　Ibid., p. 166.

④　Ibid., p. 119.

体里流出的血汗来维持生计。"① 在穷困家庭，通常是家里最漂亮的那个女孩儿会被裹足。和那些不惜重墨描述这些女孩的痛苦的西方人不同，米尔恩如此评论这一现象："你不要天真地以为她会痛恨裹脚，相反，她很高兴。从此，她就只需要去干一些很轻松的活儿。而且在广阔的中国婚姻市场上，她也会有一个更好的价格。或许将来她有能力回报为她付出了这么多的家。最不济也会让父母心中感到安慰，至少自己的一个至亲骨肉避免了为生存而流血流汗、痛苦挣扎。"② 当然，裹小脚无可否认是中国封建社会对妇女歧视的形式之一，米尔恩如此为裹小脚行为辩解，也不能不说是她热爱中华文化中出现的一种认识偏差。

尽管米尔恩的作品中也存在这样或那样的缺点，尽管她的描述比较零散、琐碎、感性，尽管她和她所批判的同时代的人一样，也对中国做了简单化的概括，对中国和中国人也有一些误解甚至是错解。但是，总体来说，她对中国悠久文化和历史的尊重和欣赏在当时是尤为难能可贵的。她对中国人所表现出来的，或者说试图表现出来的理解之同情还是令我们感激。她试着去为中国人辩护，试图找出中国人这样做的背后的原因。通常她会把它们归结为过剩的人口和恶劣的生存环境。她的这些观点对 19 世纪末 20 世纪初的中国形象在西方人心目中的提升起到了正面的推动作用。

另一位女作家诺拉·沃恩，和米尔恩一样，同样热爱中国文化。她出身费城的一个贵格派家庭。先于她一百多年前，她的祖先曾经驾驶快速帆船来到中国，和中国商人进行贸易，并一直和与他们有贸易往来的显赫的中国商人保持联系。她就读于斯沃斯摩尔大学学习中文时，曾经接到了一个来自那个中国商人家庭的电话，并见到了两个家庭成员。后来，她拜访了这个中国家庭，并成为这个家庭的"养女"，和这家一起生活了十几年。她最有名的作品《寄庐》（*The House of*

---

① Louise Jordan Miln, *When We Were Strolling Players in the East*, New York: Charles Scribner's Sons, 1896, p. 182.

② Ibid..

Exile，1933）的创作就是基于她在那里的生活情形。该书出版之后，很快成为当年的畅销书。赛珍珠和米尔恩曾经对这部作品的愉悦性和真实性大加赞赏。美国作家唐纳德·亚当斯在《纽约时报书评》中评论道："这是一部与众不同的作品……我们阅读它的过程就如同真正零距离深入另外一个民族的生活，尽管我们并没有像作者一样的亲身经历。"另外一位作家刘易斯·甘内特（Lewis Gannett）也认为"它为有限的几部能够真正地向西方揭示中国的著作增添了浓重的一笔"。史学家和社会学家哈利·爱默生·威尔兹（Harry Emerson Wilds）也在费城《大众公志》（*Public Ledger*）上高度赞扬了这本书："对那些阅读过诺拉·沃恩的作品《寄庐》的人来说，中国不再是个被严重误解了的、混乱不堪的、具有异国情调的国度了。"① 而该书的出版者则断定它是"这一时代最具吸引力的描述中国的著作"②。

　　沃恩在《寄庐》一书中表现了"一种古老而又精心打造的美好生活，一种有着精心保留了千百年的传统的生活方式"，并且用理解和同情的笔触揭示了"中国生活的各个方面——它的文化、诗歌、秩序以及它根深蒂固的哲学"③。书中没有洋泾浜英语，也没有关于中国人面貌滑稽可笑的模式化描述，这个高贵的中国乡绅家庭的成员都是那么的文明和令人尊重。甚至连黄包车夫，基本属于当时生活在中国的最底层的人，在回应西方人关于中国人缺乏时间观的抱怨时也显得那么具有哲人的智慧："已经发生的事情并不是单纯地被记录在书中，那是不公平的。因为仅有很少的人才有闲暇去阅读。历史却是属于每一个人的。它流淌在每一个母亲的乳汁中，滋养着每一个幼童。这样，当我们需要时，它就会成为每个人经历的一部分而被加以运用。

---

① See the front cover of *The House of Exile*, Boston：Little，Brown，and Company，1933.

② Ibid. .

③ J. Donald Adams，"A Memoir of Uncommon Charm：Nora Waln's Remarkable record of Her Life in China"，*The New York Times Book Review*，April 23，1933，p. 1.

已经发生的事情并不是过去，它也是我们现在的一部分。"①

　　该书最显著的一个特点就是沃恩并没有着意去描述中西文化的差异和不同民族之间的误解，而是试图去揭示两种文化的共同点以及两个民族间的互相理解。她表达了自己对那些"为了她好"而"好心"警告她"不要被中国人同化"的西方人的拒绝和反感。当她第一眼看到她的中国养母"舜珂"（Shun-ko）时，她就知道尽管她们来自不同的种族，她们之间却毫无障碍。从她把舜珂和她的母亲和祖母的比较中，可以看出她对舜珂的爱以及对这个中国家庭的认同。她的母亲和祖母都不反对女人学习，但是她们也都强调女性在家庭中的传统角色，"舜珂也和她们一样"。② 她和舜珂之间的关系，在她看来就是母女关系："她没有女儿，四年前我失去了母亲…… 我们发现在性格和幽默感方面我俩都惊人地相似。"③

　　因此，尽管和米尔恩不同，沃恩并不经常直接反驳西方人的一些观点，她却通过描述一个不同的中国，取得了相同的效果。

　　然而，就像那些早期的女传教士一样，这些美国女作家初次踏上中国的国土时，她们对中国和中国人的描述并没有显示出和山茂召等男性作家所塑造出来并被后来者所模式化了的中国和中国人有太大的不同。④ 何巴特对这个国家的屈尊纡贵的态度也在她早期的作品中表露无遗。她经常把中国人比作"动物""黑鬼"或者是"北美印第安人"。对她来说，中国的音乐也"只是传递了中国人的野蛮和迷信"。米尔恩也认为中国人是非常原始的种族，"想要正面地描述中国简直是太难了"⑤。她批判中国的交通："每个原始族群都有他们所喜爱的出行方式。中国佬所选择的是船屋、帆船或者是舢板。欧洲人如果想

　　① Nora Waln, *The House of Exile*, Boston：Little，Brown，and Company，1933，p. 53.

　　② Ibid., p. 138.

　　③ Ibid., p. 12.

　　④ 在某种程度上，沃恩可以说是一个例外。由于她对中国的了解以及她的家族和中国商人家庭友好往来的悠久的历史，对她来说，更容易接受中国的生活方式。

　　⑤ Miln，Louise Jordan，*When We Were Strolling Players in the East*，New York：Charles Scribner's Sons，1896，p. 127.

穿越中国的边界，只能采取中国佬的旅行方式——没有其他办法可以进入中国。"① 中国的图画，在她看来也是原始的。她还把中国的珠宝称为"愚蠢的小玩意"，并认为中国的庭院也是非常"荒谬可笑的"。而她对"中国佬"一词的重复使用，也反映出她作为白人的优越感。这个词在某种程度上异化了中国人并把他们简单化和模式化。甚至连赛珍珠也曾在 1919 年 3 月抱怨过自己经常会接触到"这个野蛮的异教徒民族的可怕的堕落和邪恶"，并且"一直都不得不目睹、了解和处理各种各样恐怖的罪行"。这使她"即使把中国人看作是半文明的国家都异常的愤怒"。她确信"美国人对中国过于理想化了，人们对它的普遍认识和污浊龌龊的现实实在是相去甚远"。② 同时，她用跟她父亲近乎一样的腔调说，中国的问题归根结底是因为"中国人道德素质差"。③

美国女性到中国来肩负着在异国重现故乡——建立美国式家园和保持美国家庭氛围——的责任，以避免家人和祖国传统文化断裂，同时还需要帮助她们的丈夫劝化中国人，推行以美国生活方式为标准的生活方式，并防止她们的丈夫本土化。然而，最终的结果却是，在不同程度上，许多美国女性都被这个她们试图教化和改变的国家和人民所改变了，甚至其中部分人被认为已经本土化了。如同厄尔·克雷西在《传教士的转变》（*The Conversion of Missionaries*）中评论那些被转变的传教士时所说的一样："他不远万里来到东方，满怀激情地想要传播天启福音，在传教中却发现，东方已悄然将讯息传递给了自己；他来到海外，本想改变东方人的信仰，却发现离去时，自己已然是一个被改变了的人。"④ 这真是美国改造中国的努力中的一大讽刺。

① Miln, Louise Jordan, *When We Were Strolling Players in the East*, New York: Charles Scribner's Sons, 1896, p.101.

② 赛珍珠致布克家人（1919 年 3 月 15 日），伦道夫 - 梅肯学院档案馆，转引自 Peter Conn., *Pearl S. Buck: A Cultural Biography*. Cambridge University Press, 1996, p.65。

③ ［美］赛珍珠：《我的中国世界》，尚营林译，湖南文艺出版社 1991 年版，第 230—231 页。

④ ［美］厄尔·克雷西：《传教士的转变》，原载于《亚洲》1919 年 6 月，转引自葛兰·华克《赛珍珠与美国的海外传教》，郭英剑、冯元元译，《江苏大学学报》2007 年第 3 期。

是什么引起了这些美国女性作家的转变呢？她们又是如何一步步转变，直到颠覆了自己对美国改造中国的计划以及对中国形象的最初认识的呢？为什么这一转变在女性作家那里尤为突出？在那段时期，女性在中美关系中又扮演了一种什么样的角色？本书以何巴特为中心，追溯了她的转变过程，探讨了这些美国女性作家中国观的形成和变化以及引起这些变化的原因。通过回答上述问题，本书试图为理解中美关系打开一个新的视角、增添一些新的资料，同时，试图考察再现"他者"的问题以及性别和民族主义之间的问题。

第三节　选题及其意义

本书以何巴特为中心进行研究，在某种程度上，可能有管窥蠡测之嫌，然而，对这一研究课题的选择主要是基于以下几个方面的考虑。

首先，何巴特作为一个著作颇丰却尚未被中国知识界所认识的美国旅华作家，的确有她重要的研究意义。她的作品为我们研究那一时期的中国和美国提供了全新的视角和素材。她对中国的态度的转变也是我们研究跨文化交流的一个很好的范例。然而，令人遗憾的是，她并没有得到应有的关注和承认，何巴特在中美两国都已经被湮没了半个多世纪。和赛珍珠一样，作为一位描述中国的美国作家，在美国彻底割断和中华人民共和国的一切外交联系的那个时期，她和她的作品极少能够引起中美两国人民的关注。同时，作为一个女性流行作家，她也被美国主流作家排斥在边缘之外。除此之外，何巴特还被赛珍珠的光芒所遮蔽。1938 年，由于"她对于中国农民生活的丰富和真正史诗气概的描述，以及她自传性的杰作"，赛珍珠获得了诺贝尔文学奖。笔者所搜集到的关于何巴特的资料大部分都是一些介绍性的文章。例如，玛丽·苏·舒斯基（Mary Sue Schusky）在《美国传记字典》附录八中关于何巴特的传记，蕾·蒂斯黛尔·诺斯（Ray Tisdale Hobart）发表在《一流：美国著名女性》（*Topflight*：*Famous American Women*）中的文章《东西方的译者：爱丽丝·蒂斯黛尔·何巴特》

（Interpreter of East and West：Alice Tisdale Hobart），伊丽莎白·克罗尔在她的《来自异乡的聪慧的女儿们》（*Wise Daughters from Foreign Lands*）一书中的文章《安家在中国：公司职员之妻和畅销小说家》（Homesteading in China：Company Wife and Best-Selling Novelists）。唯一描述何巴特的"书"是露丝·摩尔（Ruth Moore）的《爱丽丝·蒂斯黛尔·何巴特的作品》（*The Work of Alice Tisdale Hobart*），也只有 23 页。至于学术论文，只有玛丽·安·杜佛特（Mary Ann Dhuyvetter's）完成于 1998 年的硕士学位论文《重新定位中国：赛珍珠和爱丽丝·蒂斯黛尔·何巴特小说中对中国人的现实主义刻画》（*China Reoriented：The Realistic Portrayal of China People in the Novels of Pearl . S. Buck and Alice Tisdale Hobart*），论文给予了何巴特和赛珍珠同样的关注，从东方学和读者反映论的角度以《大地》（*Good Earth*，1931）、《儿子们》（*Sons*，1932）和《中国灯油》三部小说为例，分析了两人作品中对中国的现实主义的描述。其他提到何巴特的作品则多是匆匆一笔带过。在中国，《中国评论周报》，20 世纪 30 年代颇具影响力的报纸，曾两次提到了她的名字。然而并没有专门研究她的任何书籍和论文出版，直到笔者于 2006 年完成了英语博士学位论文《大地上的异乡者：A. T. 何巴特的中国叙事》（*The American Woman in Exile ：Alice Tisdale Hobart and her China Narrative*），并于 2012 年由山东大学出版社出版。① 论文试图以女性在中美文化交流中的作用贯穿始终，并提出了性别也是影响作者异国形象塑造的主要因素之一的观点，却囿于能力和时间的限制，对这一观点的阐释不够详尽、深入和清晰。2010 年复旦大学中国语言文学系朱骅的博士学位论文《赛珍珠与何巴特的中美跨国写作》采取了新历史主义和后殖民主义的研究方法，以赛珍珠和何巴特的作品为切入点，着重探讨了女性传教士这一群体是如何协调自己的性别身份、国家身份、种族身份和宗教身份之间的关系的，并得出结论，认为她们对中国的同情性认同始终

---

① 本书在英文专著的基础上，就这一课题进行了深入和拓展。

无法摆脱东方主义的视域局限。论文把国内关于何巴特的研究又向前推进了一步。

出现在何巴特作品封面上的汉字"何",不仅仅是她给自己取的汉语姓氏，也表明了她对自己的身份认同的困惑。在她的自传体作品《格斯提的孩子》一开头，她就提出了这个疑问：千百年来，人们一直在追问——"人是什么？……成千上万的数不清的人都在探索着这个问题的答案"。① 那么，何巴特到底"何"许人也？由于以上列举的种种原因，何巴特沉寂了将近半个世纪，因此，对她进行一个简短的介绍在这里是非常必要的。

何巴特（1882—1967）出生于纽约洛克帕特（Lockport）。她的父母在她心灵中播下了男女平等的第一粒种子。她的母亲，哈里特·奥古斯塔·比曼（Harriet Augusta Beaman），是洛克帕特语法学校的校长。在那个时期，作为一名女性，她的社会地位是非常显著的。这为爱丽丝和她的姐姐玛丽·诺斯（Mary Nourse）树立了一个很好的榜样。玛丽·诺斯后来也成为远东方面的专家，是《四万万》（*The Four Hundred Million*）和《皇道》（*Kodo, the Way of the Emperor*）的作者。她们都下定决心追随母亲的足迹，也就是说，在结婚之前拥有自己的事业。她的父亲，埃德温·亨利·诺斯（Edwin Henry Nourse），是一名音乐教师，他也希望自己的女儿们，如同自己的儿子一样，能够拥有自己的职业。事实上，埃德温的母亲和他的妻子一样，在结婚之前，也是一名教师，后来嫁给了一位农场主，他就是在农场上长大的。② 何巴特父母的家庭均可以追溯到早期的新英格兰移民。丽贝卡·诺斯（Rebecca Nourse），1692 年臭名昭著的塞勒姆驱巫案③中的受害者，是她父

① Alice Tisdale Hobart, *Gusty's Child*, New York: Longmans, Green and Co., Inc., 1959, p.1.

② Ibid., p.23.

③ 1692 年，马萨诸塞殖民地塞勒姆镇上发生了著名的"驱巫案"。几名少女举止怪异、全身痉挛，被认为是受到了魔鬼的影响。在严苛的审讯下，她们指认镇里的其他人对她们实施了巫术。接着，更多的人被无端地指控、揭发出来，这个城镇一时被笼罩在恐慌之下、人人自危。1693 年审讯结束时，已经导致 200 多人被逮捕、监禁，20 人死亡。这一事件被认为是美国司法史上黑暗的一页。

亲的祖先。清教传统和丽贝卡不屈的抗争精神极大地影响了何巴特的
生活和她的写作生涯：

　　　　一个女孩，还没有长大成人，想把我自己的个性融入到家庭
　　里面，试图把自己的位置提升到和塞拉姆的丽贝卡·诺斯一样的
　　戏剧性的高度。她曾经被教会驱逐，于 1692 年因为被控使用巫
　　术而被处死。我，爱丽斯·诺斯，是她的嫡亲后裔。……我试图
　　去想象她当时的心情：七十岁时，她突然被镇上的那些一直爱
　　她、尊敬她的人所拒绝、排斥。她当时是多么的勇敢啊！被人用
　　铁链拴着带出家门，带进监狱，她依然拒绝指控她的邻居们和她
　　自己使用巫术。就让法官判她有罪吧，让教会驱逐她吧，让他们
　　在那座高山顶上的那棵树上吊死她吧。她的回答穿越了上百年的
　　时空在我耳边回响："我不会出卖自己。"……当我幻想长大了要
　　做什么时，我会经常想起这位虔诚的女性。我曾经跟我的母亲提
　　起的一个又一个计划都泡汤了。只有一个保留了下来——到中国
　　去做传教士——这才能让我配做丽贝卡·诺斯的后人。①

　　何巴特在美国的中西部度过了她的幼年和小学生活。她两岁那
年，举家搬入芝加哥郊区，居住在租来的房子里。五年之后，他们买
了自己的房子。1892 年，他们再次搬家。这一次，他们换成了位于伊
利诺伊州丹尼森（Downers Grove）市郊的一处房子，占地约七英亩，
是从著名的考古学家和史学家詹姆斯·亨利·布雷斯特德（James
Henry Breasted）② 的父母那里购买来的。美国中西部的田园生活和土
地的亲近对何巴特后来忍受满洲里的荒凉和孤独大有裨益，并使得她
能够理解和欣赏中国古典哲学中人和自然应该和谐相处的观念：

---

　　① Alice Tisdale Hobart, *Gusty's Child*, New York：Longmans, Green and Co., Inc.,
1959, pp. 24 - 25.
　　② 詹姆斯·亨利·布雷斯特德（James Henry Breasted, 1865—1935）：美国考古学家和
史学家。出生于美国伊利诺伊州的罗克福德，曾入读芝加哥神学院、耶鲁大学和柏林大学。

这七英亩土地使我第一次亲密接触土地。从那里我汲取养料，这种养料直到很久以后我才理解，直到我在中国居住了足够长的时间，吸收了中国哲学中的某些东西：人和大地是如此亲密的伙伴关系，当他陷入对一棵树、一座山的沉思中时，他就成为了树和山的一部分，它们的雄伟，就是他的雄伟；它们的沉静，就是他的沉静。这是一种蕴涵着丰富想象力的神秘交流，西方人并不能完全理解。我童年时也不能理解这种和大地的交流；我只是简单地认为在"这块土地"上漫步使我身体健康，并且带给我一种精神上深深的宁静。①

何巴特很小的时候就已经对宗教产生了很强烈的热爱，梦想有一天能够拯救那些仍旧生活在"黑暗"中的"野蛮"中国人。1891 年的一天，这个九岁大的美国女孩非常严肃地向她的母亲宣布："我要么去中国做传教士，要么就在美国普通平凡地度过一生。"② 四年之后，她又痛哭流涕地告诉父亲说，她听到了上帝的召唤，让她到中国去做传教士。后来，由于父亲的去世，她无力支付进入芝加哥大学的学费，被迫在一所小学做了一年的教师。大学期间，她不仅在写作方面收获了自信，而且很享受作为学校基督教女青年会的副主席工作，后来成为国家基督教女青年会的秘书。然而，由于她的健康状况的记录，没有任何一家教会愿意给她提供在中国做传教士的职位。两岁时，她曾经得过脑膜炎；十七岁时，她的脊椎又受了伤，一直没有完全康复。尽管如此，1908 年，她还是踏上了中国的土地，去探望她在杭州一家浸信教会学校做教师的姐姐。③ 1912 年，经过多次反复努

① Alice Tisdale Hobart, *Gusty's Child*, New York：Longmans, Green and Co., Inc., 1959, pp. 8 – 9.

② Ibid., p. 7. 作为一名作家，何巴特在中美都是久被遗忘了的，很难找到她的有关信息。她的自传体作品《格斯提的孩子》对于研究她具有非常重要的意义。

③ 在《格斯提的孩子》一书中，何巴特给出的日期是 1909 年（第 64 页），然而玛丽·苏·舒斯基和露丝·摩尔给出的时间都是 1908 年。

力，她终于在她姐姐所任教的学校得到了一个教师的职位。不久，她在那里遇到了厄尔·蒂斯黛尔·何巴特（Earl Tisdale Hobart），她未来的丈夫，美孚石油公司的一名职员。1914 年，他们在天津举行了婚礼，何巴特开始了她"公司职员之妻"① 的生活，直到他们 1927 年重返美国。像那个时期大部分身处海外的美国妻子一样，她心甘情愿地接受了美国社会所要求她扮演的角色。那一时期，经济和宗教是影响美国人心目中的中国形象的两大主要原因。何巴特作为传教士女性和"公司职员之妻"的身份把她推到了中美两国文化交流的中心。

作为美孚石油公司的一名代表，厄尔的工作地点常常频繁地更换。有时，他被安排到中国的边疆地区，有时，又被派往内地。他陪伴着何巴特到处旅行，并在中国的许多个城市居住过。她曾经把家安在中国满洲里的北部最前哨，也曾经居住在南方城市长沙。她的足迹也曾停留在北京、天津、上海、杭州、南京等城市。所有这些地方都为她的写作提供了丰富的素材。她非常骄傲地认为，作为一名外国女性，和许多刚从国外归来的中国留学生相比，她对中国的内地了解得更多。② 她的丈夫通过贸易把西方带到了东方，而后来，"和她的丈夫一样，她却反其道而行之，通过写作把东方带到了西方，把中国介绍给了自己的民族"③。

正是在满洲里，他们被公司派驻的第一站，何巴特开始了她的写作生涯。她认为写作为她打开了释放痛苦和灾难的一扇门。④ 作为一

---

① "Company wife"，是何巴特作品中经常出现的一个词语。company 有陪伴的意思，因此，有学者把它翻译为"伴夫之妻"。但是笔者认为作者主要用来指代那些和她们的丈夫一样主动或被迫奉行公司至上的信条，遵循公司制度，为公司牺牲个人利益奉献一切的"公司职员的妻子"。在何巴特的笔下更强调了对公司的忠诚。她有时也用 corporation woman 来指代。因此，笔者把它翻译成了"公司职员之妻"。

② Alice Tisdale Hobart, *Within the Walls of Nanking*, London：Butler & Tanner LTD, 1927, p. 141.

③ Nourse, Key Tyler, "Interpreter of East and West：Alice Tisdale Hobart", *Top Flight*：*Famous American Women*, ed. Anne Stoddart N. Y：Tororto, 1946, p. 117.

④ Alice Tisdale Hobart, *Gusty's Child*, New York：Longmans, Green and Co. , Inc. , 1959, p. 120.

名作家，何巴特共有 14 部著作出版，其中有 9 部是关于中国的题材。1916 年 12 月和 1917 年 2 月，《大西洋月刊》（*The Atlantic Monthly*）连载了她的两篇文章：《红胡子历险记》（The Adventure of the Red Beards）和《跨越冰封的鸭绿江》（Over the Frozen Yalu）。1917 年中国新年的那天，她的第一本著作《拓荒于古老的世界》（*Pioneering Where the World Is Old*）被邮寄到她的手中，该书由《大西洋月刊》的编辑埃勒里·塞奇维克（Ellery Sedgwick）整理自何巴特关于中国东北的日记。九年后，何巴特出版了她的第二部作品《长沙城边》（*By the City of the Long Sand*）。书中，美国作为中国的对立面被理想化，公司哲学被热烈地推崇。因此美孚石油公司买了许多本送往它在世界各地的主要办事处，公司的创始人还亲自给她写了一封信，赞扬她在作品中所表达出的对公司的忠诚。[1]

她的下一部作品《南京城内》（*Within the Walls of Nanking*，1927）以一位美国女性目击者的视角，生动地记录了中国的民族主义运动。中国和西方各国间的矛盾和冲突迫使她重新定义了"进步"一词，并重新思考西方给予中国的影响。她接下来所写的三部曲反映了她世界观的转变。《长江》（*River Supreme*，1929）由世纪公司以《杂货》（*Pidgin Cargo*）为名出版。何巴特原计划写成一本关于西方大机器工业战胜中国人和中国的大自然的浪漫主义作品，结果却成了一部悲剧。《中国灯油》（*Oil for the Lamps of China*，1933），三部曲中的第二部，出版于美国经济大萧条最严重的时期，正是这部小说奠定了她作为美国畅销作家的地位。这部书在 1934 年最畅销小说的排名中位列第九，并两度被改编成电影。第一部同名电影于 1935 年由华纳兄弟公司在百老汇发行。第二部发行于 1941 年，命名为《热带法则》（*Law of the Tropics*）。许多观众都对主人公斯蒂芬·蔡斯（Stephen Chase）的遭遇感同身受。"来自美国各地、南美洲和欧洲的信件纷至

---

① Alice Tisdale Hobart, *Gusty's Child*, New York: Longmans, Green and Co., Inc., 1959, p. 198.

沓来，人们大都用了同一种语调：'如果把名字换成我的，这就会成为我的故事。它的确是我的故事。'"① 芝加哥大学中国历史学教授哈利·法恩斯沃思·麦克奈尔（Harley Farnsworth MacNair）在1933年9月3日写给包布斯出版社副社长 D. L. 钱伯斯（D. L. Chambers）的信中，对该书给予高度评价："赛珍珠在《大地》和《儿子们》中为中国农民所做的一切，何巴特夫人在《中国灯油》中为中美商人做到了。"②《纽约时报书评》也评论了该书的首次出版，称它为"一部视角独特的小说，具有难以描述的丰富性和完整性"。③ 三部曲的最后一部《阳和阴》（*Yang and Yin*，1936）以东西方思想的碰撞为主题，探讨了两者之间的互相影响，该书在最畅销书单中曾名列第二。④

她接下来的八部作品也很快吸引了公众的眼球，成为畅销书。《他们自己的国家》（*Their Own Country*，1940）是《中国灯油》的续篇，描述了海斯特和斯蒂芬返回美国后的生活。《杯与剑》（*The Cup and the Sword*，1943）讲述了在美国的法国移民的生活，曾在1959年被改编成电影《属于我的土地》（*This Earth is Mine*）。《孔雀收屏》（*The Peacock Sheds His Tail*，1945）和《裂开的岩石》（*The Cleft Rock*，1948）分别叙述了墨西哥的西班牙裔家庭和加利福尼亚农民的生活。《盘龙杖》（*The Serpent-Wreathed Staff*）是一部关于美国福利制度的作品，1951年出版。此后，她关注的重心又转移到了中国。《黑暗历险》（*Venture into Darkness*，1951）表达了她对中华人民共和国的恐惧和困惑。1959年，她完成了自传体作品《格斯提的孩子》，随后的一部小说《天真的梦想家们》（*Innocent Dreamers*）追溯了中美交流的百

---

① Alice Tisdale Hobart，*Gusty's Child*. New York：Longmans，Green and Co.，Inc.，1959，p. 272.

② http：//www. amazon. com/gp/product/product-description/1891936085/ref = dp_ prod-desc_ 0/103-6132944-6611064?%5Fencoding = UTF8&n =283155.

③ Margaret Wallace，"When East and West Meet in China：Mrs. Hobart's Fine Novel Places Two Civilizations in Juxtaposition"，*The New York Times Book Review*，October 8，1933，p. 6.

④ Alice Tisdale Hobart，*Gusty's Child*，New York：Longmans，Green and Co.，Inc.，1959，p. 293.

年历史，成为她的封笔之作。此后，她就退出了写作舞台，三年之后，在俄克拉荷马州去世。

其次，就笔者目前所搜集到的相关资料来看，何巴特的生活和创作生涯能够最好地诠释美国女性作家对中国态度的转变过程以及她们对男权社会的挑战。她在不同时期塑造出来的不同中国形象反映了美国女性对此前由男性所创造出来的中国形象的三种主要的态度和回应。

刚到中国的几年间，何巴特怀着巨大的热忱试图以美国的方式转变中国人，然而最终在返回故乡时，她自己却被转变。其他大部分有相似经历的女性作家是返回美国后才开始以中国为主题的文学创作。她们关于中国的记忆并不能够真实地反映出她们居住在中国时对这个国家的态度，记忆往往会使她们的真实感情发生扭曲。其中有些作家仅有一两部作品面世。因此，很难追寻她们情感变化的轨迹。比如，米尔恩和沃恩两人，她们也是当时描述中国的作家里最流行的两位。她们也和赛珍珠以及何巴特一样，希望能够更多地表现出中国人人性的一面。然而，米尔恩返回美国之后才开始创作，而沃恩仅仅有一部关于中国的传世之作。何巴特在中美两国生活的不同时期都有作品面世，她详细地记录了自己在各个时期的真情实感。她从1917年到1936年关于中国形象的文学塑造可以按照她对中国的态度的转变划分为三个阶段。第一个阶段，从1917年到1926年，是她在中国居住的第一个时期，她的两部作品《拓荒于古老的世界》和《长沙城边》就创作于这一时期。在这两部作品中，中国呈现出了两种截然不同的形象——荒原和花园，她笔下的中国在这一时期如此矛盾，主要是受到了美国西部神话——帝国神话和花园神话的影响，中国被何巴特定义为美国的西部。此时，她对基督征服这片土地的乐观精神和她对女性在这一事业中的作用充满了信心。第二个阶段，从1926年到1929年，这是她在中国饱受惊吓的时期，也是中国的民族主义运动高涨的时期，《长江》和《南京城内》创作于这一阶段。她对中国的态度发生了第一次转变：中国不再是消极地等待开垦和教化的"荒原"或者是给人们提供精神栖息地的"花园"，而是变成了凶险的、咆哮着的"长江"，它将会吞没所有的西方人。她改变中国的梦想破灭了，对女性在异乡的无力感也有了更深刻的认识。第三个阶段，从1929年到1936年，何巴特返回美国，被卷入了经济大萧条的历史旋涡之中，她的丈夫在工作中的失败和她在文学上的成功以及由此引发的家庭矛盾困惑着她。《中国灯油》和《阳和阴》两部作品创作于这一阶段，在这两部作品中，何巴特笔下的中国呈现出丰富繁杂的景象，她部分地接受了中国的"阴阳"学说，并认为中美关系和男女之间的关系一样，应该像"阴阳"两面，和谐相处，互为补充。

毫无疑问，赛珍珠也在中美两个国家生活期间都有作品问世，并且她创作的关于中国的作品比何巴特还要多。然而，赛珍珠的生活经历比较独特。她一生中的前40年基本上都是在中国度过的。从幼年时起，她就生活在两个不同的世界。她自己认为，对于幼年的她，中国要比美国真实得多。此外，她的母亲凯丽也给予了她深刻的影响。实际上，凯丽的经历倒是和何巴特一样，比赛珍珠的经历更具有代表性。凯丽陪伴她的丈夫来中国时，她希望能够把自己完全交付给上帝在这个异教国家的事业。然而，在她生命的最后时刻，她却"拒绝祈祷的慰藉，将自己从基督徒的行列中脱离出来"①。从某种程度上说，赛珍珠的某些观点是她母亲观点的延续和发展。和赛珍珠相比，何巴特在中国的经历则更为普通。也正是她的这种普通人的身份和经历使她得以浸淫于那个特殊时代下两个国家的独特氛围当中，并成为反映那个时代特征的一面镜子。另外，虽然本书主要关注于何巴特，但这并不表明笔者认为她就能够完全代表那些西方女性作家。每个个体都有其特殊的生活背景和经历，从而引起她态度和观点的变化。然而，何巴特的故事的确可以为我们了解那个时代美国女性中国观的转变打开一个窗口。本书主要关注何巴特，也并不表明要把其他的作家完全排除在外，她们的纳入

---

① ［美］彼得·康：《赛珍珠传》，刘海平等译，漓江出版社1998年版，第79页。

一方面有助于给何巴特一个更准确的定位，另一方面也有助于分析女性身份在异国形象塑造中所起的作用。

最后，也是非常重要的一点，就是笔者对异国形象在文学中的塑造以及中美文化交流的兴趣。

德国汉学家顾彬（Wolfgang Kubin）通过研究德国文学中的中国形象提出了"异"的概念："'异'可以用来表示自己所不了解的一切，与'异'相对的乃是自己。""'异'也表示用自己的价值标准去衡量自己所不了解的人、事、地点等。"他认为西方人关注异国主要不外乎两种原因：一种是"想寻找一种与自己不同的异域"，另一种是"寻找一种原始社会"，通过对原始社会的描绘，来批评自己的社会和文化，而西方对异国的反映也有两种基本态度：害怕或者渴望。①

美国著名理论家爱德华·萨义德（Edward Said）则强调了东方主义者对异国的控制欲和权力欲对他们的东方观的影响，他把教授、书写或研究东方的人统称为"东方学家"，把他们所做的事情称为"东方学"。他赋予了东方学三重含义：第一，学术含义：东方学是"作为学术研究的一个学科"，是"关于东方和东方人的各种教条和学说"②；第二，东方学是一种思维方式，"东方"（Orient）是相对于"西方"（Occident）而言的。东方学的思维方式即以二者之间这一本体论和认识论意义上的区分为基础；③ 第三，从历史和物质的角度进行界定。他将东方学描述为"通过做出与东方有关的陈述，对有关东方的观点进行权威裁断，对东方进行描述、教授、殖民、统治等方式来处理东方的一种机制：简言之，将东方学视为西方用以控制、重建和君临东方的一种方式"。④ 他认为，东方是被"东方学者"东方化了的东方，西方与东方之间存在着一种"权利关系，支配关系，霸权

① ［德］顾彬：《关于"异"的研究》，曹卫东编译，北京大学出版社 1997 年版，第1—9 页。

② ［美］爱德华·W. 萨义德：《东方学》，王宇根译，生活·读书·新知三联书店1999 年版，第 3 页。

③ 同上书，第 4 页。

④ 同上。

关系"。① 东方学者研究东方是将东方搬上舞台，以供他们观看。而另一位后殖民理论家佳亚特里·C. 斯皮瓦克（Gayatri C. Spivak）在她的两部著名作品《属下能说话吗？》（*Can the Subaltern Speak?*）和《三个女性文本和一种帝国主义批评》（*Three Women's Texts and a Critique of Imperialism*）中以印度妇女自焚的习俗以及对夏洛蒂·勃朗特（Charlotte Brontë）的《简·爱》（*Jane Eyre*）、简·里斯（Jean Rhys）的《藻海无边》（*Wide Sargasso Sea*）和玛丽·雪莱（Mary Shelley）的《弗兰肯斯坦》（*Frankenstein*）三个文本的解读，分析了第三世界国家女性在帝国主义和男权的双重压榨下的失语状态，她们不得不任由白人和男性来替她们言说。她批判了西方女性在表述东方女性时居高临下的姿态和对她们随意和粗暴的干涉，认为西方女性的文本中对第三世界国家的女性形象的建构体现了一种帝国的话语霸权，是一种"知识暴力"②。

达尼埃尔 – 亨利·巴柔（Daniel-Henri Pageaux）和让 – 马克·莫哈（Jean-Marc Moura）等著名的形象学研究者则从形象学的角度出发探究了异国形象塑造的影响因素，强调了形象持有者本国的现实在他们的异国形象创造中所起到的作用。巴柔对他者形象进行了界定："在文学化，同时也是社会化的过程中得到的对异国认识的总和。……一切形象都源于对自我与他者，本土与异域关系的自觉意识之中，即使这种意识是十分微弱的。因此，形象即为对两种类型文化现实间的差距所作的文学的或非文学的，且能说明符指关系的表述。"③ 他认为自我在言说他者时却趋向于否定他者，从而言说了自我。④

国内的学者也对介绍和发展异国形象的研究进行了不懈的努力和

---

① ［美］爱德华·W. 萨义德：《东方学》，王宇根译，生活·读书·新知三联书店1999 年版，第 8 页。

② ［美］斯皮瓦克：《三个女性文本和一种帝国主义批评》，马海良译，罗钢、刘象愚主编《后殖民主义文化理论》，中国社会科学出版社 1999 年版，第 173 页。

③ 孟华主编：《比较文学形象学》，北京大学出版社 2001 年版，第 154—155 页。

④ 同上书，第 157 页。

尝试。

北京大学教授孟华对比较文学形象学理论在中国的译介和实践都做出了突出的贡献。她于2001年主编的《比较文学形象学》收录了巴柔、莫哈等著名欧洲比较文学学者的13篇论述形象学或进行形象学研究的论文，对形象学的概念、发展、现状和主要理论观点都做出了比较系统的介绍。该书已经成为国内研究比较文学的学者的必读书籍。

厦门大学周宁教授在2010年出版的《世界的中国形象》丛书中，纳入了非西方国家的中国形象，试图从研究对象上突破后殖民主义理论，从而消解西方作家的中国形象中所体现出来的西方霸权思想。但同时他也很清醒地指出，我们不得不注意在非西方国家的中国形象塑造中，一定程度上也受到了西方国家的中国形象塑造中霸权思想的影响。"西方的中国形象以某种文化霸权的方式影响着非西方国家地区的中国形象。世界现代化进程中所有非西方国家在确认自我想象他者的时候，都不自觉地且自愿地将自身置于现代西方的他者地位上，接受西方现代的世界观念秩序，中国形象生产的知识框架与价值立场都是西方的，成为'自我东方化'或'自我西方化'叙事的一部分。"[1]此外，他也对比较文学形象学进行了反思和批判，并试图突破它的局限：

> 比较文学形象学只关注文学作品中的异国想象，而跨文化形象学研究关注不同类型的文本如何相互参照，相互渗透，共同编织成一般社会观念或一般社会想象的方式与意义。比较文学形象学大多只满足于描述某部作品或某一时期某些作品中的中国形象特征，只意识到研究什么，没有反思为什么研究，缺乏真正的问题意识。比较文学形象学是没有问题的学科，而跨文化形象学，是没有学科的问题。文化研究的思想挑战性及其开放性活力，也

---

① 周宁：《以思想的方式抗拒中国"被他者化"》，《中华读书报》2010年9月29日。

正体现在这种跨学科性与非学科性上。①

　　然而，尽管如此，他仍然无法否认他对形象学基本思想的继承。通过他"卷帙浩繁"的系列作品中对异国作家笔下的"中国形象"的梳理，② 他得出的依旧是形象学的"乌托邦的中国"和"意识形态的中国"；并且他一再强调："研究西方的中国形象，关键不是研究中国，而是研究西方、研究西方文化生产与分配中国形象的机制。"③ "遥远的中华帝国，永远的乌托邦！西方的中国形象，实际上跟现实的中国与中国的现实，关系都不大。"④ 周宁在论述如何理解所谓"西方的中国形象"的时候也指出："西方的中国形象是西方文化投射的一种关于文化他者的幻象，是西方文化自我审视、自我反思、自我想象与自我书写的方式，表现了西方文化潜意识的欲望与恐怖，指向西方文化'他者'的想象与意识形态空间。"⑤ 他的这一观点显然也符合形象学的观点——形象持有者在言说他者形象时更多地表述了自我。

　　任何一种理论的提出都有其局限性。理论学家在强调某一点的时候，往往会由于对那一点的强调而无意中弱化了很多其他的方面。如果把这些被置于后台背景下的东西拿到前台来，我们或许能够发现许多以前没有发现的问题。比如，顾彬提出西方人关注异国的两种原因——寻找与自己不同的异域以及寻找原始社会，并且提出了西方人反映异国时的两种基本态度——害怕或者渴望，那么除了这两种原因和这两种态度之外，是否还有其他的原因和态度？萨义德的东方主义

---

① 周宁：《以思想的方式抗拒中国"被他者化"》，《中华读书报》2010 年 9 月 29 日。

② 2004 年周宁曾出版了八卷系列丛书《中国形象：西方的学说与传说》，包括《契丹传奇》《大中华帝国》《世纪中国潮》《鸦片帝国》《历史的沉船》《孔教乌托邦》《第二人类》《龙的幻象》，2006 年又出版了两卷本《天朝遥远——西方的中国形象研究》，2010 年又陆续出版了由他主编的九卷本《世界的中国形象》丛书，系统地梳理了几个世纪以来西方人眼中的中国形象。

③ 周宁编：《世界之中国：域外中国形象研究》，南京大学出版社 2007 年版，第 10 页。

④ 周宁：《天朝遥远——西方的中国形象研究》，北京大学出版社 2006 年版，第 141 页。

⑤ 同上书，"前言"第 3 页。

理论批判了东方学者们的文化霸权思想，斯皮瓦克也批判了西方女性在表述东方女性时的"知识暴力"和"帝国的话语霸权"，我们是否应该在学习这些理论的同时思考一下，这种霸权思想的形成过程中，第三世界国家承担了什么样的角色，起到了什么样的作用？是否也应该反省一下自己，而不是单纯地接受他们的理论和思想，去一味地批判那些西方作者？此外，有些理论是西方学者提出的，作为研究东方的学者，尽管他们的研究对象是异国——亚洲或者阿拉伯等国家，但是他们研究的主要目的还是为本国服务的。他们虽然有时也反对西方中心论，但是作为西方人，时时处于所属的文化氛围中，他们有时也难以逃脱这一局限。可是，作为中国学者的我们，就需要问一下自己是否也应该研究一下西方理论的局限，形成我们自己的视角。西方人研究西方文本中的中国形象主要是为了研究西方，作为中国人的我们，是否可以转换一下，在研究西方的同时，也研究一下中国？比如说在形象学理论的学习中，我们是否也要追问一下除了"乌托邦的他者"和"意识形态的他者"之外，是否还有其他因素影响了他者形象的塑造？的确，形象学理论认为形象持有者在言说他者形象时趋向于否定他者，更多地表述了自我。我们不否认他们表述了自我，但是也不能否认他们同时也言说了他国。作为中国学者，我们是否应该把强调的重点放在中国上？在研究西方的中国形象时，在研究西方、研究西方文化生产与分配中国形象的机制的同时，是否应该更加关注中国的形象，研究一下中国和中国的变化是如何参与进入西方人中国形象塑造的过程的？西方人笔下的中国为什么会在不同的时期呈现出不同形象，中国本土的实际情况在西方人塑造中国形象的过程中起到了什么样的作用？西方人所描述的中国为我们竖起了一面面认识自己的镜子。虽然有些镜子或许只是哈哈镜，夸大了我们身上的某些部位，但是也会有其一定的真实性。透过这些镜子看看我们自己，我们还是会发现一些问题。西方学者所提到的中国人的生活方式目前有些已经改变了，有些仍未改变。那么哪些改变了？哪些又被我们保留下来了呢？我们为什么会选择保留这些而抛弃那些？这些选择在特定的历史时期有其一定的正确性，但是否永久正确？我们应该如何对待我们的文化遗产，应该如何向西方介绍我们的国家？这些都是值得我们思考的问题。

本书通过分析作者的"边缘人"身份和"越界"的生存状态对以何巴特为中心的美国女性旅华作家笔下的中国形象塑造的影响，试图回答以上问题，并对异国形象形成的原因做出自己的思考。

1908 年，60 岁的德国哲学家乔治·齐美尔（Georg Simmel）写了一篇题为"陌生人"（Stranger）的文章，提出"陌生人"概念："这里陌生人不是此前常常接触过的意义上的外来人，即不是指今天来、明天走的流浪者，而是指今天来、明天留下来的漫游者——可以说潜在的流浪者"，"陌生人是群体本身的一个要素……它的内在的和作为环节的地位同时包含着一种外在和对立……进行叛逆的和引起疏离作用的因素在这里构成相互结合在一起和发挥作用的统一体的一种形式"。① 1928 年，齐美尔的学生美国社会学家罗伯特·帕克（Robert Park）基于老师的"陌生人"概念，在《人类的移民与边缘人》（Human Migration and the Marginal Man）一文中，首先提出了"边缘人"（marginal man）的概念。他认为：

> 移民的一个结果就是创造出这样一个环境，在这个环境中，同一个个体……发现他自己努力生活在两种不同的文化群体中。这就导致了一种不稳定的特性的产生—— 一种有着显著的行为方式的个性特征。这就是"边缘人"。正是在边缘人的心中，互相冲突的文化相遇并融合。因此，也正是在边缘人的心中文明发展的进程清晰可见，并且，正是在边缘人的心中我们可以最好地研究文明发展的进程。②

---

① ［德］齐美尔：《社会是如何可能的——齐美尔社会学文选》，林荣远编译，广西师范大学出版社 2002 年版，第 341—342 页。

② Robert E. Park, "Human Migration and Marginal Man", *The American Journal of Sociology*, 1928, p. 881.

　　荷兰华裔作家林湄通过对自己十年来创作文学作品《天望》的思考，在《边缘作家视野里的风景》一文中指出了"边缘"的优越性："我渐渐地发现了'边缘'位置的优越性，除了亲自体验生存于跨文化社会的情景和特征以外，我突然看到了许多过去看不到的风景，想到许多平日忽略的问题……"①

　　中国的学者也越来越认识到边缘的重要性。山东大学黄万华教授曾在多个场合阐述了边缘的活力和越界者身份的优势，主张从边缘切入对文学和文学史进行研究。他认为这种边缘姿态"可以构建跟主流文学的价值观、操作方法、形式风貌不同的'亚文学场域'。这种文学场域依旧跟社会存在的不同层面有着密切联系，但有着自己的典律和流脉，形成一个自成中心的空间。这样一种'边缘'姿态实际上告诫着治文学史者不要指望任何一种文学史可以穷尽文学史本身，也许文学史呈现的只能是'亚文学'空间，包括主流文学本身"。②越界，能给人一个不同的视角；边缘化也会使人看到中心所看不到的东西："处于'边缘'，往往对自己现在的立足点有很强的挑战意识，又会有向边界两边沟通的强烈意识，于是'越界'而出。在这种越界中，越界者会获得新的视角，而他把视线投向边界一边时，会看到另一边的问题，那是因为'边缘'者敏感于跨越不同边界的东西。"③ 在《传统在海外》一书中，黄万华引用著名留法华人作家程抱一关于自己融合中法传统文化的创作体验来证明"海外华人文学为我们考察中华传统文化的现代命运提供了一个极好的领域和视角"："广义的文化是不断转化、提升的文化，而这种转化、提升只有在跟另一种文化的交融中完成，而不能只是照镜子。……我面前呈现的是一种'大开'，无止尽的生命境界。过去，似乎只是面对文学、文化，现在面对的是生

---

　　① 林湄：《边缘作家视野里的风景》，黄万华主编《多元文化语境中的华文文学》，山东文艺出版社 2004 年版，第 231 页。
　　② 黄万华：《"边缘"的活力》，黄万华主编《多元文化语境中的华文文学》，山东文艺出版社 2004 年版，第 157 页。
　　③ 同上书，第 158 页。

命本身。"① 旅华文学应该也有异曲同工之妙，它和海外华文文学就像两列对开的火车，虽然方向正好相对，但是道路却是相同的。因此，海外华文文学研究中的许多理论对研究旅华文学来说也是非常具有借鉴意义的。旅华文学，这里是指旅居中国的外国人所创作的文学。

何巴特和其他的这些旅居中国的美国作家们的边缘身份不言而喻。

作为作家，她们游离于中美文学史之外。作为美国作家，她们作品的主题是中国，因此不被美国主流文学界所认可。即便是获得了诺贝尔文学奖的赛珍珠在长达半个多世界的时间里，在美国主流文学史中也只能占得寥寥数笔、几行而已。"文学界大多数人把赛珍珠从正文贬到脚注的地位，并为此而自鸣得意。"② 甚至多部文学史连她的名字都不曾提及，更别说其他的女性作家了。另外，作为女性作家，她们也被男性评论家、教授占主流的评论界所排斥。当年赛珍珠获得诺贝尔文学奖便引起了轩然大波。威廉·福克纳在写给朋友的一封信中说："我对诺贝尔奖的事一无所知，已经听到有关的谣传有三年了，有些胆战心惊。这种事情是无法回绝的，不能无缘无故地羞辱别人吧。但我不想要这个奖。我宁愿与德莱塞、舍伍德·安德森这样的人为伍，也不屑与辛克莱·刘易斯和中国通赛女士共荣。"③ 从他对赛珍珠略含嘲讽的定位"中国通"一词可以看出这些以中国为题材的美国女作家在美国文学界是被边缘化到何等境地的。

此外，虽然写的是中国主题，虽然在中国居住多年，她们更是无法进入中国文学界，中国文学史中更是找不到她们的名字，但是无可否认的是，她们的作品无论对美国文学还是中国文学而言，都是一种补充和丰富，是中美文学史和交流史中不可或缺的一部分。

作为在中国居住多年的美国公民而言，她们在中国居住了多少年也就意味着她们和美国分离了多少年。而这多年的分离使她们已经跟

---

① 黄万华：《传统在海外》，山东文艺出版社 2006 年版，第 3 页。

② ［美］彼得·康：《赛珍珠传》，刘海平等译，漓江出版社 1998 年版，第 3 页。

③ 同上书，第 237 页。

不上国内主流的步伐，在主流中找不到自己的位置。笔者曾经就关于赛珍珠的问题咨询过一位普通的美国学者，他脱口而出："哦，她是中国人，她在中国生活了很多年。"这至少代表了一部分美国人的观点，即认为她并不是真正的美国人。美国50年代麦卡锡主义盛行时期，她时时面临"不忠于美国"甚至"叛国"的指控。对于中国而言，她们更是处于"边缘"地位。生活在中国期间，她们的皮肤和语言为她们架起了一道天然的屏障，把她们隔离于中国社会之外。同时，她们几乎一直居住在与周围中国人隔离的"白人社区"，无法融入也拒绝融入中国的主流社会。即便是被认为是"中国人"的赛珍珠也不例外，甚至连她最终想要重新踏上中国的国土的愿望都未能实现。中美断交多年之后，1972年尼克松访华时，赛珍珠曾向尼克松求情希望能作为记者陪同他一起前往中国。她同时给周恩来等中国领导人发电报、给她所认识的中国学者写信，迫切地希望能够帮她拿到一个签证。但一切都是徒劳，她至死都被中国拒之门外。

即使在她们所属的这个处于双重边缘的小圈子里，相对于男性而言，她们也是被"边缘化"的，男性在国际政治上的圈地运动，把女性排除在外，也是在政治生活中对女性的一种放逐，或者说驱逐，使得她们无法真正参与到"改变中国人"的"国家计划"中来。英国作家弗吉尼亚·伍尔夫（Virginia Woolf，1882—1941）在《三枚金币》（*Three Guineas*，1938）中发出了这样的呐喊："作为女性，我没有自己的国家；作为女性，我不需要一个国家；作为女性，我的国家就是全世界。"①

这种"边缘人"身份给她们带来了强烈的迷惘感、疏离感、恐惧感，甚至被遗弃感，然而也正是她们的这种"边缘人"身份，这种和两个国家以及本国男性都保持一定距离的姿态（尽管这种距离在一定程度或者一定时期上说是被迫保持的）使她们形成了自己独特的视

---

① Virginia Woolf, *Three Guineas*, http: //ebooks. adelaide. edu. au/w/woolf/virginia/w91tg/chapter3. html.

角，解构着受到政治等权利因素影响的中心。她们也因此在看待中美两国文化以及他们所热衷于的"改造中国的事业"时相对更加客观，不痴迷于任何一方，也不跟任何一方完全对立。因此，对她们的研究也有助于我们重新审视我们的传统文化，为我们更加客观地了解中国传统文化，思考如何继承和发展传统提供了新的思路。长期以来，对待中国传统文化有两种错误的态度，一种是接受全盘西化的思想，猛烈攻击传统文化，希望彻底和传统文化决裂。另一种则痴迷于传统文化，固守着不愿做出改变。毫无疑问，这两种思潮都不利于传统文化和国家的发展。白先勇曾经在《惊变》一文中说："环顾世界各国，近半个世纪以来，似乎还没有一个国家民族像中国人这样对自己的传统文化如此仇视憎恨，摧毁得如此彻底的。"[①] 澳大利亚作家渡渡也在散文《一桌日本人》中写道："看着他们，我想到'礼失而求诸野'这句话来，很多东西，原是我们自家的，却往往守不住，给人家用了，才回过头来惊觉一番而已。"[②] 我们到底应该如何客观地对待传统文化，如何正确地继承和发展传统文化，这些旅华作家也从另一个角度引发了我们的思考。事实上，边缘和中心也不是一成不变的，有时也会互相转换。此时的边缘或许会成为彼时的中心，而此时的中心在彼时也有可能会成为边缘；在此范围内处于边缘的事物，或许正是彼范围的中心，而在彼范围内处于中心的事物也或许就处于此范围的边缘。比如，何巴特她们，处于多重的边缘，然而，正如黄万华教授所说却"有着自己的典律和流脉，形成一个自成中心的空间"，而本书又把何巴特置于了中心位置。

历史不会重演，但是，我们总能从历史中发现和我们现在相似的一些踪迹。因此，我们可以从历史中学到很多东西并把它们运用到现实中来。现在和那时一样，美国都采取了一种文化和经济的扩张政策。自从首位西方传教士于 16 世纪到达中国，西方人，包括美国人

---

① 白先勇：《惊变》，转引自黄万华《传统在海外：中华文化传统和海外华人文学》，山东文艺出版社 2006 年版，第 24 页。

② 渡渡：《一桌日本人》，澳洲维州华人作家协会《文学的春天》，第 160—162 页。

在内，从传教士、冒险家、商人、军人、政治家到学者，都试图把西方的模式强加给中国。① 一些中国人，从清朝到现在，也都非常热切地希望采取这些模式。现在和过去一样，中国都是经过了一段长时期的闭关锁国政策之后的对外开放。许多美国人到中国来寻找机会。就像美国学者舍曼·科克伦在 2003 年版《中国灯油》的"前言"中所说的："又一次，一批像斯蒂芬·蔡斯一样野心勃勃的美国年轻人为一些在中国的大型机构工作……又一次，像海斯特一样的年轻妻子们面临着同时居于美国的企业文化和中国文化的困境。"的确，美国女性曾经并且将继续在跨文化交流中扮演着特殊的角色。

著名汉学家杜维明教授在 1999 年 9 月 27 日哈佛燕京学社的一次儒学讨论会上曾经指出："近二十年来东亚文化价值观的地位在西方上升，和女性主义有密切联系，因为同情、群体、情理这些东亚文化特征和女性主义者揭示的女性特征一致，和代表男性强权的基督教文化传统（理性、个人、法律）不同。因此六〇年代兴起的女性主义思潮是当代泛文化研究的重要资源。"② 上文所提到的一些女性作家也早已觉察到了这一点。在中国的生活经历使她们发展了很强的女性意识，并从正面表述了国际交流中女性的作用。例如，米尔恩曾经指出：

> 如果东方和西方可以在坦诚和稳固的基础上相遇，那么这应该掌握在中国人和英国人的手中——男性的手中。如果要弥合东西方之间的裂痕，美国女性将会为它们架起桥梁也并非是毫无可能。（尽管我们目前很少想到）美国女性可以一次又一次非常安全地穿梭其中。③

① 赵一凡：《超越东方主义：中美文化关系 21 世纪展望》，刘海平主编《世纪之交的中国与美国》，上海外语教育出版社 2000 年版，第 11 页。

② 转引自朱刚《二十世纪西方文艺文化批评理论》，扬智文化事业出版公司 2002 年版，第 192 页。

③ Louise Jordan Miln, *In A Shantung Garden*. New York：Frederick A. Stokes Company, 1924，pp. 229 – 230.

　　赛珍珠在 1955 年春代表和平与自由国际妇女联盟所写的一封信中表明女性"为维护世界和平有一种特殊的责任"[①]。何巴特也一遍又一遍地强调"女性就像灯油一样为西方人在东方的事业燃起火焰。我们的丈夫就是盛灯油的容器，我们通过他们表达自己"[②]。在何巴特的作品中，她的中国观的变化和她对女性意识的发展紧密地交织在一起。

　　在全球化的今天，女性在政治文化生活的各个方面起着越来越重要的作用，她们相对于男性的优势也日益显露出来。这批已经被遗忘了的美国旅华女性作家同时具有美国作家和女性的双重身份，在文学创作中显示出明显的双重视角。她们一方面从美国作家的角度来观察中国，另一方面也从女性的角度出发来分析中美交流中出现的问题。因此，对她们的重新发掘和正确评价不仅是对中美文学史的一次有意义的充实，而且也将会给我们今天的中美文化交流带来一些值得汲取的经验和教训。

　　本书基于前人的研究，希望站在前人的肩膀上，眼界可以更加开阔一些，能够在现有的有关异国形象塑造等方面的研究上有所突破。但是，囿于本人的能力以及其他方面的局限，或许最终也只能是突而不破，仅能提出几个问题却不能很好地解决，虽然笔者的这种尝试未必无益。

---

　　① Peter Conn, *Pearl S. Buck: A Cultural Biography*, Cambridge: Cambridge University Press, 1996, p. 337.

　　② Alice Tisdale Hobart, *Oil for the Lamps of China*, New York: The Bobbs-Merrill Company, 1933, p. 225.

第一章　边疆欢歌

有样东西隐藏起来了，去找到它。

去看看那群山之外，它遗失在了山的那边。

遗失在那儿正等着你的发现。去吧！

……

这个召唤一直引领着我们往西走，直到我们来到了东方！

——何巴特《拓荒于古老的世界》①

初读何巴特这一时期的两部作品《拓荒于古老的世界》和《长沙城边》，聚焦的中心可能会是她对中国的蔑视以及对这个国家阴暗面的刻画。书中"原始""野蛮""肮脏""混乱"等词比比皆是、随处可见。但仔细研读之下，就会发现，她有时也会用极优美的笔触来讲述中国。书中"安宁""富足""丰饶""壮丽"等词也让人无法忽视。这就形成了何巴特这一时期作品中的一个非常有趣的现象——描写中国时的不一致，她同时使用着两套不同的词汇来描述这个国家。中国在她的笔下时而是一个令人厌弃的、野蛮、堕落的荒原，时而又成为"美丽、富饶、干净的大地"，②或者宁静、富足、让人心向往之的花园。进一步分析会发现，贬义的词汇主要是在描述中国的城市

---

① 本书所有引用自何巴特作品的内容均为笔者所译。

② Alice Tisdale Hobart, *Pioneering Where the World Is Old*, New York：Henry Holt and Company，1917，p. 52.

时使用，而在描述农村和未受人类足迹侵扰的大自然时，她使用的则是那套优美的词汇。在谈论她自己的文明时，总体来说，她充满了自豪感，认为那是一种先进的文明，她的同胞有点像神一样地驯服着自然。但有时她又流露出对那种文明的束缚的反感，说那是一种"压抑的文明生活"①，反而对中国"原始的最基本的生活"充满了渴望。这一现象在当时的美国作家笔下并非特例。那么为什么两种截然不同的中国形象会同时出现在同一个作家同一时期的作品中，甚至出现在同一部作品中？哪些因素影响了她这一时期中国形象的塑造？作为一名美国女性，她不远万里来到中国，跨越了什么又坚守了什么？这些是本章所要探讨的主要内容。

第一节 何巴特的文化继承

人们已经习惯了思维定式。先前形成的经验、习惯、知识往往会束缚人的思维，影响人的判断力。看到一个陌生的事物时，人们总是先拿它和过去的经验以及熟知的事物相比较，以分出相同和差异。批评家和文化评论员沃尔特·李普曼（Walter Lippmann）指出大多数情况下，"我们并不是先看到某件事物，然后再定义，而是先在心目中给出了一个界定，然后才去看"②。那么何巴特在真正看到中国之前她给中国的是一个什么样的界定呢？初到中国她看到的中国是什么样子的呢？她这一时期的中国观主要受到哪些因素的影响呢？

首先，她来华前的中国想象受到了长久以来美国公众中形成的对中国的刻板化的认识的影响以及她生活的那个时代流行的中国形象的影响。从《格斯提的孩子》中我们了解到，五岁时，她就宣布要到中国去传教。至少在那时，她就已经知道了中国，知道了中国是一个异教徒国家，是福音未曾到达的地方。十岁时，她又说上帝让她去"野

---

① Alice Tisdale Hobart, *Pioneering Where the World Is Old*, New York: Henry Holt and Company, 1917, p. 128.

② Walter Lippmann, *Public Opinion*, New York: Free Press, 1997, pp. 54–55.

蛮人"中播撒福音。那么中国在幼小的何巴特眼中，显然是一个属于"野蛮人"的异教徒国家。在如此众多的没有接受基督教的国家中，她既然特意指出要到中国这个国家去传教，证明她至少对中国有一些认识。由于她未曾踏出国门，这种认识毫无疑问，很大程度上受到了她那个时代所盛行的中国形象的影响。何巴特1882年出生，1908年离开美国来到中国。这段时间的中国在美国公众心目中的形象主要处于伊萨克斯所说的"蔑视期（1840—1905年）"。① 这一时期美国人的中国形象在绪论中已经讨论过了。在美国人眼中，中国人原始、野蛮、落后，是急需拯救的"堕落的异教徒"，是抢夺他们的机会、威胁他们民族纯净性的异教"黄祸"。1905—1908年则处于"仁慈时期（1905—1937年）"，仁慈就意味着施以仁慈者的优越感和屈尊俯就。这些对中国和中国人的刻板的认识从何巴特前两个时期的作品中不难看出。譬如她对中国人洋泾浜英语的使用。自从布莱特·哈特（Bret Harte）的《异教徒中国佬》（*The Heathen Chinese*）在1870年出版之后，洋泾浜英语就成了中国移民的一个显著特征，在某种程度上，使其成为程式化了的表现中国"他者"的文学语言，中国人也因此备受美国人的嘲弄。在《洋泾浜英语诗歌》（*Pidgin Chinese Sing-song*，1903）中，查尔斯·里兰德（Charles G. Leland）记录了中国人说的英语，并通过讽刺挖苦来侮辱他们。自从洋泾浜英语被下意识地丑化以来，在那个特殊的时期，对它的每次使用都会让这些西方使用者得到一种优越感。何巴特从她的西方的前辈那里继承了这种对中国人的模式化描述，并强化了它。同时，如同她的前辈明恩溥一样，何巴特也在她的作品中列举并强化了中国人缺乏神经、缺乏精确性等特征。"未开化的"（uncivilized）等诸如此类具有强烈东方学色彩的词汇也经常出现在何巴特这两部作品中。而她关于中国是一个神秘的国度的描述也是对她之前的东方学者的重复："尽管长沙已经变成了我的故

---

① ［美］哈罗德·伊罗生：《美国的中国形象》，于殿利、陆日宇译，中华书局2006年版，第86页。

乡，尽管我和它一起经历了战争与和平、灾害与繁荣，我还是能感觉到它的神秘。这里是非常神秘的，我还是想倾听它给我的最后的信息。"① 中国作为一个停滞的国家、一个沉睡的巨人的形象也是西方作品中反复出现的一个主题，在西方人心中，这一形象也成了一个长久流行的刻板形象。何巴特也受到了这一形象的影响，她相信中国就这样一直沉睡着，止步不前，和外部世界失去了联系："一条漂亮、阴暗、昏昏欲睡的古老的街道，两边都是些同样阴暗、昏睡的古老的商铺。同样的事情在今天也发生着，当我从 20 世纪快活地踏上这片土地时，就如同几百年来一直发生的一样——只是昏睡。"② 何巴特对中国的每一个评价，都暗含着和美国的对比。用中国的落后凸显着美国的进步，用中国的野蛮反衬着美国的文明。在描述中国时，带有鲜明的二元对立的思维模式。这样，一个东方主义者笔下"消极、原始、柔弱甚至静默倦怠的东方"③ 就在何巴特的笔下延续。

除了上述这些，另外一个影响她早期中国观的重要因素是她把中国看作了美国西部边疆的延伸。萨义德强调东方是被东方学者东方化了的东方，而何巴特这一时期所塑造的中国在某种程度上说，更多的是被西方化了的中国。这一时期，她在强调两国差异的同时也强调了相同之处：中国＝美国的西部边疆，中国人＝印第安人，在中国的白人＝美国西部的白人拓荒者。这一方面符合美国的政策和宣传，在那个时期，尤其是扩张领土的政策以及天定命运说的影响。另一方面，有助于她排遣自己在面对新世界时的焦虑和降低新世界对她的威胁。萨义德曾经指出"异国的、遥远的东西，出于这样或那样的原因，总是希望能降低而不是增加其新异性"④。这样，她们面对新世界、新事

① Alice Tisdale Hobart, *By the City of the Long Sand: A Tale of New China*, New York: The Macmillan Company, 1926, p. 292.

② Alice Tisdale Hobart, *Pioneering Where the World Is Old*, New York: Henry Holt and Company, 1917, p. 182.

③ ［美］爱德华·W. 萨义德：《东方学》，王宇根译，生活·读书·新知三联书店 1999 年版，第 178 页。

④ 同上书，第 74 页。

物时所承受的压力就有所减轻。形象学研究学者也指出：作者使用源自注视者国家的词汇定义被注视者国家是一种"将异国据为己有（将未知简化为已知，简化为'本民族的'成分）的过程"，也是"将他者文化归并的过程"。① 从一开始，何巴特就把中国纳入了"自我"的体系而不是他者的体系。在《拓荒于古老的世界》一书中，何巴特对中国所做的主要是"去他性"（"他性"otherness，代表着所有不同的东西）——把中国当作了美国人所熟知的地区。萨义德说从西方民族的殖民主题中"产生了将东方视为有待开发、耕耘和保护的地域空间这一普遍认同的观点。由此产生了大量描述东方的农业意向和性意向"。② 就这个来华美国人整体而言，的确体现出的是美国的殖民扩张政策。作为来华美国人中的一员，何巴特的经历和作品也的确印证了萨义德所批判的"东方主义者对异国的控制欲和权力欲"对他们的东方观的影响。但是同时，就何巴特个人而言，对她影响更多的不是权力欲望，而是寻找自己的美国梦，释放一种对西部、对农业社会的怀旧之情。

第二节　美国西部的历史意义

西部自由的土地向来在美国人心目中有着不可抵御的魅力，对美国文明的进程有着深远的影响。首先，正是由于富于冒险精神的欧洲探险者向西航海才使得这块和其他几个大陆隔绝了万年之久的北美大陆呈现在了西方世界面前。其次，美国的建立也离不开欧洲商人、清教徒和冒险家的西部迁移。他们从欧洲一路向西源源而来，在这片土地上拓荒、贸易，以13个州为基础经过浴血奋战终于挣脱英国的控制，以密西西比河为分界线成立了美利坚合众国——密西西比河以东属于这个崭新的国家。此外，美国国家领土的扩张也大大得益于西进

---

① 孟华主编：《比较文学形象学》，北京大学出版社2001年版，第132页。
② ［美］爱德华·W. 萨义德：《东方学》，王宇根译，生活·读书·新知三联书店1999年版，第278页。

运动。美国建国之后，华盛顿即命令刘易斯和克拉克横穿大陆，探寻当时在他们眼中尚属"蛮荒"的神秘的西部。继刘易斯和克拉克之后，美国人就开始了他们历史上伟大的"西进运动"。一批颇具冒险精神的拓荒者紧随其后，一路西行。每当一处土地的社会形式和工业发展到和旧世界相似的地步，他们定居的土地上的人口接近饱和、没有更多自由的土地可以开垦时，这些迁移者及他们后代身上不安分的细胞就开始活跃起来，他们就会毫不犹豫地离开，继续向西进发，直到他们横贯大陆，来到了太平洋沿岸。美国的疆域由此大大扩展。美国的方方面面也因此都和西部有着密不可分的关系：美国的文明、美国的民主、美国人的特征，甚至美国文学的确立都离不开这片神秘的土地。首批到达新大陆的殖民者带来的只是欧洲文明。这一文明在不断向西推进的过程中，为不同的环境逐渐改变，转化为美国特有的文化和美国人特有的个性，成就了美国人的拓荒精神、他们的个人英雄主义，以及他们特有的文化气质，从而树立了他们鲜明的民族身份，使得美国人和古老的欧洲大陆上的人们可以区分出来。随着他们的西行，边疆也成为一条最迅速最有效的美国化的界限。边疆不断地向西推进就意味着逐渐脱离开欧洲的影响，逐渐增长美国独有的特点。研究这一进程，研究在这些情形下成长起来的人们，以及研究由此而产生的政治、经济和社会的结果，是研究真正的美国历史。① 因此，19世纪末，当美国两大历史学派试图从不同的出发点来解释美国历史时——以赫尔曼·爱德华·冯·霍尔斯特为首的历史学家们将奴隶制争论作为解释美国历史的着眼点；以约翰斯·霍普金斯大学的赫伯特·B. 亚当斯（Herbert B. Adams）为代表的另一派将美国的制度看作是英国或者甚至是古代条顿王朝的胚芽被移植到新世界的结果②——亚

---

① Frederick Jackson Turner, "The Significance of the Frontier in American History", *Frontier and Section: Selected Essays of Frederick Jackson Turner*, ed. Ray Allen Billington, Englewood Cliffs, 1961, pp. 37 – 39, 61 – 62.

② ［美］亨利·纳什·史密斯：《处女地：作为象征和神话的美国西部》，薛蕃康、费翰章译，上海外语教育出版社1991年版，第256页。

当斯的学生美国历史学家弗瑞德里克·杰克逊·特纳（Frederick
J. Turner，1861—1932）则提出从很大程度上说，一部美国史就是一
部向西殖民的历史："存在一片自由土地，美国人的西进拓居以及这
片土地的不断缩小，这就是美国的发展过程。"① 亨利·纳什·史密斯
（Henry Nash Smith）后来也指出："有关美国生活和特性的最为持久
的概括之一是这样一个观念：我们的社会的形成是依靠把人口引向西
部空旷的大陆所具有的拉力。"② 托马斯·哈特·本顿（Thomas Hart
Benton）也认为向西前进曾经是"天体的进程，人类的进程，科学、
文明的进程，随之而来的是国家的威力"③。

　　对美国人来说，西部"不仅仅是一个地理名词，而且是一个坐落
于历史和人们的想象中的名词"，这一词汇暗示了由这一地理位置激
发起的美国梦。④ 一代一代美国人锲而不舍地往西推进已经使得西部
逐渐在美国人心目中演变成了一个神话，在不同的美国人心中闪耀着
无穷的魅力。对探险家来说，西部象征着自由和冒险；对商人来说，
西部象征着更多的贸易机会和更大的利润；对自耕农来说，西部象征
着更多自由的土地；对清教徒来说，西部则意味着上帝允诺之地、山
巅之城。纳什指出西部"总是不断向人类及其社会施加再生、更新、
恢复活力的影响"⑤。哈姆林·加兰（Hamlin Garland，1860—1940）
在1891年为本杰明·弗劳尔（Benjamin Flower，1755—1829）的
《竞技场》所写的前言中这样写道："半个多世纪以来到西部的自由
土地去已成为美国大城市中对社会不满的人的出路。当工匠和农民在
故乡陷于绝境时，他们便会奔向西部的大草原和森林。……因此，

---

　　① ［美］亨利·纳什·史密斯：《处女地：作为象征和神话的美国西部》，薛蕃康、费
翰章译，上海外语教育出版社1991年版，第256页。
　　② 同上书，第3页。
　　③ 同上书，第26页。
　　④ Edmund S. Morgan, *The Puritan Family*, New York：Harper & Row, 1944, pp. 18 -
19.
　　⑤ ［美］亨利·纳什·史密斯：《处女地：作为象征和神话的美国西部》，薛蕃康、费
翰章译，上海外语教育出版社1991年版，第260页。

1849 年以前很长一段时期内，西部已成为金色西部，富饶、自由和幸福的土地。凡是和西部这个名称有联系的一切都是神话般的，不可思议的和充满了希望的。"① 他们知道一旦他们对社会不满、感到受到了束缚或对自己感到不满，他们还可以打点行装前往西部。在西部，他们会有新的机会可以得到自由和重生。沃尔特·惠特曼也说这块大陆，特别是正在发展中的西部是"一个向男男女女自由开放的坚固而又实用的避难所"②。

美国工业革命即美国内战过后刚刚开始重建的时期，大部分美国人依旧对他们的西部和它所提供的无限的机会持有乐观的态度。贺拉斯·格里利（Horace Greeley）的《纽约论坛报》在 1865 年 4 月自豪地宣称他们的国家"至少在下个世纪还将拥有充足的土地"。《芝加哥论坛报》在同一时期也夸耀说："我们已经拥有五十年也开垦不完的土地。"③ 随着内战过后北方的胜利，政权从南方种植园主手中转移到了工业资本家和金融资本家手中。新能源的发现、新发明的出现、新公司的建立加快了美国的发展速度，美国因而从农业社会变成了工业社会。迅猛的工业化进程促使更多的人向西部推进。从 1790 年到 1910 年，美国生活的中心向西推移了 557 英里，大约以每年 4 英里的速度推进。

然而，1893 年，特纳却宣布了美国边疆的消失："现在，美洲大陆发现 4 个世纪之后，在美国宪法下生活的第一百年年末，边疆消失了。它的消失带来了美国历史上第一个时期的结束。"④ 这种决定性的语言给美国人民带来了"深深的失落感"。当特纳宣告边疆消失时，他不仅是在宣告一个边界的消失，而且宣告了伟大的西进运动的结束。它意味着形成了美国人民族性格的"荒原"的消失，同样，它也

---

① ［美］亨利·纳什·史密斯：《处女地：作为象征和神话的美国西部》，薛蕃康、费翰章译，上海外语教育出版社 1991 年版，第 253 页。

② 同上书，第 192 页。

③ Walter Lafeber, *The New Empire：An Interpretation of American Expansion* 1860 - 1898, New York：American Historical Association Cornell University Press, 1963, p. 12.

④ Harold P. Simonson, *Beyond the Frontier：Writers, Western Regionalism and a Sense of Place*, Texas Christian University Press, 1989, pp. 25 - 26.

是美国历史上一个时代的结束，工业化到来前的那个时代的结束。它触发了一场美国身份认同的危机和他们建国祖先的乌托邦梦想幻灭的危机。杰拉尔德·D. 纳什（Gerald D. Nash）指出：西方的历史学家在 1890 年后的三十年间表现出由于失落感而带来的一种深深的怀旧之情。① 他们意识到美利坚合众国的"青春年华"已经结束了，"成熟、连同它的负担、它的困难以及它的焦虑"一起到来了。② 美国文明非但没有使美国人重建地球上的伊甸园，反而带来了混乱、堕落以及令人无奈的产品过剩。这种失落感，产品和劳动力的过剩，激励着美国人寻找北美大陆之外的新的领土。

想象中的西部边疆关闭之后，荒原逐渐被城市所代替，农业社会也逐渐被工业社会所取代。欧洲不再是美国作为参照以建立他们的自信和形象的合适的标尺。美国建国之后很长一段时期内，美国人都把欧洲视为他们的对立面以建立自己的民族认同。当时西部仍然有广阔的荒原，他们认为自己的国家依旧年轻、充满活力，有着更多的希望和机会。然而，工业化和边疆的消失打碎了他们的美梦。和欧洲人一样，他们的自尊将要因此而建立在工业化所取得的成就和对自然的征服之上。许多欧洲国家的工业化要早于美国。和那些欧洲国家相比，美国并没有多少可以称道的地方。他们需要寻找一个新的国家来投射"他者"的特征。

此外，美国国内的西部虽然消失了，但是已经成为美国人的集体无意识的梦中的西部依然存在于美国人心目中，对美国人的生活施加着重要的影响。这片象征着自由、冒险和重生的"上帝的允诺之地"仍在不停地向他们发出召唤。因此，美国各界急于找到一个可以替代已经被征服了的西部的地区。精力充沛的拓荒者们开始把关注的目光向国外延伸。

---

① Gerald D. Nash, *Creating the West: Historical Interpretations* 1890 - 1990, N. P. : University of New Mexico Press, 1991, p. 5.

② Walter Lafeber, Richard Polenberg, and Nancy Woloch, *The American Century: A History of the United States Since the 1890s*, New York: Mcgraw-Hill, Inc. , 1992, p. 16.

宣传上也在为人们进行域外扩张做着准备。民族沙文主义和社会达尔文主义开始盛行。它们都鼓吹丛林法则和美国的优越性。美国作为世界的领导者是上天注定的这一观点盛极一时。到19世纪80年代，美国人要担负起传播文明的重任是自然选择的结果这一观念已经深入美国人心。19世纪下半叶著名的美国"远西"问题研究者威廉·吉尔平说："美国人民的无可推让的命运是征服大陆……以鼓动这些蕴藏着巨大力量的群众，在人类事务中建立新的秩序……使老朽的民族获得新生……惊醒万年的沉睡，把新的文明传授给古老的民族，确认人类的命运，把人类的事业推向顶峰，使停滞不前的人民重生，使科学得到完善，用和平的征服来装饰历史，在人类身上洒上灿烂的新光荣，把全世界团结在一个社会家庭中，瓦解专政而颂扬慈善，宽恕沉重地压在人类身上的咒语，把幸福之光撒满全世界。"①

基于以上种种原因，越来越多的美国人开始向海外拓殖。有些人就把目光移向了太平洋彼岸。卡尔·霍恩在强调美国西北部的重要性时就曾经建议美国人扩展与太平洋的联系："你们拥有地球上首屈一指的地区，这不仅是因为它的土地肥沃，气候、物产的多样性，而且是因为它的地理位置；位于太平洋与大西洋两岸之间，在不到一代人的时间内，如果联邦得以继续存在，我希望它能永存，你们就会象现在考虑扩展与大西洋的联系那样，考虑如何扩展与太平洋的联系；而且，最终你们与它们的联系几乎将会同样密切。如果我们能维护我们的自由及深得民心的自由制度，结果你们将能主宰的不仅是我们伟大联邦的商业，而且是全世界的商业……"②

同时，尽管中国在美国人的教科书中被称为远东，实际上她更多地被认为是"远西"③。费正清在《美国与中国》一书中说："当我们

---

①　[美]亨利·纳什·史密斯：《处女地：作为象征和神话的美国西部》，薛蕃康、费瀚章译，上海外语教育出版社1991年版，第38页。

②　同上书，第152页。

③　Harold R. Isaacs, *Scratches on Our Minds: American Images of China and India*, New York: The John Day Company, 1958, p.42.

在北美大陆往西勘探并定居之后，我们在 19 世纪 40 年代，开始把横过太平洋进行的接触，看作美国'注定命运'的自然延伸。"① 在他们看来，中国拥有广阔的土地，那里的人们对"上帝的福音"一无所知，甚至比欧洲还要古老，并且依然处于农业社会，因此，中国成了美国人心目中的"新迦南"。她可以提供给商人巨大的潜在市场，提供给传教士另外一个机会来完成和上帝的契约，而对那些政客来说，中国正好提供给他们一个把人们的视线从国内问题转移出去的机会。它同时也提供了一个美国的对立面。中国，尽管和欧洲一样古老，但是依旧停留在农业时期，因此成为了一个美国可以用来重新确立自己的拓荒精神和民族身份的理想平台。

第三节　西部的召唤

探险者与生俱来的逃离束缚、追求自由的冒险精神以及西部对美国人、对探险者的重要意义深深地影响了何巴特，引导着她一直向西，来到了中国。

英国诗人、小说家、诺贝尔文学奖获得者约瑟夫·鲁德亚德·吉卜林（Rudyard Kipling，1865—1936）在《探险者》（The Explorer）一诗中描述了在上帝耳语的指引下，探险者那颗不安分的心迫使他离开了自己的田地、庄稼、谷仓和篱笆，放弃安定的生活，去文明的边界之外探险。为了享受自由的空气，他历经艰辛，最终发现了丰富的矿产、水资源、林木资源以及等待人们开垦的无边无际的大平原。后来者也就是那些"拓荒者"们会追随着他的脚步来到这里，这里将会养育人民、城市林立。② 吉卜林的诗讲述了探险者的艰辛，但是他认为，他得到的远比付出的要多。虽然他没有以自己的名字来命名任何一条河流，虽然这片土地也不属于他，而是属于紧随他而来的后来者，但是他有幸听到了

---

① ［美］费正清：《美国与中国》，张理京译，世界知识出版社 2003 年版，第 293 页。
② Rudyard Kipling, *The Explorer*, http://www.poemhunter.com/poem/the-explorer.

上帝的耳语，享受到了自由的空气以及冒险带给他的乐趣。这些人和亨利·史密斯笔下的拓荒者一样，他们"轻视城市生活的安逸和流行的枷锁，在广阔的西部未经开发的地区为新的州建立了基础，并勇猛向前寻找新的事业领域，留下了果实让慢慢跟随他们而来的开垦者摘取"①。吉卜林在诗中的前两节写道："'继续前行没有任何意义/这是文明的边缘'他们这么说，我也这么想/在这个边疆小站/我整饬土地/耕作庄稼/建立谷仓、加固围墙……直到一个声音，就像良心一样强大/在我耳边无休止地响起/令我疑虑不安，敦促我做出改变/它日夜重复着这样一个永恒的耳语/有样东西隐藏起来了，去找到它/去看看那群山之外/它遗失在了山的那边/遗失在那儿正等着你的发现。去吧！"② 何巴特在她的第一部著作《拓荒于古老的世界》一开头就引用了这个耳语，她借用这个耳语来回答人们的问题："你们怎么会想到到那里去？"③ "那里"指的是中国。她认为正是这个耳语、这个召唤一直引领着她们往西走，直到她们来到了东方。④ 由此可以看出，她把中国置于一个客体的地位，并且自认为中国在等待着她们。在她眼中，中国不属于任何人，而只是被上帝隐藏起来，等待她们开垦的土地。而当时的事实是中国人是这片土地的主人。统治中国人的清政府闭关锁国，不希望被外界文明干扰，是西方国家用大炮轰开了中国的国门。这样，她就从另一个侧面找到了美国进入中国的理由。她们有东西丢在中国了，她们要去寻找这个东西，而这个东西也在等待着她们。

何巴特认为她自己就是继承了探险者祖先不安分基因的美国人之一。她父亲和母亲的祖先都可以追溯到早期的新英格兰移民，新英格兰主要是来自欧洲大陆的清教徒。她的外祖父是一名农场主，她的父

---

① ［美］亨利·纳什·史密斯：《处女地：作为象征和神话的美国西部》，薛蕃康、费翰章译，上海外语教育出版社1991年版，第96页。

② Rudyard Kipling, *The Explorer*, http://www.poemhunter.com/poem/the-explorer.

③ Alice Tisdale Hobart, *Gusty's Child*, New York：Longmans, Green and Co., Inc., 1959, p. 3.

④ Alice Tisdale Hobart, *Pioneering Where the World Is Old*, New York：Henry Holt and Company, 1917, p. 153.

亲就是在农场上长大的。虽然何巴特出生在纽约，但是她的童年和学校生活都是在美国中西部度过的。两岁时，全家搬入了芝加哥的郊区。七岁时，她的父亲又购买了伊利诺伊州丹尼森市郊的一处房子。她说自己在五岁和十岁时两次听到了上帝的耳语。五岁时，她从祖先身上继承而来的无法驯服的、快乐的冒险基因就初步展露出来了。她宣布要去中国，不然就会在家里潦倒一生①。虽然此后不久，她就忘记了自己的宣言，但是反对传统和任何形式的桎梏以及对自由和漫游的喜爱却一直没有改变。"我不喜欢去教堂，并不是因为那些仪式，而是因为在那里我不得不戴上紧紧的手套。我也不喜欢学校，并不是因为所学的课程，而是因为笔直地排列的课桌，并且，我还希望有做梦的时间。"② 十岁时，她又一次听到了上帝的耳语。让她作为传教士到野蛮人中去。不久，她也忘记了。搬到了城市之后，她觉得自己再也听不到那个声音了，直到有一天，一个耳语在她耳边响起："去看看群山之外，有样东西遗失在了山的那边。遗失在那儿正等着你的发现。去吧！……我最终发现那个奇怪的不安的耳语并不是一个陌生的东西，可以被忘记或者忽视，而是一直就存在于我的生活中，是我继承而来的珍贵的遗产。它将把我带向何方——幸福还是不幸、艰辛还是舒适——我并不知道；但是我所知道的是它给我指明了生活的方向，我必须要听从它。"③ 她说："这个召唤一直引领着我们往西走，直到我们来到了东方。"④ 何巴特来自美国中西部。她的祖先是最早来到这块大陆的新英格兰移民，她后来曾居住在芝加哥、伊利诺伊州等地，这说明她的祖先是逐步西进的，她身上流淌着祖先的这种不安分的血液。因此，和众多美国人一样，何巴特在这个崭新的向西前进的召唤引领下来到了中国。

---

① Alice Tisdale Hobart, *Pioneering Where the World Is Old*, New York: Henry Holt and Company, 1917, p. 9.

② Ibid., p. 10.

③ Ibid., pp. 11 – 12.

④ Ibid., p. 153.

　　除了追求自由的探险精神之外，宗教也是推进美国人西进的主要
动因之一。在西部定居被认为是上帝的意愿，那些拓荒者们也认为自
己是上帝的选民。这个国家的建立深深地植根于对基督教教义的信
仰。新英格兰，最早的殖民地之一，也是美国南部联邦的最初十三州
之一，就是由清教徒建立的。他们致力于把它建成山巅之城来实现上
帝的意志，成为世界的灯塔。在威廉·麦金利的就职宣言中，他表达
了这样的思想：出于对上帝的敬畏，美国人民应该努力扩大自由的国
土。威廉·霍华德·塔夫特也认为基督教义的传播是现代文明的唯一
希望。伍德罗·威尔逊对 YWCA 和它在中国的工作赞誉有加，认为它
正在"改变着一个大国的面容"，并且认为 YWCA 参与了中国的政治
革命，因为没有什么比上帝之光更具有革命意义了。① 西奥多·罗斯福
也宣称美国人站在世界末日善恶的决战场上是为了"上帝"而战斗。②

　　处于那个历史时期，祖先也可追溯到早期的移居美洲的英国清教
徒，何巴特自然有很强烈的使命感。在她只有五岁的时候，她就宣布
要到中国去做传教士③。十岁时，她又一次听到了上帝的召唤。这次，
上帝的召唤是穿着阴郁的长袍以清教传统严厉的命令而来的："假期
又一次到来之后，我要作为传教士到中国去的梦想有了一些更严肃的
意义。上帝的话语：'你们应该到世界各地，去传播福音，'成为上帝
圣父针对我个人的一个命令。"④ 在《拓荒于古老的世界》一书中，她
说她听到了上帝的耳语，吩咐她"去到那些野蛮人中去做传教士"⑤。
进入大学后，何巴特又成为她们大学的 YWCA 的秘书。就这样，何巴
特迫不及待地回应了来自西部的召唤，以一个领取工资的传教士教师

① Jane Hunter, *The Gospel of Gentility: American Women Missionaries in Turn-of-the-Century China*, New Haven: Yale University Press, 1984, pp. 8 – 9.

② Walter Lafeber, Richard Polenberg, and Nancy Woloch, *The American Century: A History of the United States since the 1890s*, 4th ed., New York: Mcgraw-Hill, Inc., 1992, p. 59.

③ Alice Tisdale Hobart, *Gusty's Child*, New York: Longmans, Green and Co., Inc., 1959, p. 7.

④ Ibid., p. 29.

⑤ Alice Tisdale Hobart, *Pioneering Where the World Is Old*, New York: Henry Holt and Company, 1917, pp. 9 – 10.

的身份来到中国。

此外，经济也是美国西部扩张的另一个主要因素。早期在新大陆殖民时，那些追寻财富的探险者们与清教徒们混杂在一起。获得物质利益的机会对他们的吸引力就像山巅之城对清教徒的吸引力一样巨大。因此，边疆的关闭对于商人的打击也是沉重的，他们也需要寻找新的市场。伍德罗·威尔逊（Woodrow Wilson，1856—1924）在1912年的总统竞选演讲中表达了这种需求："我们的工业已经扩展到了这个地步，如果我们不能在世界市场找到自由的出口，他们将会撑破他们的外套。"① 而"中国地大人多，是堆积如山的美货之最佳市场；南方诸邦的棉花业主更急于到中国扩大比载英国更为丰厚的利数"。② 铁路大王詹姆士·希尔也声称："如果你回顾世界商业史，你将会发现，谁控制了东方的贸易，谁就掌握了世界的财富。"③

大公司不仅给美国人民带来了奢侈品，而且使他们对美国社会体系有了信心。《家庭妇女期刊》（*The Ladies Home Journal*）鼓吹："当今世界只有一种一流的文明，就是在美国。"④ 那段时期连续几任总统也都以"按照美国标准改造世界"为己任。伍德罗·威尔逊在他第一届总统任期间鼓励美国商人把眼光放得远一点，放到商业之外，让他们的思想和想象的翅膀飞到国外，在全世界徜徉。他希望被这种想法激励着——他们是美国人，注定要把自由、公正和人道主义原则带到他们所到之处，这些美国商人会走出去销售自己的货物使世界变得更加舒适、幸福，从而按照美国模式改变世界。⑤ 西奥多·罗斯福也认为美国应该扮演"文明教化的力量"的角色，成为世界警察并且修

---

① Walter Lafeber, Richard Polenberg, and Nancy Woloch, *The American Century: A History of the United States since the 1890s*, 4th ed., New York: Mcgraw-Hill, Inc., 1992, p. 78.

② 《美人志大言大》，《万国公报》第30册，第19246页。

③ Julius W. Pratt, *Expansionists of 1898: The Acquisition of Hawaii and the Spanish Islands*, John Hopkins University Press, 1936, pp. 268 – 271.

④ Walter Lafeber, Richard Polenberg, and Nancy Woloch, *The American Century: A History of the United States since the 1890s*, 4th ed., New York: Mcgraw-Hill, Inc., 1992, p. 133.

⑤ Ibid., p. 79.

正"这种明显的罪恶和严重的无力"①。

　　受到他们政府政策的影响，许多对美国资本主义的潜力有着无限的信心的美国人来到中国去，相信通过贸易，他们也可以给当地人民带来科技和精神方面的"启蒙"，帮助他们从"蛮荒"状态中脱离出来而取得进步，发展到一个"较高的阶段"。何巴特的丈夫厄尔·何巴特正是他们中的一员。在中国，这两位西进者相遇了。自此，何巴特又多了一个身份——"公司职员之妻"。

　　宗教和经济领域内的双重身份把何巴特推向了那个时期中美交流的中心。正因如此，何巴特的中国和中国人形象不仅受到了在她之前的那些男性作家的刻板的描述的影响，而且在她的作品尤其是最初的两部作品《拓荒于古老的世界》和《长沙城边》中，也可以很清晰地看出她对美国西部作家的继承。她延续了美国西部作品中的一些二元对立的模式化的描述。美国男性作家笔下，西部是蛮荒之地，土地上的印第安人是低等的生物，具有冒险精神的白人男性是文明、进步的象征，而追求安定的白人女性则是白人男性追求自由、冒险的障碍。何巴特则把中国想象成一个蛮荒的国度，如同美国的西部地区，中国人也被描述成围绕在他们祖先周围的印第安人。而美国则被想象为代表着文明的东部地区。她的先辈们征服了印第安人和西部的边疆，她的同辈们在征服自然方面也取得了巨大的成就，在这些胜利的激励下，她非常乐观地相信中国也将被美国的生活方式所同化。也正因如此，她笔下的中国和中国人形象也延续了那些美国男性笔下对中国和中国人的刻板的描述，成为一个劣等的民族。同时，另外一批美国作家看到了工业社会所带来的问题，表达了对农耕社会的怀念。19世纪中期之前，爱默生和梭罗就哀悼了西部荒原的丧失，批判了商业强加给人们的束缚。19世纪末期，工业化社会的阴暗面就已经完全暴露在美国人面前了，"揭露黑幕"运动由此开始。许多记者和作家纷

　　① Walter Lafeber, Richard Polenberg, and Nancy Woloch, *The American Century: A History of the United States since the 1890s*, 4th ed., New York: Mcgraw-Hill, Inc., 1992, p.71.

纷发表文章和作品揭露由工业带来的各种罪恶。这些问题曝光之后，美国人更加怀念农业社会的简朴。马克·吐温、威廉·福克纳和其他一些作家都有作品问世哀叹农业文明的消失。1903 年，杰克·伦敦出版了作品《荒野的呼唤》（*The Call of the Wild*），书中描述了一条名叫巴克的大狗如何在内心原始野性的力量的召唤下，追随狼群回归大自然。1914 年，埃德加·赖斯的作品《人猿泰山》（*Tarzan of the Apes*）描述了一个来自荒原的野人。和巴克一样，泰山在荒原中的生活使他成为他的种族中最强壮最高贵的一个。和这些作家一样，何巴特也表达了对农耕社会的不舍和眷恋。

第四节　隐藏的边疆

受到美国人把"把横过太平洋进行的接触看作美国'注定命运'的自然延伸"这一观点的影响，何巴特把中国当成了美国最后的西部边疆："这里可能就是验证美国男人和女人们拓荒精神的最后的机会。"① 她们在中国的生活经历也被何巴特修正为她们拓荒前辈昔日西部拓荒经验的新版本。何巴特，如同美国早期的拓荒英雄丹尼尔·布恩一样，相信自己是"天意的造物，受命与天，在荒原上充当一个先驱者，来促进文明和扩张国家"②。在这里，她要重现祖先征服西部的光辉史，重新找到可以发扬美国精神和确定美国的民族特性的对立面。《拓荒于古老的世界》一书中，她说主要是那个向西方去的召唤把她带到了这个东方的国度："我的心在唱着一首关于冒险的新歌，一首在关于拓荒祖先的奋斗的古老冒险记忆的荫蔽下出生的歌，这些祖先的精神一定以某种奇特的方式在我的身上复活了……这个召唤一直把我们往西方指引，直到我们到达了东方。那些祖先离开了一个古

---

① Alice Tisdale Hobart, *By the City of the Long Sand: A Tale of New China*, New York: The Macmillan Company, 1926, p. 19.

② ［美］亨利·纳什·史密斯：《处女地：作为象征和神话的美国西部》，薛蕃康、费翰章译，上海外语教育出版社 1991 年版，第 96 页。

老的文明，开拓一个新的文明。而我们是离开了一个新的文明，在一个几乎和世界一样古老的文明中进行开拓。但是那种经历深深的一致。"① 而且她到中国来的目的是要寻找遗失在工业背后的时代："（《拓荒于古老的世界》一书）并不是一个旅行者充满热情的关于一些事实的记录，而是关于遗失在我们工业群山之外的迫切需要的东西。那些拓荒者和流浪者所熟知的东西——那些原始的、简单的东西。"② 那么遗失在当时的美国"工业群山"之外的东西是什么呢？西部、边疆、荒原、上帝允诺之城、农业时代，以及它们所象征的自由、冒险和重生。因此在她这一时期的描述中，中国被描述成了美国的"西部边疆"。而特纳对美国西部历史的解释根源于"帝国神话"和"花园神话"这两个概念，受到这两种神话的影响，何巴特笔下的中国也呈现出截然不同的两个形象。

亨利·纳什·史密斯认为"帝国神话"主要指天定命运说庇护下的帝国扩张神话："这是一种信念，即美国人只有依靠开发、定居和发展西部的土地才能履行天命。这一神话不过是欧洲人想找到通往印度和亚洲其他地区之路的旧梦的延伸……"③ 具体来说，它是美国白人文明扫除"蛮荒"的神话，是美国经济、领土扩张的神话，是用基督文明"照亮"异教徒内心的神话，是用美国模式改造他国的神话。受此影响，何巴特笔下的中国被塑造成了荒原。

"荒原"一词主要是指形成于史前时期的大片荒芜的土地，人类无法仅靠双手来征服它。文明社会中为人们所熟知的规则制度也不适用于荒原。对清教徒来说，荒原意味着伊甸园的对立面，是上帝检测他们是否对自己忠诚的地方。耶稣被带到了荒原，然后，魔鬼把他遗弃在那里，天使来了喂养他。《圣经·旧约·申命记》也记录了只有通过了荒

①　Alice Tisdale Hobart, *Pioneering Where the World Is Old*, New York: Henry Holt and Company, 1917, pp. 152 – 153.

②　Ibid., p. 13.

③　［美］亨利·纳什·史密斯，《处女地：作为象征和神话的美国西部》，薛蕃康、费翰章译，上海外语教育出版社 1991 年版，第 iv 页。

原，摩西才能带领他的人民来到迦南地。"你也要记念耶和华——你的神在旷野引导你这四十年，是要苦炼你、实验你，要知道你内心如何，肯守祂的诫命不肯。"对那些笃信《圣经》描述的是原原本本的实情的人来说，荒原就是对他们对上帝是否忠诚的终极考验。

从历史学家罗德里克·纳什（Roderick Nash）颇具开创性的研究作品《荒原和美国人的心灵》一书中，我们可以找到关于荒原一词更详尽的解释。在这本书中，纳什追踪了"荒原"一词的词源，总结了之前所给出的关于这个词的不同的定义，并对三个半世纪以来美国人对待荒原的态度的转变进行了学术方面的回顾。以欧洲殖民前的北美大陆为例，他对"荒原"一词做出了透彻的解释。他认为，只有这样的土地才能被称为荒原："环境是非人类居住的"，"到处是野兽"，"偶尔出现的啤酒罐、小屋、甚至是道路"也不会改变它的性质，仅仅是把它向文明的范畴稍稍推进了一点点而已。欧洲人定居前的北美大陆被认为比较贴近纳什所描述的"绝对的荒原"。北美大陆在面积上是非常辽阔的，"居住在此地的印第安人被认为是野蛮生物的一种形式，他们的野蛮性和荒野地区的特征是一致的"。[①]

何巴特早期对中国也抱有相同的态度。在这两部作品中，她曾经多处使用"荒原"（wilderness）、"人类的荒原"（human wilderness）、"原始的"（primal）、"太古的"（primeval）、"与世隔绝的"（isolated）、"荒芜的"（desolation）、"野蛮的"（wild）、"纯朴的"（simplicity）、"野蛮人"（savages）、"异教徒"（heathen）等字眼来描述中国和中国人。她第一部作品的名字《拓荒于古老的世界》就很明显地表达了她的观点。"拓荒"暗示着她所描述的地区是未知的，未被占领的（unknown and unclaimed）；"古老"则意味着"现代以前的"，从时间上暗示着这个国家的荒芜，带给读者这样一种印象——中国属于历史上一个遥远的、初级的阶段。同时它也暗示着和美国这个年

---

① Roderick Nash, *Wilderness and the American Mind*, New Haven and London: Yale University Press, Revised edition, 1973, p. 7.

轻、充满活力和希望的国家相比，中国毫无竞争力和生命力，正在腐朽和没落。这两部书的行文中，"古老的""像时间一样古老的""原始的""穴居时期的""石器时代的"等词汇比比皆是。何巴特频繁地提醒她的读者们，中国看起来仍处在中古时期或者说几乎就是中古时期："我们刚从一段漫长的朝圣之旅回来，一段漫长的通往精神混沌初始的朝圣之旅。我们旅行到了几乎和时间一样古老的一种文明的跳动的心脏。"① 何巴特这样描写了从纽约到长沙 40 天的路途以及交通工具的变化：她们乘坐巨轮横渡太平洋来到上海，然后从扬子江换乘一艘小点儿的轮船来到汉口，接下来乘坐一艘更小的、没那么豪华的小船来到洞庭湖，之后坐着一个浅浅的小艇驶往长沙，最后由一个平底的"舢板"把她们带到了新家。从这些变化中可以看出她们从文明一步步退向落后。特纳把边疆定义为"野蛮与文明的会合点"。边疆的一边是代表文明的城市，另一边则是代表野蛮的荒原。他认为在西部可以看到社会发展的不同的历史时期，"朝着边疆方向旅行，可以看到文明与进步的迹象逐渐减少，这是历史倒溯的精确写照"②。他对欧洲和美国的社会进程进行了对比："在欧洲，人们很自然地认为社会发展的一系列阶段是随着时间推移而一个接着一个发生的，因此对原始状态的研究只能通过历史及考古进行，美国的情形则大相径庭……人们时常可以听到这样的评论，即在美国可以同时观察数个不同的社会发展阶段，而在旧世界这些社会发展阶段则是在很长的历史时期中逐个出现的。"③ 例如，1818 年威廉·达比在其《移民指南》中写到从新奥尔良往西到色宾河的旅途中可以看到人类发展的每个阶段，从最文明的阶段到最野蛮的阶段。亚当·霍奇森在结束其自西向东横穿美国大陆之行后，说他见到了像牧人那样四处流浪的猎人，草

---

① Alice Tisdale Hobart, *Pioneering Where the World Is Old*, New York: Henry Holt and Company, 1917, p. 203.

② [美]亨利·纳什·史密斯：《处女地：作为象征和神话的美国西部》，薛蕃康、费翰章译，上海外语教育出版社 1991 年版，第 226—228 页。

③ 同上书，第 224 页。

原状态融入了农业状态，而农业状态又渐渐消失在制造业与工商业状态中。杰斐逊拜访他后也说：事实上这种旅行等于是对人类从其摇篮时期到当今时代发展过程进行了一次观察。① 何巴特也认为从美国到中国的旅行是时光的倒流。她认同人类的进化是线性的、按照时间的顺序发展的。而在这个时间轴上，她把中国放在了美国的前面。"这一时间化的姿态，使得西方通过假定存在一个真实的人类（发展的）历史故事，不仅把自己想象成历史长河中普世的主体，而且宣称它的文化统治地位和优越性。"② 正是这种排序使何巴特得以分析、解释以及确认美国和中国之间的区别——时间上的距离，从而确立了美国的先进性和现代性。

同时，在何巴特眼中，中国的许多土地都如同荒原一样，是未被宣布占领的。满洲里，这块《拓荒于古老的世界》一书中主要关注的对象，被描述为即将被宣布占领的土地。③ 她认为许多国家都觊觎着它，想占领这片辽阔的土地。日本阻止俄国占领它是因为日本人有他们自己的拓展帝国的野心。而中国在那时军事力量过于软弱。因此，对于正处于上升阶段的世界列强来说它就如同一个非常诱人的猎物。湖南，《长沙城边》一书主要关注的对象，在何巴特看来也是一个独立的省份，两个互相竞争的共和国之间的"亚洲的""梅森－狄克森线"④ ——北京政府和广东政府。而长沙这个城市，就像是冒着浓烟的火山，拒绝和他们中的任何一个结盟。⑤

在中国起作用的法则也不是何巴特所熟悉的西方文明中有序的制度，而是"丛林法则"。她认为人文主义、古老的民主制度和西方的

---

① ［美］亨利·纳什·史密斯：《处女地：作为象征和神话的美国西部》，薛蕃康、费翰章译，上海外语教育出版社 1991 年版，第 226—228 页。

② Meyda Yegenoglu, *Colonial Fantasies: Towards a Feminist Reading of Orientalism*, Cambridge University Press, 1998, p. 95.

③ Alice Tisdale Hobart, *Pioneering Where the World Is Old*, New York: Henry Holt and Company, 1917, p. 22.

④ 美国南方分界线。

⑤ Alice Tisdale Hobart, *By the City of the Long Sand: A Tale of New China*, New York: The Macmillan Company, 1926, p. 13.

秩序，这些都强调的是人与人之间的平等和友爱，在中国是不易看到的。在她的中国经验中，武器和权力的话语权最高。许多国家都垂涎这块土地，他们之间互相争斗以取得对它的管理权，甚至中国人自己也为了获得控制它的权力而彼此争斗。军阀如同"野草"一样层出不穷。强大的军阀会建立政府，拥有权力，控制财富。各省内的政府接二连三地迅速地上台和下台。被击败的一方将会失去一切并且遭到屠杀。时常会有匪徒出没威胁人们的生命和财产安全。有些农民到了秋天就变成了土匪，有些甚至"身兼数职"，不是根据季节的变化改变身份，而是"鉴于东方人无视矛盾的特性，一个人可以有时同时既是匪徒，又是商人，也是行政官员"。① 那些诚实工作的人会被抢走几乎所有的财产，如果他们胆敢表现出一丝不顺从，死亡将是他们的命运。何巴特用了一章来描写她们遇到红胡子的经历。如果不是及时躲避到一个农家小院，她们就面临着生命的危险。

　　荒原的另一个特征是它富含自然资源且荒凉、与世隔绝。何巴特笔下的中国也正是这样的一个地方。满洲里，中国边疆的土地，尽管有丰富的原始森林和各种各样的金属和矿物质，却显得分外荒凉。它被一道长城和"古老的中国"分隔开来。它的许多地方人类都几乎不可到达，其他的一些地方则只有当冬天来临时河面上结了厚厚的一层冰时才可以接近。这里主要的交通方式是马车和雪橇。如果不是这些交通工具，这些地区都将是荒凉一片。何巴特在湖南省也看到了荒原的影子。那里，唯一与外界联系的交通方式是舢板。因此，如果河流一旦干涸，人们将会失去与外界的联系。实际上，何巴特认为，无论是地理层面上还是文化层面上，整个中国都是荒芜的。由于清朝的闭关锁国政策，它和外部世界隔离开来。尽管鸦片战争之后，中国被迫向西方开放了它的市场，西方人的活动仍被限制在仅有的几个城市里："然而许多中国的城市仍然拒绝欧洲商人或美国人居住，在更多

---

　　① Alice Tisdale Hobart, *By the City of the Long Sand: A Tale of New China*, New York: The Macmillan Company, 1926, p. 24.

的城市里，西方人被迫拥挤在最不令人满意的地方。"① 在某种程度上，中国尽管不情愿但仍被迫卷进了许多国际事务中来。作为一个独立、完整的国家，它还没有准备好完全向西方世界开放，因此，它仍然是和外界的"现代化思想"和"现代化科技"隔绝的。随着机械化进程的发展，其他的许多国家都陆续进入了工业时代，中国却没有。因此，在何巴特看来，在某些方面，它依然停留在荒原时期。

荒原还意味着威胁。作者感叹现在她能够在这里安家，经过了多少的斗争和困难。之前如果她的祖先敢涉足这个地方会被杀死。白人冒险在长沙安家只是"近二十年"左右的事儿。15 年前他们还被"排外的暴徒"赶走。② 即便是在中国安了家，她认为拓荒还没有完成，使其成为边疆的危险和不确定性依然环绕着他们，东西方的憎恶也依旧存在。③

中国的自然在何巴特笔下也是变幻莫测、未被驯服的。它控制着人类的生活。除了与世隔绝，它还给人们带来旱灾、洪水和饥荒，瘟疫和死亡通常也会随之而来。激流、高山、森林都威胁着中国人的生命。在自然面前，中国人无能为力："人和动物一样，看起来被自然原始的力量所掌握、控制和不断地威逼恐吓。他们同样都只有忍耐，同样的无助。"④ 然而，对何巴特来说，这也是一个磨炼她的地方，她期待着它可以更加荒芜和艰苦："自然条件越是艰苦，取得的成就也就越大。"⑤ 她认为由于白人的强大和优越，自然仅仅威胁着中国人的生命，却从不能真正伤害到西方人。

和她眼中这个国家的蛮荒特征相一致，中国人也被描述成过着原始生活的野蛮人或者低等生物。对于何巴特的祖先们来说，辽阔的美

---

① Alice Tisdale Hobart, *By the City of the Long Sand: A Tale of New China*, New York: The Macmillan Company, 1926, p. 18.

② Ibid., p. 17.

③ Ibid., p. 18.

④ Ibid., p. 268.

⑤ Alice Tisdale Hobart, *Pioneering Where the World Is Old*, New York: Henry Holt and Company, 1917, p. 128.

洲大陆正是上帝赐予他们的希望之乡。作为上帝的选民，他们的使命就是"进入这个荒原"执行上帝的意志，通过建造"一座山巅之城"来证明上帝的荣光和全能，从而完成他们自己的救赎。相信基督教徒要比"异教徒"优越，他们总是把美洲当地的印第安人描述成野兽的一种，印第安人的野蛮性和这个荒凉的地区的特征一致，他们的存在正是对这些基督徒对上帝是否忠诚的测试。何巴特也是在上帝的召唤的指引下来到中国的，中国和中国人如同新大陆和印第安人对她的祖先一样对她具有同样的意义："我们是正在建造自己的木屋的拓荒者，这些黄种人和他们喊叫的声音以及算盘珠噼里啪啦的声音一起拥挤在我们的周围，就像拥挤在我们祖先周围的荒野一样。"①

　　中国人身上更多的动物特征而不是精神特征被展现出来。"野蛮的（wild）、未开化的（savage）、原始的（primal）、最基本的（elemental）、动物一样的（animal-like）"等诸如此类的词语经常用来描述中国人。她把中国人比作动物或者没有生命的东西。例如，她那个"矮矮的不会说英语的厨师就像某种不会说话的动物"。② 她的男仆是他们"最珍爱的财产"，男仆的妻子和孩子是他们"活跃的新财产"③；她所遇到的一个封建大家庭"忙碌的就像一窝蜂"；一位年老的马车夫"像只狗一样乱叫"；高大的男人像猫一样④；那些蹲在肮脏的地上，端着四分之一英寸大的大碗的泥瓦匠，一时间，在她眼中，也变成了"神经麻木的毫无反应的泥人"。⑤ 通过这种比比皆是的把中国人和低等生命之间的对比，她暗示了他们的"非人性"。《拓荒于古老的世界》和《长沙城边》两部作品从头至尾，语言，这一区分人类和动物的显著特征，中国人好像是并不具备的。大部分时间，他们都是无声的，只有在极少的情况下，当他们不得不说些什么的时

　　① Alice Tisdale Hobart, *Pioneering Where the World Is Old*, New York：Henry Holt and Company，1917，p. 169.

　　② Ibid., p. 172.

　　③ Ibid., p. 152.

　　④ Ibid., p. 126.

　　⑤ Ibid., p. 171.

候，他们才会讲些洋泾浜英语。

把他者非人化的另一种方式是拒绝在他者中看到个体。中国人在何巴特这一时期的作品中通常被描述成模糊的影子而没有显著的个性特征。读者很难把里面的中国人区分出来。两本书都未曾认真描述过任何一个中国人的面貌特征，几乎没有一个中国人拥有自己的名字。何巴特仅仅是根据他们的工作来称呼他们，比如男仆、厨师、阿妈、苦力等。这种称呼方式暗示了他们在她的眼中并没有被当作个体来对待，而只是被归类到了一个个模糊的群体，这些人没有语言，没有名字，面貌模糊，鲜有人类个体的特征。两本书中除了一笔带过的曾受过西方教育的"毛毛"拥有这么一个不算正式的名字，唯一拥有名字的中国人还是何巴特和她的丈夫给取的名。她的丈夫给他的马车夫命名为"舒尼克皮那兹"（schnicklepenutz）、"便俄尼"（Benoni）、"瑞格马芬"（ragamuffin）。"舒尼克皮那兹"应该是何巴特自己创造出来的词汇，看起来是"Schnicklefritz"和"peanuts"两个词的词根的结合。"Schnicklefritz"是流行在美国宾夕法尼亚州荷兰人居住区的荷兰语/德语词汇，是对那些调皮或者话多的男孩的昵称，有时用作宠物的名字。"peanuts"的意思是花生，通常用做那些由于年龄或者身材的关系，比较矮小的人的绰号。"便俄尼（Benoni）"是《圣经》里的人物，是雅各的第十二个儿子。在从伯特利前往以法的路上，他的母亲拉结因生他难产而死，便俄尼就是她临终前为他取的名字，意为"我的厄运之子"。他的出生给他的母亲带来了苦难和死亡。"ragamuffin"这个词一般专指儿童。意思是"衣衫褴褛的小孩子"。这种文化上不适当的，并且暗含诋毁意义的名字揭示了他们在中国人面前的优越感。命名是权力的象征，只有上级或者长辈才有命名权。《创世纪》中，上帝说有光，便有了光，无论第一个人亚当称呼其他的生物什么，那便成为这一生物的名字。当哥伦布到达西印度洋后，他所做的非常重要的一件事就是要给这里的土地和事物一个西班牙名字。就像鲁滨孙·克鲁索称呼他的野人仆人"星期五"一样，通过给中国人命名，何巴特和她的丈夫显示了他们的优越感和权威感。

穿衣也是人类独有的一个特征。然而，在这两本书中，中国人经常被描述成赤裸的或者是半裸的。例如，地里的农民是些赤身露体的男人；苦力赤脚走在地上；船工半裸着；"商铺里也净是些裸露到腰部的男人"①。

在对那些和急流搏斗的船工的描述中，充分揭示了何巴特眼中的他们缺乏人类的特征和其野蛮性。

"哎——咿——"一种像野兽报警似的叫声把我们的宁静撕裂开来。"哎——咿——！"……"哎——咿——！哎——咿——！"我们的小船和其他小船上五六十条喉咙一起喊了起来。"哎——咿——！哎——咿——！"四面的群山响起了粗犷的回声。

……个子高大的船工弯着腰，手和膝盖几乎都碰着地面，使出全身的力气用力拉着拴在我们桅杆顶端的粗壮的纤绳，把我们越拉越远……

……从狭小的甲板上向我们走来的是我们那些曾经安静的船工——现在成了野人。他们赤身裸体把带着很大的铁头的竹竿撑过头顶，跃入空中。"哎——咿——"响起了他们野蛮的喊叫声。他们赤裸的胸膛紧贴着竹竿……当他们向狭小的甲板行进时，他们的光脚板发出噼噼啪啪的声音。

……喊叫声越来越激昂，好像是野人发出的狂吼，声音随着夜色的降临逐渐增大，在进行着一场无情的殊死搏斗……在即将到来的黑暗中，我们的大脑也随着大汗淋漓的赤裸身体的野蛮逼近而变得晕眩。

……当火光照到他们身上的那一刻，我们想到了石器时代的洞穴人。②

---

① Alice Tisdale Hobart, *Pioneering Where the World Is Old*, New York：Henry Holt and Company，1917，p. 40.

② Ibid.，p. 123.

作者所描述的这些人没有语言、没有名字、面貌模糊，鲜有人类特征。他们被描述得反而更像动物。在作者的笔下，他们不是拥有像人类一样的语言，而是发出野兽一样的叫声。当高高的船工试图拖着船前行时，他们双手和膝盖着地，用力拉着粗壮的绳索，这种姿势很容易让我们联想到负重的动物。船工们赤裸的身体也模糊了人类和动物之间的界限。面对"他者"的这一景象，何巴特想到了生活在石器时代的野蛮人。

对何巴特来说，荒原不仅存在于中国人生活的环境中，而且存在于他们的精神和心灵里。他们的内心世界缺失了她所相信的那些价值观，也无法理解科学和现代技术。相反，美国人发明了机器、建造了摩天大楼，让生活变得舒适、容易，让大地遵从他们的指令。然而，中国人从未想象过这些东西。在他们"未开化的眼中"，"火车"是"着火的马车"，汽船是可能会把他们的谋生之道偷走的怪物。[1] 在中国，运输主要依靠"马车""轿子""舢板"等"原始工具"，"人们所知道的最古老的那种"。这些要么是由人力要么是由动物驱动的。中国女人不是用洗衣机，而是从井边打水，在石槽上洗衣服；不是用巨大的、神奇的机器来代替上百人的工作，农民们使用的仍然是"亚伯拉罕时代的工具"[2]；不是高楼大厦，中国人居住的仍然是洞穴一样的房屋、低矮的"鼠窝"一样的茅草房，还有狗窝一样的店铺、隧道一样黑黢黢的街道。

何巴特认为中国不仅缺乏"现代化"工业，而且缺乏能够为工业革命创作条件的科学精神。中国人对"精确"和"革新"没有一点意识。例如，当何巴特给中国工匠解释如何严格按照她的标准建造一个壁炉时，他们根本没有办法理解她，她很激烈地抱怨道："天生，

---

[1] Alice Tisdale Hobart, *By the City of the Long Sand: A Tale of New China*, New York: The Macmillan Company, 1926, p. 208.

[2] Alice Tisdale Hobart, *Pioneering Where the World Is Old*, New York: Henry Holt and Company, 1917, p. 34.

他们就反对精确；天生，他们就反对革新。"① 就中国人反对革新来说，何巴特把原因归咎为他们的祖先崇拜和他们缺乏斗争精神。在何巴特看来，中国人面对灾难的方式就是向他们祖先的神祈祷，他们最常说的话就是"没有法子"。而且中国人总给她麻木不仁的感觉："我曾经在战争中见到过他们，在一场烧掉大半个城市的大火中见到过他们；我也曾经在瘟疫、洪灾、极度的饥荒中见到过他们，但是我从来没有听到过他们反抗。他们经常用来表达无可奈何的惯用语'没有法子'已经成了我自己单词表的一部分了。"②

何巴特相信作为一个种族，中国人是宿命论的，一直都采取一种听天由命的态度。因此，当西方世界迅速发展，人们都在学习如何征服自然时，中国人依旧固守着他们古老的生活方式。

作为一位传教士教师，和她的传教士前辈们一样，何巴特也很快注意到了中国人的"异教性"。在她看来，中国人不仅仅是缺乏科学知识，也没有受到上帝福音的启蒙。他们的心智仍旧处于黑暗之中，有着太多原始的恐惧。他们用石头和泥巴制成偶像来崇拜，相信属于他们的神控制着他们生活的各个方面。每当灾难降临，他们都认为是神对自己的惩罚，于是就会跪下向神祷告。然而，为了给她们到中国的传教找到理由，为了表明中国人还有获救的希望，何巴特还是把中国纳入了西方基督教世界。她用西方的创世神话来改编中国的故事，改写和解读中国的历史。她认为中国的土地也是上帝的创造物，也应该归于上帝的统治之下。她说，上帝创造地球之后，决定给大地颜色，当他创造完世界决定休息时，才想到了要给大地这个礼物。看到在他下面的这片土地灰灰的没有任何鲜活的颜色，一点也不美，因此他就拿了一把巨大的刷子，把这块地方泼洒上了神圣的绿色，他又用沙漠一样的灰色涂抹了北方。作者说，就是在这个他即将要休息的时刻，他给中国，这个他选中的国家涂上了色彩。作者把中国看作了上

---

① Alice Tisdale Hobart, *By the City of the Long Sand: A Tale of New China*, New York: The Macmillan Company, 1926, p. 170.

② Ibid., p. 269.

帝选中的国家，认为中国人也是上帝的选民。这就预示着中国还可以得到救赎。正如法国作家夏多布里昂（François-René de Chateaubriand，1768—1848）所表达的浪漫主义的救赎观念："基督教肩负着某种使命——复活一个死去的世界，加快这一世界对其自身潜能的认识，而这一堕落的、没有生气的世界的潜能只有欧洲人才能将其辨察出来。对一个旅行者而言，这意味着在现实的巴勒斯坦他必须处处以旧约和福音书为指导；只有这样才能将东方从其现代堕落状态中拯救出来。"① 何巴特接受了这一使命观，也因此为美国人到达中国找到了理由：带领中国人——她眼中这帮上帝迷失的羔羊——重返上帝光芒的照耀之下。

　　基督徒们有自己的终极目标——在尘世重建伊甸园，他们努力奋斗想实现这一目标。何巴特认为中国的"异教徒"根本没有任何终极目标。在她这个清教徒眼中，他们只是赤裸裸地生存，只知道生理需求。仁慈、洁净和一切美好的事物都超出了他们的理解范围：

　　　　无数中国人从隧道一样的街道上那些没有窗户的小屋里一涌而出……丑陋的对出生、充饥、死亡的坚持强烈地冲击着你的感官。人们像动物一样贪婪急促地进食，喉咙里发出的各种声音敲击着你的耳膜。有像猪一样的尖叫声、有像狼一样的狂吠声，好像成群的动物拙劣地伪装成人，发出阵阵的咕噜声。各种混合的气味使你的鼻子无法呼吸：丢弃在灼热肮脏的锅里的馊油发出的腐臭味和动物的生肉释放的气味混合在一起，还有覆盖在生肉上面的腐烂的垃圾味儿，再加上烧给那些镀金神仙们的香的浓重的气味儿，这些神仙们可是对百万人的哭喊声充耳不闻。刺入你耳膜的是数不清的婴儿们的哭声，他们尚未被那无尽的痛苦驯服。钻入你鼻子的是污水和正在腐烂的鱼的刺鼻的臭味。深入！深

---

① ［美］爱德华·W. 萨义德：《东方学》，王宇根译，生活·读书·新知三联书店1999年版，第223页。

入！继续深入到这座城市隧道一样的街道里。那里，根本没有时间想到怜悯、整洁和美好；那里未来的一代仍然急切地紧随着这数百万人的脚步而来。西方有序的生活方式从你的脑海中被吸走了。只有过于拥挤的东方那冷酷无情的画面、声音、气味保留了下来。①

这里，何巴特把人类的声音和行为举止与动物紧密地联系起来，甚至连中国人的生与死在她眼中也仅仅是一种"丑陋的"勾当，和吃饭这一被贬低为"把食物塞进肚子里去"的仪式一样，毫无神圣感可言。"那些拙劣的伪装成人的成群的动物"所发出的"阵阵咕噜声"最终模糊了中国人和动物之间的界限。通过这种描述，何巴特充分表达了她认为中国人过着如同动物一样的生活。

光明和黑暗的对立在基督教清教教义中也是至关重要的。清教作品中频繁运用"光明/黑暗"这一二元对立的意象来表达荒原是邪恶的这一观点。何巴特也运用了这一手法来描述中国人和他们的住所。他们的房子被描述成"阴影""洞穴一样的""地道一样的"等。《拓荒于古老的世界》一书中，她这样描写了她所遇到的"异教崇拜"的经历：

　　寂静的夜晚，神秘的寺庙……它来了——这种狂野的、躁动的对久远年代的古老崇拜，正跃入我们眼前这种不祥的生活。光在祭坛上闪耀，僧人们从黑暗中走出来。寺庙走廊的两侧，长长的两排慢慢伸展开。越来越快、越来越快，他们移动着，他们的脚拍打在石头铺成的路上。他们快速走过时，蹭到了我们。他们的佛珠发出咔嗒咔嗒的响声。他们低声缓慢地诵经。移动、诵经、摇摆——他们一个挨着一个。寂静的、拱形的寺庙一时间就

---

① Alice Tisdale Hobart, *By the City of the Long Sand: A Tale of New China*, New York: The Macmillan Company, 1926, p. 25.

变成了紧紧控制人的情绪的、摇摆的、吟诵的、移动的、沸腾的、狂热的群体。寺庙中的空气被充满恐惧和迷信的佛经的吟诵声撕裂开来，上升地越来越快、越来越大，越来越快、越来越大！我们紧靠着庙里的柱子，慌乱地保护自己不受那种如同一股夹杂着飓风、暴雨和冰雹的洪流向我们袭来的无名的力量，但是一点儿用也没有。当它击打着我们时，我们的祖先对那些未知的神灵的残留的恐惧，紧紧地攫取住我们！①

按照《圣经》"十诫"的教义，这些中国僧侣们所做的正是上帝禁止人类做的："不可为自己雕刻偶像，也不可作什么形象，仿佛上天、下地，和地底下、水中的百物；不可跪拜那些像，也不可事奉它……"何巴特把这次经历称作"一段长长的、通往混沌之初的灵魂的朝圣之路"。

威廉·斯蒂尔曾于 1652 年就在印第安人中的传教工作宣称"当文明和基督教成功地在另一个黑暗的世界播撒下一束光明"的时候，就会收获"贫瘠的荒原上最初的果实"了②，何巴特也认为她在中国的工作是"20 世纪把黑夜变为白昼的神话故事的一部分"③。

何巴特就是这样刻画了她心目中的中国形象——荒原的形象：荒原存在于中国人的身心内外。这里既有她对中国的真实感受，也记录了中国民间真实的生存状态，反映了中国面对开放的世界时的情景。这一时期，笼罩在民族主义之下，通过建构她的中国形象，何巴特同时也建构了她心目中自己国家的形象。二元对立的思维方式在何巴特的作品中表露无遗。她用中国的野蛮衬托出美国的文

① Alice Tisdale Hobart, *Pioneering Where the World Is Old*, New York：Henry Holt and Company, 1917, pp. 202 – 203.

② Roderick Nash, *Wilderness and the American Mind*, New Haven and London：Yale University Press, Revised edition, 1973, pp. 36 – 37.

③ Alice Tisdale Hobart, *By the City of the Long Sand：A Tale of New China*, New York：The Macmillan Company, 1926, p. 16.

明，用中国的古老衬托出美国的现代，用中国人心灵的荒芜衬托出美国人在基督精神的照耀下内心的强大和丰富。通过这种方式，她把美国描述成了中国的对立面，一个现代化的、文明的基督教国家，把美国人描述成一个比中国人更进化了一步的种族。荒原意象和权利运作息息相关。中国成了一个新的荒原，因而到中国来对于西方人来说也就成了上帝赋予他们的穿越大西洋的一次新的使命。

　　和帝国神话并存于西部神话里的另外一个概念是花园神话。花园神化和田园理想以及农业乌托邦紧密相连。利奥·马克斯（Leo Marx）在他的《花园里的机器》中指出：“自从大发现时代以来，人们就一直用田园理想来界定美国的涵义，时至今日它仍然影响着美国人的想象。”① 刚被发现的美洲大陆就被早期的欧洲殖民者描绘成地球上的花园：“‘新大陆’荒野里独立、勤劳的自耕农替代了欧洲草原上过着自给自足的快乐生活的牧羊人，一种全新的田园理想模式得以在美国诞生。”② 在欧洲人早期的殖民中以及美国人的西进运动中，自耕农一直是主要的先锋力量。是他们在荒原上的定居生活使乡村、城镇得以建立、商业得以兴盛，并由此奠基了美国的文明。亨利·纳什·史密斯在《处女地》中梳理了美国重农派的发展脉络。早在 18 世纪中期本杰明·富兰克林（Benjamin Franklin，1706—1790）就表达了他的农业理想以及他对自耕农的敬意：“农业是国家财富的真正来源，是一个国家获取财富的唯一诚实的方式。农民将种子播种在土壤里，收获时得到的是真正的财富的增加。这是农民的双手在上帝的恩宠之下不断创造的奇迹，是上帝给予农民纯朴的生活和勤劳的美德的嘉奖。”18 世纪 80 年代末，他又满意地宣称：“大陆主要的行业是农业。因为我估计：有一个工匠或一个商人，我们就至少有 100 个农民，也就是说，在自己肥沃的土地上耕作的人占人口的绝大部分……”他认为本国的主要组成部

---

　　① ［美］利奥·马克斯：《花园里的机器》，马海良、雷月梅译，北京大学出版社 2011 年版，第 1 页。

　　② 同上书，第 11 页。

分是"居住在美国这些州的腹地的勤奋俭朴的农民……"① 这类想法在 18 世纪后期广泛流行于美国。富兰克林以后的一代人中最著名的农业哲学解释者是圣约翰·德·克雷夫科尔（St. John de Creve-coeur）及托马斯·杰斐逊（Thomas Jefferson）。克雷夫科尔认为向西扩展的过程会产生三个主要的社会分区：偏僻遥远的拓居地边缘，有舒适农场的中心地区，以及东部财富、城市、社会分层都在增长的地区。他相信这个过程的开端和结尾都会造成不良的社会环境。但是其中间的那个环境为人类的美德和幸福提供了无可匹敌的发展机会。农业社会的大部分会呈现出一种理想的朴实、美德和知足的景象："我们这个社会是目前世界上最完善的社会。"② 在美国立国之初就有杰斐逊和汉密尔顿关于重点发展商业还是农业的争论。杰斐逊认为："土地耕种者，也就是那些在自己的土地上耕作的农民，是美利坚共和政体的基石。"③ 詹姆斯·B. 兰曼（James B. Lanman）重述了花园神话的所有主题："一位杰出的政治家曾经说过，如果城市是政治机体的痈疽，国家的一切坏事都集中在那里，那末，农业则向人们提供了有利身心健康的习俗！乡村生活令人振奋的气氛，各种增益精力的农业劳动，纯净的水，丰足的生计，因而形成的贞节的早婚风俗，所有这一切都表明务农最适合于获得个人的幸福。它对国家的贡献也是同样明显的。"④ 1851 年朱利安宣称："农民的生活对于净化心灵来说是最适宜的；他们人人品德高尚，社会风气淳厚，大家都感到幸福愉快……"⑤ 此后，重农主义理想一直延续下去，深植于一代又一代美国人心中。自给自足的自耕农形象和诗一般的田园生活成为许多美国人的梦想。

纳什这样定义花园神话："每次西进高潮以后，便会出现一个新

---

① ［美］亨利·纳什·史密斯：《处女地：作为象征和神话的美国西部》，薛蕃康、费翰章译，上海外语教育出版社 1991 年版，第 127 页。

② 同上书，第 128—129 页。

③ 同上书，第 129 页。

④ 同上书，第 145—146 页。

⑤ 同上书，第 174 页。

社区。这些社区不再向前移进而是致力于开垦土地。他们在处女地上耕耘下种，这片广袤的内陆谷地就这样被改造成为一座花园：这个想象出来的花园称为'世界花园'……这个花园的主要象征包含着一连串表示土地肥沃，农作物的栽培和增长以及带来无穷乐趣的田间劳动的隐喻。"① 19世纪上半期著名的传记作家蒂莫西·弗林特把"伟大西部富饶无垠的谷地"称为"地球上的花园"。② 《我们的西部帝国》一书的主编莱纳斯·P. 布罗克特也断言密西西比河以西整个地区"注定会成为世界花园"③。伯克利主教对美国的未来做出的预言把世界花园的形象传遍了"合众国的每一平方英里土地直到这片幸运之土的最西部边界线"。④ 花园神话和帝国神话"都肯定进步和大力发展经济的原则"，但花园神话同时还暗示着"怀疑城市化和工业化进步的后果"。⑤ 这一神话告诉人们："在美国人民投身的边疆，他们受到自然极大的影响，他们创造了小小的农业社区，这是美国人集体想象中的乌托邦。大自然和自然界万物是好的，而文明，特别是城市的文明，美国东海岸和欧洲（如果不指世界其他地方）的文明则是腐败的或正在变得腐败。这一好的自然和坏的自然之间的对立对理解这些美利坚帝国神话和花园神话是极端重要的。不幸，对文化历史学家来说，情况不是如此简单，因为美国人对文明的确带有一种矛盾心理，有时贬低它的价值，有时则又看重它。"⑥

　　这一时期，身居中国的何巴特非常看重美国文明的价值。城市的飞速发展，工业化所带来的方便和成功也激励着她，让她为自己的国家感到自豪。嫁给厄尔之后，她更是对工业文明充满了信心、对工业化势必要战胜农业化充满了乐观。但是出生于纽约，生长于西部，和

---

① ［美］亨利·纳什·史密斯：《处女地：作为象征和神话的美国西部》，薛蕃康、费翰章译，上海外语教育出版社1991年版，第174页。
② 同上书，第58页。
③ 同上书，第191页。
④ 同上书，第192页。
⑤ 同上。
⑥ 同上书，第iii页。

土地的亲密也孕育了她对农业社会的热爱。所以她说要寻找那个遗失在工业背后的时代，也对农业社会和边疆的消失而感到遗憾。因此，同时受到"帝国神话"和"花园神话"的影响，何巴特对待中国的自然的态度是非常复杂的。一方面，她欣赏西方人在改造中国的努力中所展现出来的力量；另一方面，她也被这个"荒原"所吸引，在这里，她的心灵可以得到休憩，她也可以释放自己对农业时代的怀念。尽管她确信最终西方文明的胜利是不可阻挡的，但她依旧欣赏中国的美丽和壮观，尤其是自然带给她的心灵的宁静。

花园神话对何巴特这一时期中国塑造的影响表现在她的作品中主要是她对田园牧歌式的生活的梦想以及对工业化将取代这一梦想的遗憾。和"荒原"形象不同的是，中国有时在何巴特的笔下也呈现出富足的田园风光："无论我认为中国多么肮脏和贫穷，在她的乡村都有一种令人惊愕的美。"①

和城市的堕落与丑陋不同，在何巴特的笔下，中国的大自然有时是雄伟壮丽的。在描述一片原始森林时，她说："这里没有那种不安的急促，也没有混乱。人类对自然的干涉基本看不到。只有高耸入云的群山，积聚的一堆堆皑皑白雪，雄伟高大的树木枝干纠缠在一起，异常壮观，直插云霄。我们越来越深入，攀登得也越来越高。我们的四周是一种无法名状的宁静和无边无际的永恒的平和……"②她笔下的农业地区也充满了平和景象。她把中国边疆居民的耕作称为他们"精心制作的伟大工程"，认为他们把"几乎是垂直的耕地变成了上帝的花园"。在这个"上帝的花园"，她身心都得到了放松、休憩："到处都一片宁静。河流自身看起来也好像正是源自于宁静之泉。……我们像婴儿一样睡着了，周围的河水轻柔地拍打着河岸。"③下面的描写更是呈现出强烈的花园意象："我们到达了第一个小镇。鲜花从茅

① Alice Tisdale Hobart, *By the City of the Long Sand: A Tale of New China*, New York: The Macmillan Company, 1926, p. 6.
② Ibid., p. 87.
③ Ibid., p. 121.

草覆盖的屋顶上长出来。每个店铺都养着一只野云雀，它住在古色古香的木笼子里，悬挂在屋檐下。窄窄的街道因此变成了歌声的长廊，上面还覆盖着鲜花。商铺里面，粉红色的树枝、盛开的桃花插在蓝色的瓶子里，放在年久而变地发暗的柜台上。外面，布招牌欢快地摆动，鲜花盛开，成群的云雀，快乐地向着天空歌唱。"①

同时她也延续了美国西部作家笔下慷慨仁慈的大自然形象，认为自然给人们带来了富足、丰饶和宁静：房顶上堆放着大堆大堆的金色苞谷，庭院里一串串的红辣椒悬挂在房门上。推谷物的车子上面装满了高粱。村庄是空的，每个人都在地里忙着收割庄稼。田野里一派繁忙的丰收景象。路过高高的稻谷和低矮的大豆时，她看到的是在农田里耕作的男男女女，还有小孩儿跟在后面，捡拾地上的落穗。"这个小小的和世界一样古老的村庄也没有任何匆忙的不和谐。也是同样的宁静和富足。"② 何巴特把中国北方的大平原称为"一片神奇的土地"，一片"伟大的永远也不会忘记的地区"，看起来就像是童话里提到的"太阳的东方，月亮的西方"，一望无垠、辽阔起伏："就我们目力所及，遍布着各种各样的庄稼——高粱、大豆、玉米、荞麦。燕麦和小麦已经收割了，只剩下大片大片的肥沃的褐色土地"③。在那儿，万物都按照自己的规律生长。"大自然仁慈地省去了人类和他们的工作。满洲里的阳光，那灿烂辉煌的神圣方剂，如同金黄色的美酒倾洒在那无边无际的大平原上。"④ 收割的时候，她说："到处都能听到豆子落下的声音。……人们会测量豆子的数量，随着数量的增加，边疆居民也唱着欢腾的歌儿。"⑤

自然对她来说也是一个伟大的修复者，可以扫除早晨的痛苦和疲

①　Alice Tisdale Hobart, *By the City of the Long Sand: A Tale of New China*, New York: The Macmillan Company, 1926, pp. 121 – 122.

②　Alice Tisdale Hobart, *Pioneering Where the World Is Old*, New York: Henry Holt and Company, 1917, p. 33.

③　Ibid., p. 48.

④　Ibid., p. 61.

⑤　Ibid., p. 122.

恩，让人精力充沛、生机焕发。① 灿烂的阳光也具有疗伤的神奇作用，让人内心深处充满了欢欣。② 通往大平原的乡间小道上的宁静可以消除一切束缚和焦虑："我背靠着粮袋，眼望着面前长长的小路，内心感到无比的安宁。这种深深的宁静环绕着我们，我们甚至都不愿意说一句话来打破它。这是春天不停歇地努力的成果。就在这种充裕的宁静中，我们一路前行，没有任何束缚，没有任何焦虑。"③ 自然带给她的是心灵的休憩，她总是用宁静（serenity）、平和（peace）、心灵的安宁（spiritual calm）等词来形容走在乡村的路上的心情。比如她说："在满洲里明亮的天空下，我们能够看到遥远的连绵不绝的堆满了冬雪的群山……所有物质的东西都消退了……我们独自沉浸在心灵的安宁中。"④

自然保护者的形象也常常出现在何巴特的笔下："我们周围是非常宁静的大地。和玉米一样高的高粱，叶子在我们身边发出沙沙的响声，高过人头，高过骑在马背上的人。在那儿，给人们提供着庇护。我们叫喊着寻求它的保护，在马车上自在地平躺着，安然入睡！"⑤

她也用优美的笔触描写了自然创新的能力。"那儿不再是农业区春天那种安静的美。到处是一种新的、野性的美。这儿未被人类驯服的春天是一个未被教化的生机勃勃的生物、一个超越了习俗常规的领域的生物、一个把自己完全交给了自己的创造热情的生物。生活到处胀破了冬天禁欲主义的束缚，以一种崭新的生存方式尽情蔓延——每一小时江水都获得一种新的生命力，越流越急。"⑥

何巴特还引用了苏格兰小说家、诗人与旅游作家，也是英国文学新浪漫主义的代表之一罗伯特·路易斯·史蒂文森（Robert Louis Stevenson，1850—1894）的话作为一节的开头："我认为我已经重新发

---

① Alice Tisdale Hobart, *Pioneering Where the World Is Old*, New York: Henry Holt and Company, 1917, p. 74.

② Ibid., p. 204.

③ Ibid., p. 32.

④ Ibid., p. 79.

⑤ Ibid., p. 45.

⑥ Ibid., p. 128.

现了其中的一个真理，这些真理对那些野蛮人揭示出来了，却对政治经济学家们隐藏了。"① 这些话摘自《骑驴漫游记》（*Travels with a Donkey in the Cévennes*）。史蒂文森描述了他在法国南部塞文山脉的骑驴旅行，在何巴特摘录的这一章里，史蒂文森树立了一个美丽、温柔的自然母亲的形象，描述了自己在自然的怀抱中所享受到的安宁和愉悦。他抬头看到天上的繁星，感到心和那些自然界的生物一起跳动，意识到自己完全脱离了文明社会的束缚，在那一瞬间自己也"只是一个温顺的动物，大自然羊群中的一只，由此，在心底引发了一种奇异的愉悦"②。在享受野外独处的宁静和自由的时刻，他发现了政治经济学家们所无法认识的、只有"野蛮人"才能体会到的自然的真相："大自然，人们从中逃离开，退缩到自己的家中，看起来竟然是一个如此温柔的适合居住的地方，一夜又一夜，人类的床，好像就在野地里铺好了等待着他。在那里，上帝一直为人们敞开着房门。"③ 史蒂文森接下来写道："即使在这样一种独处的欢欣中，我还是感觉到一种奇怪的缺失。我希望在星光下一个伴侣安静地躺在我的旁边……有一个比独处还要安静的伴侣，会让这种独处更加完美。能和一个所爱的女人一起生活在野外，是所有生活中最完美、最自由的了。"④ 何巴特和丈夫一起在野外的马车上过了一夜，她说："我们用稻草在马车上铺了张床，躺在那儿，靠在一起，安静地彼此做伴。这是一种完美的独处，在野外，只有自己的伴侣和动物，头上是天空和月亮。"⑤ 何巴特对史蒂文森的引用和模仿，既表明了对他思想的认同，同时也借用他的语言表达了对满洲里的大自然同样的感觉。

---

① Alice Tisdale Hobart, *Pioneering Where the World Is Old*, New York：Henry Holt and Company, 1917, p. 230.

② Robert Louis Stevenson, *A Night among the Pines*, http：//www. oldandsold. com/articles33n/essays-studies-21. shtml.

③ Ibid. .

④ Ibid. .

⑤ Alice Tisdale Hobart, *Pioneering Where the World Is Old*, New York：Henry Holt and Company, 1917, p. 236.

何巴特也表达了对自然所激发出的原始的生机的热爱。在一个遥远的农家小院，遭遇到红胡子，面对面地呼吸到死亡时，何巴特这样描述：

> 在那狂野的时刻，我们的心灵充满了单纯的自卫求生的本能。我们盎格鲁—撒克逊世界的可能的征服、可能的财产、可能的声誉，对我们来说都只是些陷阱。在那启迪之光中，我们看到了赤裸裸的生存的美丽所在。那并不是发生在我们现今文明城市里的保持身心一体的龌龊的斗争，而是一个种族为我们在这美丽、富饶、干净的大地上求得一席之地的生命的升华。那一刻，充满了原始的生命力与鲜活，从我们心灵中彻底除去了我们以往传统经历中的苍白和无力。最终，它使我们随着自然的原始心脏一起跳动！通过它，我们感受到了生命深刻的意义。有些事情只有流浪的人才能够体会。在广阔的世界，远离喧哗和为了征服、财物、名誉等的盲目的竞争，我们品尝到了生活的本质意义。①

这是这一时期何巴特流露出对本国城市文明不满的极少见的几个例子之一，也是唯一一次使用"龌龊"（sordid）这种强烈的词汇来形容美国的文明城市里正在进行的斗争。在这里她把乡村文明的真实和生机与城市文明的堕落和虚伪进行了对比，表达了对工业时代的怀疑和对乡村文明的思念和热爱。

从上述描写中可以看出，这时的中国对何巴特来说成了乌托邦：农业乌托邦。但是这个乌托邦和形象学中所说的乌托邦却有所不同。形象学中的乌托邦是指一个楷模，一个理想化了的国家，可以解决本国所无法解决的问题。而中国在这里显然不是高于他们国家之上的，而是被何巴特塑造为一个逝去的时代，一个位于历史时间轴前端的时

---

① Alice Tisdale Hobart, *Pioneering Where the World Is Old*, New York: Henry Holt and Company, 1917, pp. 51 – 52.

期。这里的未来是已知的，她只是在重新经历她祖先的拓荒经验。这个花园将会最终消失在工业现代化的面前："金融家已经判决中国应该成为一个大的工业化国家。有人预言：'一个钢的和枕木的网络将会遍布这块土地，除非透过锅炉的烟囱里冒出来的烟，我们将不会看到热带的星星……当月亮从弧形的房顶升起时，它会给锅炉的烟囱加入点缓释剂'。"① 何巴特为工业化对这个花园的侵犯深深叹息。虽然她认为改变不可避免，但是为了能给像她一样的流浪者提供流浪的地方，她还是号召人们反对工业化："我们不愿意想到随着他们再创造的实践，地球上流浪的地方正在一点点消失。坚持住，路上的小歌唱家。让我们尽可能长时间地反抗它。"② 这句话集中体现了帝国神话和花园神话在她作品中的张力以及何巴特对待中国的矛盾心理。美国当时刚由农业社会走向工业社会，人们骨子里都还有一种对过去生活的留恋，正好中国一方面给她们的留恋提供了空间，使她们的回归情结得到宣泄；另一方面也让她们真实地看到和感受到工业社会比农业社会进步的地方，让她们认识到还是应该走工业化的道路，从而确立了她们强烈的优越感和民族自信心。然而随着工业化的缺点日益显露，又使她们对中国的这种农业化社会大加赞赏，唯恐这最后的边疆的消失会让她们经历第二次失落，因此她们对中国的现代化持一种矛盾的态度，也因此，中国在何巴特的笔下呈现出一种矛盾、复杂的双面形象。然而，无论是帝国神话影响下的荒原还是花园神话影响下的农业乌托邦，如同玛丽·路易斯·普拉特（Mary Louise Pratt）在《帝国的眼睛：旅行写作与文化嫁接》（*Imperial Eyes: Travel Writing and Transculturation*，2008）中所提到的那些写作非欧洲风景的欧洲中产阶级，何巴特在再现中国风景时，也具有一双帝国的眼睛，凝视并占有着中国风景，并为美国人撰写了中国的民族志。

　　何巴特笔下的中国，在某种程度上说，在那一时期的西方人中间

---

① Alice Tisdale Hobart, *Pioneering Where the World Is Old*, New York: Henry Holt and Company, 1917, p. 226.

② Ibid., p. 227.

是比较典型的。1928 年 1 月初，赛珍珠写信给埃玛·怀特，让埃玛和孩子们不要离开美国到中国来，说中国和早期的美国西部一样，是不受法制管辖的边疆地带："有家有小的人不宜去边疆拓荒。"① 赛珍珠笔下的中国农民形象也体现了她对农业社会的留恋。

法国学者皮埃尔·布律奈尔认为"期待视野"是"真正的过滤器，或筛选机"，它决定了一个人对异文化的解读。② 著名历史学家郝延平教授也指出美国人心目中的中国形象——或者其他任何一个国家的形象——都部分地受限于中国当时的客观现实，并且"更重要的是受限于美国人自己的需求和经历"。③ 对何巴特来说，美国人的中国故事把美国人的边疆故事带回了现实生活，最终的胜利不言而喻。拓荒精神因为美国国内边疆的消失而变得沉寂，她的写作是为了在美国人民心目中重新点燃起拓荒精神的烈火，同时也可以把这种边疆精神带到美国疆域之外的地方。为了服务于这一目的，中国被重新设计为一个和美国过去的边疆一样的地方。这样，美国人民在征服古老边疆的过程中所感受到的光荣和兴奋才能够被重新点燃。何巴特在到达中国之前就已经形成了自己对这个国家的看法：美国西部边疆的延伸。她到中国来的主要原因就是重温欧洲拓荒者们的经历。毫无疑问，影响何巴特中国观的因素非常复杂，但是美国人对西部的态度的确在她早期的中国形象的塑造中起到了举足轻重的作用。

第五节　与何巴特同时代的中国作家笔下的中国

不应否认，在描述中国时，何巴特的确也讲述了一些关于中国和美国的真实的方面。中国当时的社会现实对何巴特的中国观也产生了

---

① ［美］彼得·康：《赛珍珠传》，刘海平等译，漓江出版社 1998 年版，第 116 页。

② 孟华：《移花接木的奇效：从儒学在 17、18 世纪欧洲的流传看误读的积极作用》，乐黛云主编《独角兽与龙——寻找中西文化普遍性中的误读》，北京大学出版社 1997 年版，第 118—127 页。

③ Johathan Goldstein, Israel Jerry, and Hilary Conroy, eds. *America Views China*: *American Images of China Then and Now*, London: Associated University Presses, Inc., 1991, pp. 13 – 14.

不小的影响。在强调科学、民主和理性的启蒙运动之后，西方的欧洲人从神学的控制下解放了出来，他们创造的潜能也被激发了出来。到19世纪末20世纪初，机械化时代使得人们的生活变得轻松起来。工业的力量显示了出来。美国取代了英国，成为主要的工业国。和美国人民形成了鲜明的对比，处于腐朽的满清政府统治下的中国人民仍然处于农业社会，并延续着之前世世代代的祖先们的生活方式。鸦片战争时期，西方列强用大炮、长枪、战舰轰开了中国的大门，而中国人却只能用大刀、长矛、锄头和钉耙与之抗争。鸦片战争彻底撕下了清朝腐烂的面庞上那层美丽的面纱，中美关系由此开始进入了被伊萨克斯所称之为的"蔑视期"。满清政府被推翻之后，新成立的"中华民国"并没有改变这一现状。民主在中国普通民众心目中只是"辫子的去留问题"。① 臭名昭著的袁世凯称帝事件之后，中国陷入了军阀割据混战时期。外国列强垂涎于中国的国土，妄图通过战争威胁或者其他手段来从中国进一步获取更大的利益。这种情况下，中国的普通民众过着非常悲惨的生活。因此，应该承认，和美国相比，中国在许多方面的确都是相当的落后，尤其是在经济和科技方面。中国的落后和黑暗以及中国人的愚昧和无知在当时的中国文学中也有所反映。陈独秀、胡适和鲁迅等人就看到了中国的弱点以及中国人人性的缺陷。和何巴特一样，他们也按照西方的标准来衡量中国和中国人民。

　　1915年9月《青年杂志》（后于1916年9月更名为《新青年》）的出版预示了新文化运动的到来。新文化运动的影响意义深远。由陈独秀（1879—1942）和胡适（1891—1962）发起，主要代表人物有：李大钊（1889—1927）、蔡元培（1868—1940）、鲁迅（1881—1936）、周作人（1885—1968）、钱玄同（1887—1939）、易白沙

---

　　① 辫子，曾经被西方人误认为是中国人最显著的特征之一，实际上是清政府强加给汉族人的。对满族人来说，迫使汉族人留辫子是使他们臣服的一种标志。因此，对那些致力于推翻清政府的民族主义者们来说，割掉辫子就变得格外重要。1911年的辛亥革命，尽管推翻了清政府的统治，却没有把民族主义的种子播撒到普通民众心中。一些对此结果深表失望的作家和学者，辛辣地讽刺说这次革命对普通民众唯一重要的影响就在于割掉了他们的辫子。详见鲁迅的《头发的故事》和《病后杂谈之余》。

（1886—1921）、吴虞（1872—1949）等。新文化运动高举"民主"与"科学"两面旗帜，向中国的传统文化发起了斗争。陈独秀说应该有所改变："要拥护那德先生，便不得不反对孔教，礼法，贞节，旧伦理，旧政治。要那赛先生，便不得不反对旧艺术，旧宗教。要拥护德先生，又要拥护赛先生，便不得不反对国粹和旧文学。"① 在"答佩剑青年"一文中，他也指出了欧化和孔教的不可调和："惟以其根本的伦理道德，适与欧化背道而驰，势难并行不悖。吾人倘以新输入之欧化为是，则不得不以旧有之孔教为非。倘以旧有之孔教为是，则不得不以新输入之欧化为非。新旧之间，绝无调和两存之余地。"②

胡适也宣布了自己赞同西化的态度："我前几年（1929年）曾在上海出版 *Christian Yearbook*（中国基督教年鉴）里发表过一篇 The Culture Conflict in China（中国今日的文化冲突），我很明白的指出文化折衷论的不可能，我是主张全盘西化的。"他认为"文化折衷"，"中国本位"，"都是空谈"，唯一的选择就是"努力全盘接受这个新世界的新文明"。③ "我们必须承认我们自己百事不如人，不但物质上不如人，不但机械上不如人，并且政治社会道德都不如人。"④

在鲁迅推荐给青年阅读的书目中，也没有一本中国作品："我以为要少——或者竟不——看中国书，多看外国书。"因为"我看中国书时，总觉得就沉静下去，与实人生离开；读外国书——但除了印度——时，往往就与人生接触，想做点事。中国书虽有劝人入世的话，也多是僵尸的乐观；外国书即使是颓唐和厌世的，但却是活人的颓唐和厌世。"⑤ 此后他又曾说过："我主张青少年少读，或者简直不

———————————

① 陈独秀：《本志罪案之答辩书》，《新青年》1919年第5卷第1期。
② 陈独秀：《答佩剑青年》，《独秀文存》第3卷，安徽人民出版社1987年版，第660页。
③ 适之：《编辑后记》，《独立评论》1935年第142号。
④ 胡适：《胡适文存》第3集，黄山书社1996年版，第24页。
⑤ 1925年1月间，《京报副刊》刊出启事，征求"青年爱读书"和"青年必读书"各十部的书目。鲁迅应约对后一项作出答复："我以为要少——或者竟不——看中国书，多看外国书。"

读中国书，乃是用许多苦痛换来的真话，决不是聊且快意，或什么玩笑，愤激之辞。"① 1919 年 1 月，他在给许寿裳的信中就已经表达了他激进的反传统观，他说："来书问童子所诵习，仆实未能答。缘中国书页页害人⋯⋯汉文终当废去，该人存则文必废，文存则人当亡，在此时代，已无幸存之道。但我辈以及孺子生当此时，须以若干精力牺牲于此，实为可惜。仆意君教诗英，但以养成适应时代之思想为第一宜，文体似不必十分抉择，且此刻诵习，未必于将来大有效力，只须思想能自由，则将来无论大潮如何，必能与为沆瀣矣。少年可读之书，中国绝少⋯⋯"② 20 世纪 30 年代"欧化文法的侵入中国白话文中的大原因，并非因为好奇，乃是为了必要！"③ 他把中国比作一间黑暗的"绝无窗户而万难破毁"的铁屋子④，并且把中国的历史比作一部"四千年来吃人的历史"。他笔下的狂人暗示有些中国人并没有完全从动物进化出来：

> 大哥，大约当初野蛮的人，都吃过一点人。后来因为心思不同，有的不吃人了，一味要好，便变了人，变了真的人。有的却还吃，——也同虫子一样，有的变了鱼鸟猴子，一直变到人。有的不要好，至今还是虫子。⑤

受到鲁迅的影响，他的许多追随者也致力于揭露中国生活中的阴暗面。比如，生长于何巴特第一部作品《拓荒于古老的世界》中所描述的中国东北的萧红笔下的中国人就和何巴特笔下的中国人有着诸多相似之处。她也认为呼兰河沿岸的人民过着古代一样的生活，仅够糊口的生存状态令他们麻木，并不想做出任何改变：

---

① 鲁迅：《鲁迅全集》第 1 卷，人民文学出版社 1981 年版，第 286 页。
② 鲁迅：《鲁迅全集》第 11 卷，人民文学出版社 1981 年版，第 357 页。
③ 鲁迅：《鲁迅全集》第 5 卷，人民文学出版社 1981 年版，第 520 页。
④ 鲁迅：《呐喊·自序》，《鲁迅全集》第 1 卷，人民文学出版社 1973 年版，第 274 页。
⑤ 鲁迅：《狂人日记》，《新青年》1918 年第 4 卷 5 号。

假若有人问他们，人生是为了什么？他们并不会茫然无所对答的，他们会直截了当地不加思索地说了出来："人活着是为吃饭穿衣。"

再问他，人死了呢？他们会说："人死了就完了。"①

在萧红的作品中，和何巴特关于中国的前两部作品一样，中国人经常会被比作动物，他们的生活被比作野兽的生活。例如，在《生死场》中，萧红写道："农家无论是菜棵，或是一株茅草也要超过人的价值。"② 这本书其中的一章"刑罚的日子"中描写了动物和女人的生产过程：房后草堆上，一条狗在那里生产。大狗四肢在颤动，全身抖擞着。经过一个长时间，小狗生出来。而同时，一个光着身子的女人，"和一条鱼似的"，爬在炕上，也在生产。③ 本章结束时，也是描述生孩子的过程，最后以"窗外墙根下，不知谁家的猪也正在生小猪"结束。在描述两个村妇时，萧红也用动物做比较：金枝"好像一个病狗似的堆偎在那里。……夜的街头，这是怎样的人间？金枝小声喊着娘，身体在阴沟板上不住的抽拍。绝望着，哭着，但是她和木桶里在睡的小狗一般同样不被人注意，人间好像没有他们存在。"④ 麻面婆也被比喻成母熊、猪、狗等动物："麻面婆是一只母熊了！母熊带着草类进洞……让麻面婆说话，就像让猪说话一样，也许她喉咙组织法和猪相同，她总是发着猪声……像狗在柴堆上耍得疲乏了！手在扒着发间的草杆，她坐下来。"⑤ 被邻居的孩子们称作"猫头鹰"的王婆在讲述她的孩子摔在铁梨上死了时，是这样说的："那和一条小狗给车轮压死一样。我也亲眼看过小狗被车轮轧死，我什么都看过。这庄上的谁家养小孩，一遇到孩子不能养下来，我就去拿着钩子，也许

---

① 萧红：《呼兰河传》，解放军文艺出版社 2000 年版，第 21 页。
② 萧红：《生死场》，《萧红全集》上，哈尔滨出版社 1991 年版，第 74 页。
③ 同上书，第 96 页。
④ 同上书，第 128 页。
⑤ 同上书，第 58 页。

用那个掘菜的刀子，把那孩子从娘的肚子里硬搅出来。孩子死，不算一回事。"① 这两种不同的意象放在一起，模糊了人类和动物之间的界限，给读者一种村民们过着动物一样的生活的印象。无意识、无目的、完全依赖本能驱动而苦苦挣扎的猪狗般的生活。

胡风在《生死场》读后记中也写道，这些女人们"蚊子似地生活着，糊里糊涂地生殖，乱七八糟地死亡，用自己的血汗自己的生命肥沃了大地，种出食粮，养出畜类，勤勤苦苦地蠕动在自然的暴君和两只脚的暴君底威力下面"。②

然而，作为四大文明古国之一的中国，在艺术、文学和哲学方面有着辉煌的成就。在欧洲人踏上北美这片土地之前，中国已经是一个有着上千年光辉历史的文化强国。因此绝不是一个荒原。尽管后来她不像美国发展得如此迅猛，但是也没有止步不前："传统的中国并非一成不变，也不是静止或毫无生气。相反，中国有不断的变化和各千差万别的情况……"③

何巴特后来也承认："有些人，随着他们对中国人了解的深入，对他们的文学和哲学的敬意也会与日俱增。另外一些对中国的文化毫无尊敬可言，把中国人当作'异教徒'，在他们两千年的文明里看不到丝毫的优点。"④ 何巴特初识中国时，毫无疑问，属于后面那种情况。

同时，美国也并不像她想象中那么完美。工业的确结束了农业社会笨重的劳作，但是也给美国带来了许多新的社会问题。一方面，贫穷的美国人民买不起日常消费品；另一方面，过剩的产品源源不断地生产出来。因此，在它经济繁荣的背后，由于消费无法跟上快速增长的生产，萧条的阴影紧紧相随。1873 年后的 25 年间，美国至少有一

---

① 萧红：《生死场》，《萧红全集》上，哈尔滨出版社 1991 年版，第 61 页。

② 同上书，第 146 页。

③ ［美］费正清：《美国与中国》，张理京译，世界知识出版社 2008 年版，第 75 页。

④ Alice Tisdale Hobart, *Gusty's Child*, New York：Longmans, Green and Co., Inc., 1959, p. 66.

半的年份是经济萧条时期：1873—1878 年，1882—1885 年，1893—1897 年，从 1881 年到 1905 年就有过 36000 次罢工。① 1893 年哥伦比亚世界博览会一英里远的地方就是一片贫民窟，再往前不远处，就是厄普顿·辛克莱尔在他的作品《屠场》（*The Jungle*）一书中所描述的臭名昭著的芝加哥肉类加工厂的厂址。1917 年美国加入的第一次世界大战也向一些人传递了"西方文明的核心已经腐烂了"的信息。② 1901—1912 年的揭露黑幕运动以及 20 世纪初文学上的自然主义的发展产生了大量的小说和非小说类文学作品，暴露和批判了美国社会黑暗的一面。

因此，中国和美国一样都是非常复杂的，不能做简单的概括。何巴特在概括中国时，忽视了中国文明中灿烂的一面和美国社会中黑暗的一面。她所描述的这两个国家的形象都是有偏见的和扭曲了的。

在描述异国"形象"时，作家并不是在复制异国文化生活的方方面面，而是会筛选出一定数目的特点，这是些被作家认为适用于他要进行的异国描述的成分。③ 最令人感兴趣的是何巴特选择这些材料的原因，换句话说，限制了她对中国的看法的主要因素有哪些。如同本章开头所指出的那样，何巴特在到达中国之前就已经形成了自己对这个国家的想象。她到中国来的主要原因就是重温欧洲拓荒者们的经历。美国人对西部的态度在何巴特这一时期的中国形象的形成中也起到了举足轻重的作用。

胡适、鲁迅、萧红等激进主义者笔下的中国形象和何巴特笔下的中国形象有一定的相似之处，重点放在了书写中国的黑暗以及中国人的愚昧无知上面。与他们不同，当时的改良派，像康有为和梁启超等人，则部分地接受了关于中国的这些描述，但是他们同时也看到了中

---

① Walter Lafeber, Richard Polenberg, and Nancy Woloch, ed. *The American Century*：*A History of the United States since the 1890s*, 4*th*, New York：Mcgraw-Hill, Inc., 1992, p. 8.

② William Ralph Inge, "The Future of Christian Missions", *The Forum*, September 1927, p. 324.

③ 孟华主编：《比较文学形象学》，北京大学出版社 2001 年版，第 138 页。

国文化中光明的一面。然而，当时中国的那些保守派人士却认为中国人是最文明的，其他那些对中国文明一无所知的种族只是些野蛮人，他们认为像何巴特这样的观点只能证明他们对中国文化的无知和西方人的傲慢。辜鸿铭，北京大学的著名教授是这群人中突出的代表。在他的作品《中国人的精神》（1922）一书中，他尖锐地批评了欧洲和美国作家们对中国文化缺乏理解以及他们对中国人的性格特征的过于概括化（generalization）。他认为西方人所谓的改造中国的"事业"是摧毁一个无价的文明财富的过程。《中国人的精神》驳斥了像何巴特这样的人的一些观点。如上所述，何巴特认为中国人作为一个民族来说是低于美利坚民族的，表现出了动物的一些行为举止。然而，辜鸿铭的这本书的主题，用他自己的话说，就是一本关于"中国的人性类型"的书，他认为："在古老的中国人性类型中打动你们的第一件事情是，那里没有任何野蛮的、残忍的或残暴的东西……他比欧洲社会同一个阶层的人少一些动物性，更少些野蛮动物的特性，即少有德国人所谓的'动物野性'（Rohheit）。"① 辜鸿铭谴责那些"在中国的浅薄外国留学生"，因为他们"认为中国文明没有进步，中国文明是停滞的"②。他相信："因此，与其说中国人发育不良，还不如说中国人永不衰老。简言之，中国人作为一个种族的非凡特性，在于他们拥有永远年轻的秘密。"③

就那些关于中国缺乏宗教启蒙的批评，辜鸿铭驳斥说儒教虽然不是宗教却能代替宗教，"它能够使人不需要宗教，这就是儒教的伟大之处。"④ 他相信"在儒教里一定有一种东西能给予人类大众一种宗教所能给予的同样的安全感和永恒感"⑤。何巴特按照时间的先后把中国放在了美国前面的一个历史时期以显示西化是中国进步的唯一方

---

① 辜鸿铭：《中国人的精神》，黄兴涛、宋小庆译，海南出版社1996年版，第23—24页。
② 同上书，第30页。
③ 同上书，第31页。
④ 同上书，第34页。
⑤ 同上书，第37页。

式。辜鸿铭直接反驳了这一观点："我曾说过在最近的 2500 年中，中国文明没有心灵和头脑的冲突。但我必须告诉你们在孔子生活的扩张时期，中国如同当今的欧洲一样，心灵和头脑之间产生了可怕的冲突……两千年前中国人这种理性的觉醒就是今日欧洲所谓的现代精神的觉醒——自由主义精神、探索精神、寻找事物的原因和理由的精神。"① 他把中国放在了文明的前端，认为儒教可以解决欧洲迄今为止无法解决的心灵和头脑之间的激烈冲突。如同何巴特一样，辜鸿铭也没有摆脱民族中心主义的影响。这就导致了他们对其他民族的倨傲的心态，阻碍了有效地交流和对话。

鲁迅、萧红、胡适等革命派虽然激烈地反对中国封建传统及其理论支柱儒家思想，认为它们是阻止中国走向文明走向现代化的障碍，造成国家积贫羸弱的罪魁祸首。然而，他们并不是认为中国的传统文化一无所取，并没有对其采取全盘否定的态度。陈独秀在《答佩剑青年》中对"孔教"提出批判之前，也指出："记者非谓孔教一无可取，惟以其根本的伦理道德，适与欧化背道而驰，势难并行不悖。"他们采取如此激进的观点一个非常重要的原因是他们对"中庸思想"对中国的影响了解得太透彻了。鲁迅这样解释说："中国人的性情是总喜欢调和，折中的。譬如你说，这屋子太暗，须在这里开一个窗，大家一定不允许的。但如果你主张拆掉屋顶，他们就会来调和，愿意开窗了。没有更激烈的主张，他们总连平和的改革也不肯行。那时白话文之得以通行，就因为有废掉中国字而用罗马字母的议论的缘故。"②

胡适也认为"走极端"没有什么不好，因为"文化自有一种'惰性'，全盘西化的结果自然会有一种折中的倾向……现在的人说折中，说'中国本位'都是空谈。此时没有别的路可走，只有努力全盘接受这个新世界的新文明。全盘接受了，旧文化的'惰性'自然会使

① 辜鸿铭：《中国人的精神》，黄兴涛、宋小庆译，海南出版社 1996 年版，第 37—38 页。
② 鲁迅：《无声的中国》，《鲁迅全集》第 4 卷，人民文学出版社 1981 年版，第 25—26 页。

他成为一个折中调和的中国本位新文化"[1]。然而，这些学者对于中国传统文化的批判在后来的中国文学中被过分强调，而他们的真实意图反而被忽视了。

显而易见，这一时期中国形象在文学中的描述受到了作者政治和文化观点的影响或者在某种程度上由它所决定。像何巴特一样的美国人在寻找新的边疆以便重演他们对荒原的征服和释放自己对农耕时代的怀念之情。中国的保守派为中国文化辩护，对西方人把中国人描述成落后的和无知的进行驳斥，中国的革命者利用西方人对中国的批评作为激发中国人进步的手段。由此我们可以看出不仅是外国人，本国人在判断一个文化的优劣时也由他们的目的所决定。由于目的不同，他们强调了文化中不同的方面，形成了不同的国家形象。此外，他们不同的中国观反映了他们想要带领中国所走向的不同道路。那一时期，在几股不同的力量所形成的张力下，中国改变了。随着中国的变化，许多西方人笔下的中国形象也发生了变化。

第六节　越界的女性

从 19 世纪下半期开始，大批的美国女性来到中国，她们或作为传教士，或作为家庭主妇陪同丈夫来华，其中不少人把自己在中国的经历以这种或那种形式记录下来，给我们研究那一时期留下了弥足珍贵的资料。面对中国生活的挑战，很多女性最初都选择了坚强、勇敢地面对，在记录自己对中国开发所做出的贡献以及评估其价值时充满了欣赏和骄傲。她们一方面跨越了国界，另一方面也跨越了当时的社会给她们划定的性别疆界。

美国女性历史学家芭芭拉·韦尔特（Barbara Welter）在其重要文章《真正的女性风气》中归结出美国 19 世纪的流行文化对女性的要求：虔敬（piety）、纯洁（purity）、顺从（submissiveness）和持家

---

[1] 胡适：《编辑后记》，《独立评论》1935 年第 142 号。

(domesticity)。① 显然，这一理想化的行为规范是建立在性别疆域的划分之上的。男性和女性分别占据着不同的空间。政治、经济等公共领域主要由男性占据，而女性则主要局限于私人空间——家庭当中。养育孩子、维持家庭等日常琐事成为她们的主要责任。有的学者认为严格区分的公共和私人领域的出现以18世纪为重要的转折点。这是一个"从女性拥有相对自由的时代转变为领域分离的时代"，在这个时代，"男性主宰着工作的公共领域，而女性则越来越退却到家庭的私人空间中来"。② 中产阶级的崛起以及他们对家庭生活的期待改变了欧洲和美国社会以及家庭关系。工业革命和城市化使得男性成为养家者，而女性则被希望可以待在家里，持家育儿："18世纪末以来，家庭成为下一代培育良好品德的温室，也成为舒缓家庭之外的压力的避风港。这个理念逐渐成为欧美中产文化的一部分。理想的家庭模式是：男性负责供养家庭、管教、决策；女性负责料理家务、照顾丈夫、子女、维护家庭和谐。这种'外''内''公''私'的角色分工至19世纪日趋定型。"③ 一些女性主义者剖析了这一区分的政治化特征，认为正是这一区分把女性驱逐出政治等公共领域之外。对这些女性主义者来说，这一二元对立背后紧密联系的是一系列构成西方思想体系的二元对立：理性/感性、客观/主观、积极/消极、文明/自然等。尤其是男性和女性的对立：女性感性、消极、主观、自然，而和男性联系起来的是理性、客观、积极、文明。④ 在这每一对二元对立中，每一方都是排他的，对自身的定义正是来自于对对方的否定。这一理想化的女性风气在19世纪后半期也深深影响了美国中西部农民

---

① Barbara Welter, "The Cult of True Womanhood, 1820 – 1860", *Dimity Convictions: The American Women in the Nineteenth Century*, Athens: Ohio University Press, 1976, p. 21.

② Elizabeth Eger, et al., *Women, Writing and the Public Sphere* 1700 – 1830, Cambridge: Cambridge University Press, 2001, p. 1.

③ Lorraine Code, *Encyclopedia of Feminist Theories*, London: Routledge, 2000, pp. 143 – 144.

④ G. Lloyd, *The Man of Reason: "Male" and "Female" in Western Philosophy*, London: Methuen Limited, 1984.

家庭。流行杂志、书籍和在美国大部分农村地区发行量很大的报纸都刊登有无数的文章和建议专栏强调女性作为孩子们的母亲和丈夫的帮手的家庭职责。[1] 何巴特成长于美国的中西部，这一风气也深深地影响了她。她接受了这一风气对男性和女性在公共领域和私人领域的划分，并自觉地将自己定位为丈夫的"帮手"（helpmate）。

1848 年 6 月，美国历史上首次女权主义大会召开，在这次大会上，通过了第一个女权主义宣言，这份宣言戏仿了《独立宣言》的内容，宣布女性和男性生而平等："我们认为下面这些是不言而喻的真理：所有的男性和女性都生而平等。"[2] 第一次世界大战期间，女权主义运动达到了一个高潮。女性意识的觉醒唤起了美国女性强大的自信。她们要求选举权、受教育权，以及政治、法律领域内的其他权利，表达了女性对男性独占公共领域的不满和从私人空间进入公共领域的要求。很快，这一越界行为就遭到了来自各界的讨伐。一些报纸、杂志公开发表文章反对女性介入政治、经济等社会公共领域："女性因其身为女性而受到我们的尊重。只有在她们胜任的领域里行动时，她们在人们心目中的地位才会更高，对社会来说也更合适，更有用。如果女性以其他身份出现在社会上时，其地位、合适性和有用性都会下降。"[3] 一些女性改革组织也认为女性的最后归属是家庭，而不是那些"像地震那样震动国家的政治活动"[4]。西奥多·罗斯福总统也曾指出："如果女性不认识到其最重要的事情是做好贤妻良母，那么我们这个国家就有理由对今后的发展警觉起来。"[5] 然而，尽管如此，轰轰烈烈的女权主义运动还是在何巴特等女性身上留下了不可磨

[1] Elizabeth Jameson, *All that Glitters*: *Class*, *Conflict*, *and Community in Cripple Creek*, University of Illinois Press, 1998.

[2] Eleanor Flexner, *Century of Struggle*: *The Woman Rights Movement in the United States*, Harvard University Press, 1975, p. 76.

[3] Mary P. Ryan, *Womanhood in America*: *From Colonial Times to the Present*, New Viewpoints, 1979, p. 164.

[4] Ibid., p. 131.

[5] Nancy Woloch, *Women and the American Experience*, McGraw-Hill Education, 2010, p. 138.

灭的烙印。

　　除了受到第一波女权主义运动这个大环境的影响，何巴特的父母也在她心灵上播下了男女平等的第一粒种子。这点在前文对她的介绍中已充分指出。受到父母、姐姐和家族中的另外一位女性祖先——丽贝卡·诺斯的影响，何巴特最终实现了自己的梦想以一名带薪传教士教师的身份来到中国，并于1914年在中国天津嫁给了标准石油公司（后来的美孚石油公司）职员厄尔·何巴特为妻而成为一名"公司职员之妻"。

　　何巴特的每部作品都贯穿着她对女性的社会地位和社会作用的思索。在最初的两部作品中，她考察了家庭和公共关注的事情之间的关系，通过揭示女性在这两个领域所做出的贡献，把私人空间和公共领域结合了起来，把流行文化对女性的要求和女性意识结合了起来。她对女性在家庭和社会中的作用的理解使得她在某种意义上说超越了家庭和公共场所的二元对立以及认为女性属于个人空间而男性则属于公共空间的流行思潮。

　　和传统观点认为男性热爱冒险，女性是男性冒险精神的障碍不同，何巴特坚信美国女性和男性一样身上都遗传有流浪和冒险的基因，并表达了自己对这种流浪状态的享受。在《拓荒于古老的世界》第九章的开头，她引用了英国浪漫主义诗人威廉·华兹华斯（William Wordsworth，1770—1850）的《西行》（Stepping Westward）一诗中的几句作为本章的引子："远离家乡/漫游在陌生的土地/碰巧做客在这里/或许前路坎坷崎岖/没有房屋，也没有遮蔽/可谁会害怕、止步放弃/有如此一个苍天指引？"下面华兹华斯写道："西行，或许是天定的命运。"何巴特借用这几句表达了自己在异乡的状态和乐观的心情，以及自己拓荒的决心。蒂·伯基德（Dea Birkett）指出，长途跋涉并且充满危险的异域之旅对女性旅行者最大的魅力在于她们通过模仿男性的这种行为，获得了一种"没有性别差异的白人权利"（genderless white power），从而达到了对本国社会规约的逃离。[1]何巴特认为到鸭

---

　　[1]　Dea Birkett, *Spinsters Abroad: Victorian Lady Explorers*, Blackwell Publishers, 1989, p. 137.

绿江和满洲里交界的三角地带的旅行让她这样的"流浪者的心里充满喜悦"。她也因为自己将成为第一个踏遍那块土地或者试图在冬天走过那片土地的外国女人而充满自豪："十年前一个英国人到这儿寻找金矿，还有过关于一个海员和他的妻子一起到这来度假的传闻，但是在这之前没有一个女人曾踏遍这里的土地或者尝试在冬天来到这里。"① 在向呼兰河进发的日子里，她写道："一种野性的、甜蜜的精神攫取住了我们，那是一种当整个地球的人们都还在流浪的时候就有的流浪精神。"② 她也描述了对流浪和冒险精神的渴望："我们的精神，已经被前一段和激流所进行的野性的争斗激发出一种巨大的活力，现在又跃进了狂喜之中。……'更多，我们想要更多'，我们喊叫着，我们把对文明那种压抑的生活的记忆抛到了一边，贪婪地，如同焦渴的人一样，我们饮着最基本的生活之水。让激流来得更猛烈些吧——我们渴望它们这样。自然的色彩越粗野，我们的成就也就越大。"③

何巴特也强调了女性在传承冒险和流浪基因中的作用。在谈到美国人身上现存的流浪基因时，她说这个基因"或许来自于五月花号的某位曾祖母（great-grandmother），也或许来自快速帆船上的某位祖父（grandfather）"。这里，她不是说来自某位曾祖母或者曾祖父，而是用了曾祖母和祖父，显然，"祖父"冒险的基因肯定也是来自上一代人。同时，她把女性——曾祖母放在了前面。在英语写作中，有一种语法现象就是如果在一个句子中同时谈到男女，向来是把男性放在女性的前面。比如，亚当和夏娃（Adam and Eve）、丈夫和妻子（husband and wife）、男主人和女主人（host and hostess）、男演员和女演员（actor and actress）等。何巴特当然不是不熟悉这种语法现象，她这么写是故意为之，有意强调了女性的作用。她认为正是这一来自"曾祖母"和"祖父"身上的珍贵遗产使得这些和

---

① Alice Tisdale Hobart, *Pioneering Where the World Is Old*, New York: Henry Holt and Company, 1917, p . 64.

② Ibid., p. 199.

③ Ibid., p. 128.

她以及她的丈夫一样的美国的男男女女们一直往西走，直到来到了遥远的中国。

同时，何巴特对于流浪和参与拓荒的主动性也可以从她对丈夫的称呼中看出来。她把自己的第一部作品——《拓荒于古老的世界》一书献给她的丈夫，她称之为"我的拓荒同伴"（Companion of My Pioneering），从这一称呼，我们可以看出，何巴特是把自己当作的拓荒的主体，丈夫则是和自己一起拓荒的人。认为在中国的这个拓荒事业中，二人是同伴，是平等的关系，她自己也投入到了轰轰烈烈的改造中国、用先进文化改造落后文化的过程当中。在本书的致谢（Acknowledgement）中，她又说："我要感谢我的丈夫，随着这个有关我们的拓荒生活（our pioneering）的记录一点点积累并逐渐成形，他一直开心地分享我的喜悦，并且在这个国家的地理和历史的细节方面给我提供了很大的帮助。"这里，她又一次表达了在对中国进行拓荒这个事业中她和丈夫的合作者的关系。

格尔特雷特·雷娜特在《穿男人服装的女人》中指出："刺激的冒险是男人的行为，如果一个妇女进行这种努力，她至少必须穿得像男人。"①"换装"是女性对男性的模仿，隐匿和跨越了自己的女性身份，模糊了性别身份。《拓荒于古老的世界》一书的第五章一开头作者就引用了一首古老的英国民间歌谣，表达了她追求自由和冒险生活的决心："她脱下了她的丝绸睡袍，换上了紧身皮裤。哦！她和吉普赛人一起走了。"② 在描述去满洲里和鸭绿江交界地自己所带的行李时，何巴特写道："打点行装，出发。又一次带着行路的粗布衣衫出门。行李包里，没有任何女性的服饰。我非常开心地接受了质地良好、结实的鞋子、马裤和粗糙的夹克，它们对我来说意味着自由。不用再去关注那些有时会把活泼、愉快的事物从生活中排挤出去的得体

---

① ［德］格尔特雷特·雷娜特：《穿男人服装的女人》，张辛仪译，漓江出版社2000年版，第15页。

② Alice Tisdale Hobart, *Pioneering Where the World Is Old*, New York：Henry Holt and Company, 1917, p. 61.

的礼节。"① 下面，她又一次强调了穿裤子的自由："穿裤子带来的自由使得我们可以从摇晃的舢板跳到了摇晃的小船上。"② 换装行为表达了她对男性的认同和模仿，反映了她从私人空间走向公共空间的努力。

何巴特不仅从服装上模仿男性，而且从心理上也要求自己契合男性的某些特点。她说自己已经从丈夫那里获得了"路上的女人"的称号，她不想失去这个称号："我不停地告诉自己，'打起精神，像男人一样坚强（be a man）'。"③ 她还向丈夫宣布："我是一个永远年轻的男孩。"她的丈夫挑战她说："你身体里那有一天会归为尘土的女性的一面呢？"她回答说："有时我不得不把这个男孩连同他的衣服一起放进箱子里。不过这没有关系。他总是会再穿着上衣和裤子回来的。"④ 何巴特把男性服装和男性紧密地结合起来，强调了自己体内不仅有女性的部分，也有男性敢于冒险、流浪的特征。虽然有时她会暂时换上女装，但是男性的一面一直存在，会随时返回。

在何巴特的笔下，早期的中国如同早期的美国西部边疆。因此，生活在中国的美国女性也被描述成生活在美国西部的拓荒女性。如同西部女性一样："她们不是把自己看作消极被动的教化者或者只是被压迫者，完全是私人的或者完全是公共的。她们明白她们从事着对她们的家庭和她们的社会非常有价值的工作，并且这些努力交织在一起。"⑤ 何巴特也不再把社会空间划分为完全私人的或者完全公共的。她认为女性在家庭中的活动也一样对国家贸易这种属于公共空间的事务起着或好或坏、然而却至关重要的作用。

首先，她认为在美国本土生活的美国女性对美国的孩子们继承祖先身上不安分的基因从而促使他们去拓展美国的海外贸易起到了不可

① Alice Tisdale Hobart, *Pioneering Where the World Is Old*, New York: Henry Holt and Company, 1917, p. 64.

② Ibid., p. 114.

③ Ibid., p. 102.

④ Ibid., p. 119.

⑤ Elizabeth Jameson, "Women as Workers, Women as Civilizers", *The Women's West*, The University of Oklahoma Press, 1987, p. 160.

忽视的作用。在《拓荒于古老的世界》一书中，她说刚建国的时候，美国的孩子们经常听到祖母讲述一个叔叔到西部拓荒了，另一个叔叔也继承了这不安分的特点，坐船出海到日本或者中国去了。后来成了船长，从遥远、神秘的国度带回来很多商品。每天这些叔叔们从地球的另一边带来的奇特的象牙雕刻、古怪的老神仙都滋养着孩子们内心里的这种流浪探险的声音。探索和贸易的梦想在他们心中逐渐形成。这就是美国当时紧随她的老大哥——英国，在危险的中国海岸登陆要求贸易互惠，缔结条约的原因。后来美国又独自敲开了日本的大门。那个时代是美国"拓荒事业"这个钟摆的最高点，在那之后好像钟摆就越来越慢了。而对于这个钟摆慢下来的原因，作者还是归结到了母亲和祖母的故事中。她说美国的女性开始告诉孩子们美国的疆域有多么的广阔，有足够大的可供孩子们使用的地方。"我们经过了很多困苦才定居下来，现在我们希望我们的孩子能够享受这些胜利的果实，过得舒适一些。如果你们一定要拓荒，就在国内吧，帮助发展你们自己的国家。"① 因此，美国和别的国家的交流越来越少，英国逐渐占据了本属于美国的贸易。而日本，原本由美国指引才找到道路，现在则取代了美国的海上地位。然而，美国的母亲们还在跟下一代说着："发展你自己的国家。"在作者看来，美国之前海外贸易的兴盛国和之后美国的贸易市场被英国和日本取代，和生活在美国本土的女性有着莫大的关系。

其次，她强调了那些陪同丈夫生活在中国的美国女性对于她们的丈夫以及对于她们丈夫所从事的海外贸易的作用。何巴特在早期的作品中主要塑造了两类不同的美国女性形象。一类是以她为例的帮手形象，另一类则是以一位公司新娘为例的不肯适应中国生活的"高雅女士"形象。通过这两类不同的形象的塑造，何巴特从正反两个方面讲述了生活在海外的女性对男性和国家的重要性。

---

① Alice Tisdale Hobart, *Pioneering Where the World Is Old*, New York: Henry Holt and Company, 1917, p. 7.

美国学者贝弗利·施托尔杰（Beverly Stoeltje）在《男人真正的帮手》一文中把西部女性分为了三种类型：高雅的女士（the refined lady）、帮手（the helpmate）和坏女人（the bad woman）。"帮手"是能够成功适应边疆条件的女性。她通常毫不抱怨地适应西部。她应该勇敢、坚强、不畏艰险。面对困难和生活的要求，她能够释放出巨大的力量和主动性，具有创建与维护文明体制的能力。一般来说，扮演着她丈夫的伙伴的角色。最重要的是她可以帮助她的丈夫在公共领域内取得成功："这类女性主要的界定特征是他们具有帮助丈夫成功的能力，和毫不抱怨地有效地处理危机的能力。"① 高雅的女士通常是教师、传教士或者比较有教养和品位的女性，对于充满艰险的西部来说，她们大都过于柔弱，除非她们修正自己身上某些高雅的特征，否则她们很难适应边疆的生活。如果她们拒绝这种改变，她们将会生活得非常痛苦，或者逃离这里，或者郁郁而终。恐惧和孤独是高雅女性最大的敌人。②

　　这一时期何巴特明确地表达了对自己身份的定位——丈夫的"帮手"："作为在中国的贸易边疆拓荒的美国商人的帮手（helpmate），我可以骄傲地昂起头，在五月花号上的女性和西进的有篷马车里的女性的队伍中找到自己的一席之地。"③ 这一身份定位把公共空间和私人空间结合起来，从而强调了女性的作用，提升了女性的地位。何巴特"帮手"的作用主要体现在她给丈夫和公司其他职员所营造的美国文化氛围上。本书绪论中已经指出人们认为在异国环境下，"'家'成为表达民族文化的精神特质的主要场域，妇女要更好地承担这个'家'的守护人和养育人的责任"④。同时，人们又期望她们可以帮助

---

　　① Beverly J. Stoeltje, "A Helpmate for Man Indeed", *The Journal of American Folklore*, Vol. 88, No. 347, 1975, p. 32.

　　② Ibid., p. 12.

　　③ Alice Tisdale Hobart, *By the City of the Long Sand: A Tale of New China*, New York: The Macmillan Company, 1926, p. 16.

　　④ 陈顺馨、戴锦华选编：《妇女、民族与女性主义》，中央编译出版社2004年版，第16页。

她们的丈夫，使他们不至陷入不道德的纠纷中和被当地人同化的灾祸中。① 作为"公司职员之妻"，何巴特很自觉地接受了持家的任务，把自己的工作岗位定位在持家上。她说："以我祖国的贸易之名，我已经由于婚姻把自己奉献给了持家这一活动。"② 创建和维护自然意义和文化意义上的家占据了何巴特大部分时光。而她的勇敢、坚强等作为"帮手"所应具备的特点，也都体现在她对于持家毫无保留的热情以及她持家的过程中。她认为自己通过持家对美国的商业做出了巨大的贡献："公司的大厦就矗立在那里。它是美国 20 世纪帝国的城堡，是商业帝国、石油帝国。在这个东方的城市里，我的丈夫在办公室中，我在公司的家中，为它服务。"③

持家在何巴特心目中是女性的本能。她表达了对持家的热爱和自豪。在布置她们在岳麓山上的家时，她说："伟大的布置家的时刻到了，某种半是母性的快乐占据了我。'上帝在精神和风中创建了地球供人类居住。有点像他，女性也在这上面为男性创建了家庭。'"④ 她认为男性无法理解女性对建立和布置家的本能的欲望，因为这来自女人的母性："我想即便是他也不会明白我对布置自己的家的亲密感情。这是对本能的一种基本的服从。这种本能使得原始的女性把捡来的树枝摆放在一起为自己的儿女做成一个粗糙的遮蔽之所。这种本能被隐藏得如此之深，我自己也从未真正彻底地理解过。是它使得我本能地想去完成布置家的任务。我手臂那种模糊但是强烈的感觉迫使我想把环绕在我们周围的墙壁拉近一点，把它们聚在一起，好像它们是树枝和石头，安全、温馨、宁静，用它们来建立一个家。"⑤ 她把这称为

---

① Ellen M. Plante, *Women at Home in Victorian America: A Social History*, New York: Facts on File, 1997, p. 35.

② Alice Tisdale Hobart, *By the City of the Long Sand: A Tale of New China*, New York: The Macmillan Company, 1926, p. 303.

③ Ibid., p. 15.

④ Ibid., p. 99.

⑤ Ibid., p. 100.

"伟大的赋予生命的感觉"①。在《长沙城边》一书中，她两次把自己
对"家"的感觉比喻成"艾萨克"对于土地的感情："我属于家庭，
就像艾萨克属于土地一样"②。艾萨克是挪威 1920 年诺贝尔奖获得者
克努特·汉姆生（Knut Hamsun，1859—1952）的获奖作品《大地的
成长》（*Growth of the Soil*，1917）一书的主人公。艾萨克执着于土地，
深深眷恋着土地，科技、人类、财富都不能使他稍加改变。这本书被
誉为"土地的赞美诗"。人们可以从土地中获得一切想要得到的东西，
土地会给人带来安宁，离开土地，就只剩下焦虑和脆弱。第二次她又
说："的确，我属于我的家就像艾萨克属于土地一样。那也确实是其
中的一个原因可以解释为什么我会在对我自己的民族来说如同地球的
边疆的地方建立我的住所并且如此的满足喜悦。"③ 有时，她把家比作
衣服、斗篷："冬天，用我的双手，我把房子的四面墙壁聚拢在一起，
把它们变成一个温暖、安全、宁静的斗篷。"④ 有时比作心灵的衣衫：
"大多数女性用家来表达自己。我们爱它们就像爱自己的衣服，因为
它是我们心灵的衣衫。"⑤ 但是她也认为她对家的爱不能具体到对某一
个地方某一个特定的家的爱，她必须要保持拓荒者灵活的精神："这
样，我才能光荣地加入我的丈夫美国贸易边疆的冒险中。"⑥

　　同时，何巴特也描述了女性在中国建立一个美国氛围的家所面临
的种种困难，以及她克服这些困难的积极性和主动性，从而展现了自
己作为帮手的品质。首先，在中国缺乏一些必需品，缺乏和美国一样
的日用品。她详细描述的第一个家是在满洲里一个偏远的小镇上。那
里没有白人社区，也没有白人的房子，但是她以非常乐观的心态描述
了自己对这种新的冒险事业的向往，显示了她作为丈夫的帮手的主动

---

①　Alice Tisdale Hobart, *By the City of the Long Sand：A Tale of New China*, New York：The
Macmillan Company, 1926, p. 100.

②　Ibid., p. 112.

③　Ibid., p. 195.

④　Ibid., p. 205.

⑤　Ibid., p. 35.

⑥　Ibid., p. 145.

性："从陌生文明的织布上，我们会创造一个家。这个建造家庭的伟大的冒险就埋藏在我的心灵深处。……以前我们都是带很少的东西轻松地出行，这次，我们将要像个开荒的家庭一样以坚定、无畏的心带上许多行李出发。"① 寻找合适的房子就让她大费周折。最先看中的是一座寺庙。她们为自己作为拓荒者"有机会在神的东西上建造一个家"而兴奋、雀跃。② 然而，等了很长时间也不能从僧人那得到一点回复，他们只得租下一个商店肮脏、破败的货棚。窗户上糊的纸都破了，在风中发出不和谐的声音。肮脏的地板给这里一种阴郁的货棚的感觉："这就是我们'美丽的幻象'真正带我们到的地方，我痛苦地想着，突然记起我是一个拓荒的女人，拓荒的女人能够胜任一切。"她的丈夫也担心她不能适应这种生活，忧心忡忡地问她："你认为自己可以吗？要是不能，我们就先去上海，等到我们可以做得更好。我不会强迫你。"她决心迎接挑战，自觉、勇敢地承担社会分配给她的任务和角色："'不要，'我骄傲地昂起头，'我刚才正在想可以从一株向日葵和一罐土豆中创建一个家的西部女性。我们虽然没有向日葵，但是我们有这个货棚上美丽的弧形房顶。我很高兴中国人在他们的仓库上用弧形的顶，它们可以给你灵感。'……我们会把生命的气息带给你，我们把它当作一个测试定居者的威力的任务。"③ 把货棚布置成家是非常艰难的，但是作者并没有畏惧。"我们会在卧房建一个壁炉，这样它就不再是一个毫无生命的东西了。"作者所说的家是"盎格鲁—撒克逊家的形象"。因此，壁炉是不可或缺的。壁炉应该是最有西方特征、最能代表西方"家"的意象的东西，也是西方文化的象征。千辛万苦之下，壁炉建成了："在我最需要的时候，货棚变成了一个有生命的家，给我温暖和遮蔽。现在我身上锻造着拓荒女性不屈服的金属。任何困难、灾难和令人泄气的东西都不可以阻止我创造

---

① Alice Tisdale Hobart, *Pioneering Where the World Is Old*, New York: Henry Holt and Company, 1917, p. 151.

② Ibid., p. 162.

③ Ibid., pp. 166 – 168.

一个自己的家。"① 接下来，她贴了墙纸、铺上了驼毛地毯，又弄了个炉子，把它放在火盆上，给厨房一种烤面包和烧野物的甜甜的味道："一天天，奇迹在我手中诞生，每个房间都给我带来了把荒凉的中国货棚转变成西式的家的困难。"② 终于，"就在这里，另一种神秘的文明包围之下，我的家完美地矗立着。我望向火中熊熊燃烧的煤炭，许多的面孔出现了——那是我的祖先，她们曾经在遥远的牧场和森林的空地中艰难地建立起小木屋定居。我对她们说：'这是我所能做到的最好的了。'越过时空，他们对我点头赞许。突然，我意识到我已经实现了自己的梦想——在某个遥远的边疆建立一个家。这时，这个货棚已经变成了我可爱的创造物，我用自己的双手创造出来的东西。我不需要向火光中的面孔解释，他们知道建造自己的房屋时的那种快乐和惊喜。"③ 其次，她也从人员构成方面，描述了建造美国氛围的困难："你应该把年轻人都从你的小镇中除去……我们的孩子会被送回美国接受教育，否则，他们长大以后会成为没有祖国的人……如果要爱国，必须从年轻时就要让国家进入到你的心中。……你还得把老年人从你们的小镇中除去，我们在这个大街上从未听到过祖父祖母这样的称呼，我们是一个陌生的土地上的流浪者，流浪者总想死在自己的家里。并且只有那种年轻和无畏的精神才能帮助我们对付东方人。"④ 因此，持家者要在这样的小镇上营造出美国的氛围是一项艰巨的任务。"给这些小镇带来那些我们不得不从身边送走的年轻人的热情和轻松愉快以及从未和我们一起居住过的老年人平和的心态，对于我们，我们的丈夫有所帮助的伙伴来说，不异于为无米之炊。"⑤ 另外，她们的中国居住区里还有一种美国有名望的大街上所无法忍受的暂时的氛围。"我们没有稳定的、永久的公民……对于我们这些美国东方

① Alice Tisdale Hobart，*Pioneering Where the World Is Old*，New York：Henry Holt and Company，p. 173.

② Ibid.，p. 176.

③ Ibid.，p. 178.

④ Ibid.，p. 30.

⑤ Ibid.，pp. 30 – 31.

贸易的边疆人来说，没有永久的屋顶。我们的小镇处于一种不断流动的状态。"① 就是在这样的条件下，这些美国女性奋力营造着美国式的家庭氛围。对于这些远离美国的小镇何巴特怀有深深的热爱，她认为这是边疆女性帮助下创建出的文明："我们出于民族的自豪感和对故乡的热爱孕育了它们。出于我们思乡的渴望辛苦建立了它们。"②

持家的活动属于私人空间的行为，但是何巴特却从中看到了自己在美国的海外贸易中所起的作用，认为持家和公共领域密不可分，认为在中国重建家园就是在异国他乡重建美国文明，给丈夫以及他的同事营造一个温暖的港湾，帮助他们抵御来自异教徒的同化。

生活在中国，何巴特对这种异质文化的入侵和同化时时警觉。她一遍遍强调东方文化对家的入侵，并强调着自己为了把东方的一切赶出去所做的努力："每天这个温带的东方土地都在对它进行着侵蚀。夜里，家里也充满了东方的声音。"③ 在描述被称为"洞穴"的房子时，她说："我们背后是低矮的磨坊。一旁是纺织厂。他们的机器白天黑夜地响着。东方逼近着我们的家的美国性，这正是我们觉得不惜一切所必须要保持不受侵犯的。"④ 她发现："如果房子空置几个月，某种东方不确定的因素就会悄然潜入，不管我们如何喜欢东方，我们都极力把它赶出我们的家门外。就像丛林对空地的侵蚀。一天不管，丛林就会向前一步，把它窒息。因此，在这个异国氛围中———一天不好好管理你的家庭，异国的生活就会一点点侵入。这就是为什么我总在不断地料理着我的家庭。"⑤

在《拓荒于古老的世界》一书中，她用表现主义的手法异常精彩

① Alice Tisdale Hobart, *Pioneering Where the World Is Old*, New York: Henry Holt and Company, p. 31.

② Alice Tisdale Hobart, *By the City of the Long Sand: A Tale of New China*, New York: The Macmillan Company, 1926, p. 34.

③ Ibid., pp. 206 - 207.

④ Alice Tisdale Hobart, *Pioneering Where the World Is Old*, New York: Henry Holt and Company, 1917, p. 69.

⑤ Ibid., p. 220.

地描述了她的丈夫一次遭遇中国人的同化的危险经历。由于土匪横行，她不得不留在家里。她的丈夫一个人上路了。当然，她这里所说的一个人指的是一个白人。孤独感和对同化的恐惧折磨着他。来到边境线上，他发现没有蒙古人。他大声冲自己叫喊："一切都变成中国式的了。语言、衣着、习惯、职业。中国人总是在同化他们所遇到的各国人！"在他已经被孤独扭曲的心中，出现了可怕的恐惧——他也在讲着汉语，他也不知不觉陷入了汉族人的生活方式！他们正在同化他吗？他还能不能再和其他的白人一样呢？每天他都发现自己的身份正在消失。何巴特把中国同化的力量比作了两个幽灵：

> 它们用谄媚的声音向他低语："你永远也无法逃脱我们"，一个说，"你正在被你自己的种族所遗忘"；另一个说，"每天，你身上的白人成分越来越少"。
>
> 当他蜷缩在石头上时，那些阴暗的东西就像活着的怪物一样在他面前跳来跳去，饶舌、嘲笑，叽里呱啦地说着："我们把你找出来——你很脆弱。你被同化进了黄色的种族，你身上有烙印。你永远也不可能回到你自己的民族里去了——最好现在让一切都结束。"……他的个性如同蜡烛一般熄灭了。一切都没有意义了，他的世界只剩下这些幽灵。他又听到了它们的声音："一个白人在这儿干什么呢？"它们是怎样在嘲笑他啊，他跳起来，手指握得紧紧的，试图扼住它们阴影中的喉咙。①

作为妻子，她的重要性也体现在这里。即使是在后来的讲述中，她的丈夫也依然恳求她："在这儿，今夜，把他从某种东西中拯救出来，好像即使是现在，我也能够完全改变它。"②

把东方文化驱逐出去的唯一方法就是营造美国式家庭氛围。何巴特

---

① Alice Tisdale Hobart, *Pioneering Where the World Is Old*, New York: Henry Holt and Company, 1917, pp. 142 – 146.

② Ibid., p. 139.

认真详细地描述了自己一次又一次在异国他乡建立家庭的过程，包括布置餐桌、建造壁炉、遵守节日等细节。这些生活文化按照美国人类学家罗伯特·雷德菲尔德（Robert Redfield）的说法都可以归为小传统。大传统（great tradition）和小传统（little tradition）的概念是由他在1956年首次提出的，主要用来说明人类社会中传统的两个不同的文化层次。中国台湾学者李亦园在《人类的视野》一书中介绍："所谓大传统是指一个社会里上层的士绅、知识分子所代表的文化，这多半是经由思想家、宗教家反省深思所产生的精英文化（refined culture），而相对的，小传统则是指一般社会大众，特别是乡民或素民所代表的生活文化。这两个不同层次的传统虽各有不同，但却是共同存在而相互影响，相为互动的。"① 黄万华教授指出由于小传统"更多地通过日常的、感性的生活形态密切联系着'过去'，即使在发生剧烈的社会变动，大传统受到巨大冲击时，它仍能保持某种稳定，因而有着更顽强更恒久的传承力量"。② 也因此，"小传统是抵御同化、维系传统的最强固的防线"。③ 何巴特等在中国生活的女性正是通过饮食、娱乐、节日等俗生活的形式给这些男性以及她们自己构筑了精神的原乡。当她的丈夫和一个刚从中国内地返回的年轻人一起谈论生意时，听着他们的谈话，何巴特说："这两个男人的态度中有什么东西让我在我的创造物——我的家里找到了成功的感觉。我把我家的这四面墙聚拢起来围绕着这两个贸易边疆的拓荒者。他们如此深深地远离他们自己的文明。我给他们施了魔法——持家者的魔法。我能感觉到他们在我的力量下的放松，从我给予这间屋子的氛围中汲取力量和活力。"④ 家在战争时更是给他们提供了安慰，成为安全的港湾。战争的刺激和危险使她更觉得自己花园的美以及卧室里的宁静和有序。"日常生活突然给

---

① 李亦园：《人类的视野》，上海文艺出版社1996年版，第143页。
② 黄万华：《传统在海外》，山东文艺出版社2006年版，第68页。
③ 同上书，第69页。
④ Alice Tisdale Hobart, *By the City of the Long Sand：A Tale of New China*，New York：The Macmillan Company，1926，p.151.

了她一种新的生动的美的吸引。"① 当战争的乌云在头上盘旋时，她们还是若无其事地准备宴会："茶桌上洁白的桌布，酒杯、银器，除了我们关上的窗户，一切都给我们和美国任何一场露天宴会一样的家庭气氛。没有一丝麻烦的迹象搅扰那个秋日。"② 女人在战时仍然保持镇静，给自己和丈夫创造出一种和平常一样的家庭的氛围。

何巴特不仅描述了女性对男性和美国海外贸易的促进和推动作用，而且描述了女性对他们的破坏甚至是摧毁的作用。

何巴特笔下的公司的新娘，正是一位不愿意适应边疆生活的挑战的高雅女士形象。这一形象给男性以及他们的贸易边疆带来的是毁灭性的力量。当公司的年轻人带着新娘返回中国时，何巴特说他进入了一个新的时期："他自己和公司的未来又一次处于危险中——这次的成败决定在女性手中。一切都取决于她在这次拓荒中所准备展示出的勇敢和冒险精神。"③ 这个柔弱的新娘瞥了一眼自己的卧室，就瘫倒在沙发上，愤怒地哭泣着。责备她的丈夫，责备公司。显然："这个房子没有引发她的一丝想创造家的感情，只导致了怨恨，怨恨她的丈夫和公司对她要求这么高。我和我的丈夫也没能逃脱。她对我们也有些怨恨。"④ 第一天下午她的丈夫就迟到了，原因是她拒绝吃中国仆人们做的饭，歇斯底里地大哭，直到她的丈夫答应向公司提出请求转到好一点的地方。而这一点公司是不会答应的。因为提出这一要求就显示了胆怯。在这场边疆贸易中每个人都应该承担在内地的责任，答应他公司就会削弱使他们有效的拓荒本能，这是一个共同的生活，没有人可以例外。提出这一要求无异于事业上的自杀。他的妻子拒绝让他接受去内地的任务，并不是因为担心丈夫的安危，而是因为她自己的恐惧："她长这么大还从没一个人住过，她不能、也不愿……"⑤ 他不

---

① Alice Tisdale Hobart, *By the City of the Long Sand: A Tale of New China*, New York: The Macmillan Company, 1926, p. 236.

② Ibid., pp. 242 - 243.

③ Ibid., p. 218.

④ Ibid., p. 223.

⑤ Ibid., p. 253.

得不在办公室里羞愧地看着其他男人出去执行任务。这让他一天天崩溃。"他喜欢内地的工作。以前，他从来没有逃避过责任。现在出于对妻子的爱，对她那些想象中的恐惧和惊慌的考虑，给他内心深处高贵的荣誉感带来羞辱，这种荣誉感也深藏在其他男人内心。"① 最终，新娘的丈夫被公司解雇了。何巴特把她比作削弱力士参孙的力量的大利拉。认为她应该由于给丈夫带来了耻辱而有罪恶感。"就像力士参孙，他爱的女人削弱了他的力量。他没有了男人的勇气，偷偷溜走了。"② 虽然何巴特描述的是一对夫妻，但是她指出"整个的征服运动是由每一个男人进一步的征服汇聚而成的"③，因此，每位女性对整个运动都有着举足轻重的影响。

通过持家，何巴特把女性的作用提升到了一个新的高度。她认为持家使得女性也成为 20 世纪为中国和她其他的东方姐妹国家提供燃烧的灯油从而把黑夜变成白天的神话故事的一部分，使得她个人的生活进入了一个大的生活圈。"难道我不是有很重要的作用，是那一长队流动的、踏着古老的贸易之路来到太平洋彼岸，拓展美国的商业边疆的美国男男女女中的一员吗？……我们正在为我们国家的贸易做出真正的贡献。我们难道不是中国贸易事件链条上的最后一环并且在塑造美利坚合众国的进程中发挥了自己的作用吗？"④ 女性在中国是不可或缺的："我就是其中（对华贸易）的一部分。这个事实带给我一种不争的有用感。那些勇敢的船长，我的商业贸易的祖先，只有他们还不够。他们是猎人，我们是持家者。一个国家的边疆，无论是陆地上的还是商业的，没有女性的到来，为男人们建立家庭，就只能有流浪者夜晚宿营地一样短暂的特征。"⑤

通过以上分析可以看出，何巴特虽然也赞同家庭是属于女性的领

---

① Alice Tisdale Hobart, *By the City of the Long Sand: A Tale of New China*, New York: The Macmillan Company, 1926, p. 253.

② Ibid., p. 255.

③ Ibid., p. 254.

④ Ibid., p. 16.

⑤ Ibid., p. 18.

域，但是她认为女性同样影响、参与甚至控制着公共领域。她们通过影响她们的丈夫掌握着美国的征服运动和对外贸易。那些像她一样的公司之妻也应该算是公司的员工，因为她们在家里同样为它服务，并且女性的身上"具有成就或者毁灭男人们的力量"和"强大的赋予生命的力量"，① 女性在拓荒中所展示出的勇敢和冒险精神决定着男性的事业以及边疆贸易的成败。她把男性和女性的关系比作灯和灯油的关系——女性是灯油，男性是国外贸易之灯——盛油的容器。男性有赖于女性给他们提供能量："我们是为国外贸易之灯提供能量的灯油，没有灯油，它无法燃烧。"② 女性通过男性表达了自己："女性是灯油，她们使得这在东方的事业之火燃烧。我们的丈夫是盛油的容器，我们通过他们来表达自己。"③ 这样，何巴特就模糊了私人空间和公共领域的界限，超越了这一二元对立，同时在一定程度上解构了男性/女性之间的二元对立，建立了女性的主体地位。她一方面强化了女性家庭空间和男性公共空间的划分，另一方面又给女性的传统空间赋予了荣耀和尊严：她们在美国的海外贸易和扩张中起到了特殊的重要作用，她们的介入与共和国的发展息息相关。她这一时期心目中理想的女性基本符合"共和国母亲"（Republican Motherhood）的形象。"共和国母亲"这一概念是由美国历史学家琳达·克尔伯（Linda K. Kerber）于1976年首次在她的著作《共和国母亲：女性和启蒙——一个美国人的看法》（*The Republican Mother: Women and the Enlightenment—An American Perspective*）中提出的。后来在简·刘易斯（Jan Lewis）、莉迪亚·玛利亚·查尔德（Lydia Maria Child）、凯瑟琳·玛利亚·塞奇威克（Catharine Maria Sedgwick）、莉迪亚·西戈尼（Lydia Sigourney）等人那里得到了进一步的发展。这一概念用以描述对女性在美国创立初期，即美国独立战争之前、期间和之后（1654—1920）

---

① Alice Tisdale Hobart, *By the City of the Long Sand: A Tale of New China*, New York: The Macmillan Company, 1926, p. 151.

② Ibid., p. 254.

③ Ibid., p. 225.

所起到的作用的一种态度和看法。"共和国母亲"是人们心目中"公民道德的守护者",她们给下一代(尤其是男性)灌输和培养共和主义的理念,使之成为共和国的合格公民,并且通过"源源不断地为共和国输送这种公共意识强烈、严守道德情操的男性公民",肩负着延续、发展和繁荣共和国的重要职责和神圣使命。这一概念把女性在家庭中的作用和共和国的发展紧密结合了起来,认为女性在家庭内部也能起到重要的政治作用。何巴特基本也持相同的看法。也因此,在这一时期,她成为美国国家政策的共谋者和支持者,对中国的描述符合美国海外扩张政策的要求。她笔下的中国被塑造成了美国的西部,她把自己当作了西部女性。然而,"共和国母亲"的概念一方面赋予了女性参政的正当性,不再把她们排除在国家政治事务之外,另一方面也把女性的活动空间愈发局限在了家庭内部。

总之,这一阶段影响何巴特中国观的因素很多:她到达中国之前的中国想象、美国当时的对华政策和政治宣传、中国的社会现实、她的写作目的、她的女性观等。出于对工业化的乐观和对本国改造自然中取得的成就的自豪,她把中国描述成即将被征服的西部荒原。她自己选择认同于她西部拓荒的女性祖先。受到女性祖先们战胜了西部荒原的成就的鼓舞,她认为自己也能战胜中国荒原。这种乐观精神令何巴特描写的中国对美国人来说不具备真正的威胁,她对美国文明势必播撒在中国大地也充满信心。如同布恩一样,她相信"优美文化的金锉刀"必将锉平"野蛮心灵的未开化的外壳,同时商业、财富,以及所有的光辉艺术扩展到所有的土地上"①。但是西部边疆终会消失的论断、她对自由土地的热爱、对农耕文化消失的担心、对个性自由的崇拜、对公司文化抹杀个性的恐惧、对本土人民对她们的不理解和不满也使得这两部作品中透出一丝不和谐音符,使得她这一时期的中国书

---

① 〔美〕亨利·纳什·史密斯:《处女地:作为象征和神话的美国西部》,薛蕃康、费翰章译,上海外语教育出版社1991年版,第56页。

写也隐约流露出对他们以美国文明改变中国的行为的怀疑。随着中国民族主义运动的蓬勃发展，感受到来自中国的威胁，这一质疑的声音最终淹没了她改造中国的乐观态度，她的中国观也因此产生了巨大的变化。

第二章　孤岛咏叹

长江，一直对着人微笑，直到人们忘记了它的危险，完全相信了它。然后它就会把他们毫无意义的辛苦劳作从它那冷酷的胸膛中彻底清除出去。这些黄种人，有像长江一样的巨大力量，最终将吞噬白种人。

——何巴特《至上的河流》

哈罗德·伊萨克斯在《美国的中国形象》一书中总结出在与中国接触的漫长的过程中，美国公众心目中出现的两种相互对立的中国形象：一种是马可·波罗笔下盛世辉煌的中国和有着一大堆可钦可佩品质的中国人，另一种是和成吉思汗联系在一起的中国人形象："残忍、野蛮、无人道、没有个性、难以渗透、势不可挡的数量、一旦放松便不可压制等。"① 他认为这两种形象时起时落，时而占据、时而退出美国人心目中的中心位置。任何一种形象都从未完全取代过另一种形象。它们总是共存于美国人的心目中，一经周围环境的启发便会立即显现出来。② 并且随时间和地点的不同，这两种形象的强度和来源也会有着很大的变化幅度。正如他们的很多调查所表明的那样："这些对立面往往混淆在一起，不断变化着的环境就像是移动的光线，被这

① ［美］哈罗德·伊罗生：《美国的中国形象》，于殿利、陆日宇译，中华书局2006年版，第77页。
② 同上书，第77—78页。

束光线照射到的某一方面就会较清晰地被我们所看到。"① 这一解释，同样也适用于中国形象在单个的美国人心目中的历时性变化。随着何巴特周围生活环境的变化，光束在这一时期就聚焦到了第二种形象上，她笔下的中国因此而变得危机四伏，中国人变得残忍、冷酷。

在何巴特最初的两部作品中，尽管她有时也描述了在中国生活的艰辛、白人居住区的渺小、中国同化力量的强大、中国人的排外运动以及这一切给她带来的孤独感和不安全感，但是她却从未认为"野蛮、愚昧的中国人"会给"有点具有了神的色彩的西方人"② 带来真正的威胁，也从未怀疑过美国人改造中国的伟大事业的最后胜利，乐观是贯穿始终的主旋律。然而，在随后的两部著作《南京城内》和《至上的河流》中，中国和中国人在她的笔下变得恐怖、邪恶、极具危险性，如同她笔下那条神秘莫测的大河一样，会清除掉白种人在中国所做的一切努力，并将吞噬掉他们。何巴特被一种深深的恐惧感所攫取，作品中流露出一股绝望的气息。她放弃了改造中国的梦想，开始质疑美国人，尤其是美国女性在中国的作用，质疑美国人在中国所取得的成就是否值得她们做出如此巨大的牺牲，质疑美国政府送她们来中国的意义。这两个时期的中国形象为什么会如此不同？是什么导致了何巴特的这些转变？本章，通过对她的另外两部作品《至上的河流》以及《南京城内》的分析，研究了作者对待中国的态度的转变。通过详细对比何巴特作品中的描述和中国当时的报纸的报道，分析了引起这些转变的主要原因。

第一节　等待救赎的西部与吞噬白人的大江

在创作《至上的河流》之前，何巴特从未怀疑过美国文明的最终

---

① ［美］哈罗德·伊罗生：《美国的中国形象》，于殿利、陆日宇译，中华书局2006年版，第86页。

② Alice Tisdale Hobart, *Within the Walls of Nanking*, London：Butler & Tanner LTD, 1927, p. 6.

胜利，也从未考虑过中国对西方人来说，会成为一个真正的威胁。她对于工业的力量曾经深信不疑，同时也被早期殖民者征服美国西部的胜利激励着。然而，在《至上的河流》一书中，她的乐观精神完全被悲观主义所取代。中国人变成了危险的破坏性力量：邪恶、神秘、强大。这一时期，何巴特基本重复了前面提到的和成吉思汗相连的黄祸的叙事模式。

首先，在《至上的河流》和《南京城内》这两部作品中，何巴特对景物的感觉与她在前两部作品中的描述有了极大的不同。在《拓荒于古老的世界》和《长沙城边》中，中国未被开垦的土地有时作为何巴特释放她对农业文明的怀旧之情的地方存在着。她对自然的美的欣赏唤起了她内心的平静和安宁。有时作为对她的宗教信仰是否虔诚的测试之地，有时又成为她发挥女性才能和价值的用武之地。即使中国的环境极其艰苦，然而也只是对那些"动物一样"的中国人具有威胁，总是能在西方人的控制之下。此外，在中国的白人居住区也给他们带来一种安全感，在那里，保留着一种基督教的氛围，阻止着"异教影响"的侵袭。尽管四周围绕着白人居住地的是肮脏、不舒服的环境，在他们的居住区，他们依旧感觉到安全和舒适。可是在《至上的河流》和《南京城内》中，中国所有的一切都变得非常危险，成了美和庇护所之外的任何东西。白人居住区周围的环境仍然令人无法忍受，就连居住区内，也弥漫着一种不安全的、荒凉的，以及被遗弃的感觉。恶劣的天气状况给女性和孩子们带来了疾病和死亡。饥荒"像镰刀一样用它无情而且迟钝的刀锋不紧不慢地把人们砍倒"①。洪水和旱灾威胁着当地的中国人民，也威胁着白种人。难以驯服的长江在《至上的河流》一书中，成为中国和中国人的象征：变幻莫测、冷酷、凶残，平静的表面下到处是急流和暗礁。有时，它看起来非常温顺，人们可以在上面安全地航行。但是，一旦他们放松了警惕，变得

---

① Alice Tisdale Hobart, *Within the Walls of Nanking*, London：Butler & Tanner LTD, 1927, p. 40.

自满、得意，长江就会变得恶魔一般，毫无怜悯地吞噬掉他们。书中的主人公老伊本①一家就居住在长江岸边，老伊本一生都梦想着要征服它，并为此付出了高昂的代价，最终却被它击败，他一生的努力都成为徒劳，变得毫无意义。在他自己的汽船"努力"号上的第一次航行中，老伊本认识到虽然他对长江进行了多年的观察，却依然对它所知甚少："所有那些年的调查，缓慢的、痛苦的、在小舢板上的往返航行没有教会他任何东西。"② 就在他的面前，他亲眼见证了长江的瞬息万变。他的妻子玛格丽特，从一开始就反对他征服长江的计划，预见了最后的结局："长江，一直对着人微笑，直到人们忘记了它的危险，完全相信了它。然后它就会把他们毫无意义的辛苦劳作从它那冷酷的胸膛中彻底清除出去。这些黄种人，像长江一样的巨大力量，最终将吞噬白种人。"③ 滚滚洪流体现了中国人势不可当的体量。它对白人劳作的清除也反映了中国人的冷漠和难以渗透。而它对白人一直微笑，等到白人忘记了它的危险，然后再清除掉他们和他们的劳作，则表明了中国人的狡诈和欺骗性，一旦放松便不可压制。

其次，虽然在《南京城内》和《至上的河流》中，中国人民在何巴特眼中依旧是"动物一样"的，需要基督和科技之光的照耀。但是和《拓荒于古老的世界》与《长沙城边》里所描述的那种"没有危险的野兽"不同，这一时期的中国人被刻画成了非常残忍的、具有攻击性的动物。在描述伊本所遇到的一个中国女人时，何巴特这样写道："她的手指分开、向下，肮脏的、足有一寸长的指甲也在下面蜷曲着，就像一只带来恶兆的鸟爪子。"④ 而且这个女人的尖叫声也激起了杀人的欲望："她开始尖叫，向他（老伊本）挥舞着她的爪子……他听到一阵低沉的嘶吼声向他涌来。……一个人脸的海洋把他围困起

---

　　① 《至上的河流》中主人公的名字是"伊本"，但是为了和他的儿子"小伊本"区分开，本书中对他的称呼全部改为老伊本。

　　② Alice Tisdale Hobart, *River Supreme*, New York：The Bobbs-Merrill Company, 1934, p. 107.

　　③ Ibid., p. 172.

　　④ Ibid., p. 49.

来了，这些面孔都没有鼻梁，鼻子平平地以喇叭状展开成大大的鼻孔。几百双闪闪发光的黑眼睛，眼皮在它们上方折叠起来，就像垂下的翅膀，被厚厚的嘴唇包裹起来的大嘴巴里满是黄色的牙齿……尖叫声冲破了这些满是黄牙的大嘴。'洋鬼子，外国的魔鬼，外国的魔鬼！打！杀！'"①

黄色的牙齿、长长的指甲和爪子以及低沉的嘶吼声，都标志着危险动物的凶残、强大和攻击性，这些都被何巴特用来描述中国人。"人脸的海洋"又强调了数量之多。从中我们可以看出她的恐惧和她对来自中国人的威胁的清楚的认识。

对何巴特来说，中国人的冷酷不仅通过他们的外表表现出来，而且通过他们的内心和行为举止表现出来。何巴特所描述的中国人最残忍的行为发生在一次抢劫的过程中。一个士兵袭击了一个衣着华贵的女人，她怀里还抱着一个婴儿。在士兵的脚下是一摊血迹，一个男人的无头尸体就躺在那里。这个女人跪在他的面前，乞求他能够饶了她们。她把耳环从耳朵上取了下来，交给他。然而，"这个龌龊、下流的恶魔用刺刀一下就穿透了她们，把幼小的孩子钉在了母亲的胸口"②。溺婴和缠足在西方人眼中是最能体现中国人残忍的性格的两大风俗。德国传教士花之安（Ernst Faber）的评价揭示了大部分西方人对溺婴的看法："竟有生女即溺杀之者，上既负天地好生之德，下并没父母慈爱之怀，害理忍心，孰堪浩叹。夫赤子何辜，甫投生而被淹杀，果上古已成风俗，人类几何不早绝也？曾亦思乎虎狼恶毒，尤知养儿，鹰鹯残暴，亦且育子。人反忍于溺女，真禽兽之不若矣。"③ 缠足也是在中国流传已久的一大陋习。为了拥有一双标准的"三寸金莲"，双脚要"用布子紧裹，层层缝口，俨似火烧，酷如夹棍，以致

① Alice Tisdale Hobart, *River Supreme*, New York：The Bobbs-Merrill Company, 1934, p. 49.

② Ibid., p. 221.

③ 花之安：《西俎东，禁溺女儿》，《近代中国史料丛刊》第3编第80辑。

皮肉糜烂，脓血淋漓，艰于步履"。① 何巴特这一时期也选取了这两个风俗来凸显中国人的冷酷。当付，② 老伊本的佣人，得知一个船工残忍地淹死了自己刚出生不久的女儿时，他唯一的想法就是："也好。不然，她的哭声也许会吵到夫人。"何巴特悲哀地评论道："这个婴儿只是一个受苦受难的弱小因子，遗失在千百万个看到死亡只会发笑的人中，这些人把他们的面孔隐藏在一个个笑着的、僵硬、呆板的面具中。"③ 和杀婴一样，何巴特也通过小伊本的眼睛展现中国人对缠足所带来的痛苦的漠视表现出极大的愤慨。他听到小花，一个中国女孩儿，因为脚疼在痛苦地呻吟，却发现她的家人都在打麻将，没有一个人在乎她。她的哥哥毛毛用漠不关心的语气跟小伊本解释说，尽管她还会继续哭上几个月，但是她会有一双很小的脚，走路时将会像竹子一样摇摆。④ 在《南京城内》中，描述军阀的暴行时，她又提到了另外一个习俗："通过军舰上的双倍望远镜，我注意到在一片空地上有一长排黑色的东西就像横着摆放的一堆材料。我的丈夫告诉我那是一些无头的尸体。而且按照习俗……滴血的头颅会沿着要道悬挂起来，以便所有人都有可能看到——这恐怕是能够想象的到的最恐怖、最野蛮的事情了。沿着街道驱车前行，你会突然发现它们猛地出现在你眼前，你根本无法避开，一个或者一排头颅看起来就像涂满了鲜血的面具。"⑤ 钟敬文在《民俗学概论》中这样定义民俗："民俗，即民间风俗，指一个国家或民族中广大民众所创造、享用、和传承的生活文化。"⑥ 因此，民俗是一个民族中相对比较稳定、不易改变的特征。别林斯基曾经指出："一切这些习俗……构成一个民族的面貌，没有了

---

① 曹子渔：《缠足论》，《教会新报》，华文书局股份有限公司印行的影印本，第834页。

② 何巴特作品中的中国人名均采用音译。

③ Alice Tisdale Hobart, *River Supreme*, New York：The Bobbs-Merrill Company, 1934, p. 74.

④ Ibid., p. 145.

⑤ Alice Tisdale Hobart, *Within the Walls of Nanking*, London：Butler & Tanner LTD, 1927, p. 172.

⑥ 钟敬文：《民俗学概论》，上海文艺出版社1998年版，第1页。

它们，这民族就好比是一个没有脸的人物。"① 每个民族由于历史环境等原因都会有一些优秀的和不良的习俗流传下来。这一时期，何巴特选取了大量中国习俗中最丑陋、最阴暗的一面展现出来，暗示了这些并非偶发事件，也不是少数人的行为，这种野蛮的传统在中国社会存在已久，是这个民族集体共有并代代传承的文化意识和表现，支配着他们的意识活动和行为方式。

这一时期，在何巴特眼中，中国人作为一个民族来讲，不仅残忍，而且背信弃义、阴险狡诈，难以理解。

在《至上的河流》一书中，何巴特所描述到的相对详细的中国人有付、刘和毛毛，但是他们当中没有任何一个可以信任。付和刘收取回扣，并且利用老伊本的汽船走私鸦片。毛毛的全家都是被老伊本一家救的，而且毛毛也曾经在伦敦学习西方的知识。然而，他却认为在中国的白人都令人无法忍受。他和小伊本的妻子爱琳握手便认为是羞辱他，并且和中国的其他一些年轻人一起策划要把外国人赶出去，这里当然也包括曾经善待过他的老伊本一家。在老伊本最后一次在这条大江上航行时，他试图信任他的中国雇员，然而，他们又一次让他失望了，这一次，彻底毁掉了他的事业。何巴特追溯了东西方交流的历史，认为中国人从交流之初就已经显露出了他们狡诈、善变的本性："多么令人遗憾，从开始茶叶贸易的第一天起，中国人就不遵守约定、背信弃义，杀害了前来和他们贸易的人。"② 她同时指出在接下来的交流中，许多西方人来到中国为中国人建立学校和医院，在危险时，保护他们，甚至冒着生命危险致力于这个国家的进步。然而，中国人，把他们的年轻人送到西方国家学习西方的生活方式，运用他们从西方学来的知识和得到的武器来攻击那些曾经对他们非常友好的西方人。何巴特认为，因为中国人内心有"残暴的倾向"，所

---

① ［俄］维萨里昂·格里戈里耶维奇·别林斯基：《别林斯基全集》第 1 卷，满涛、辛未艾译，上海译文出版社 1980 年版，第 239 页。

② Alice Tisdale Hobart, *River Supreme*, New York: The Bobbs-Merrill Company, 1934, p. 190.

以他们选择了西方文明中最糟糕的东西——战争作为工具。士兵、工人和农民，都被军国主义煽动起来了，想要把西方人驱逐出去。反对西方人的战争此起彼伏。一些白人被残忍地杀害了，一些白人被作为俘虏投放进监狱。

中国人的迷信和祖先崇拜在《拓荒于古老的世界》和《长沙城边》中只是为了表现这个种族的低劣，唤起的只是西方读者的蔑视。然而，在《至上的河流》一书中，它们也沾染上了危险的色彩，成了反对西方人的工具。何巴特指出一些中国官员，相信儒教和中国习俗的完美，表现出来对"贪婪的西方野蛮人"的机器工业和宗教的厌恶。他们利用民众的迷信，对当地人说汽船会惹怒江里的龙王，破坏他们的"风水"，以煽动中国人起来反抗"洋鬼子"。例如，宜昌的官员李成和让他的属下找来一个"男婴的尸体"，把他的眼睛挖了出来，放在老伊本家门前的垃圾堆里。然后他们在街上到处散播谣言说西方人用孩子的眼睛做药。中国百姓相信了这种谣言，袭击了老伊本家，并且试图杀掉他们。

何巴特对中国的恐惧同时也被她所看到的中国人的"神秘莫测"所强化。中国人毫无表情的面孔在《至上的河流》和《南京城内》被频繁地提及。在对刘的描述中，何巴特强调说："无论发生什么事情，他的表情……从未有过改变"。[1] 付也有一双"呆滞的、没有任何表情的黑眼睛"。[2] 当"排外"的论调又一次盛行起来，老伊本仔细观察他身边的中国人，看自己是否能够发现他们对白人不同寻常的憎恨，但是"没有任何一张脸透露出到底下面隐藏着什么样的情绪"。[3] 当李成和及其忠诚的党羽李异芳阴谋策划一次事件以便在中国百姓中间煽起对老伊本的憎恨时，他"平静的嘴角和茫然的、发光的

---

① Alice Tisdale Hobart, *River Supreme*, New York: The Bobbs-Merrill Company, 1934, p. 85.

② Ibid., p. 52.

③ Ibid., p. 118.

眼神都没有任何表情，在半垂的眼皮底下如同水晶一样闪亮"①。在
《拓荒于古老的世界》和《长沙城边》中，何巴特已经探讨和分析
了没有表情的面容。她用它来暗示中国人的空虚和麻木不仁，她认为
在它的后面只是没有灵魂的虚空。然而，在这一阶段的描述中，由于
中国人对西方人的憎恨，被何巴特比喻成面具的毫无表情的面部，却
变得非常危险。危险的意识来自于她对后面隐藏的东西的无知。

　　实际上，没有表情的面部或者戴着面具的脸是西方人描述中国人
时常会出现的一个主题。早在何巴特之前，就已经成为对中国人的一
种模式化的表述。西方人无法穿透中国人的"面具"，更无法找出面
具的下面到底隐藏着什么。这种无力感引起了他们极大的焦虑，因为
"对真相的无知"意味着对事物的无能为力和无法掌控。老伊本渴望
"他能够猛地拉扯它们——把它们撕下来"——看看下面到底隐藏着
什么。这也反映出何巴特自己的焦虑。她为自己不具备了解中国人的
知识而感到焦虑。法国哲学家、"思想系统的历史学家"米歇尔·福
柯（Michel Foucault，1926—1984）认为知识和权利紧密地联系在一
起："任何权利关系都是和相关范围的知识体系联系在一起的，任何
知识也都必然构成一定的权利关系。"② 运用英国的法理学家、功利主
义哲学家、经济学家和社会改革者杰拉米·边沁（Jeremy Bentham，
1748—1832）的"全景监狱"理论，福柯分析了权利和观察/监督之
间的关系："伴随着现代性的到来，一种新型的权利制度机构形成了，
这种权利制度是基于可视性和透明性之上的，拒绝忍受任何的黑暗
区。"③ 萨义德也指出对东方主义者来说："知识带来权利，更多的权
利要求更多的知识，于是在知识信息与权利控制之间形成了一种良性

　　① Alice Tisdale Hobart, *River Supreme*, New York：The Bobbs-Merrill Company, 1934,
p. 124.

　　② Michel Foucault, Power/Knowledge：Selected Interviews and Other Writings 1972 -
1977. ed. Colin Gordon. Trans. Colin Gordon, Leo Marshall, John Mepham, and Kate Soper, New
York：Pantheon Books, 1980, p. 27.

　　③ Yegenoglu, Meyda, *Colonial Fantasies：Towards a Feminist Reading of Orientalism*, Cam-
bridge University Press, 1998, p. 40.

循环。"① 没有表情的面容，和面具一样，对何巴特和她同时代的西方人来说，是可视性以及通过可视性达到控制的目的的障碍，正是他们无法忍受的黑暗区。通过把无表情的脸比作面具，何巴特笔下的中国人变成了难解的谜。而对中国人的表情无法认知，也就意味着在某些方面对中国人无法进行权力控制。在何巴特这一时期对中国和中国人的描述中，"神秘的、难以理解的"以及诸如此类的词语被频繁地用到。它们的作用和面具的象征是一样的，就是为了表明，中国人真实的本性被隐藏起来了，事实的真相被掩盖了，他们以一种虚伪的欺骗性的方式在展现自己。中国人远不是他们所表现的那样，因此是无法控制的。

面具一样毫无表情的脸不仅成为阻止西方人了解真正的中国和中国人的障碍，从而使他们无法控制中国，而且完全逆转了他们的位置：西方人，非但不能观察和监督中国人，反而成了被观察和被监督者。在解释边沁的"全景监狱"理论时，福柯分析了通过透明度获得的权利：囚犯无时无刻不是处于监督者的监视之下，然而他又无从证实目光来自哪里，这让被观察者"不能也不敢越轨"。对何巴特来说，中国已经变成这样一个全景式监狱。中国人监视的眼光无处不在，西方人在中国根本毫无隐私可言："拥挤的小舢板上，那些当地人用黑色的眼睛审视着汽船，就好像透过一扇玻璃一样秘密地观察着。"② 而且"一路上都有中国人谜一样的眼睛从家里的小屋往外看"。③ 甚至是在白人的居住区，也没有任何秘密：佣人们的眼睛无处不在，密切地注视着老伊本一家，一旦这里有什么事情发生，几乎马上就能传播出去。

随着在中国居住时间的增长，何巴特意识到中美之间对许多事情

---

① ［美］爱德华·W. 萨义德：《东方学》，王宇根译，生活·读书·新知三联书店 2000 年版，第 45 页。

② Alice Tisdale Hobart, *River Supreme*, New York: The Bobbs-Merrill Company, 1934, p. 118.

③ Ibid., p. 239.

都有着不同的标准，这一点进一步使她觉得中国人无法了解，并且使她对自己所能够掌握的关于中国的仅有的一点知识感到异常困惑。美国人认为是美的东西，中国人可能认为是丑的，反之亦然。例如，蝙蝠在西方文化中是恶兆的象征，然而，在中国的家庭，却经常被雕刻在门上，成为"好运"的标志。马格丽特，按照西方的标准，是一位非常漂亮的女性，但是，在中国人眼中，却异常丑陋："真不幸搭载这样一个有着黄头发的丑陋的女人。"① 中国人称呼白人为"洋鬼子"，认为他们看起来非常丑陋、令人厌恶。他们的白皮肤让中国人想起："在石灰里漂白过的死人复活了。一个人和一只鹰所孕育出的魔鬼。白色的眼睛来自于人和鱼共同抚养的妖怪。"② 何巴特悲哀地评论说，中国人把西方人看作是魔鬼，而西方人也把中国人看作一群危险的野兽。彼此看一眼对方就能激起他们互相的厌恶、恐惧和憎恨。周宁在《天朝遥远》一书中分析了雷蒙·阿隆提到的三种不同的敌我意识：绝对敌我、政治敌我和价值敌我。认为黄祸恐慌表现的敌我意识，同时出现在这三个层次上。绝对敌我表示一种似是而非的天生的憎恨，政治敌我的憎恨则是由一些具体的政治冲突与争端造成的，而价值敌我产生自伦理价值方面的差异。③ 这里何巴特就从绝对敌我的层面上揭示了美国人对中国人的恐慌。

中国文化同化的力量也经常会出现在西方的作品中，用来表现这个国家的威胁性，已经成为西方文学作品中的中国形象的一种刻板的套话。客观地说，每个国家都有这种同化的力量，只不过程度不同而已。如果美国没有这种能力，它也不会被称作"大熔炉"了。但是黄祸甚嚣尘上的那些年，在西方关于中国的同化力量的套话如此强大，

---

① Alice Tisdale Hobart, *River Supreme*, New York：The Bobbs-Merrill Company, 1934, p. 39.

② Ibid., p. 47.

③ 周宁：《天朝遥远——西方的中国形象研究》，北京大学出版社 2006 年版，第 359 页。

每当欧洲人和美国人想要证明中国是一个深具威胁性的国家时，这个同化的特点就会被加以利用。何巴特在前两部著作中也描写了中国人同化的力量，以及她对这种力量的恐惧和不安。但这种力量对西方人却没有构成任何实质性的威胁，但是这一时期就不同了。这一时期的两部著作中，白人的居住区，面对着如此强大的文化力量，也不再是能够保护西方人不受中国威胁的安全的城堡了。相反，它成了一个如同与世隔绝的孤岛一样的地方，被这座中国城市的其他地区所包围，像监狱一样把白人围困在里面。没有什么东西可以保护他们不受中国的事物和生活方式的"侵袭"。热带的气温把疾病和瘟疫带进了白人居住区，夺取了西方女性和孩子的生命。实际上，西方人不仅在身体上受到了中国的威胁，而且精神上也是如此。中国文化中巨大的同化的力量威胁着白人的居住区：中国人新年时"咚咚"的鼓声穿破了白人居住区的围墙，诱发了他们原始的冲动，使得爱琳——小伊本的妻子——背叛了他。中国炎热的气候不仅对西方人的身体造成威胁，同时也蚕食着他们的精神。殖民地炎热的气候对西方人的身体和精神的削弱是西方作品经常出现的一个主题。马瑞·维斯纳·汉克斯（Merry E. Wiesner-Hanks）在《历史中的性别》（*Gender in History*）一书中指出18世纪，欧洲主流思想家亚当·斯密（Adam Smith）和大卫·休谟（David Hume）等人把世界分为三个气候/性行为区：酷热区（torrid）、温和区（temperate）和冷淡区（frigid），并且这些词现在仍保有气候和性双重的含义。"torrid"一词既有酷热的意思，可以表示气候，也可以表示感情的强烈。"temperate"既表示气候温和，也表示感情有节制的，不走极端。"frigid"，既表示气候寒冷，也表示性冷淡。他们和其他许多欧洲的作家、政治家一样，担心热带气候对士兵和官员身体上以及道德上的影响，曾经制订许多不同的计划以防止欧洲人被当地人同化。他们也把这一气候/性的模式和文明的推进联系起来。在酷热区，热度不仅使人好色、淫荡，而且把人变得慵懒、怠惰；温和的气候（比如在英国）则不仅带来性节制和对女性的尊重，而且也促进繁荣和纪律性。① 这种同化的力量在福斯特牧师一家的身上表现得尤为突出：福斯特牧师一家穿戴都像是中国人，行为举止也很像中国人，他们的孩子甚至只会说汉语。何巴特认为中国人的倦怠、懒散和冷漠，就像瘟疫一样，带有传染性，就像机器上生的锈一样，使西方人的精力无法振作，夺去了他们的生命力和拓荒精神。中国人在老伊本毫无意识的情况下削弱了他的力量。他们"通过吸收他的一丁点儿的精神并注入他们自己的精神里去，就像他们曾经吸收过曾经征服过他们的所有种族的生活方式一样，甚至包括如今坐在龙椅上的天性凶猛的满族人……也变得不再凶猛，而是疲惫、衰弱、没有活力。"② 没有人可以逃过这种同化，在不同的程度上以不同的方式，他们都被改变了："几个世纪以来，那些前来东方想要带走这里的丝绸、珠宝、哲学等财富的西方人，在出发时就已经准备好要忍受一切艰险，但是当他们带着战利品返回时，几乎没有人不留下些他们自己的东西，一些他们曾经非常珍视的东西。"③

在《至上的河流》的结尾部分，中国人借助于他们从西方学到的军国主义的思想和方式，最终把西方人驱逐出了自己的国家，其中包括小伊本和奎塔。玛格丽特和老伊本死了，被葬在了中国——这个他为之奋斗了大半生想要改变的国家。最终，西方人还是被打败了。这条至上的河流征服了他们。老伊本不得不承认，和它比起来，西方人显得那么渺小，就如同他精神上的前辈的名字"里特（小）"所暗示的那样。

中国人的不可改变也加重了何巴特的恐惧和幻灭感：白人男性改造中国那小小的成功最终都会被证明是虚幻的。更别提她们这些"被要求支持男性却无法完成这一任务"的女性的作用了，更是毫无意义。

---

① Peter N. Stearns, *Gender in History*, Routledge：2nd Revised edition, 2006, p. 208.

② Alice Tisdale Hobart, *River Supreme*, New York：The Bobbs-Merrill Company, 1934, p. 56.

③ Ibid. .

何巴特在描写中国的新年时说一切都又退回到了中国传统的模式:"关闭的房门后,古老的中国在祈祷和欢庆,忘记了未来,崇拜过去,崇拜他们的祖先!"① 毛毛回家后就丢弃了他在英国所学的一切,退回到了传统的生活方式,变成和他出国前一模一样了。他的灰色的法兰绒衣服,是由英国最好的裁缝剪裁而成的,当他离开英国时他还曾为此感到非常骄傲,可是和他父亲的柔软的丝绸衣服放在一起,他却觉得又热、又不舒服,而且非常难看。他的母亲,脸由于涂了米粉并且经过描绘而变得僵硬,她那两寸长的指甲包在尖尖的银色的指甲套里,和那些"不整洁的"西方女人比起来,在毛毛的眼中显得那么优雅和精致。在他从英国返家的长长的旅途中,毛毛还想过要把父母给他定下的娃娃亲退掉,但是,当他走近他自己的土地时,他就不那么确定西方人对待婚姻的方式是否真的那么令人向往了:"或许古老的习俗是最好的。有着西方思想的妻子可能会很惹人厌,会篡夺男人的权利。"② 这里也符合了黄祸中对中国人难以被同化这一特点的描述。

从上面的分析中,可以很明显地看出在何巴特创作的第二个阶段,中国对她而言变成了一股非常具有威胁性的力量。她早期的乐观主义精神已经被一种深深的绝望所取代。这些白人的事业全部都被这条象征着中华民族的大江那滚滚的洪流彻底清除了。像老伊本一样的西方人的梦想也被下面那波涛汹涌的潜流所彻底粉碎了。她把中国描绘成了一个强大的具有毁灭性的力量,揭示了她对中国的恐惧以及她要征服中国的梦想的破灭。

从何巴特的自传性作品《格斯提的孩子》一书中,我们得知她在1926年离开长沙去南京之前,对于中国的西化依旧抱着乐观的态度,并且对西方人所取得的成功非常自豪:"在这里,西方人用他们的大机器征服了自然,战胜了那些船夫们的反对,千百年来,他们都是用

---

① Alice Tisdale Hobart, *River Supreme*, New York: The Bobbs-Merrill Company, 1934, p. 203.

② Ibid., p. 213.

纤绳拉着他们的小船在急流中前行。"①《至上的河流》本来是想写成一本关于爱情的浪漫故事，同时为在中国的白人的重要性进行辩护。当这本书 1928 年最终结稿时，却成了原来的反面：成为一部悲剧作品，一部揭示白人在中国的虚弱和无力感的作品。在这部作品中，何巴特对美国卷入中国的事务提出了质疑。她平常乐观的语调变成了深深的悲观情绪。通过对《至上的河流》的仔细研读，可以看出第277页之前的文本中，何巴特尽管通过她的女主人公表达了她自己的恐惧和悲观，但是却不允许她的男主人公老伊本对西方人在中国的最终胜利流露出丝毫的疑虑。直到那时，老伊本仍然固执地对他最后可以征服这条至上的河流——中国的象征——抱有乐观的态度，对西方科技的力量有着坚定的信心。然而，从第227页往后，希望那微弱的灯光就完全熄灭了，就连老伊本也丧失了他的信心和镇静。他开始怀疑他在这条河流上的事业，意识到这条大河真的如同玛格丽特所说，具有强大的毁灭性力量，将会吞噬掉他们所有人。这部作品以悲剧结束：玛格丽特和老伊本死在了这里，小伊本一家返回了美国。何巴特在《格斯提的孩子》一书中解释说她在写作《至上的河流》一书时，曾经在这句话时被打断——"我现在就可以告诉你就算是一大队的将军命令我，我和我的儿子依旧会坚持下去……"她的写作停留在这里，被诺亚号船上的水手们所打断，他们来到她的家想爬到她们在南京的公司分给她们的房屋的房顶上以占据有利地位。而当她返回美国继续这部作品的写作时，她"已经不再是写那些话的那个人了"，这部作品也无法像她原来设计的那样"再写成一个关于浪漫的爱情历险了"："我认识到伊本·豪利对西方和东方来说都具有悲剧性的意义。是不是像老伊本这样的这些人都是自食其果呢？难道不是西方人把工业革命介绍到中国来的吗？我们能够避开这场革命所带来的苦难吗？我们到底是什么样的人呢？我们难道不是把西方文明中最坏的和最好的都

---

① Alice Tisdale Hobart, *Gusty's Child*, New York: Longmans, Green and Co., Inc., 1959, p. 201.

带给东方了吗？"①

那么到底发生了什么，把何巴特推向了绝望的深渊，使得她作品中的语调在如此短的时间内产生了如此剧烈的变化？

第二节　中国民族主义的兴起

幅员辽阔的大中华帝国，曾经一度独秀于世界民族之林，获得了一众欧洲哲学家们的推崇。然而，1775 年之后她就开始衰败了。"官僚的无能、文人的缺乏责任感、国家大范围的腐败、军队质量的下降、不断上升的人口的压力、空虚的财政"反映了这种被称作"朝代更替"现象的内部运转方式。② 这种堕落加上不断涌现的农民起义使这个国家再也无力抵御外来侵略。

鸦片战争中清政府的落败揭开了中国人民近一个世纪的屈辱史的序幕。这次战争的后果就是：中国面临着被瓜分、丧失主权的威胁，并逐步沦为了一个半殖民地国家。19 世纪末，西方列强加速了侵略的步伐，强烈的排外情绪在皇室、文人、官员、士绅和人民大众中蔓延："那些高傲的外国官员、气势汹汹的领事们、咄咄逼人的传教士们和那些只顾追逐自己利益的商人们的出现，不断地提醒他们中国的不幸。这种不断咬啮着他们的不公正的感觉产生了一种强烈的复仇的欲望，直到爆发了一场大规模的排外运动。"③ 这场"大规模的排外运动"就是义和团运动。义和团，或者被贬称为"拳匪"，是中国的一个秘密组织。它最初是反对清政府的，但后来在 19 世纪 90 年代开始支持满清政府，反对西方国家。他们袭击教堂、外国人在中国的居住地，以及出售外国商品和书刊的商店，并且杀死中国的基督徒。对

① Alice Tisdale Hobart, *Gusty's Child*, New York：Longmans, Green and Co., Inc., 1959, p. 246.

② Immanuel C. Y. Hsü, *The Rise of Modern China*, New York：Oxford University Press, 2000, p. 127.

③ Ibid., p. 388.

他们国家利益的威胁使得西方列强开始干涉，义和团运动就此被英国、美国、德国、沙俄、法国、日本、意大利和奥匈帝国八个帝国主义国家联合起来的军队残酷地镇压了下去。义和团被镇压之后，1901年《辛丑条约》被强加于中国。按照这一条约，将永远禁止中国人民成立或加入任何"与诸国为敌"的组织，违者处死。凡发生反帝斗争的地方，停止文武各等考试 5 年。拆除大沽及有碍北京至海通道的所有炮台，帝国主义列强可在自山海关至北京沿铁路的 12 个地方驻扎军队。将北京东交民巷划定为使馆区，成为"国中之国"。在区内中国人不得居住，各国可派兵驻守。就这样，"在中国自己的首都却有一块地方中国人永远不得居住"①，条约附件第 15 条，清政府还下令各省官员必须保证外国人的安全，否则立予革职，永不录用：

　　著再责成各直省文武大吏，通饬所属，遇有各国官民入境，务须切实照料保护。倘有不逞之徒，凌虐戕害各国人民，立即驰往弹压，获犯惩办，不得稍涉玩延。如或漫无觉察，甚至有意纵容，酿成巨案，或另有违约之行，不即立时弹压，犯事之人，不立行惩办，各该管督抚、文武大吏及地方有司各官，一概革职，永不叙用，不准投效他省，希图开复，亦不得别给奖叙。②

至此，清政府完全沦为了帝国主义的工具。

由于西方武力的保护，持续几年中国都成了西方人宁静的港湾。因为通过对义和团的镇压和屠杀，在中国的外国人摆脱了"几十年来他们所过的艰难的、被骚扰的，并经常是危险的生活，开始了令人愉快的、有保障的新纪元。在随后的二十年左右，从义和团事件到1925—1927 年间的民族主义剧变期间，外国人在中国比他们在以前更

---

　　① Israel Epstein, *From Opium War to Liberation*, Beijing: Foreign Language Press, 2004, p. 68.
　　② 《辛丑条约》，全文见许同莘、汪毅等编《光绪条约》卷 66，外交部，1914 年，第7—34 页。

具有人身安全"①。赛珍珠曾经写道："这几年是中国空前平静的年代。义和团叛乱中想驱逐外国人的企图失败后，整个国家遭到处罚，人们痛感自己脆弱，而在短暂的几年中，外国人的势力变得空前绝后的强大，白人可以随意安全地往来于各处，因为在每个外国人后面中国人见到的是军舰、致命的大炮和快速残酷的士兵。这至少赢得了暂时的和平。"② 中国的大门也终于打开了，"西方的思想和生活方式泉涌般进来。那些已经在中国建有据点的当地传教士更前进一步，例如原来办普通学校的现在办起大学来了"③。何巴特的作品《拓荒于古老的世界》和《长沙城边》正是创作于这一相对"平静"的时期。她1908年才来到中国，没有经历过义和团运动。到达中国时，西方人在中国已经取得了优越的地位，把普通的中国人民当作低于他们的次等人。尽管在她的第二部作品《长沙城边》的结尾部分，何巴特也感觉到了威胁，可她对美国科技发展的信心以及她对中国的轻蔑使她的乐观战胜了她的担忧。

然而，反抗西方列强的斗争却如同一座正处于休眠的火山，下面依旧是炽热奔涌的岩浆。中国人民无法忍受中国屈辱的地位和西方人在自己国家的特权。何巴特在写作《至上的河流》前后，中国的政治文化被一股强烈的民族主义情绪的迸发所控制了。现代民族主义的火焰，"19世纪欧洲所倡导的精神"，最终传到了中国，也激励着中国人前进，"肩负起把他们的国家从帝国主义和军阀主义双重压迫下拯救出来的使命"。④ 一场全国范围的大规模的反帝浪潮终于爆发了。1925年5月30日，上海工人和学生在进行反日演讲和示威游行时遭到了英国巡捕的袭击，数十人死伤。这就是震惊全国的五卅惨案。这一惨案很快引发了全国范围的反帝运动。爱泼斯坦认为，这是在唤醒

---

① ［美］哈罗德·伊罗生：《美国的中国形象》，于殿利、陆日宇译，中华书局2006年版，第196页。

② ［美］赛珍珠：《赛珍珠作品选集》，林三等译，漓江出版社1998年版，第151页。

③ ［美］费正清：《伟大的中国革命》，刘尊棋译，世界知识出版社2000年版，第143页。

④ Immanuel C. Y. Hsü, *The Rise of Modern China*, New York：Oxford University Press, 2000, p. 531.

和发展一个全国范围内的大规模的运动中继 1919 年的五四运动和 1923 年的"二七"惨案之后的第三次重要日期。多萝茜·伯格 (Dorothy Borg) 和尼古拉斯·克利福特 (Nicholas Rowland Clifford) 也 指出五卅惨案是中美关系史上的转折点,具有重大意义①。

在中国的不同地区,民族主义风潮迭起,与帝国主义的冲突也此 起彼伏。南京国民政府的建立和其他一系列以收回租界为目的的运动 使中国人的反帝国主义的情绪在 1926—1927 年又一次达到了高潮。 正是在这个时期何巴特开始了她《至上的河流》初稿的创作。

在《美国对中国的反应》一书中,沃伦·科恩 (Warren Cohen) 这样描述了中国人民民族主义情感逐日高涨的表现:

> 在中国人民中间有一股逐渐上升的民族主义情感的表现……
> 对西方人控制中国的憎恨,以比被激怒的仇外的义和团更复杂的
> 方式表现出来。当地的士绅、学生、记者和商人开始关注那些侵
> 犯中国主权的特别的事件,要求终止列强们从中国夺取的特权。
> 他们对中国人在美国受到的非人待遇变得日益敏感,被国会 1904
> 年关于永久驱逐中国移民所进行的辩论和通过的法案所激怒。②

大多数中国学者都同意,19 世纪以前,在中国并没有现代意义上 所使用的术语——"民族主义",并且在相当长的时期内,中国人由 于缺乏爱国主义和民族精神而受到蔑视。直到 19 世纪末期,中国近 代民族意识的意识才刚刚开始出现。③ 费正清认为,在中国,"直到最

---

① 参见 Dorothy Borg 的作品《美国政策和中国革命,1925—1928》(*Ameircan Policy and Chinese Revolution*, 1925–1928),以及 Nicholas Rowland Clifford 的作品《上海,1925:城市民族主义和外国特权的冲突》(*Shanghai*, 1925: *Urban Nationalism and the Defense of Foreign Privilege*)。

② Warren I. Cohen, *America's Response to China: A History of Sino-American Relations*, New York: Columbia University Press, 1990, p. 57.

③ 参见郑大华《中国近代民族主义的来源、演变及其他》;罗志田《近代中国民族主义的研究取向与反思》;焦润明《论中国近代民族主义》。

近，民族主义（一般文化中的政治主权思想）很少被认为与（忠于一定生活和思想方式的）文化主义是一致的"①。约瑟夫·利文森（Joseph Levenson）也认为中国"向现代化转变的关键"在于"把从文化主义走向民族主义作为有组织的政治生活的合理的根基"。② 那时，随着西方列强的侵略，尤其是1894—1895年的中日甲午战争之后，中国陷入了被帝国主义国家瓜分的极端的危险之中。西方列强在中国划出各自的势力范围，强迫中国把土地租让给他们，争夺对中国财政、铁路和矿产的控制权。这一现实，加上当时进化论在中国的盛行，在许多中国知识分子中加剧了他们的危机意识。他们认识到中国正面临着分崩离析的危险，这会导致中华民族被西方人征服，中华文明将会被摧毁。他们相信在这场中华民族和其他种族你死我活的残酷竞争中，只有适者才可以生存。这唤起了他们的民族意识，在1905年前后，中国的民族主义运动终于蓬蓬勃勃地发展起来了。

许多中国学者认为中国民族主义的发展可以划分为三个时期。③第一个时期大约在1905年前后，标志是以反抗美国移民政策为目标的反对美国的联合抵制，以及收回由美中发展公司（American China Development Company）控制的中国铁路的修筑权。这是中国人收回国家的主权和推翻不平等的条约体系制度的第一步。在那之后，中国的民族主义就进入了第二个时期，标志是1911年的辛亥革命。第三个时期是以五四运动和民族主义革命为标志，以反对帝国主义和废除西方列强强加到中国人民身上的屈辱条约为主要目的。1915年之后，那些深受西方思想影响的学者们发动了新文化运动。他们成立社团、发行报纸杂志。由于他们的努力，民族主义情绪开始逐渐渗入到中国人的意识中来。西方人加紧了对中国的侵略，这激起了中国人从运用比

---

① ［美］费正清：《伟大的中国革命：1800—1985》，刘尊棋译，世界知识出版社2003年版，第49页。

② 参见 Michael. Yahuda，"The Changing Faces of Chinse Nationalism：The Dimensions of Statehood"，*Asian Nationalism*，ed. Michael Leifer，New York：Routledge，2000，p. 22。

③ 参见王立新《美国对华政策与中国民族主义运动（1904—1928）》，中国社会科学出版社2000年版。

较平和的手段按照西方的国际准则的模式来追求自我保护和平等转向了寻求极端的革命手段来摧毁条约体系。在国民党和中国共产党的共同带领下，中国军队在广州和长江流域取得了北伐战争的胜利。

如同前面所提到的一样，鸦片战争等一系列战争之后，腐朽的满清政府在武力的威胁下被迫和一些西方国家签订了许多丧权辱国的条约，割地、赔款、开放通商口岸等。在这些条约的保护下，西方列强从中国获得了许多特权：治外法权、关税协定、片面最惠国待遇，还有其他一些条款都使西方人在中国取得了比中国普通百姓更高的社会地位。费正清在《美国和中国》一书中这样探讨了这个问题：

> 在日常生活上，甚至最不受人重视的美国公民——事业失败后逃债的人，为求资助家庭而出国谋生以取得汇款的人，无票偷乘船只的人，以及冒险家——当他们在上海登岸之后，就摇身一变，被当作上等人看待。他们像中国士绅一样，被认为是高出于群众之上，是不受当地警察欺压的。①

在中国旅居多年的美国旅行家、作家哈利·弗兰克也指出："有些在中国挑起祸乱的罪魁祸首开始明目张胆地滥用避难权"，有些国家在中国的租界成为"施暴者的安身之地"。② 这些特权极大地侵犯了中国的主权，使中国沦为了一个半殖民地社会。因此，在革命期间，中国人强烈要求废除给西方人带来特权的不平等条约体系。这对美国在远东的利益和权威是最强大的挑战。有时，甚至会威胁到西方人在中国的财产、地位以及生命。1926 年 4 月 4 日，国民党宣布了北伐的开始。他们认为中国人民悲惨生活的根本原因在于帝国主义列强的侵略和军阀的压迫。因此这次北伐的主要目的就是消灭军阀——帝国主义国家统制中国的主要工具、"帝国主义的走狗"，消灭那些

---

① ［美］费正清：《美国与中国》，张理京译，世界知识出版社 2008 年版，第 298 页。
② ［美］哈利·弗兰克：《百年前的中国：美国作家笔下的南国纪行》，符金宇译，四川人民出版社 2018 年版，第 9 页。

"通过贸易、宗教、和战争和中国拴在一起的外国人。建立一个政府来改革和完成国家的现代化"。① 北伐战争取得了一系列的胜利。他们所遭遇的军阀的势力有些被征服了，有些加入了他们。国民革命军的成功令外国列强十分恐慌。尽管他们决定反对直接的袭击，因为为此所付出的代价和担心"这或许不仅会在中国引发一场大的战争，而且在殖民地世界引起其他地区的暴乱，同时也会在本国那些民主人士以及工人阶级中引起激烈的言论"。②

何巴特 1926 年 1 月经过在美国的短暂休整后返回长沙，就立即被卷入了北伐战争的旋涡。1927 年 3 月 24 日发生的南京事件，进一步震惊了西方国家。西方人的生命和外国条约系统以及外国人在华利益都处于危险之中。这一次，何巴特几乎直接触摸到了死亡。

这使她非常恐惧，引起了她极大的不安全感。她把自己这一时期亲眼所见和亲身经历都记录到了《南京城内》一书中。这部作品创作于她写作《至上的河流》中断的那一时期，"描述了她以不同寻常的观察机会，所亲眼目睹的 1926 年到 1927 年初的那几个骚乱不安的月份。"③

在南京事件中，当国民革命军进入南京城时，何巴特曾经和死亡有过面对面的接触。她所居住的公司的房屋成了反抗中国军队攻击的堡垒。露丝·摩尔说："这是她对亲身经历的描述，她亲眼见证了南京事件。这是一个刀尖抵着喉咙般的恐惧中的思考。因为这出自于一个习惯了宁静、对暴力非常陌生的心灵，所以益发显得令人恐惧。"④ 在这部书的开头，何巴特特别强调了她作为叙述者的身份。她说这不

① Pearl S. Buck, *My Several Worlds*: *A Personal Record*, New York: The John Day Company, 1954, p. 199.

② Israel Epstein, *From Opium War to Liberation*, Beijing: Foreign Language Press, 2004, p. 135.

③ Alice Tisdale Hobart, *Within the Walls of Nanking*, London: Butler & Tanner LTD, 1927, p. 11.

④ Ruth Moore, *The Work of Alice Tisdale Hobart*, New York: The Bobbs-Merrill Company, 1940, p. 11.

是"中国的大人物们"所讲的故事——她的总统或者军政府的长官——也不是西方的游客所讲述的故事。相反，这是一个关于在中国上演的大灾难的故事，是由"一个曾经在中国内地居住了19年的美国商人的妻子"所讲述的。她不是通过中国的大人物的眼睛来看这个国家的，也不是通过那些来做短期旅游的人的眼睛来看这个国家。她是通过这个国家的普通人的眼睛来了解她的：经常会大门禁闭，担心被前进或者溃逃的军队抢劫的商人，小船和舢板在步枪的威胁下被抢劫或者被征用的地位低下的普通百姓，以及那些被洪水、土匪和士兵所摧毁乡间的农民。①

但是对大多数中国人来说，那不是一场大灾难，而是为了把中国从帝国主义国家的瓜分中拯救出来，建立一个独立的国家的爱国主义的战争。何巴特，以她有限的汉语，归根结底，只是通过一位美国女性的眼睛来看待这个国家和这些事件。由于她自身的爱国主义和她对美国政府友好公正的盲目信任的局限，何巴特就像孔华润所提到的美国政府的负责官员们一样"无法理解中国人有多么的憎恨那些强加于他们的不平等条约对他们的桎梏"。② 她没有意识到正是西方国家的压迫导致了运动的爆发，因此，这场革命的本质超出了她的理解。伊萨克斯指出："在一个多世纪的时间中，超乎寻常多的美国人把自己看作是中国和中国人的仁慈守护人和恩人，看作是救星、教师、医治者、保护者，看作是热情而忠实的朋友和钦佩者。"③ 何巴特如同许多她同时代的西方人一样，也认为西方人到中国来是为了提供帮助，通过在中国传播基督教教义和现代科技来帮助中国人民从"黑暗"中解脱出来。这一点在她早期的两部作品中表达得淋漓尽致。《南京城内》延续了这一观点：白人是中国人的救难者和恩主，他们在中国所拥有的

① Alice Tisdale Hobart, *Within the Walls of Nanking*, London: Butler & Tanner LTD, 1927, p. 67.

② Warren I. Cohen, *America's Response to China: A History of Sino-American Relations*, New York: Columbia University Press, 1990, p. 64.

③ ［美］哈罗德·伊罗生：《美国的中国形象》，于殿利、陆日宇译，中华书局2006年版，第268页。

较高的社会地位是一种应有的权利而不是什么特权。因此，她像其他许多生活在中国的西方人一样对北伐战争感到震惊，认为北伐战争只是一场排外运动，一场灾难，它带来的后果就是社会安定的丧失，对国外贸易的损害，以及对"无辜的"西方人的伤害。她相信西方人到中国来是怀有善良的目的，是中国人恩将仇报，使他们成了受难者。在提到被杀的威廉博士时，何巴特写道："威廉博士，那个倾尽自己一生的时间为中国人奉献的人！"① 她把生活在中国的西方人称为中国人的"邻居"（international neighbours）、友好国家（friendly）的代表。② 也因此，她对美国军舰的援助和炮轰充满了感激，对当时那些民族主义者充满了愤恨。她以极大的愤慨描述了西方人的被迫逃亡：

> 他们大部分都是来自于我们的职业阶层。这些教师、医生和护士把自己最美好的时代都奉献给了中国，现在却要像英国人一样逃亡。他们在这里，男人、女人和他们的孩子们，我认识他们，在和平快乐的时候都是一些非常自尊的社会成员，有能力，有用的人，现在却像罪犯一样被驱逐出他们的家，成了逃跑的难民。他们到底做了什么要受到这样的对待？他们什么也没做，只是教育这个国家的人民，帮助他们治疗疾病，而他们的官员们现在却以这样一种令人羞辱的方式驱逐他们。③

尽管我们不能否认西方人民的确在中国建立了医院和学校，给这个古老的国家带来了现代化的科技、现代化的教育和现代化的医药。就个人而言，他们当中的许多人是同情中国的，也有许多美国人或许的确是为了帮助中国人而来到中国。然而，他们出现在这个国家，就是西方侵略和扩张所导致的直接的结果，就是和中国人民的意愿相违

---

① Alice Tisdale Hobart, *Within the Walls of Nanking*, London：Butler & Tanner LTD, 1927, p. 196.

② Ibid., p. 227.

③ Ibid., p. 150.

背的。如同费正清所说："是西方扩张到中国来的，而不是中国扩张到西方去的。从这个意义上讲，外国人即使在他们最有善意的时候也是侵略的。"①

何巴特把中国的民族主义者塑造成一群残忍的、恩将仇报的暴民。北伐战争的胜利在她眼中是建立在一系列奸诈的、背信弃义行为的基础上的。1926年8月刚到南京的时候，她觉得那里相当安全，因为她相信西方人都有条约保护着。然而，当国民革命军越来越近时，从那些逃亡的中国人、英国人和美国人那里得到了遭到了民族主义者攻击的消息，使她有了一种不祥的预感，恐惧逐渐代替了以前的安全感。她把1927年1月5日汉口租界的收回看作是民族主义者对保护西方人生命和财产安全的国际条约的背弃。何巴特在《南京城内》一书中，这样揭示了她绝望的感觉和对中国民族主义者的憎恨：

接下来就是1月5日了。我们失去了对于未来的一切希望。汉口租界在如果英国人抵抗，中国人就会屠杀他们的女人和孩子的威胁下被收回了，我们现在还能指望什么呢？这是民族主义者前所未有的胆大妄为之举。我们曾经以为汉口是很安全的几个中心之一。它曾经在国际条约的保护下而不受侵犯。但是，如今这些民族主义者们却违背了那些条约。……逃亡、逃亡、继续逃亡，夜里警告过后几分钟之内，汉口的白人女性、孩子和婴儿们就得逃离那些被激怒的暴徒。那些理应保护租界的中国士兵呢？正在帮助这些暴徒！这些暴徒们敲着锣喊叫着聚集在一起，他们装备了几堆砖头，捣毁了英国人的房子，叫喊着："打、打、杀、杀、杀死这些外国人。"女人和孩子们在黑暗的雨中逃亡，逃到了江边，上了汽船。②

---

① ［美］费正清：《美国与中国》，张理京译，世界知识出版社2008年版，第68页。
② Alice Tisdale Hobart, *Within the Walls of Nanking*, London：Butler & Tanner LTD, 1927，p. 146.

接着芜湖和上海也被移交到了国民革命军的手中。南京被困在了"一个小口袋中,民族主义者从四面向它逼近"①。"南京事件"期间恐惧的螺丝被拧到了最紧。1927 年 3 月 23 日 6 点,国民革命军进入了南京城。尽管蒋介石承诺"将会顾及外国人的财产","不平等条约问题不会通过武力冲突,而是会通过协商解决"。② 但是情况逐步升级,最后失去了控制。国民革命军进入南京的第一天,金陵大学(即今天的南京大学)的副校长,文怀恩(约翰·E. 威廉姆斯,Dr. John E-. Williams),就被发现死在了西门外的街道上,成了这个城市里的第一个白人遇害者。③ 更多关于白人死亡的消息以及西方领事遭遇袭击的消息——西方领事遭遇袭击在以前是从未发生过的——把何巴特和其他的西方人推向了恐慌的深渊。大多数美国人聚集在南京大学的农学院大楼里,另外 52 名在何巴特坐落于美孚山上的家里避难。何巴特讲述说当她丈夫刚开始看到有士兵走向他们的花园时,他过去迎接他们,并且劝服他们不要进入他们的房子。然而,更多士兵来了,他们也更加贪婪。最终,国民革命军士兵用子弹上膛的步枪指着厄尔·何巴特和美国领事,让他们把值钱的东西交出来。其他的西方人则躲藏在楼上,把武器都藏了起来以免激怒士兵向他们开枪。当最后士兵们包围了整栋房子,美国领事下令美国人"开枪射死他们",并且向军舰发送信号寻求帮助。从军舰上发射的炮弹飞入了城中,士兵们开始撤退。这些外国人抓

---

① Alice Tisdale Hobart, *Within the Walls of Nanking*, London: Butler & Tanner LTD, 1927, p. 173.

② G. Thompson Brown, *Earthen Vessels and Transcendent Power: American Presbyterians in China*, 1837 – 1952, New York: Orbis Books, 1997, p. 250.

③ 据何巴特记述,国民革命军抢劫了约翰·E. 威廉姆斯的家,把他枪杀致死。然而,按照汤普森·布朗的说法,他是在从学校回家的路上穿过街道时,被一个士兵枪杀的。1990 年,刘海平教授采访了戴安邦,一位著名的化学家,南京事件发生时,他是威廉姆斯在化学系的年轻同事。凶案发生后,戴被立即叫到了现场。他说威廉姆斯在回家的路上遇到一些士兵,他拒绝交出手表,所以被枪杀致死。金陵大学董事会写给文怀恩的悼词是这样的:董事会公开表明"威廉姆斯博士对本校所做出的贡献影响深远,具有非凡的价值——他在传教事业中所做出的无法取代的贡献,他的智慧的忠告,巨大的牺牲、有感染力的乐观精神"。参见《世俗的器皿和无上的权力》(*Earthen Vessels and Transcendent Power*)一书,第 394 页。

住了这个机会用一根绳子从城墙上爬了下来，登上了停泊在江面的军舰。1927 年 3 月 25 日，南京已经没有一个西方人了。

何巴特南京事件期间的无力感强化了她对中国人带来的危险的看法，粉碎了她对美国人最终胜利的信心。主要有以下三个方面的原因导致了她的无力感：中国人民所展示出来的力量；美国政府对华政策的改变以及战争时期作为一个女性的无助。

北伐战争是国民党和共产党合作完成的，得到了中国大众的广泛支持。中国人民的民族主义情绪被"新知识分子"极大地唤起。他们创立了不同的组织反抗西方帝国主义和他们的军阀走狗们的压迫。在社会各界人民的支持下，国民革命军扫除了所有障碍，成功地向北推进。

有一点也很重要，需要特别注意：当中国反帝运动的武装日益扩大时，在美国，人们也开始反对政府以军事力量干涉中国和其他国家：科恩·沃伦指出 20 世纪 20 年代初期，美国的公众舆论就不再容忍炮舰外交。这一点日益明显。美国军队依据《辛丑条约》继续留在中国已经受到了美国舆论的谴责。美国人民日益反对帝国主义，反对以武力反对拉丁美洲和亚洲的不发达国家。第一次世界大战的后果也让美国人民大失所望，越来越多的美国人相信，美国介入世界大战是为少数特权者的自私目的效劳的。这种情绪的增长大大促进了各种反对以武力解决国际问题的运动。[1] 燕京大学校长司徒雷登 1925 年 9 月在约翰·霍普金斯大学举办的一次关于中美关系问题的讨论会上的发言，代表了当时许多民众的看法。他反对使用武力强行保卫美国在华利益和推行美国政策，认为那样是对中国人民已经被激发起来的民族情绪火上浇油。如果众多的中国人起来反美将会带来可怕的后果。[2]"在这一背景下，美国政府不得不对在中国以武力保护美国人的特权

---

[1] Warren I. Cohen, *America's Response to China: A History of Sino-American Relations*, New York: Columbia University Press, 1990, p. 96.

[2] 参见美中关系史，约翰·霍普金斯大学讨论会报告, *American Relations with China, A Report of the Conference Held at Johns Hopkins University*, September 17 – 20, 1925, Baltimore: Johns Hopkins Press, 1925。

表示犹豫。"①

　　美国对中国的政策在 1925 年后发生了很大的改变，当弗兰克·比修斯·凯洛格（Frank Billings Kellogg）成为新任国务卿时。美国政府决定要使美国"保持他们心目中的，中国头号朋友的形象"，对中国要求修改条约和废除条约制度做出了让步：

　　　　在华盛顿的美国人可以接受一种常见的说法，即认为中国革命是以美国革命为范本的，很好的模仿者。中国为取得决定国家前途的自由而提出的要求是完全值得嘉许的，而这一要求已在华盛顿会议上得到许诺。如果美国带头恢复中国主权，在中国的朋友中居领先地位，并为中国人民的独立自主充当辩护人，中国的民族主义者就会报答美国的友谊。总之，对中国要求修改条约做出让步，废除条约制度，与其不满不如接受中国在现代化过程中出现的混乱，这样一种权宜之计不仅符合美国的理想，也符合美国的利益。②

　　美国公众的反对以及美国政府对"炮舰政策"的放弃削弱了美国人在中国的权利。身处战争旋涡，没有了坚强的后盾，何巴特等人也更加恐慌。

　　除了来自于排外的中国军队的威胁，何巴特也意识到像她一样的女性在异国所遭受到了来自各方的疏离，这使得她也不再是一个盲目欢呼公司里所有的制度的"伴夫之妻"，从而加剧了她的幻灭感。她开始在现实的观照下，重新思考西方女性在中国的地位、作用以及命运。所有这些都引起了她对自己以前的中国观的怀疑：中国真的是等待西方人教化的荒原吗？还是一个波涛汹涌危机重重的"长江"？中国真的需要西方人吗？他们在中国的所有努力是否值得？

　　①　Warren I. Cohen, *America's Response to China: A History of Sino-American Relations*, New York: Columbia University Press, 1990, p. 96.

　　②　Ibid., p. 97.

第三节　越界的代价

许多美国人，如同赛珍珠在《我的几个世界》中所分析的她的父母一样，他们到中国来并不是因为他们热爱中国人民，最根本的原因是要满足他们自己内心的某种精神需求。① 就何巴特而言，她是被一种探险精神推动着，到中国来重温祖先西部拓荒的历史，释放自己的西部情结和对农业文明的怀念，找寻自己生命的价值和意义。在她创作的第一个阶段，中国基本满足了她的这些需求。因此，她充满了乐观的情绪。然而，中国人民反抗帝国主义压迫的斗争，以及这些斗争所引发的一些骚乱对西方人来说是非常严重的威胁，同时也粉碎了何巴特的安全感。使她对在中国的西方女性所做出的牺牲有了更清醒和深刻的认识。她开始意识到像她这样的女性是美国文化和经济扩张以及中国"排外运动"的受害者和牺牲者，而不再是为那些"照亮中国的油灯提供能量的灯油了"。

战争在传统上被认为是男人的事情。当战争的威胁逼近时，何巴特和其他的女性只能做一件有帮助的事情，那就是想办法在家里保持男人们的士气。如果说冲突能够激发起他们的男人展示自己的勇敢和他们作为保护者的作用，对何巴特和其他的西方女性们来说，当真正的危险来临的时候，她们什么也不能做，只能把自己藏起来在恐惧中无力地等待。英国学者巴里·布赞（Barry Buzan）将安全定义为"免于威胁的追求"，显示"国家和领土完整，反对敌对势力的能力"，他认为"安全的底线是生存"。② 何巴特她们面临着生命的威胁，无力保护自己，时刻担心着即将到来的围困、劫掠、中国人民的起义，以及对白人的屠杀。因此，完全丧失了安全感。

---

① Pearl S. Buck, *My Several Worlds: A Personal Record*, New York: The John Day Company, 1954, p. 51.

② Barry Buzan, "New Patterns of Global Security in the 21st Century", *The Theory and Practice of International Relations*, ed. William Olson, 1994, p. 20.

1927 年南京事件又被有些外国人称作第二次义和团运动。巴柔指出"我们所发现的集体想象物是张扬互文性的场所"①。南京事件期间，何巴特和赛珍珠一直在躲藏着，没有和袭击者的直接接触，基本没有感受到实际的暴力，在某种程度上可以说她们既在场又不在场。何巴特和赛珍珠愤怒或者说恐惧的对象其实大部分来自于她们的想象，是在美国文化传统中流传和早已被建构出来深植于她们脑海中的"中国"影像。自从蒙古的铁蹄横扫了欧洲，中国威胁论和中国人野蛮、残暴的形象就成为西方人五彩斑斓的中国形象画布上那一团黑色的梦魇，挥之不去。美国人也从他们的欧洲祖先那里继承了这个梦魇。一旦光影投射到画布的这个地方，中国人野蛮残暴的形象马上就会在那一时期凸显出来。南京事件发生时，笼罩在西方人头上的义和团事件的阴云尚未散去。在义和团事件中，共有 241 名来华传教士（其中天主教传教士 53 人，新教传教士及其子女 188 人，这中间包括了儿童 53 人）及 23000 多名中国基督徒（其中天主教徒 18000 人，新教徒 5000 人）"遇难殉道"。② 一时，在美国人心目中成了"黄祸"的现实印证，极大震惊了西方世界。他们认为中国对西方的仇恨已经被挑起，一向愚昧懦弱的中国人不再害怕他们，对西方人的仇视表露无遗。中国人在和整个进步的文明世界作对，开始了对他们的反抗，甚至杀戮，这让他们充满了恐惧。这一事件在美国被大肆渲染，暴民和屠杀之类的字眼不时出现在对义和团事件的描述中，给西方人提供了认识中美暴力冲突的直接经验。美国《时代周刊》曾刊文记录义和团暴力下的西方女性："白人妇女们正在遭受难以名状的野蛮折磨，据我们所知，有些受难者竟连续几天忍受可怕酷刑的折磨，痛苦难以细说，印度雇佣军起义的暴行也没有这般残酷。""孩子们被当着父母的面杀害，妇女被强暴奴役，父母的折磨、残杀……毋庸置疑，文明

----

　　① ［法］达尼埃尔—亨利·巴柔：《从文化形象到集体想象物》，孟华译，孟华主编《比较文学形象学》，北京大学出版社 2001 年版，第 140 页。
　　② 参见黄锡培《回首百年殉道血》，美国中信出版社 2010 年版。

世界不可能忍受这种残暴的屠杀，我们必须复仇……"① 伊萨克斯在
《美国的中国形象》中指出，"中国人的酷刑"以及中国的拷问者和
行刑者的形象在美国公众的心目中也占有一席之地，它们通过流行的
出版物和传教士教会的渠道，"对义和团狂徒们袭击外国和中国基督
教徒的生动说明和图片得以传播，这些说明和图片中还包括野蛮的杀
戮和酷刑，其中就有著名的'千刀万剐'。纯粹的、令人恐惧的恶魔
形象，与那些只是邪恶的或是被误导的异教徒结合起来，形成了一个
不仅邪恶而且非人的恶魔形象"。② 这一形象对美国人的影响是深刻
的。虽然后来的《辛丑条约》带给西方人更多的权利和安全保障，他
们仍陆续来华，但义和团运动给西方人留下了永久的伤痛，此后每当
排外运动发生时，义和团的阴影就徘徊在他们的上空。伊萨克斯提到
他们的一位调查对象在接到派往中国的命令时，立即回忆起小时候阅
读关于义和团时期的报道时的恐怖感觉。③ 何巴特和赛珍珠两人都或
直接或隐晦地把这一事件和义和团运动相提并论，并且和其他人一
样，把它称作是"一次大屠杀"。④ 在描述她们遇到的那些士兵时，

---

① 转引自周宁《"义和团"与"傅满洲博士"：20 世纪初西方的"黄祸恐慌"》，http://www.cssm.gov.cn。

② Harold R. Isaacs, *Scratches on Our Minds*: *American Images of China and India*, New York: The John Day Company, 1958, pp. 140–141.

③ Ibid., p. 141.

④ 在集体创伤面前，每个个体的感受也有所不同。比如赛珍珠对这次事件的态度就比较复杂，正如彼得·康所说，她一方面把它称为"大屠杀"，另一方面又把它看作是"重要的爱国行动"。她在给刘易斯·甘尼特的信中说南京事件是中国革命史上的一件大事："对中国人而言，这也是一种波士顿倾茶事件——一种可怕的独立宣言，它告诉世人，中国人从此不再害怕外国人。"（赛珍珠致刘易斯·甘尼特，1927 年 8 月 3 日，哈佛大学霍顿图书馆专藏）她还写信给朋友说："我坚决反对，由于复仇心理作祟而把这一事件说成是华人和东方人的本性所致。不论对什么民族也不能这般非难，更不必说在非常时期了。"她还说，要是因为这一事件就对中国人一概横加指责，以此类推，一旦纽约的地铁里发生了爆炸，那么所有美国人都有责任了。她还认为："如果正确地审视历史，我们会发现谁也不清白。"同样，她还写信对刘易斯·甘尼特说，西方人描绘中国人的所作所为总是犯简单化、模式化的毛病，在这一点上她绝不同流合污。她在西方报道的字里行间看出西方人又在重弹亚洲人残忍奸诈这一老调。"我当然不同意'东方式恣意犯罪'这类说法。这不是什么东方式罪行，它根本不存在。正如没有美国式、英国式等罪行一样！依我看，是个别人策划并实施了这场残酷阴谋，这些人才应该被称为罪犯。把这个事件归咎于全体中国人，无异于胡言乱语，很不公正。"（《赛珍珠传》，第107—108 页）

也不时冠之以暴民的称呼，延续了美国人笔下义和团运动的特点：与整个文明世界为敌、大屠杀、无视人权和国际法原则。何巴特一直担心即将到来的围困、劫掠、中国人民的起义，以及对白人的屠杀。她一再提到义和团运动，认为这次如同义和团事件一样，中国又在对抗世界："东方和西方那古老的种族仇恨导致了 1900 年对外国人的折磨和屠杀，其后几年好容易消退下去，现在又被国民党挑起来了，成为他们的战斗口号。"① 她根据自己对义和团运动的想象开始了无限的猜测，中国"行刑者的形象"也在她的心里得以强化。在恐惧中，她一直在想象中国人会怎么样折磨她们："他们会不会杀死我们？会不会像在义和团运动中一样折磨我们？还是会有更残酷的刑罚在等着我们？在我们面前折磨我们的孩子们？我不允许自己碰触到他们对作为女性的我们会做些什么恶行。出于荣誉之心，男人们在他们要求炮舰轰击之前会让这件事走多远？"② "如果士兵破门而入怎么办。我好像已经听到了他们伸手抓他时斯潘塞害怕的叫声，占据我的内心的想法就是如果他们折磨我们的孩子们，我们应该怎么办。我还记得义和团运动时的那些可怕的故事。"③ "我的心被一个想法充满——切掉肢体、折磨。"④ "那一分钟，我放弃了希望……我记得我想得很明白：'我不怕死，但是如果就此死去，我会万分遗憾'。但是切断肢体或者更糟糕，那一直缠绕着我。"⑤ "我知道我们满足他们的最后的机会也丧失了。要是他们能快速打死我就好了，那是对我最大的仁慈。"⑥ 赛珍珠也指出"尽管眼前的事有些出乎意料，令人莫名其妙，但我却有一种似曾相识之感。我和妹妹并肩坐在床边，每个怀里都搂着个孩

① Alice Tisdale Hobart, *Within the Walls of Nanking*, London：Butler & Tanner LTD, 1927, p. 89.

② Ibid., pp. 207 – 208.

③ Ibid., pp. 211 – 212.

④ Ibid., p. 212.

⑤ Ibid., p. 218.

⑥ Ibid., p. 216.

子。我心里想着，我早知道会发生这样的事情……"① 希拉里·斯珀林（Hilary Spurling）在《埋骨》中解释了这种似曾相识："这是赛珍珠八岁还是个孩子时义和团运动时期所听到的故事的重演，那时她只比她自己的女儿现在大了一岁。"② 和何巴特一样，她也想象着中国人会对她们的折磨，会让他们丧失尊严："另一方面，我想到了眼下，想到了孩子们。我父亲会泰然自若、心平气和地去迎接他的命运，我并不为他担心，他已生活过了，那两个年轻人在生命的最后关头，也一定不会失去自己的尊严，我和妹妹也都很坚强，足以傲对命运的不公，不会有丝毫畏惧的。但是，我们那小小的孩子会怎么样呢？我那不能自理的大孩子才七岁，我的养女才三岁，妹妹那个孩子也只有三岁，我们不能把他们撇下。无论如何，如果必须离开，我们这两位母亲得设法看着孩子先走。"③

和男性不同，在这些对生命的威胁的恐惧之外，女性还有一种恐惧，那就是担心被中国士兵强暴。战争给妇女带来了不同于男子的特殊伤害，使妇女承受了更多的心理负担。何巴特写道："我不让自己去想作为女性，他们会对我们做些什么。除非他们把这一屋子的男人都杀掉，否则不会允许这种事情发生。"④ 赛珍珠虽然没有直接提到，但是她一再强调一定要让孩子走在她和妹妹的前面。暗示着不能让孩子看到她们被折磨。女性是"一个种族群体成员生物学上的再生产者"⑤，对被其他人种或民族"污染以致灭种"的恐惧导致了对女性纯洁的强调。女性不仅作为一种生物性别存在，而且被辨识为一种符号，一种喻示着国家身体的符号。而女性的身体也成为民族战争中战

---

① ［美］赛珍珠：《我的中国世界》，尚营林译，湖南文艺出版社1991年版，第229页。

② ［英］希拉里·斯珀林：《赛珍珠在中国：埋骨》，张秀旭，靳晓莲译，重庆出版社2011年版，第175页。

③ ［美］赛珍珠：《我的中国世界》，尚营林译，湖南文艺出版社1991年版，第235—236页。

④ Alice Tisdale Hobart, *Within the Walls of Nanking*, London: Butler & Tanner LTD, 1927, p. 208.

⑤ Nira Yuval Davis and Floya Anthias eds. , *Woman-Nation-State*, Houndmills: The Macmillan Press LTD, 1989, p. 8.

场的一部分。苏珊·布朗·米勒（Susan Brown Miller）指出在战争中，想尽一切办法羞辱敌人，强奸妇女是主要的方法之一。通过强奸，敌人不仅受到羞辱，敌人也表明没有能力控制本来属于他们的东西——他们的女人。① 这也就不难理解为什么在有些描述中国的西方作家尤其是男性作家笔下，美国女性大都是纯洁的，中国女性却是色情的，而故意忽视了"美国女孩"（American girl）一词在当时中国的一些港口城市有时特指"风尘女子"。② 克内则·威克（Knezevic Djurdia）在《情感的民族主义》一文中指出："很清楚，国家是一个女人的身体，或者说它就是一个女人。"③ 而"强暴是对国家进行羞辱和污秽的策略"。④ 陈顺馨教授在《妇女、民族与女性主义》一书的前言中也指出："这些执行施暴行动的男人，在战争时期其实负载着民族代表或使者的身份，他们以保护自己国家的利益或民族的纯洁性的名义对别国或别民族进行侵犯的时候，伴随着土地掠夺的，必然是对'他者'民族的'纯洁性'进行干扰或破坏，而通常使用的方法是强奸当地的女人以及强迫她们怀孕。在公众地方或在家人面前进行集体强奸，其意义在于公开地向被侵犯民族的男人们（他们自认为民族代表）展示一个处于强势的民族对一个处于弱势的民族进行侵犯的'到位'，加强他们的耻辱感。可以看到，女性的身体在民族战争中其实是战场的一部分，侵犯民族主权或自主性与强暴女体之间，占领土地与'占领'妇女子宫之间，似乎可以画上一个等号。换句话说，入侵者强行对'他者'领土的'进入'（penetration）可以理解为一种'阳具'霸权行为。"⑤ 早在特洛伊战争时期，海伦，作为女性这个整

---

① Susan Brownmiller, *Against Our Will*: *Men*, *Women and Rape*, New York: Simon and Schuster, 1975.

② Edner Lee Booker, *News Is My Job*: *A Correspondent in War-Torn China*, New York: The Macmillan Company, 1940, p. 27.

③ 陈顺馨、戴锦华选编：《妇女、民族与女性主义》，中央编译出版社 2004 年版，第143 页。

④ 同上。

⑤ 同上书，第 17 页。

体的象征，被一个又一个国家绑架。在抗日战争中，也都有许多女性受害者。芬兰国会议员、世界上第一位女国防部长伊丽莎白·莱恩（Elizabeth Rehn）与艾琳·约翰森·谢里夫（Ellen Johnson Sirleaf）为联合国妇女发展基金会提交的"妇女、战争与和平"报告显示在塞拉利昂有94%被调查的家庭中的女性遭受过性的攻击，包括强奸、酷刑和性奴役；在1994年卢旺达发生的种族清洗灾难中，多达500000名的妇女被强奸。① 同样的事情在世界其他国家也时有发生。

因此，女性不仅对她们自己的纯洁性负有责任，而且对她们自己国家的纯洁性和她们男人的尊严也都负有责任。所以在民族冲突期间，女性其实承载着比男性更多或者说绝对不少于男性的压力，也有着更多的恐惧。历次民族冲突中以及西方人义和团运动中有关女性受辱的记载和传言也像达摩克利斯之剑一样悬挂在她们头上。因此，何巴特以一种愉快和欣慰的心情欢迎从美国战舰上飞来的炮弹，因为这样她就可以"干净地死去"：

> 我不在乎炮弹会不会炸到房子。我感到极度的快乐，对什么也不害怕了。一连几个小时了，一直在面对着这种恐怖的不干净的死亡！真想这样死去，干净地走出去，被炮弹炸成碎片。这几个小时之内，我一直确信他们会杀死我们的男人，他们会受尽侮辱摧残而死！哦，不！我不在乎我们自己的炮弹会不会把我们炸成碎片。不！让它们把我们一起在那个房子中炸成碎片吧——我的丈夫和我就会一起干净地死去！哦，上帝啊！炮弹！炮弹！让它们把我们炸得粉碎吧！炮弹！一想到那种干净的死亡，我就感到疯狂的轻松。②

---

① 《妇女、战争与和平》，联合国妇女发展基金会，2009年12月1日（http://www.icc-cpi.int/iccdocs/asp_docs/ASP8/ICC-ASP-8-19-CHN.pdf）。

② Alice Tisdale Hobart, *Within the Walls of Nanking*, London：Butler & Tanner LTD, 1927, p. 220.

从上面这段话我们可以看出维护自身的纯洁性对何巴特具有多么重要的意义。被敌对民族的男性强暴已经是一种奇耻大辱，被她们视为野蛮落后低劣的异教徒中国士兵强暴，更是意味着野蛮对文明的胜利、落后对进步的胜利、黑暗对光明的胜利，对她们来说尤其无法承受。当八国联军镇压义和团运动时，西方主流媒体对八国联军进行了正面的描述和报道，认为这是整个文明世界对野蛮世界的正义的讨伐，全然无视他们对中国的烧杀抢掠。何巴特也认为英美军舰炮轰南京是公义对暴力的制止。她不忍看同胞亲人被折磨，却呼唤美国炮舰对中国城市的轰击，把这种由国家支持的暴力视为正义的、文明化的必要部分。

尽管这些女性非常清醒地意识到即将到来的危险，但是她们无法做任何事情来阻止它——这完全是男人们的责任。伊瓦-戴维斯（Nira Yuval-Davis）把女性看作是用于辨识某一特定种族或民族的能指符号："女性不仅教育而且传递一个种群和族群的文化和思想传统。她们通常会形成自己的真实的象征符号。国家/民族，如同自己身处险境的心爱的女人，或者在战争中失去儿子们的母亲，成为民族解放运动或者其他形式的民族冲突中被频繁提及的特定的民族主义者的话语的一部分。男人们会被号召起来'为了我们的女人和孩子们'或者'为了捍卫他们的荣誉'而战斗。"① 当《南京城内》中小斯宾塞问到这些士兵会不会伤害他们时，他的母亲这样回答："爸爸会保护我们的。"② 然而女性身陷险境时的无力感却令何巴特感到疯狂：

> 我明白我正面对着一场即将到来的社会大变动，一场规模巨大的灾难，我们没有能力避开它，也没有办法和它抗争。有时，当我一个人时，我感到我必须要大叫。要是我能做些什么就好

---

① Floya Anthias and Nira Yuval Davis，"Introduction"，*Woman-Nation-State*，Houndmills：The Macmillan Press LTD，1989，pp. 9 – 10.

② Alice Tisdale Hobart，*Within the Walls of Nanking*，London：Butler & Tanner LTD，1927，p. 214.

了，来反抗那场恐怖的大灾难，我的思想完全深陷其中，我确信一旦时间到了，这场灾难将会毁灭我们所有人。①

何巴特的恐惧、无力感以及她对中国国民革命军的憎恨使她夸大了中国人民的残忍和阴暗面。她完全看不到引起中国民族主义运动的原因和它的实质。只是从中国人的性格里去寻找、解释这一事件发生的原因。从她对西方水手对中国人的咒骂的认同和赞美声中，我们可以清楚地看出她的这种片面的观点："我从未听到过这种诅咒，但是这是一种美好的诅咒。我敢在上帝面前起誓这是美好的诅咒。'你们这些可恨的该死的混蛋。你们这些黄种狗——杀害女人和孩子们。诅咒你们。'"② 何巴特只看到了中国人民对那些"友好的"西方人的恶劣待遇，却没有看到那些傲慢无礼的西方人是如何冷酷、残忍、无情、不人道地对待中国人的。她把中国和西方国家之间的所有的冲突都归罪于中国人民，认为都是在中西贸易之初，中国人的背信弃义所导致的。南京事件，在她看来，是中国政府策划的，应该让中国人赔偿西方人的损失和受到的伤害。③ 然而，就中国人所受到的残忍的待遇，以及南京事件中，中国人所遭受到的生命和财产的损失她却不愿意浪费一滴笔墨。甚至连鸦片贸易也被她看作是中国人所受到的诅咒，西方人在这一贸易中唯一的过错就是从中获利。受诅咒者一般都是因为本身的缺陷或者罪恶才会受到诅咒，因此，这里何巴特也暗示了中国人本质上就存在问题和罪恶。

另外一些经历过这一事件的西方人也给出了自己的版本。南京事件发生时，詹姆斯·汤姆逊（James Thomson）正居住在金陵大学的校园里，当时还是个孩子，他的父亲当时是金陵大学的教授。他认为南

---

① Alice Tisdale Hobart, *Within the Walls of Nanking*, London：Butler & Tanner LTD，1927，p. 113.

② Ibid., p. 221.

③ 蒋介石领导的国民政府的确因为约翰·威廉姆斯博士的不幸遇难付出了赔偿。美国教会大学用这笔赔偿金建立了一个图书馆，这座建筑现在被用为南京大学的历史博物馆。

京事件是一次"集体性创伤"（trauma）："生命难保，财产遭劫，财物被毁坏，大批人群逃往外地。"①

凯·埃里克森（Kai Erikson）认为："集体创伤是指对社会生活的基础肌理的一次打击。它损坏了人们的纽带，损伤了之前人们的集体感。集体创伤缓慢地作用，甚至是不知不觉地嵌入那些遭受它的人们的意识中。所以它没有通常个人创伤感受的那种突然性，但仍然属于震惊的一种形式。人们慢慢意识到集体不再作为一个有效的支持来源而存在，而与之相连的自我的重要的一部分已经消失了……'我'继续存在，虽然受到损伤，或许永远改变了；'你'仍然存在，或许遥远并很难联系；但'我们'不再作为一个组织躯干上相连的组件或联系的细胞那样存在。"② 这种创伤经历引起了何巴特极大的恐惧和极度的失落，给她先前的经验造成了严重的破坏，大大改变了这次事件之前她对自我的认识以及衡量社会的标准。何巴特等人的描述无疑和那些未曾遭遇过这些的美国人所描述的这个时期的中国有所不同。正是由于这次创伤经历，才使得她如此恐惧中国，如此痛恨中国人的"忘恩负义"，如此质疑西方人，尤其是西方女性在中国的作用和意义。

然而，中国报纸上关于这次事件的评论和报道却完全是另外一个样子。按照当时最为流行的报纸——《大公报》《晨报》《申报》和《民国日报》的说法，西方人并非那么无辜，实际上，是他们的行为激怒了中国人，是他们在中国的横行霸道和对中国人民的压迫导致了中国人民悲惨的生活。而且，南京事件中，来自美国军舰的轰炸也夺取了许多无辜中国百姓的生命，毁坏了他们的财产。在治外法权的保护下，有些西方人在中国滥用权势、耀武扬威，对中国人民犯下了一些不可饶恕的罪行。西方船只在河面上横冲直撞，撞沉中国船只的案件时有发生。1926年12月26日，英国亚细亚洋行铁轮"福光"号

① ［美］彼得·康：《赛珍珠传》，刘海平等译，漓江出版社1998年版，第102页。
② Cathy Caruth, *Unclaimed Experience：Trauma，Narrative，and History*，Baltimore and London：The Johns Hopkins University Press，1996，p. 127.

在"黄冈县属马驿附近故意撞沉行驶汉黄小火轮'神电'号，致淹死四百余人，遇救者仅二十余人"，据中华海员工业联合会汉口分会调查，报告当时实况，"判定'福光'撞沉'神电'系英人故意所为"。① 不到一个月的时间，即1927年1月20日，国闻社报道：两艘英军军舰"开足马力，并驾上驶……过武穴、浪高丈余，撞沉货船数百艘。淹死人命无算云云，确情续报。"1927年3月8日，《大公报》的另一篇文章"扬子江面又一惨剧"又报道了西方船只再一次故意撞沉中国船只，超过八十名中国人丧生。"年来长江航线，外轮撞沉华船，淹死多数人命之重案，时有所闻，虽情节各有不同，而我国受不平等条约束缚，外人轮船，横行内河，追源溯始，此实属日前皖境黄石矶附近，又发生怡和公司大轮'吉和'撞沉小轮'逍遥津'，淹死男妇至八十余名之多一案，情形惨极……"西方士兵开枪打死打伤中国人的报道也常见诸报端。1927年3月16日，《大公报》的一篇社评"新加坡华侨之流血"报道在3月12日，"新加坡华侨开孙中山纪念会，英国警吏阻其游行，开枪击死中国夜校学生六人，受伤者十一人……"《晨报》1927年6月10日第5版以"五卅纪念日，沪美水兵强奸行凶案，且看美领事如何审判"为题报道了美国水兵在上海的恶行。文章先报道了英兵黑勃脱劳持械强奸佣妇李孙氏，英按察使故意袒护，判其无罪。接着写道："一案未毕，一波又起，英兵强奸之事刚过，而美兵调戏妇女，持刀行凶之案又接踵而生。不意自号文明国之兵士，均做兽行之事也"。三名美国水兵使用野蛮手段，意欲强奸朱姓母女三人。母女狂呼救命，左右邻居闻声赶来援救，三名美国水兵恼羞成怒，拿出刺刀，对群众乱戳。保卫团团员蔡根涛，上前阻拦，被美兵连戳两刀，均中腹腰之部，受伤极重，昏倒在地。

关于西方武装力量到达中国的报道在20世纪20年代后期的中国报纸上也屡见不鲜。西方列强无视中国的主权和中国人民的强烈抗议，不断向中国出兵。他们甚至试图阻止北伐军的进程。仅1927年1

---

① 《反英声中之汉口两工潮》，《大公报》1927年1月9日第6版。

月11日到15日，西方从上海驶往汉口和九江的舰队数量就达到了14只。《大公报》1927年1月到4月，关于西方军队到达中国的报道几乎每天都有。《民国日报》和《晨报》也经常报道关于西方国家派兵到中国来的消息，谴责西方列强压迫的社论也时常见诸报端。

中国和西方就"南京事件"的报道也大相径庭。《晨报》在1927年3月26日第2版报道了南京事件。标题为"英美舰开炮轰击：大掠夺！大火灾！！市民死伤无数惨不忍观，外侨亦传有受伤者"。3月27日第2版，《晨报》又以"英美两国军舰一小时大炮四十发，又兼机关枪扫射，市民外侨皆因此而死"为题报道了此事。据《大公报》3月26号报道，"英美舰曾猛烈炮击……华人生命牺牲极大：华人死伤愈千"。3月28日第2版报道被英美军舰炮击死伤之中国人确数无人知晓，但"较外人所受损失，比较所差，不啻百倍矣"。3月31日报道了蒋介石对英美军舰炮轰南京城的抗议，标题为"对外舰开炮将抗议"："蒋介石对宁案声明，谓已拟定办法，将组织委员会公开调查，如扰事者确为党军，或与有关者，当然愿负全责解决，依法究办，但纵有之，亦为不肖兵士之劫掠骚扰行为，而非宣战，故不向中国通知而遽发炮二百余响，自系另一事，应由英国负责，不日当另提抗议……蒋介石对大陆报记者，谓美舰开炮，似与英国有共同压迫中国嫌疑，殊觉抱憾，幸以正论转告美人士。"

《民国日报》1927年3月28日第3版"言论"同样谴责了英美对中国的炮击，同时强调了美国教授和英国领事的死亡并不是由于政府或者盛行的仇外心理造成的。

　　南京之事，其详细情形若何，尚未明晰，总之英美兵舰开炮，轰击群众，则已成为事实，当革命之时，紊乱情形，所不能免，英领受伤，无论出于何方，必非由于排外之思想，演此不幸之事，而英美兵舰，遽而开炮轰击，此种强压之手段，应为民众所不能忍受者也。

　　国民政府早已一再表明态度，反对帝国主义，绝无仇视外人之心。此种表白，应得外人之谅解，而南京之事，竟演成绝大之不幸，吾人不能不遗恨帝国主义之炮舰政策，犹未觉悟，蒋总司令亲自来沪，对于外交事件，必能为外人声明财产之保障，惟此种帝国主义之炮舰政策，当极力抗议，必使其抛弃而后已，此国民政府之责任，而亦群众之责任也。

1927 年 4 月 2 日，作者慎予在《民国日报》第 2 版"言论""取缔外人在华的反宣传机关"中也批评了西方宣传误导民众，谴责了西方记者夸大中国的实际情况，不加调查就传播虚假新闻，尤其是在南京事件期间。文章还指出，西方记者的行为对中国和其他国家的关系已经造成了巨大的伤害：

> 这几天上海的恐怖状态，为自来所无。社会上大家都知道租界装铁丝网掘壕沟是造成恐怖的原因，却没有注意到还有比铁丝网掘壕沟更厉害的。差不多可以说是制造恐怖空气的总机关，便是外人在华所办的新闻机关的反宣传，原来帝国主义者的对华，没有善意，炮舰政策，本是威吓的意味居多。可是，也不免有几分恐惧的心理包含在内，因为他们在伦敦巴黎各地所得到的消息，却正和事实相反，或者比事实加重了几十倍或几百倍，这是中的反宣传的毒。
>
> 外人在华新闻机关的捣鬼，国民党同志所吃的亏在过去已经很多，迭次内战中的祖助吴张，作许多不利国民党的宣传……过去的上海五卅案汉口惨案，和最近南京事件，他们接连拿暴徒和中国民众连作一个名词，介绍到各国人士的面前，远隔重洋的各国人士，受了这种宣传的蛊惑，又没有别种消息可以佐证，如何不被其蒙蔽。他们因为觉得这种方法是有效，于是变本加厉，在革命军未到上海以前的过分宣传，已招致了不少黑面孔白面孔的洋兵，革命军到了上海之后，凭空添了不少的铁丝网；现在却对南京事件公然不加调查的把肇事的责任加诸革命军之身。
>
> ……

外国人在中国办的报纸，他们是一样没有善意，但是看到这种报纸的，究竟是极少数的外侨；最可痛恨的是那外国人办理的通信社，他们凭着完密普遍的组织，同时又没有别家能够有和他一样完密普遍的组织，因此他们便成了造谣中伤的利器，一个反宣传，几乎哄动了全世界，这是中国革命前途的一个很大障碍。

"言论自由"固然是中外新闻界一致主张的，但是像这种外国人办的通信社在华的造谣和挑拨，决不是独立国家所容许，也是各国所无，政府倘能加以正当的取缔，决算不得摧残。

1927年4月3日《民国日报》上登载了外交部部长陈友仁的抗议——"陈友仁对宁案提出抗议"。副标题："外交部长陈友仁对宁案发表宣言，谓袭击外人者非革命军，外人在中国区域内，任意施以炮击，致中国受重大损害，不得不提严重抗议。"内容如下：

> 电通社一日汉口电，陈友仁在汉口关于南京事件发表声明书，其内容大致如下，据南京事件调查委员之第一次报告，暴徒系反革命派乘北军败退混乱之际，与有组织之不良分子，取军服着之，袭击外人，并抢劫英美领事馆，以致有数人死亡或负伤，惟袭击此等外人之暴徒，程潜军队于24日午后五时入城时，即加以枪决，外人死者四人乃至六人，负伤者约六人，惟中国方面因英美军舰之炮击，所受之损害及死伤者，与外人比较约一与百之比列，国民政府对南京英国其他领事馆被袭以及英国领事负伤，非常引为遗憾，同时英美军舰于人口稠密之南京市外施行炮击，不得不严重抗议。

1927年4月4日《民国日报》第二张第1版又报道了各地民众群情激昂，"反对英美在宁开炮"。

中国人和美国人都从自己的角度来看待这些事情，认为自己才是无辜的受害者，而把过错归咎于对方，何巴特也不例外。赛珍珠则把自己定位为代人受过者，是在代那些"侵略者、帝国主义者，那些欧洲的、英国的白人"受过，代那些"她们从来都不认识的这些帝国的缔造者"受过。是他们发动了战争，抢夺战利品，索取领土，与中国签订不平等条约，要求治外法权。是他们使得她们这些'无辜的'西方人在亚洲遭到仇视，然而历史的报应却落到了她们的身上"。① 苦果之种虽然并非她们种下，但是命运让她们出生在了这个收获苦果的年代。也是命运让她们生为白人，"因为我的肤色是改变不了的……过去的历史在我们这些人出生之前就已经写下了，我们跟她毫无关系，但我们却无法逃避这历史"②。

　　赛珍珠毕竟从小就生长在中国，她对南京事件的描述也出现在她1954年出版的《我的几个世界》中，因为经过这么长时间的沉淀和反思，她对这一问题的认识和了解也更为深入。比如，她指出西方人并没有为中国人做任何事情，中国人没有请求他们派传教士来，也没有寻求和他们进行贸易。她认为双方都有善良的人。那些有着无私奉献精神和与人为善的态度的美国传教士都是自愿来中国的，而不是被请来的，他们在中国也都受到了尊重。在中国发生战乱和饥荒时，美国人曾给予帮助，她相信如果双方的位置倒过来，中国人肯定也会给美国提供帮助。在革命和战争期间，许多中国人为了帮助传教士也曾甘冒风险，甚至失去了生命。她也看到了美国人在中国的特权，看到了门户开放政策带给美国人的利益。此外美国也参与了镇压义和团运动，并把军舰开进了中国内河："我一生中总是在长江里看到这些炮舰，而我一直是真心希望它们不在那儿，我总觉得那些外国炮舰不应该在中国内河出现，而现在，正是这样一艘军舰营救了我，营救了我们全家，要送我们去避难。没有死掉，我们当然十分高兴，但我还是希望无须去违心地证明我知道错的东西是正确的。"③ 她意识到美国人根本无法撇清自己："如果我们声称自己毫无自私自利之心，那纯属虚伪，尽管美国的政策可以说是开

① ［美］赛珍珠：《我的中国世界》，尚营林译，湖南文艺出版社1991年版，第227页。
② 同上书，第229—230页。
③ 同上书，第239页。

明的。中国人对各种各样的自私自利、虚伪见得多了，即使你手段再巧再高，任何人，包括美国人，也很难或者说也从未能蒙骗住中国人。所以，我们根本无权要求中国人感激我们。"① 这一点和蒋介石在 1926 年谈论中国的非基督教运动的背景时的表述非常相似："你们的传教士们把'博爱'写在自己的门上，同时我不否认他们中许多人是做好事的好人。但最终他们使美国人的政策很轻易地追随其他帝国主义列强。因为我们被你们同情的话语所欺骗，所以我们最终最恨你们。为什么美国不独立行动呢？为什么她进行美妙的布道，但最终紧随其他人之后呢？"② 然而，尽管如此，就个人而言，赛珍珠还是认为自己和"周围那些善良的人们"绝对是清白无辜的。她一再强调自己对中国的热爱。她把中国称为她的"第二个祖国"，认为自己对这个祖国的人民有着深深的同情。③ 她认为自己和身边很多人一生中一直对中国人非常友好，她的老父亲那么善良，"他对自己遇见的每一个中国人都那样友善"。④ 她的孩子们多么无辜，她们如此幼小，在这个世界上"只知道这个国家"。⑤ 她相信她们是中国人的朋友，甚至有恩于中国人，最起码有恩于一部分中国人："我觉得我们从未做过任何对不起中国人的事，我们曾为他们抱不平，一次次为了他们的缘故而站到了我们民族的对立面，对于别人对中国人犯下的罪行以及正在犯的罪行我们总是很敏感，但是今天，残酷也罢，善良也罢，一切都是无所谓了，我们在为了性命而四处躲避，只因为我们是白人。"⑥ 她认为战争时期，她总是极力保护她的中国朋友们：

① 转引自［美］彼得·康《赛珍珠传》，刘海平等译，漓江出版社 1998 年版，第218—219 页。

② 转引自［美］哈罗德·伊萨克斯《美国的中国形象》，于殿利、陆日宇译，时事出版社 1999 年版，第 281 页。

③ ［美］赛珍珠：《我的中国世界》，尚营林译，湖南文艺出版社 1991 年版，第 235 页。

④ 同上书，第 227 页。

⑤ 同上。

⑥ 同上书，第 229 页。

　　和以前一样，每逢战时，我家里总聚满了城里的中国人，我不知道别的外国人家是否也是如此，反正我们家每个房间里都挤满了中国人。和我们在一起的是我们的中国朋友，他们的家人，还有他们的朋友。在这时刻，我们总是热情地欢迎他们，他们自己也带着食物，那三天里我们有饭同吃。我们楼下有几个地下室，那是建筑物都有的，那里也挤满了我们所不认识的自大街上涌来的人，我们没有把他们拒之门外，如果他们和我们在一起能有安全的话，那我们太高兴了。直到那时，和外国人在一起还总是安全的，因为那些不平等条约也保护白人的中国朋友。①

　　赛珍珠用了17页来回忆这一事件，其中却数次提到了中国人请求她的原谅，试图通过中国人的语言和行为证实她们的善良和无辜。比如，家里的佣人鲁妈说道："在我无家可归时，是你帮了我，你还两次救了我儿子的命。"② 而当她写到自己为鲁妈考虑，不知道鲁妈是否意识到自己所面临的危险，问她："你知道吗？如果我们被发现了，你也要被杀的？"鲁妈回答："让他们来试试，"她压着声音愤怒地说，"看他们敢碰我一指头，这群野兽！不分好歹的东西！"③ "日暮时分，门再次开了，又是那个早上来过的年轻人，我朋友的丈夫，他过来便跪在我们面前，行古代的磕头礼。'没有一点办法了，'他这样说着，已是泪流满面了。我们太无能了。他们说天黑之前要将白人统统枪毙，原谅我们！原谅我们吧！我们害了你们，我们有罪啊！'"④ 赛珍珠一方面试图通过中国人的行为来证实自己的无辜，另一方面也隐晦地表达了对中国人的不满和怨愤，抱怨他们"只知道白人的罪行，对他们的善行却不知晓"。⑤ "如果我是个年轻的中国人，如果我

_____

　　① ［美］赛珍珠：《我的中国世界》，尚营林译，湖南文艺出版社1991年版，第231—232页。
　　② 同上书，第233页。
　　③ 同上书，第234页。
　　④ 同上书，第235页。
　　⑤ 同上书，第232页。

所听到的尽是白人对我的国家所犯下的罪行，我也会想要永远摆脱外国人，所以我不能责备他们。"① 这里赛珍珠更是用自己对中国人的宽宏大量彰显出自己的善良和对中国人的友好。但是"不能"这个词很值得推敲：不是不想、不愿、不会而是不能。不能意味着感情和理智的交锋，有不得不的意味。也就是说赛珍珠感情上可能会责备他们，但理智告诉她，她不能。虽然她强调说她不恨那些革命军，但是从对他们外貌的刻画中我们看出，至少她对他们有多么厌恶："他们都很年轻，每张面孔都很年轻，但没有一张是我熟悉的。那是一张张无知的脸、醉鬼的脸，赤红赤红的，目光凶狠，也许他们喝醉了酒，也许那只是仇恨，是由于他们的胜利。我们看着他们的时候，他们也盯着我们看，咧着嘴发出一阵阵令人心悸的笑，因为他们看到的是那些长期以来压迫他们的白人的落魄与羞辱。我知道，我知道他们的感受，但我不恨他们。"② 这些描述和西方刻板的中国人黄祸形象何其相似！这段描述与其说赛珍珠表达了自己对中国人的理解，不如说她在表达自己立场的正确，彰显她的善良和无辜，隐晦地批评中国人。

和何巴特相比，赛珍珠无疑是进步的。成年之后，"屈尊俯就"来到中国，一直把中国人当作等待救赎的野蛮民族的何巴特，在刚刚亲身经历过中国的民族主义运动，惊魂未定，几乎一切还都历历在目的情况下完成了这两部著作，记录的更多的是她当时的心情，没有经过更多的沉淀，更显示出她那个时期的局限性：只是看到了西方人带给中国的好的一面，却没有意识到他们所犯的过错和罪行。她被中国的民族主义吓住了，把所有的一切都归罪于中国人"危险的本性"，认为自己只是受害者。然而，无论是受害者还是代人受过者，何巴特和赛珍珠两个人都认为作为个体的自己是无辜的。这两种态度也基本上代表了西方人当时对南京事件的两种普遍态度。的确，正是西方列强的暴行和对中国的巧取豪夺，以及不公正待遇，引起了像何巴特和

① ［美］赛珍珠：《我的中国世界》，尚营林译，湖南文艺出版社1991年版，第230页。

② 同上书，第237页。

赛珍珠一样的人被中国人所仇视。那么，她们真的如此无辜吗？

毫无疑问，的确有一些没有带任何恶意的西方人到中国来帮助中国人，在民族主义运动所引起的混乱中，受到了伤害甚至被夺去了生命。然而，西方帝国主义的压迫，条约体系和白人居住地的存在，甚至是"无辜的"西方人在中国的出现，对中国人民来说都是种族压迫的结果和无法忍受的耻辱。从某种意义上说，并不存在"无辜"的西方人。即便是他们刚出生的孩子，即便是那些把自己的一生都奉献给了"中国"的西方人，即便是那些如同赛珍珠的父亲一样对每个中国人都非常善良，为了中国有时甚至不惜和本民族对立的西方人，他们都没有那么无辜和清白。甚至他们对中国也没有他们自己想象的那么友好。首先从来华动机上看，他们到中国来的目的，就不是为了中国，更不是为了来给中国输送光明的。19世纪末20世纪初，如此多的西方人来到中国，有其国家大背景：天定命运说、寻求海外市场和推行基督文明。他们的选择在某种程度上说是响应国家扩张的号召：领土扩张、经济扩张和宗教扩张。孔华润曾经指出："他们并不爱中国，而是珍惜中国给他们提供的机会——改造这个'愚昧的'国家，完成基督教使命，或赚钱的机会。"[1] 史景迁在《改变中国》一书中也指出："这些活动背后的内在动机隐曲复杂，他们的真实欲望不是帮助中国，而是帮助他们自己。"[2] 本节开头也提到了那些和赛珍珠的父母一样放弃舒适的美国故乡来华传教士们，以及赛珍珠对他们的分析。她认为他们到中国来的主要原因，并不是由于他们爱这里的人，而是为了满足他们自己精神上的需求。而何巴特则是受到西部和上帝的召唤，来找寻自己生命的价值和意义。

其次，他们出现在中国并且在中国享有这么多的特权和这么高的待遇，本身就和美国的帝国扩张密不可分，也是一系列美国针对中国

---

[1] [美]孔华润：《美国对中国的反应——中美关系的历史剖析》，张静尔译，复旦大学出版社1989年版，第49页。

[2] 转引自周宁《隐藏了欲望与恐怖的梦乡：二十世纪西方的中国形象》，《华文文学》2008年第3期。

的暴力的结果。他们之所以可以居住在中国内地是建立在武力侵略的基础上的，是仰仗着不平等的条约体系。因此，他们享受着暴力所带来的收益。如同前文提到的，清朝初期，清政府禁止西方男性携带女眷到中国居住。仅有极个别的西方女性旅游者会女扮男装"偷偷地溜进广东城外的外国人居住地"。为了防范海盗和反清复明的力量，维护清朝的统治，清朝皇帝曾多次实行海禁。为了应对外国资本主义的冲击，1757 年，乾隆下旨只许广州一地对外通商，并设立广州十三行，所有对外贸易只有通过十三行进行。乾隆二十四年，两广总督李侍尧奏请制定《防范夷商规条》，规定"防夷五事"。即：永行禁止外国商人在广州过冬，必须冬住者只准在澳门居住；外商到粤，宜令寓居行商管束稽查；禁止中国商人借领外商资本及外商雇请汉人役使；严禁外商雇人传递消息；于外国商船停泊处拨营员弹压稽查。①乾隆四十一年（1776），广东巡抚兼海关监督李质颖制定了《防夷四查》，嘉庆十四年（1809），清政府又颁布《民夷交易章程》；嘉庆十九年（1814），两广总督蒋攸钴制定了《整饬夷商贸易九事》。道光十一年（1831），先后制定了《防范夷人章程》和《八条章程》。这些章程，除重申"防夷五事"的规定外，又规定外国兵船只许外洋停泊，禁外国商人携带妇人以及在省城乘坐肩舆，等等。亨特在《旧中国杂记》中记述道："从此，我们这些可怜的广州外国人，都成了身不由己的修道士，就连女人的声音都是一种奢侈品，广州的官员是不允许他们的外国同性们享有的。"② 连年的对华贸易逆差使得英国商人开始用卑劣的手段向中国走私鸦片，清朝轰轰烈烈的禁烟运动最终直接引发了英国武力侵华的开始。鸦片战争之后，西方国家迫使清政府签订了一系列不平等条约，开放了多处通商口岸，允许西方人，包括男性和女性在划定的开放口岸居住和贸易。中英《南京条约》第二条规定："自今以后，（中国）大皇帝恩准大英国人民带同所属家眷，寄居大清

① 张研：《清代经济简史》，云龙出版社 2002 年版，第 435 页。
② ［美］亨特：《旧中国杂记》，沈正邦译，广东人民出版社 2000 年版，第 25 页。

沿海之广州、福州、厦门、宁波、上海等五处港口，贸易通商无碍。"
1844 年，中美《望厦条约》签订，西方的女传教士和修女们也可以来
中国了。她们在国内或许是医生、博士，也或许是女佣、赌徒等一文不
名的人，到达中国之后，都成了中国的上层人，过着远优于中国普通人
的生活。如同强盗一样打开了中国的大门得以进入这个国家，又在中国
驻扎军队以震慑着这个国家的民众，一旦有人反抗，立即被镇压处死。
何巴特、赛珍珠以及她们的前辈们正是在这种历史背景下来到了中国，
并且在中国享受着上层社会的待遇。她们有温暖的家，有佣人可以使
唤，甚至犯了罪可以免除中国法律的惩罚，在中国的土地上把自己视为
中国人的施恩者和保护者。有着这种背景和身份的他们，即使是出生在
中国大地上的西方婴儿，又怎么能说自己有多无辜呢？她们的来到在中
国人眼中就已经背负了原罪的烙印。

　　第三，某种程度上说她们自己就是美国针对中国的暴力的支持
者、共谋者和执行者。齐泽克在《暴力：六个侧面的反思》一书中把
暴力分为主观暴力和客观暴力两种。他认为主观暴力是可见的暴力，
是对事物"正常"和平状态的扰乱。美国军舰炮轰南京城正是这种可
见的血淋淋的主观暴力。何巴特对这一暴力的支持显而易见，她在美
孚山上的家成为美国舰队的前哨，水手们爬上房顶监视着周围中国人
的变化，给军舰发送信号。当她们被围困在家中时，何巴特对炮舰发
出呼唤，对水手们真心赞美，认为美国军舰炮轰南京城是勇敢的、光
荣的、正义的，是对她们这些受害者的解救。客观暴力则被认为是内
在于事物的"正常"状态里的暴力，是一种看不见的暗物质，是所有
突出可见的主观暴力的对立物。① 齐泽克又把客观暴力分为系统暴力
和符号暴力，他认为系统暴力是某种为了经济及政治体系顺畅运作而
通常会导致灾难性后果的东西。赛珍珠和何巴特到中国来最重要的一
个身份就是传教士。赛珍珠在早期的传教生涯中，曾经负责一个有着

---

　　① ［斯洛文尼亚］齐泽克：《暴力的六个侧面》，唐健、张嘉荣译，中国法制出版社
2012 年版，第 1—2 页。

两百万人口的地区所有女性的传教工作。每天下午，都会跟一名中国同事一起到村子里巡访一圈，告诫当地的妇人们她们"拜错了神"："我尽量用浅显的语言告诉她们，耶稣基督，才是那个替她们承受苦难的救世主。并试图灌输给这些新教友这样一种观念，即她们必须劝更多的人皈依基督。"① 身兼公司职员之妻职责的何巴特在早期作品中则大力推崇螺丝钉精神，认为公司职员和他们的妻子都应该把自己当作美国大公司这个机器上的螺丝钉，以帮助这个大机器运行，女性在美国的海外贸易和扩张中起到了特殊的重要作用，她们的介入与共和国的发展息息相关。她们的传教活动、她们对家的布置、对丈夫的支持，甚至她们在中国的出现都是对美国经济及政治体系运作的促进。因此，虽然她们可以说是被体制和美国的扩张制度绑架的人，她们也以实际行动支持和推进了美国的扩张进程，而美国的扩张制度引发了一系列中美冲突，导致了灾难性后果。何巴特和赛珍珠同时也参与了针对中国的符号暴力。齐泽克指出符号暴力存在于语言和语言形式之中："语言简化了被指定的事物，把它化约为一个单一的特征。它肢解事物，摧毁了事物的有机的统一，把事物的部分和属性当成是自主的。它将事物嵌入一个意义的领域，而意义最终是外在于事物的。"② 早期野蛮残忍的中国异教徒形象再加上27年前的义和团运动中塑造出来的中国形象激发了何巴特和赛珍珠对南京事件中暴力的想象，并影响了她们对中国形象的描述。她们接受了有关义和团运动的文字描述和图片等信息。暴力出现时，她们提取出这些信息，认为民族冲突一起，中国人将会折磨她们，摧毁她们的尊严。作为这一事件的亲历者，暴力结束后，她们又通过写作直接参与到了中国形象的制作，用自己的笔，把这些信息继续流传扩散出去，重申并强化这一想象从而加速了对这一想象的流传。而语言攻击诋毁的后果就是对中国人和中

---

① 赛珍珠致埃玛·埃德蒙兹·怀特的信，据怀特女士记载是1918年12月12日，现藏于伦道夫—梅肯女子学院档案馆。

② ［斯洛文尼亚］齐泽克：《暴力的六个侧面》，唐健、张嘉荣译，中国法制出版社2012年版，第55页。

华文明的蔑视和不尊重，对其价值的否定，继而引发奴役、摧毁、取而代之。不仅南京事件，赛珍珠和何巴特对中国和中国人的其他描述中也延续了之前西方作家在中国形象塑造中的一些套话，不乏刻板化、简单化，甚至污名化的认识。中国的现实是复杂的、多样化的，何巴特和赛珍珠等人却只攫取了自己需要的部分，在某种意义上说，她们所描述的永远不是真实的中国。对何巴特的描述在第一章和本章中已经进行了详细的分析。赛珍珠在给亲戚朋友的书信中也屡次提到了中国人的堕落和邪恶，尤其是传教早期，她和其他很多西方人一样把中国人称为异教徒，描述了中国发生的种种"耸人听闻的恶行"："就凭我对这些人的了解，即使把中国称为半文明化的国家都让人觉得气愤……她是个属于魔鬼的国度。"① 巴柔指出套话是被简化为单一信息的文化，是一种"摘要、概述"，是一种"简化了的文化表述"，是"对精神、推理的惊人的省略"，② 同时，"套话以暗含的方式提出了一个恒定的等级制度，一种对世界和对一切文化的真正的两分法"③。因此，套话也是一种语言暴力。何巴特和赛珍珠毫无疑问传承了西方在中国形象塑造中的套话，参与了针对中国的语言暴力。

无可否认，何巴特和赛珍珠是民族冲突的受害者，除了政治因素，作为培育者，她们身上的母性和女性因素也令她们厌恶暴力和战争。关于南京事件的描述，大部分情况下，她们痛斥或者咒骂的不是全体中国人，而是劫掠杀人的士兵。但是她们，尤其是何巴特，反抗针对西方人的暴力，却把西方施加于中国的暴力看作是对中国的解救、对她们这些受害者的解救，没有意识到作为国内政策的响应者，她们自己在某种程度上也可以说是美国针对中国的暴力的共谋者、支持者甚至实施者。

除了战争给她带来的创伤，何巴特对中国和中国人民的看法的变

---

① 转引自［美］葛兰·华克《赛珍珠与美国的海外传教》，郭英剑等译，《江苏大学学报》2007 年第 3 期。

② 孟华主编：《比较文学形象学》，北京大学出版社 2001 年版，第 127 页。

③ 同上书，第 160 页。

化也同她这一时期对西方女性在中国的真实生活的深刻认识有着紧密的关系。

何巴特刚到中国时，她相信通过建立家园，她和其他的西方女性可以参加到美国在中国的国家计划中来。在她早期的作品中，一种强烈的价值感和认同感贯穿始终。在《拓荒于古老的世界》一书中，她把她的丈夫称作是"她拓荒的同伴"，在《长沙城边》中，她认为女性就是灯油，她们的男人就是将要照亮黑暗中国的油灯。没有灯油，油灯也起不到作用。她们，她和公司里其他职员的妻子，正在对贸易的平衡做出真正的贡献："我们难道不是中国贸易事件链条上的最后一环并且在塑造美利坚合众国的进程中发挥了自己的作用吗？"[1] 在《格斯提的孩子》一书中谈及她创作《拓荒于古老的世界》和《长沙城边》两部作品时，何巴特说："我并不是一个完全不感兴趣的旁观者，我们的团结让我感到安全，并且让我觉得我自己完全是一个属于公司的女性。"[2] 然而，她在那一时期反复不停地强调女性的作用，在一定程度上，也反映出她在女性的作用这个问题上的疑虑。虽然这些女性看似从男权社会中的从属者一跃成为中国这块土地上的权力掌控者，但实际上，女性是没有自己的声音的。她们走出了家庭，走出了国门，看似进入了传统上男性占据的社会领域，得到了更多的自由，是前进了一大步。然而，她们走出家庭的权利或者说她们之所以能够走出家庭却是男性所赋予的，是得到男性的许可的，是为男性的计划服务的，因此，这些走出国门的美国女性，在她们走出家庭的那一刹那，已经被打上了从属于男性的烙印。走出家庭之后，男权文化的潜在压迫，也使她们同样面临着丧失主体的危机。何巴特后来承认在她的潜意识中，被涨满了水的大河围绕的这座城市对她来说成了女性命运的象征："我在讲述一位女性的经历，一位女性的情感。无意识地，

① Alice Tisdale Hobart, *By the City of the Long Sand: A Tale of New China*, New York: The Macmillan Company, 1926, p. 16.

② Alice Tisdale Hobart, *Gusty's Child*, New York: Longmans, Green and Co., Inc., 1959, p. 172.

这个被汹涌的大河所包围的孤岛对我来说，成了女性命运的象征——我们的生活被闲暇塞满，在男性活动汇集的河流中显得那么苍白、无力。"① 在她和麦克米兰公司的柯蒂斯·希区柯克就《长沙城边》一书的书名进行讨论时，她也暗示了她有意使用"孤岛"一词来象征女性在社会中的生活。然而，那时，她对于美国最终的胜利充满了信心，她对公司的忠诚也占据了她思想的主要地位。直到她重新开始《至上的河流》的创作的时候，她才真正开始思考西方女性在中国的真实生活情况、重新思考像她一样的女性的作用和命运。几年的公司职员之妻的生活使何巴特意识到，像她一样的女性实际上是被驱逐在中国的现代化的事业之外的。何巴特因此也转变了对自己的看法，她发现女性和男性并不是平等的伙伴关系，女性更不是给照亮中国的油灯提供能量的灯油。男权价值观念仍将女性禁锢在家庭、婚姻、爱情的牢笼里，使之成为男性的附属。正如法国著名存在主义学者西蒙娜·德·波伏娃（Simone de Beauvoir，1908—1986）在其《第二性》一书中所说："习俗加在她身上的束缚固然比以前少了，但隐含的消极自由并未根本改变她的处境：她仍被禁锢在依附的地位上。"② 通过强调女性做出的牺牲，何巴特也批判了白人男性改造中国的梦想，对她上一阶段引以为豪并全力支持的美国海外扩张的国家政策提出了质疑，认为白人的到来就是一个悲剧。随着她对生活在中国的美国女性地位的看法的转变，她眼中的中国形象也发生了转变，成了女性的放逐之地，到处充满了威胁，从她们身边夺走了她们的丈夫、儿子，甚至她们自己的身份认同。

这一时期，何巴特一再强调中国是"男性的国家"，女性被排斥在国际事务之外，过着一种被放逐的、没有自我的、没有价值的生活。生活对这些美国女性来说看起来充满了无价值感和挫败感。她对

---

① Alice Tisdale Hobart, *Gusty's Child*, New York: Longmans, Green and Co., Inc., 1959, p. 170.

② ［法］西蒙娜·德·波伏娃：《第二性》，陶铁柱译，中国书籍出版社 1998 年版，第 771 页。

自己，以及像自己一样的女性的边缘化身份有了更清醒的认识。远离她们自己的国家、被中国人所包围着，她们根本无法阻止中国的影响渗透到她们的美国人居住区。她们所创造出来的防御性的氛围根本就是虚假、无用的。被排除在中国人的心灵之外，同时也被排除在她们自己国家的人民的心灵之外，各种疏离都造成了她们的被边缘化，她们无法完成为那些被比作"照亮中国之灯"的男性们提供"灯油"的任务。

在《白人女性的另一种负担》一书中，斯里兰卡后殖民女性主义批评家库玛瑞·贾亚沃德娜（Kumari Jayawardena）指出，殖民地的女性生活在"一种双重的束缚下——作为女性被隔绝于家中，同时作为外国人被殖民地的人民所疏远。"① 事实上，她们是生活在三重的束缚下，还有一种束缚库玛瑞没有指出来，那就是，西方女性也被她们所来自的国家的人民认为是海外的"旅居者"。

这些旅居中国的美国女性在精神上和肉体上都被美国和中国所疏离，这引起了她们深深的孤独感和对失去她们的种族身份的巨大恐惧。在《长沙城边》一书中，何巴特已经表达了她的无根感和错位感："这样做加剧了我的孤独感，我更加觉得自己在两个世界之间摇摆——美国，我出生的国家，但是每四年中我有三年半的时间是和它分离的。中国，我居住的国家，但是在那里，种族上我是永远与它隔绝的。"②

西方人和中国人的隔绝显而易见。自从西方人到达中国以来，他们大多数都是居住在远离中国人的地方。1757 年清廷把海上贸易仅限定在广东一个地区。后来清政府又把西方人限定在北京西南城墙外 27 英亩的被包围起来的土地上。在那里，禁止他们乘坐轿子、学习汉语和进口武器，西方女性则被阻止进入这个国家："外国人不允许买中

① Kumari Jayawardena, *The White Woman's Other Burden: Western Women and South Asia During British Colonial Rule*, New York: Routledge, 1995, p. 4.

② Alice Tisdale Hobart, *By the City of the Long Sand: A Tale of New China*, New York: The Macmillan Company, 1926, p. 12.

国书籍；不能看中国报纸；学者、绅士、官员一律不得拜访他。他只能待在他的仓库或工厂里，由洋行里的商人、买办和厨师看守着。他不许有服侍他的佣人。省内的法令要求他所雇用的厨师、苦力执行刺探他的行动的任务。"①

因此，在19世纪中期以前，因为中国政府的限制和中国的传统，西方人是和中国人隔离开来的。然而，19世纪以后，这种隔离则多数是由西方人所选择的。为了避免被中国文化所"传染"，他们有意使自己和当地居民隔离开来。"他们把住宅建在高大的砖墙之内，也同样将他们开办的学校和诊所与当地人隔开。"② 哈利·弗兰克这样描写了他的几个洋商朋友的孩子："他们已经成年，生在上海，大部分时间长在上海，却从未真正'到过'中国。也就是说，他们从未踏足这座城市的华界，即便后者与外国租界不过一街之隔。……虽然他们已经长大成人，却从未在中国人管辖的中国土地上生活过，哪怕只有一天。……美童公学的学生几乎全都出生在中国，然而该校在列举其办学优势时竟然举出这样一条：绝不教授与中国有关的一切。……学校依旧禁止学生之间在校内使用中文交流。"③

在《至上的河流》中，何巴特通过女主人公玛格丽特的生活揭示了这种隔绝。玛格丽特一辈子都生活在中国。然而，她不会说汉语，不得不通过翻译和中国人交流。从她出生起，她就居住在上海的白人定居区，和当地人没有任何交流。她的母亲非常小心地阻止任何属于中国的东西进入到他们家以维护她的美国人身份。和老伊本结婚之后，玛格丽特尽力做到她母亲所做的一切："非常小心地，她在她的周围建立了她年轻时的那个传统的世界。"④ 直到她死去，她还一直认为中国人属于一个神秘的民族，西方人根本无法进入他

---

① *The Chinese Repository*, Vol. Ⅲ, No. 9, Jan. 1835, p. 423.

② ［美］彼得·康：《赛珍珠传》，刘海平等译，漓江出版社1998年版，第12页。

③ ［美］哈利·弗兰克：《百年前的中国：美国作家笔下的南国纪行》，符金宇译，四川人民出版社2018年版，第5页。

④ Alice Tisdale Hobart, *River Supreme*, New York: The Bobbs-Merrill Company, 1934, p. 171.

们的世界。

　　许多其他的西方女性也传递了她们的这种和中国人疏远隔离的感觉。伊娃·简·普莱斯（Eva Jane Price）在 1889 年写给美国家里的信中说她们被封闭在一个院子里，四周是十五英尺高的围墙。如果有能力建筑围墙的话，这是每个生活在中国的人所居住的方式："在我们的沿街墙上有一个非常大的外门或者说通道，除非我们进出的时候，这道门通常是关着或者锁着的。……四周全部被高高的城墙所包围，只有一个外门。这样我们就被严实地关了里面。自从我们到这儿以后，我只到大门那边去过三次。"① 接下来，普瑞斯评论说她们都很高兴住在那里，因为对她们的孩子来说非常安静和安全。没有一个中国孩子会和她们的孩子一起玩儿，因为中国孩子都害怕他们。②

　　赛珍珠父母那个"小而干净的长老会式美国白人世界"同样和"不那么整洁却充满欢爱的中国大世界"之间没有什么交流。③ 赛珍珠的母亲凯丽也尽她所能在这片异国的土地上再造出美国的氛围来。"不管住在中国的哪个城市，杭州、镇江或南京，凯丽总要建个花园，外面用围墙将它与周围的中国街道隔开……辛辛苦苦地布置家具，粉刷墙壁，在中国的荒原中营造出美国据点。"④ 赛珍珠也谈到一些传教士，尽管有着拯救异教徒的热诚，却经常远离中国人独自居住。在提到布道站真正的生活经历时她说："在那里，一小群白人男女挤在一个与世隔绝的院子里，周围是成千上万漠不关心或毫不掩饰其怀疑的中国人，疏远的感觉逐日而来。"⑤

　　著名翻译家、剧作家姚莘农，即姚克，1936 年在《中国评论》（China Critic）上发表了一篇关于赛珍珠的文章《异邦客：一

　　① Eva Jane Price, "An American Missionary Family During the Boxer Rebellion", *China Journal* 1889 – 1900, ed. Robert H. Flesing New York, 1989, p. 14.

　　② Eva Jane Price, *Compound Walls: Eva Jane Price's Letters from a Chinese Mission*, 1890 – 1900, http://findarticles.com/p/articles/mi_ qa3687/is_ 199601/ai_ n8741309.

　　③ ［美］赛珍珠：《我的中国世界》，尚营林译，湖南文艺出版社 1991 年版，第 10 页。

　　④ ［美］彼得·康：《赛珍珠传》，刘海平等译，漓江出版社 1998 年版，第 24 页。

　　⑤ 同上书，第 13 页。引文根据原书略有改动。

位美国母亲的画像》，非常形象地从一个中国人的角度描述了这种隔离：

> 当我第一次走进一个教会学校时，我对这一事实感到极为困惑：美国的牧师和教师们，尽管总是急于拯救我们的灵魂，却无一例外地在私人生活方面很小心地不和我们混合在一起。如果他们只是远离那些感染了疾病的乞丐和穷人，我就不会想这么多了。但是他们也躲开他们那些来自上层的富裕家庭的干净健康的学生（因为在被接受入校之前，所有的学生都得通过由一位传教士医生所做的一次仔细的身体检查）。他们的家矗立在传教士院子里，简朴、孤独、威严，就像古老的北京城里的紫禁城一样，"禁止入内"就像一条不成文的规定悬挂在他们的门上。当他们真的希望我们去拜访他们家时，那就一定没有其他原因，只有当他们给我们一个单独的布道，想要转化我们的时候。
>
> 这种隔离显然是种族歧视的结果。但是，从凯丽的生活中，我还发现了另外一个原因——把她的美国性完整地保护在高墙之中以避免失去自己的民族性。[1]

通过比较美国人和中国人对这一事件的书写，我们可以看出，在这个问题上，中国人和美国人之间也存在着某种程度的误解。美国人远离中国人居住，一方面是担心被中国人所伤害，另一方面是为了避免失去她们的民族身份认同。然而，对中国人来说，这好像更多的是出于西方人的种族歧视。由于这种误解，中美两国人民离彼此越来越远。

尽管她们小心翼翼地尽可能地保护着她们的民族特性，然而这些美国的"女儿们"在她们自己的民族中还是逐渐变成了陌生人。因为

---

[1] Yao Hsian-Nung, "Exile: Portrait of an American Mother", *The China Critic*, 30 April, 1936, p. 114.

她们在中国居住的时间太久了，她们对自己的国家也已经不再熟悉。挪威裔美国小说家罗尔瓦格（Rolvaag）这样解释他们进退两难的困境："我们离开了自己的国家，成了我们自己民族中的陌生人。我们的脉搏不再能够和我们自己的人民的心脏跳出一样的节奏。我们变成了陌生人——我们疏远放弃的那个民族眼中的陌生人，同时也是我们来到其中的那个民族眼中的陌生人……我们放弃的那个民族，我们与其保持距离；我们来到其中的那个民族，我们也远离他们。就这样，我们已经不再是一个大整体的组成部分，我们自己已经成为某种独立的东西，某种割裂开来的、无论和这里还是那里都没有任何必不可少的联系的东西。"①

　　在《异邦客》中，赛珍珠这样描写了她母亲凯丽在美国的无根感：在中国居住了十年之后，当凯丽踏上美国的土地时，她发现"一直以来，她的某些部分都没有在那儿，她最终意识到在她和他们的经历中对于生活的认识有着一个巨大的鸿沟。"② 又一个十年过去了，凯丽再一次回到了美国。这一次，她感到的"不仅是身体上的隔离，也开始了一种精神上的分离，她在某种程度上来说走了出去已无家可归"。③ 她感到了自己对美国有了某种程度上的疏远："这首先使她惊异而困惑。她开始认识到，二十年的背井离乡正缓慢但不可挽回地将她和她原来的家庭以及生养她的土地隔离开来。她去中国后留下的空位已从那时起被别人填上。她感觉不论在美国还是中国她都不再有一个家。"④ 这次回国时，赛珍珠八岁，和她的母亲一样，她意识到自己在美国是一个"异类"，由于她的不同，她已经被永久的打上了一个"外来者"的印记。虽然只有八岁，她已经感觉到"自己被隔绝在孤

①　Theodore Jogenson and Nora O. Solum，*Ole Edvart Rölvaag：A Biography*，New York：Harper & Brothers Publishers，1939，pp. 155 – 156.

②　Pearl Buck，*The Exile：Portrait of an American Mother*，New York：John Day，1936，p. 172.

③　Pearl Buck，*The Exile：Portrait of an American Mother*，New York：John Day，1936，p. 241.

④　［美］彼得·康：《赛珍珠传》，刘海平等译，漓江出版社1998年版，第33页。

立的境地"。①

对何巴特而言，在中国生活了这么长时间，美国女性已经不再是"为照亮中国的油灯提供能量的灯油"，相反，她们成了她们的男人征服中国的狂热野心的牺牲品。她们对安全和归属感的渴望和她们男人的野心是对立的。何巴特深深的丧失身份认同的感觉在《至上的河流》一书中被完全揭示了出来。她对生活在中国的美国女性的态度的转变在她对《至上的河流》中女性角色玛格丽特充满同情的描述中也可见一斑。

玛格丽特与生俱来就是一个美国公民，但是在中国度过了一生，从未踏上过她的祖国。和老伊本结婚之后，她被迫伴随他来到汉口，那时汉口是一个与世隔绝的荒凉的城市。玛格丽特表示抗议时，老伊本的回答说出了大多数生活在中国的美国女性的共同命运："（你的父亲）并没有对你母亲回家回到美国的想法做出让步，也没有对你的这种想法妥协。我猜这是男人的方式。"② 后来，当爱琳——玛格丽特的儿媳，如同玛格丽特和玛格丽特的母亲一样，向她的丈夫恳求能够获得安全的时候，年轻的小伊本，和他的父亲和外祖父一样，坚定地拒绝了她。当玛格丽特未能说服她的丈夫时，她转向了上帝，希望能从那里找到庇护所。然而，在宜昌一个传教士的家里，她发现女性同样也被上帝遗弃了。圣福斯特先生也有他自己的梦想，尽管他的梦想和老伊本的有所不同："当这些人面临着进入地狱的永久惩罚时，你怎么还把时间浪费在把这些汽船推向这条大河上？"当圣福斯特先生谈到中国人堕入地狱的永久惩罚时，玛格丽特注意到他的表情和老伊本谈论他的汽船时一模一样。他们对自己所追求的事业的热诚和他们对妻子的不妥协是一样的。因此，他们的妻子所做出的牺牲也是相同的。这个传教士，在上帝的面前发誓他会热爱并且珍惜他的妻子，却把她带到了一个陌生的土地，居住在一个"方圆几千里之外都没有任

---

① ［美］彼得·康：《赛珍珠传》，刘海平等译，漓江出版社1998年版，第41页。

② Alice Tisdale Hobart, *River Supreme*, New York：The Bobbs-Merrill Company, 1934, p. 28.

何其他白人，只有中国人”的地方。① 这本小说中所描述的大多数西方女性离开她们的祖国来到并居住在中国那偏僻荒凉的内地，并非出自她们自己的意愿，而是被她们的男人迫使着让她们的愿望服从于他们的意志。

　　西方女性居住在异乡，一些是因为传统的约束，一些是因为宗教原因，还有一些是因为对她们丈夫的爱。“那些进入到这个领域时已经结婚的美国教会女性中有百分之十七指出只是因为她们的丈夫她们才来到了中国。”② 阿格尼丝·斯科特（Agnes Scott）和她的丈夫一起在中国居住多年。当她被问到她的丈夫决定到中国去的时候是否听取了她的意见时，她回答说：“哦，是的，但是我认为我的丈夫只是觉得我理所应当陪同他追随他毕生的工作。”丽达·阿什摩尔（Lida Ashmore）是另外一位做出这种牺牲的女性。当阿尔博特·赖恩（Albert Lyon）向她求婚并希望她能和他一起去缅甸做传教士时，她后来写道：“我并不想去。但是我十几岁时所受的教育，那时我还无法去做我想要做的事情，把我带到了这个艰苦的地方。”赖恩没过多久就死去了，她度过了这个艰苦的时期，又一次做出了同样的牺牲，跟随另外一个传教士出发来到了中国。③ 何巴特通过对玛格丽特的描述揭示了这种对丈夫和孩子的爱，使女性做出的牺牲：“如果你无法放弃这条河流，在上海有我父亲留给我的房子。你可以把它卖掉，使用这笔钱。我本来是想留给我们的孩子——我不能看你就这样毁掉。我……我不想看到你被侮辱、被瞧不起。”④ 但是她把钱给老伊本之后，却又感到背叛了自己的儿子：“伊本，我还不如你这样强硬的好。伊本，我的丈夫。你相信这条河流，但是我不相信。我一直都知道它

　　① Alice Tisdale Hobart, *River Supreme*, New York: The Bobbs-Merrill Company, 1934, p. 60.

　　② Jane Hunter, *The Gospel of Gentility: American Women Missionaries in Turn-of-the-Century China*, New Haven: Yale University Press, 1984, p. 44.

　　③ Ibid., pp. 44–45.

　　④ Alice Tisdale Hobart, *River Supreme*, New York: The Bobbs-Merrill Company, 1934, p. 123.

比我们都强大……我背叛了我的孩子，上帝赐予我的孩子——他的恩
惠的象征。我由于这条河流放弃了他。"① 玛格丽特深爱着老伊本，
"这种爱会使她为了他的生命和幸福，毁灭自己"②。对丈夫和儿子的
爱同样使女性失去了自我，成为无奈的追随者和殉葬者。

　　这些生活在异乡的女性和美国的疏离最直接的后果就是失去了保
持和传递他们自己文化的能力，这是女性的传统作用，也是在上一个
时期何巴特所为之感到骄傲的。赛珍珠在《异邦客》里解释说凯丽不
停地担心，"她或许不能让她的孩子们坚守她们自己的国家的生活模
式和思想方式了。尽管她已尽其所能，东方那种一贯慵懒的接受事物
的方式也会潜入她孩子们的心灵，使他们变得衰弱"③。何巴特在
《至上的河流》一书中，也通过玛格丽特的眼睛描述了传教士圣福斯
特家庭"美国性"的丧失。玛格丽特认为，这个传教士家庭已经本土
化了，也已经和白人社会脱节了。这个家庭的妻子、孩子和丈夫都穿
着中国人穿的那种服装。妻子穿着中国人穿的那种棉袄和棉裤，看起
来体态臃肿笨拙，丈夫也穿着中国人常穿的衣服："他那长长的棉袍
一直拖到他的脚后跟，他的头发，按照中国的习俗，前部已经剃光
了，剩下的深褐色头发紧紧地绑在后面，抹了很多油，编成了一个辫
子，黑色的穗子一直垂到他的腰下。"④ 不只是他们的服饰，就连他们
的行为举止和思想方式也都变得和中国人一样了。孩子们只会说汉
语。当他们看到玛格丽特和老伊本时，像中国人一样，他们只是"偷
偷地窥视"。这个妻子也非常害羞和冷漠："好像正站在她面前的玛格
丽特和老伊本，属于另一个她所不知道或者说已经遗忘了的世界。她
和他们讲话也是磕磕绊绊的，好像甚至就连他们使用的语言，尽管是

---

① Alice Tisdale Hobart, *River Supreme*, New York：The Bobbs-Merrill Company, 1934,
p. 124.

② Ibid., p. 75.

③ Pearl S. Buck, *The Exile*, New York：The John Day Company, 1936, p. 184.

④ Alice Tisdale Hobart, *River Supreme*, New York：The Bobbs-Merrill Company, 1934,
p. 61.

她自己的母语，想要说出来也有了困难——语言，同样，也快忘记了。"① 玛格丽特的衣服，在上海是非常时髦的样式，令这位传教士妻子感到吃惊。像中国人一样，她认为露着脖子和胳膊就像喜欢裸露的土耳其女人一样丢人。然而，最终玛格丽特的命运和这位传教士妻子的命运也没有多大的不同。作为一个生活在国外的美国女性，玛格丽特也有意识地肩负起她的祖国要求本国的女性所要完成的责任，那就是，营造出美国的氛围，维持美国的文化。然而，她所知道的美国，主要是她的母亲为她塑造的以及别人告诉她的美国。通过小伊本的来信和他的新娘爱琳的眼睛，何巴特揭示出玛格丽特穷其一生尽力所要坚守和重塑的所有的美国习俗和整个的美国方式是多么的不真实。为了利于小伊本的身份认同，玛格丽特不得不和他分开，把他送回美国接受教育。在读完她儿子的来信之后，她明白了尽管她严格遵循她的父母为她创造的古老的习俗，她已经被美国文化所疏远了。她已经丧失了传递本国文化薪火的能力。年轻的小伊本向他的母亲抱怨，她把他送到美国时把他打扮得像个小女孩儿："你难道不知道美国人不穿那种无领的短外套，也不戴那种硬壳的太阳帽吗？我这样穿戴着，手里拿着毛毛送给我的檀香扇，在波士顿广场散步，男孩子们都嘲笑我，我也不知道为什么。后来我发现我不喜欢学校，也不喜欢以斯帖阿姨家。和美国比起来，我更喜欢中国。请求您给我足够的钱让我回家吧。"②

通过美国女孩爱琳的新奇的目光，何巴特又一次揭示了这些西方人和本国文化的疏离。爱琳非常好奇地想知道为什么这些生活在中国的西方人把自己看得如此重要。她的反应反映出白人男性在中国的事业，这些他们当作自己生活的中心，可以为之牺牲一切，包括他们的妻子和孩子的幸福，甚至他们自己的生命的事业，在他们美国同胞的眼中根本毫无意义。爱琳对这些生活在中国的西方女性的衣着的观点也进一步揭示了她们和美国社会的脱节，让人感到玛格丽特和那个传

① Alice Tisdale Hobart, *River Supreme*, New York: The Bobbs-Merrill Company, 1934, p. 61.

② Ibid., pp. 157 – 158.

教士妻子只不过是五十步笑百步而已："爱琳和她的婆婆一起站在这些女人中间，觉得她们是她所见过的最奇怪的一群人了。健壮的英国女性和苗条的美国人都穿着当地裁缝制作的服装——华丽的当地布料奇怪地缝制在一起，做工也非常粗糙。"① 在中国居住了这么久，这些美国人并不知道在他们的祖国正发生着什么和流行着什么。就像赛珍珠描述她母亲无家可归的感觉时所说的："美国已经发展得超出了她的想象，忘记了她，她走后留下的空位已经被别人填上了。如果一个人想要完全属于一个国家，那么她一定得和她的国家一起成长，在她的国家中成长。"②

孩子远在美国求学，丈夫又不愿让她们插手自己的工作，这些像玛格丽特和凯丽一样的西方女性成了世界上最孤独的人。多年的背井离乡"缓慢但不可挽回地将她们和她们的祖国"分离开来。她们在中国居住的时间越长，她们就离她们的祖国和她们的文化越远。在她们自己的祖国，她们无法找到她们的身份认同，但是在中国人那里，她们同样也无法确认自己的身份认同。因而，她们也根本无法完成她们的传统角色——"文化之火"的守护者。她们真正成了无家可归的人，变成了两种文化边缘的游魂。

更糟糕的是，这些女性由于性别的约束，无法占据生活上的主动权。表面看来，似乎她们已经进入了一个传统上由男性控制的领域，因此，比她们国内的姐妹享有更多的自由。然而，如同前言中所提到的，美国女性最初是以妻子或者单身传教士的身份到中国来转变那些男性传教士无法接触到的中国女性"异教徒"的。她们的男人们期望她们能够扮演一种从属的角色，成为他们的帮手。1888 年，美国浸信会的秘书说："女性在国外教会的工作，一定要让她们清楚地认识到男人在处理上帝的领域内的事务的领导地位。我们不能允许优等性别的大多数选举权或者我们这么多女性帮手的能力和效率，或者甚至有

---

① Alice Tisdale Hobart, *River Supreme*, New York: The Bobbs-Merrill Company, 1934, p. 174.

② Pearl S. Buck, *The Exile*, New York: The John Day Company, 1936, p. 242.

些女性在她们的工作中已经展示出来的一些领导方面和组织方面的特殊才能，来损害男性在传教工作和上帝的教堂中自然的和天定的领导地位。女人的领导者是男人。"①

美国男性传教士把女性排斥出领导圈子之外。那些全身心地投入到转变中国女性的事业中去，并且和男性传教士形成竞争的单身女性传教士被嘲笑为"老处女"或者"老姑娘"。以这种方式，男性传教士把她们模式化为古怪的一群人，主要特征就是缺乏女人的气质，以此来降低她们的社会地位。按照亨特的说法，像"老处女"和"老姑娘"这些词汇已经和"中国佬""黑鬼"一样成为教会剧场里幽默滑稽的描述，她们通常戴着黑色的帽子和手套出场。② 这种被排斥在领导地位之外的处境让许多传教士女性感到自己没有什么价值。

家庭主妇们显然更是被排除在公共领域之外。不仅如此，在家中她们也过着孤独的、无法体现自身价值的生活。为了追逐自己的梦想，她们的丈夫硬拖着她们来到了一个陌生的土地并且迫使她们在那里一住就是数年，甚至她们的余生。一旦来到中国，这些男人们就把他们的大部分时间投入到了外面的工作中，把他们孤独的妻子留在家里，和中国佣人待在一起。回想起那段岁月，一些女性说："丈夫不在家的时候，感到可怕的孤独。"③ 大多数美国男性对他们妻子的需求和感情不那么敏感，甚至可以说无动于衷。他们认为妻子的唯一功能就是料理他们的家庭，养育他们的孩子，满足他们的需要。

在《长沙城边》一书中，何巴特谴责了那些不合作的妻子们："她是不是要拒绝从家务劳作所需要的坚韧的品质中寻找幸福？拒绝尝试着重温她民族的经历，她那些在美洲拓荒的女性祖先的经历，建造这个美国贸易的边疆就像她的祖先们曾经建造中西部和伊利诺伊州的那座城市一样？而她，这位遇到家务劳动的第一个问题就哭泣的年

① Jane Hunter, *The Gospel of Gentility*：*American Women Missionaries in Turn-of-the-Century China*, New Haven：Yale University Press, 1984, p. 14.

② Ibid., p. 52.

③ Jonathan D. Spence, *The Chan's Great Continent*：*China in Western Minds*, New York：W. W. Norton & Company, 1998, p. 119.

轻的新娘正是来自那座城市。金钱和闲暇是否已经软化了美国拓荒女性那坚韧的精神?"① 然而，在《至上的河流》中，她却看到了美国女性所付出的巨大代价，对她们表现出了更多的理解和同情。

通过描写生活在中国的三代美国女性的牺牲以及女性对安全感的追求和男性对冒险的追求之间的矛盾和冲突，何巴特反复强调中国是"一个男人的世界"。当爱琳恳求老伊本不要把小伊本派到河上去时，老伊本让她不要插手男人的事情。在这部小说中，玛格丽特的丈夫老伊本具备了一个西部神话中的英雄所应该拥有的品质，他在中国找到了特纳所描述的那种自由，成为19世纪扩张精神的典型代表：盲目、偏执、勇敢、热情、无所畏惧，对改造中国具有超乎寻常的责任感和使命感。被工业化的信念和征服这条至上的河流的欲望所驱使，他希望效法自己精神上的父亲里特·阿基保尔——美国拓荒精神的典范。老伊本认为通过对这条河流施加影响和改变中国，他可以获得那些拓荒精神。他梦想着有一天在这条河流上只能看到汽船，人类再不会像动物一样蜂拥群聚。② 里特的话语——我们不能任由这些人以他们的方式这样生活下去③——充分揭示了西方社会对中国人生活的干涉。为了实现他的抱负，老伊本把自己完全献给了他的事业，几乎完全忽视了玛格丽特和孩子们的情感需求。任何事情都得为他的事业让步。工作成了他生活的中心："四分之一个世纪期间，老伊本除了河流，几乎没有谈论过其他东西。"④

对何巴特来说，在某种程度上，男性的梦想改变了他们并且使他们非人化。他们完全投入进自己的事业，忽视了他们的妻子和其他亲人的感情需求。任何事情都为他们的事业让步。老伊本的妻子玛格丽特被塑造成为了她们的男性而牺牲自己的美国女性的象征。老伊本对

---

① Alice Tisdale Hobart, *By the City of the Long Sand: A Tale of New China*, New York: The Macmillan Company, 1926, pp. 225 – 226.

② Alice Tisdale Hobart, *River Supreme*, New York: The Bobbs-Merrill Company, 1934, p. 245.

③ Ibid., p. 24.

④ Ibid., p. 116.

贸易的狂热带给玛格丽特的是安全感的丧失和无尽的孤独。老伊本为了自己的运输生意，无视她对安全感的乞求。除了他的生意，他什么也不考虑。尽管玛格丽特非常渴望得到安全感，老伊本还是拖着她来到了荒凉、危险的中国内地。从一开始，玛格丽特就感受到了进入中国内地的危险，不管她怎样不愿意，也不管她怎么样恳求他，她甚至求他允许自己待在上海，他可以去做他想做的事情，老伊本都没有同意，让她就这样悲伤地哭泣，像花朵一样枯萎。不得已，她接受了为了丈夫的计划牺牲自己，但仍然抱着一丝希望，希望老伊本能给她一个孩子作为唯一的安慰，但是也被拒绝了，孩子的出生时间也要服从他的计划。几年过去了，老伊本使玛格丽特过上了有钱人的生活，他对此感到骄傲。他以为富有会令玛格丽特开心，但是他错了。他发现玛格丽特一天天枯萎下去。他不明白玛格丽特和他对成功的界定是不同的，找到自己的身份认同和安全感对她来说才是最重要的。她渴望的不是巨大的财富，即使她得到了所有的财富，她也已经失去了自己的身份认同和安全感。玛格丽特感到她在中国的生活是"空虚的、无所事事的岁月，被孤独和即将到来的灾祸填得满满的，除此之外，没有任何东西"。[1] 她的丈夫和儿子大部分时间都不在家，他们对她来说变成了抽象的名词。她在异国那片陌生的土地上过着一种缺乏安全感的生活。孤独感、对安全感和自我身份认同的渴望打碎了她的一切希望，使她觉得自己在中国非常的无力："我常常觉得这里如此——如此荒凉、孤单。这里没有女人、孩子，我是这么多余。"[2] 即使在老伊本的事业达到顶峰时，她也这么认为。当老伊本由于年老而变得虚弱时，他内心这种征服这条河流的渴望却越发强烈。她知道她不会得到安全感了。她最近开心地称之为"安全"的感觉——给他们带来的成功和地位——并不是安全。隐藏在下面的是鲁莽的大胆、危险和以前的那些不确定。她意识到这条对他们微笑了太长时间的大江，已经被

---

① Alice Tisdale Hobart, *River Supreme*, New York: The Bobbs-Merrill Company, 1934, p. 88.

② Ibid., p. 96.

疯狂的憎恨所唤醒，会把男性那徒劳的工作全部从她冷酷的胸膛中清除出去。玛格丽特最终带着"安全感一定非常美丽"的梦想死去，[①]重复了她母亲的一生。她的母亲就是被她的父亲拖到了上海，当时的上海对西方人来说是一个"崭新的西部地区，最不舒服的居住地"，玛格丽特的父亲为了自己的茶叶生意拒绝了她母亲回国的要求，她的母亲也在回家的渴望中死去了。

何巴特谴责了男性的自私。他们利用女性对他们的爱，把她们带到了这个危险、可怕又艰苦的地方。他们继续着自己的冒险，把女性扔在家里无所事事，让她们日日担心着自己和家人的安全问题。本来来到这个陌生的土地她们就已经形成了深深的错位感，现在她们的丈夫——以前对她们来说是保护者也成了反对她们的力量。玛格丽特的父亲、丈夫和她遇到的那个传教士圣福斯特无不是这样的人。为了她们的丈夫那所谓的在中国的"事业"，女性牺牲了她们的幸福和她们作为女性的权利，甚至她们的身份。这是一个男人的世界，女人和孩子都得为此做出牺牲。虽然何巴特没有确切地使用异化这一概念，但是她已经朦朦胧胧地意识到西方人改造中国的劳动对他们所产生的异化这一现象：被"创造物"所控制。这也增强了何巴特对中国的恐惧。

赛珍珠也这样描述了自己的父亲和母亲的关系和她母亲的孤独感、恐惧感。她说她的父亲，在自己毫无价值的野心中耗尽了精力："如果说他的一生有什么意义的话……那就是作为他的国家和时代的某种精神的产物，因为他就是一种精神的化身。这种精神上承我们祖先的遗赠，来自盲目的坚信、纯粹的偏执、对天职的热忱、对凡夫尘世的轻视和对天堂崇高的信心。"[②] 赛珍珠的母亲凯丽也和老伊本的妻子玛格丽特一样，正是男性这种对事业的狂热的牺牲品。她们的生活由于丈夫的虔诚、执着和对自己的事业本质上具有毁灭性的热忱而变得痛苦并逐渐枯萎。男人们的梦想或许不同，他们的热忱和激情却是

---

① Alice Tisdale Hobart, *River Supreme*, New York: The Bobbs-Merrill Company, 1934, p. 117.

② 转引自［美］彼得·康《赛珍珠传》，刘海平等译，漓江出版社 1998 年版，第 4 页。

一样的，最终，妻子们为她们丈夫的这种极度自负付出了高昂的代价，感受到了窒息般的痛苦。一方面她们承受着失去孩子的心痛：凯丽的孩子们死在了这里，老伊本因为他的事业，好多年不让玛格丽特要孩子。孩子到来了，他又想把孩子培养成他的接班人，完成他的事业。另一方面她们在动荡不安的国度担惊受怕。成为既不属于中国，也不能再融入美国社会的异乡客。女性被排斥在这个世界之外。生活在中国的爱娃·简·普瑞斯在 1899 年 12 月写给家里的一封信中也表达了这种深深的孤独感："在这里，每周都和上一周一样——没有地方可去，没有朋友可以拜访，也没有人登门……天天如此，一成不变，我们都分不清哪天是哪天。"① 尽管在白人社区没有这么孤独，她们生活的无意义性却更加显著。《中国评论》（*China Critic*）中的一篇文章记录了西方女性在中国的生活。这篇文章中作者提到了他偶尔听到了这样一段非常有代表性的对话："什么，其中一个说道，你是说你起床和你的丈夫一起吃了早餐？但是如果你起床这么早，老天，你怎么可能办到使自己耗过这一天呢？"②

　　家庭是这些女性唯一被授权可以控制的领域。然而，如同上文中所分析的那样，女性作为孩子的保护者，在中国却无能为力，作为文化的延续者，自己却和本民族的文化已经隔离。她们已经丧失了给自己的孩子们营造美国氛围以保持和传递美国文化的能力。不管怎样，每个生活在中国的西方家庭都会雇用至少三个或者更多的佣人，这样，在美国本应该由妻子做的家务劳动在中国就会被佣人们做了。在这种意义上，相对于生活在国内的美国女性而言，这些女性的情况来说变得更糟糕了。她们非但在两个国家都无法找到一个"精神家园"，而且在她们自己的家庭内外她们也都找不到自己的位置。千百年来，家被看作是女性专属的地方，因此，和男性对比，当被移植到一个陌生的地方时，女性更容易感到错位。失去创建家庭氛围的能力，也使

　　① Eva Jane Price, *Compound Walls: Eva Jane Price's Letters from a Chinese Mission*, 1890 – 1900, http://findarticles.com/p/articles/mi_qa3687/is_199601/ai_n8741309/.

　　② Cassandra, "Bearing up in China", *China Critic*, 5 January, 1933.

得她们更加不安。

《至上的河流》一书中，一种新女性出现了。这反映出何巴特女性自我意识一定程度上的觉醒。美国女孩儿爱琳，在某种程度上说，是何巴特在这部小说中的代言人。不同于她婆婆玛格丽特那样的传统美国女性，爱琳对她为了丈夫的利益而牺牲自我的要求进行了反抗，这些牺牲正是她的前辈们所经历的，她要求得到她自己的权利和幸福："我……我有权利得到幸福。我……想要属于我自己的生活。这个古老衰败的国家，我憎恨它，我无法忍受它。"①虽然磕磕绊绊，爱琳还是坚定地发表了自己作为女性的独立宣言。当老伊本要求她履行她的义务，即当时社会对女性的要求，指责她没有责任感时，爱琳勇敢地反驳他说："我不是小伊本的财产，也不是你的。我想要过自己的生活。"她反问老伊本他是如何履行对玛格丽特的义务的：

　　你又怎么样呢？你履行了自己的义务吗？小伊本在美国的时候，你为什么不让母亲去看他？你为什么现在也不带她回去呢？你知道她想回去。……我到这里的第一个冬天，你为什么要派小伊本到上游去，都不能给我们一个礼拜的时间安顿下来？我告诉你为什么：强制的手段。对你来说，力量和荣耀就是一切。在这儿，不只是付要叫你"主人"，你迫使这个家的每个人屈从于你的意志——还有其他的许多人。你不用为此沾沾自喜，你不会永远都能得逞的。母亲是正确的，她说中国人正在改变。你不会永远都是发号施令者。毕竟，你还没有真正地控制这条河流。我希望它击败你。这是你这一生中唯一真正爱过的东西。你总是把它排到你自己的妻子的前面。②

---

① Alice Tisdale Hobart, *River Supreme*, New York: The Bobbs-Merrill Company, 1934, p. 216.

② Ibid., pp. 253-254.

在何巴特早期的作品中，她反复强调了西方女性或者成就她们的男人或者使她们的男人崩溃的力量，她相信她们在美国的拓荒计划中起着至关重要的作用，也对征服中国充满了信心。然而，中国并没有像她所期待的那样变化。被民族意识所唤醒，中国人开始反抗帝国主义。接下来发生的一系列的冲突威胁着西方女性的地位、财产、生命和纯洁性，打碎了何巴特的安全感，使她逐渐认识到这些背井离乡的西方女性的真实生活状态：面对着来自当地中国人、来自美国以及来自她们的男人的三重的疏离，这导致了她们自我身份认同的丧失和她们实践传统角色的能力的丧失。何巴特发现虽然跨越国界，女性却依然是男性的附属品，甚至是被压迫者。这一阶段，她也开始认识到美国海外扩展的民族计划对女性自我主体性意识的抹杀，批判了男性对妻子的漠视，在追逐他们自己的梦想的过程中，他们牺牲了女性的幸福。在《至上的河流》中，她把她们塑造成了她们丈夫那误入歧途的理想主义的牺牲品。这些女性在中国生活的大多数时间，是和她们的丈夫分离的，这也导致了他们在想法上的背离。男人们一心想要征服中国、转变中国人，没有多少时间和心情去考虑他们的妻子对安全和陪伴的需求。何巴特考察了这些女性的这种种隔离状态，对她们表示了极大的同情。对她而言，女性不再是能够为他们的男人或者伙伴提供能量的灯油，也不再是这片土地上和她们的丈夫一起的共同征服者。她们被排除在男性的活动领域之外。大多数时间里，他们只是"她们的丈夫的思想和计划的接受者"[1]。女性在民族计划以及男性爱国的名义下，付出了惨重的代价。被一种巨大的无价值感所包围，何巴特逐渐放弃了她以前的信条——"我并不是一个完全不感兴趣的旁观者，我们的团结让我感到安全。"[2] 除此之外，她们所有努力的结果——来自中国人的憎恨和来自这个他们为之服务了多年的国家的驱

---

① Alice Tisdale Hobart, *River Supreme*, New York：The Bobbs-Merrill Company, 1934, p. 22.

② Alice Tisdale Hobart, *Gusty's Child*, New York：Longmans, Green and Co., Inc., 1959, p. 172.

逐的威胁——并不能和这些女性所做出的巨大的牺牲相匹配。安全感和身份认同的丧失，加深了何巴特的恐惧感，也加剧了她对中国人对美国人的"忘恩负义"的憎恨，从而导致了何巴特这一时期的作品中反映出来的拓荒理想的幻灭和对中国和中国人的看法的巨大转变。位于权利和政治的中心，被改造中国的事业所激励，男性们都全身心投入进去，难以看到失败，也难以承认和接受失败。但是被驱逐在边缘的女性则看到了中国力量的强大，预见了他们的失败，并对她们的民族政策提出了质疑。

第三章　复调的哲思

> 对我们这些亲眼见证过的人来说，西方对东方的影响看起来
> 既是悲剧性的，也是美好的，同时又是可怕的——机械盲目地闯
> 入了一种人力已经占据一切的文明；没有人情味的贸易组织强加
> 在一个通过个人对家族的责任感来进行管理的民族的身上；进攻
> 性的思维模式猛烈地抨击着东方宁静的哲学。
>
> ——何巴特《阳和阴》

　　活跃于20世纪40年代的著名作家张爱玲在1964年写给著名文
学评论家、哥伦比亚大学教授夏志清的一封信中曾经表达过自己的困
惑："我一向有个感觉，对东方特别喜爱的人，他们所喜欢的往往正
是我想拆穿的。"[①] 这句话背后表达了20世纪30年代西方作者笔下的
中国形象和中国文人学者自己对祖国的看法的一个根本性的区别。中
国的新文化运动希望推翻中国的传统文化，尤其是儒学和封建的宗族
制度。鲁迅认为中国的传统是"吃人"的传统。吃人者和被吃者是他
作品中反复出现的形象。追随着他，冰心、萧红、冯沅君、许地山、
叶绍钧、洪深，和许多其他作者也揭露了中国人的"冷漠、残酷、精
神麻木"等一些阴暗面。他们愤怒地谴责了束缚了中国人几千年的封
建文化。然而，和这些中国的文人学者不同，一些美国作家不仅看到

---

① 夏志清：《张爱玲给我的信件》，《联合文学》1997年第13卷第7期。

了中国文化中的负面因素，而且看到了中国文化中积极的肯定的因素。尽管他们也批判中国文化中堕落的、不好的部分，想要改变它们，同时他们也赞赏了中国文化中那些积极的方面。在某种程度上说，中国文人学者那时想要背离的东西正是这些美国作家为之辩护的东西。比如说，露易丝·乔丹·米尔恩被称为"中国热诚的保皇派"，诺拉·沃恩是中国一个封建大家庭的养女，她自己也认同于这个大家庭。赛珍珠认为打破家庭和宗族的纽带会把中国带向灾难。在她的《中国小说》里，她也批判了中国同时代的文人学者对西方文学过于热情，对传统的中国文化的丰富多彩非常无知的状态。同样，在何巴特20世纪30年代的另外两部小说——《中国灯油》和《阳和阴》中，她也描述了一个不同于她以往的作品中的中国形象。她开始把中国人当作一个个复杂的个体而不再是一个模糊的群体，并开始逐渐欣赏中国文化中的某些部分。传统的中国文化，尤其是儒学、道家学说和佛教对她来说，在某种程度上已经成为照亮美国的油灯。她相信中国文化和美国文化的理想状态应该如同中国的阴阳学说所言，是一种和谐、统一的关系而不应只是充满了对立和冲突。

第一节　中国，照亮美国的油灯

《中国灯油》和《阳和阴》是何巴特1927年返回美国后完成的两部小说。在《格斯提的孩子》一书中，何巴特指出她开始创作《中国灯油》时，"不再是那个曾经在《长沙城边》中鼓吹公司有权要求它的员工服从它的政治策略，学会强调整体的知识，放弃自己的个性"的女人了，也不再是那个"从中国回来的吓坏了的、幻想破灭的女人"。[①] 随着她自己的转变，她对中国的看法又一次改变了。

首先，中国人不再像她以前的作品中所描述的那样，是没有面孔

---

① Alice Tisdale Hobart, *Gusty's Child*, New York: Longmans, Green and Co., Inc., 1959, p. 270.

的群体或者无知的、看上去非常堕落的、没有名字的模糊的影子，在《中国灯油》和《阳和阴》中出现的中国人变成了一些复杂的个体。他们都显著区别于其他人。比如，在描述个子高高的何顾问时，何巴特这样写道："厚厚的、鸽子灰的丝绸长袍一直垂到他的脚跟。这种长袍很适合他那些身材更为纤弱一些的同胞穿，并不适合他。但如同僧衣有时会更凸显僧人的非尘世气息一样，的确，这件长袍增添了他的男子气概。"① 林，来自湖南省南部的代理商，非常狡猾，并且"林那张没有一丝皱纹的脸上一些细微的特征使他显得有些鬼祟，不像何的脸那么勇敢无畏，也不像陈的脸那么有几分滑稽的好斗"②。丁代理商，是一个"粗短身材的中国人。他的大肚子，使他有了一种趾高气扬的感觉"。他兴奋的时候，"左眼的目光中带有一种吊儿郎当、漫不经心的意味任意游离"③。而沈氏父子则形态优雅、面容精致。按照何巴特的说法，这种优雅和精致是西方人身上所没有的。即使是在欧洲的贵族阶层也没有一张脸如此精致，更别提美国人了。美国人的容貌由于"斗争和拓荒的艰辛"仍然保持着刚健的棱角。然而，在某些很微妙的地方，这个中国男孩儿沈络石又缺少些什么。在他清瘦的椭圆形的脸上，有着平静、自制的表情，但是却缺乏活力。④

在她此前的作品中，几乎所有的中国人都是堕落、狡诈的，但是在这两部作品中，却有了明显的转变。尽管还有一个狡猾的、不值得信赖的林，但是也有忠诚的金佣人，可以信赖的王管理员，可靠的曾翻译，还有令人尊敬的何顾问。当斯蒂芬，《中国灯油》中的主人公，决定不顾自己的生命安全去救下煤油罐时，金坚持要跟着他："主人去哪儿，我就去哪儿。"⑤ 当他们靠近油罐时，发现王也在坚守着自己

---

① Alice Tisdale Hobart, *Oil for the Lamps of China*, New York：The Bobbs-Merrill Company, 1933，p. 193.

② Ibid., p. 198.

③ Ibid., p. 203.

④ Alice Tisdale Hobart, *Yang and Yin*, New York：The Bobbs-Merrill Company, 1936, p. 17.

⑤ Alice Tisdale Hobart, *Oil for the Lamps of China*, New York：The Bobbs-Merrill Company, 1933，p. 378.

的岗位。这和《至上的河流》中老伊本船上的中国员工形成了强烈的对比，他们辜负了老伊本的信任，导致了汽船被彻底摧毁。何巴特也意识到这些优秀品质在中国人身上并不稀奇。在她对姓沈的一个老佣人的描述中，她说："他有一种非常独特的、善良、忠诚的面容，这在许多中国人脸上都是非常显著的特征。"①《阳和阴》中的僧人们也有别于《拓荒于古老的世界》中那些崇拜偶像的、没有面容的群体。彼得遇到的一位方丈在《阳和阴》中被描述成一位"一眼就能看出是一个知识渊博的人"。当他来到彼得面前时，彼得感到他几乎从没看到过"这么一张如此高贵、庄严的脸"。②

　　看到了中国人个体之间的不同，何巴特也意识到想要达到有效的沟通，西方人也必须要把中国人当作显著不同的个体来区别对待。她用几位美国人对待中国人的不同态度为例很好地阐明了这一点。詹金斯，美孚石油公司的雇员，以一种故意屈尊的态度对待何。何对之以消极、怠惰。他让翻译告诉"那个龟儿子、外来的野蛮人和洋鬼子，我对这个省里那些知名商人的活动一无所知"。③克瑞顿，另外一位雇员，把中国人看作是"野兽"或者"傲慢、暴躁的人"，经常威胁他们，有时甚至用拳头打他们，他所得到的则是来自中国人的消极抵抗。而伯纳姆，毫无区别地信任所有的中国人，却被林欺骗。通过这些人物的塑造，何巴特批评了西方人对待中国和中国人的一些不正确的态度，暗示中美交流不成功的一个很重要的问题是西方人把中国人看作了一个群体而非一个个性格不同的个体。这也是何巴特在前两个时期所犯的错误。

　　首先，斯蒂芬，《中国灯油》中的主人公，也认为中国人都是一样的，也为他们的那种陌生的一致感到非常困惑，觉得他们玛瑙一样

　　① Alice Tisdale Hobart, *Yang and Yin*, New York：The Bobbs-Merrill Company, 1936, p. 207.

　　② Ibid., p. 250.

　　③ Alice Tisdale Hobart, *Oil for the Lamps of China*, New York：The Bobbs-Merrill Company, 1933, p. 193.

的眼睛里包含着一样的秘密，并且都有着光滑的皮肤和宁静安详的唇部。"他们所有人看起来都是一样的，"他在绝望中自言自语，"我该如何判断呢？"① 斯蒂芬无法和中国人进行良好的交流，因为他无法分辨他们的不同，无法把他们看作不同的个体。但是，后来，随着交往和接触的增多，他逐渐学会了从他们的面部表情来判断他们的性格。最重要的是，他把他们看作和他一样平等的人，而不是把他们看作属于低他一等的种族。他发现："他们和他一样，在这个快速变化的不确定的世界努力奋斗以得到一定的经济基础、保护他们的家庭、追求个人的幸福和安全。他们对维持经济生存的必要的单位——家庭和家族的忠诚，和他对公司的忠诚并没有多大分别。"② 看到何，他的第一个反应就是"我喜欢那个人"，而不是"我喜欢那个中国人"。他首先把何当作和他一样的"人"，而不是先给他贴上一个中国人的标签以示和西方人区别。但是他觉得林不值得信赖。他这样对伯纳姆解释："这不是信不信任中国人的问题。你应该把他们当作个性不同的个体对待。林不值得信赖，不管他属于哪个民族。"③

斯蒂芬和中国人相处得很好，赢得了他们的尊重。何甚至为了他们的友谊牺牲了自己的生命。何的死亡也和斯蒂芬从肯德尔那里获得的所谓的"友谊"形成了鲜明的对比。肯德尔和斯蒂芬同属于美利坚民族，却背叛了斯蒂芬，辜负了他的信任。何巴特以往的作品中，美国人都有着优秀的品质，即使有些弱点，也是瑕不掩瑜，这是何巴特作品中第一次出现一个背信弃义的美国人形象。以这种对比的方式，何巴特清楚地表达了自己的观点——每个种族都有好人和坏人，每个民族都有好的一面和不好的一面。

其次，在这两部作品中何巴特在继续批判中国文化中的一些方面

---

① Alice Tisdale Hobart, *Oil for the Lamps of China*, New York: The Bobbs-Merrill Company, 1933, p. 26.

② Margaret Wallace, "When East and West Meet in China Mrs. Hobart's Fine Novel Places Two Civilizations in Juxtaposition", *The New York Times Book Review*, October 8, 1933.

③ Alice Tisdale Hobart, *Oil for the Lamps of China*, New York: The Bobbs-Merrill Company, 1933, p. 257.

的同时，也把关注点从简单地对中国文化的行为中不好的方面进行谴责转移到了对根本原因的探究上，并开始对中国人表现出了同情和理解，而不是简单地蔑视他们，把这些行为都归咎于中国人天性的残酷和低劣。在《中国灯油》中，她又一次描述了中国缠脚的古老习俗。在《至上的河流》中，她曾非常严厉地批判了这一习俗的残忍以及人们对女孩子由于缠足所忍受的痛苦的漠视。然而，在《中国灯油》中，通过把缠足和清教教义对女性的影响并置在一起，何巴特对中国人表现出了更多的理解和同情。对斯蒂芬的建议——"把缠着她的脚的布解开缓解一下小女孩的疼痛，"这个女孩的父亲，旅店的店主回答说："哎呀，这是风俗。没有法子，没有其他办法。"① 紧接下来，何巴特就以露西对斯蒂芬的态度为例描述了美国的传统——清教的力量对美国女性心灵的影响。露西是斯蒂芬的未婚妻，她从小在清教的环境下长大。在一次深入到中国内地的长途旅行之后，斯蒂芬被一种深深的孤独感攫取住了。他担心自己的身份认同会被深深地淹没在中国文化里，急于想证明自己和其他的美国人是一样的，就和同事一起到了艺妓那里。这种行为，对露西，当然是一种背叛。斯蒂芬希望，他可以通过坦白来纠正自己的不忠诚，他认为如果他解释了自己的焦虑，就可以获得原谅。然而，露西，以一种典型的清教徒的方式，只是把这件事情看作是"罪恶的行为，即使忏悔也无法宽恕"，并因此而永远地离他而去。斯蒂芬深深地懊悔，责备自己怎么"忘记了她是在清教的环境下长大的……没有意识到清教对女性心灵的巨大的影响力"。② 以这种方式，何巴特暗示了传统习俗的力量对美国人来说和对中国人来说一样的强大，不容易放弃。在接受传统方面，美国人和中国人并没有什么不同，即使这个传统或许并不正确。在《阳和阴》中，她又一次描述了中国的这一风俗。这次通过彼得对沈思默的脚的观察，她更进一步挖掘了缠足的原因："迄今为止，缠足对他来说都

---

① Alice Tisdale Hobart, *Oil for the Lamps of China*, New York: The Bobbs-Merrill Company, 1933, p. 56.

② Ibid., p. 58.

是一种畸形，纯粹的畸形，一种残忍的行为，象征着女性的从属地位。以前他看到的都是丑陋的、破布包裹的穷人的脚。看到沈思默丝绸包裹的小脚，他意识到在这一风俗背后隐藏的是一种风情——小脚、摇曳的步态都带来一种情欲的想象。他敏锐地发现西方可能误读了对中国女性的束缚——动机并非是要表示女性的臣服，而是突出和男性的对比以挑逗感官。"① 对于回扣以及中国人对生儿子的渴望等问题，何巴特也都分析了背后的原因，表现出对中国人的同情和理解。比如在回扣问题上，她通过描述斯蒂芬由于对未来的不确定性的担忧，开始想办法积攒零钱，表达了对金收取回扣的理解——中国经历了太多饥荒，像斯蒂芬一样，他们只是想给自己和家庭的未来更多的保障。《中国灯油》中，何巴特又借中国女佣之口，说出了中国人渴望更多孩子的原因："如果有的孩子死掉了，或许还能留下一个。"②在《阳和阴》里，彼得无意识地接受了中国人的观念也开始感到应该多生孩子："彼得总在担心他的孩子。在这块土地上，疾病到处流行，难以控制。无意识地，如同中国人一样，他开始感到数量带来的安全感。"③

而且，这一时期，何巴特也开始欣赏中国文化中的某些方面。在《中国灯油》和《阳和阴》里，何巴特把中国文化描述成和美国文化不同的文化，源自不同的思维方式。她发现在中国文化中有些好的和有价值的东西在西方文化中是缺乏的。她通过批判美国的商业文化对人的异化以及基督教教义二元对立的思维模式带给人的狭隘和冷漠，表达了对中国的家族制度和阴阳学说的赞同。

在《中国灯油》一书中，何巴特表达了她对中国家族制度以及中国人在做生意时对人际关系考虑的赞赏。多萝西娅·霍西夫人（Lady

---

① Alice Tisdale Hobart, *Yang and Yin*, New York: The Bobbs-Merrill Company, 1936, p. 38.

② Alice Tisdale Hobart, *Oil for the Lamps of China*, New York: The Bobbs-Merrill Company, 1933, p. 273.

③ Alice Tisdale Hobart, *Yang and Yin*, New York: The Bobbs-Merrill Company, 1936, p. 204.

Dorothea Hosie),读过《中国灯油》之后,感觉"在某些方面,中国人比那些来自纽约的表面对人非常亲热,经常面带微笑却没有良心的官员们要真正懂得生活的真谛"①。这一点通过何巴特对何的塑造表达得非常清楚。何认为公司应该是它的雇员们的家。当斯蒂芬告诉何因为詹金斯对何的无礼,他将会被开除时,何批评了公司处理人际关系的方法:"光明的持有者②走的不是一条真正的道路。看看我那些在你们外面的办公室工作的同胞们。一旦他们的工资已经增长了多次——就像詹金斯一样——就会找些理由让他们离开……光明的持有者应该给他们提供基本的生活保障。我们现在属于同一个家庭……你们看重的是生意,我们看重的是人际关系。"③ 通过何这个人物,何巴特揭示了中国和美国商业文化的不同。后来,又通过斯蒂芬在公司的经历,何巴特强调了人际关系的重要性,并且暗示关系比金钱更重要。玛格丽特·华莱士(Margaret Wallace)说何巴特"尤其擅长用一种文明来衬托另一种文明以便同时说明这两种文明"④。在《中国灯油》里,何巴特一方面赞扬中国商业注重人际关系的价值,另一方面通过批评美国企业文化中不重视人际关系揭示了这一点。

何巴特批判了石油公司的非人性化和对人性的扭曲和物化。在公司,没有个人,只有整体,个人只是公司这个大机器上的一枚螺丝钉,个人的婚姻、生活、一切都得服从公司利益。马克思主义者卢卡奇较早对资本主义带来的对人的物化提出了反思:"工人的人的属性和特征日益表现为只是错误的源泉。人既不是在客体上也不是在他同他的工作关系上表现为劳动过程的真正的主人,相反,他是被结合到

---

① Lady Dorothea Hosie, "Bringing Light to China: Rev. of Oil for the Lamps of China, by Alice Tisdale Hobart", *Saturday Review of Literature*, 21 October, 1933, p. 201.

② 何巴特之前一直认为她们到中国来是为了给中国输送光明的,并且把美孚石油公司在中国出售的石油和照耀中国的光明联系起来。这里英文是"Keepers of Light",为了忠实于原文,译作了光明的持有者。

③ Alice Tisdale Hobart, *Oil for the Lamps of China*, New York: The Bobbs-Merrill Company, 1933, p. 201.

④ Margaret Wallace, "When East and West Meet in China: Mrs. Hobart's Fine Novel Places Two Civilizations in Juxtaposition", *The New York Times Book Review*, October 8, 1933.

机械体系中的一个机械部分。"① 并且这个物化过程在生产领域中表现出"一种不断地向着高度理性发展,逐步地清除工人在特性,人性和个人性格上的倾向"②。德国社会学家马克斯·韦伯(Max Weber)也提出了工具理性的观点,认为被追求功利的动机所驱使,行动者纯粹从效果最大化的角度考虑,而漠视人的情感和精神价值。霍克海默和阿多尔诺指出在这种物化的世界中"人们相互之间以及人们与自然界是在彻底的异化,他们只知道,他们从哪里来的,以及他们要做什么。每一个人都是一个材料,某种实践的主题或客体,人可以用他来做什么事,或者不能用他来做什么事"③。对于统治者来说,"人变成了资料,正像整个自然界对于社会来说都变成了资料一样"。用斯蒂格勒的话说,就是"人类本身也变成了技术发展中和被技术发展左右的轮子"。④ 马尔库塞指出:"为了特定的社会利益而从外部强加在个人身上的那些需要,使艰辛、侵略、痛苦和非争议永恒化的需要,是虚假的需要。"⑤ 人们最真实的需要是真正意义上的自由,然而,发达工业社会最显著的特征就是"它有效地窒息了那些要求自由的需要"⑥。他认为工人即是"受到抬举的奴隶","但他们毕竟还是奴隶。因为是否是奴隶……是由人作为一种单纯的工具、人沦为物的状况来决定的。作为一种工具、一种物而存在,是奴役状态的纯粹形式"⑦。何巴特也看到了这种物化和奴役,她辛辣地把"好的公司职员"定义为"完美的工具、手,只会埋头钻研和工作,但从不需要大脑解释原因"。⑧

---

① 〔匈牙利〕乔治·卢卡奇:《历史和阶级意识》,张西平译,重庆出版社 1989 年版,第 97 页。

② 同上书,第 104 页。

③ 〔德〕霍克海默、阿尔多诺:《启蒙辩证法》,洪佩郁等译,重庆出版社 1990 年版,第 241 页。

④ 〔美〕斯蒂格勒:《技术与时间》,裴程译,译林出版社 2000 年版,第 30 页。

⑤ 〔美〕马尔库塞:《单向度的人》,刘继译,上海译文出版社 1989 年版,第 6 页。

⑥ 同上书,第 8 页。

⑦ 同上书,第 32 页。

⑧ Alice Tisdale Hobart, *Oil for the Lamps of China*, New York: The Bobbs-Merrill Company, 1933, p. 145.

在《中国灯油中》，她借用海斯特指出，"在公司里她看到了无数不知疲倦的手，却看不到面孔，面孔都隐藏起来了"①。如果说在第二个阶段，何巴特把男性的异化归结到了中国头上，那么回国这么多年，她亲眼看到了美国的情况，看到了美国的工业化带给人们的危害，对资本主义制度下人的异化有了比上一时期更为清醒更为深刻的认识。这一时期对中国的描述正是希望能借中国这个块垒来消解她心中的郁闷。

何巴特所在的美孚石油公司要求它的职员把公司的利益放在婚姻、家庭和他们的生命之上。他们和公司签订的合约禁止他们在工作的前三年之内结婚。在《中国灯油》里，上海美孚石油公司的总经理认为婚姻使男人变得"软弱"，老板也认为假期会让人"软弱"。公司的冷酷无情主要是通过它对斯蒂芬的不公正待遇表现出来的。斯蒂芬最初，就像第一个时期的何巴特一样，把自己看作是公司的仆人，严格遵守公司的制度，表现出了对它极大的忠诚。来中国之前斯蒂芬就已经订婚了。然而，在他们订婚的这三年期间，他和他的未婚妻露西都发生了变化。斯蒂芬由于身处中国文化的包围而产生的焦虑和恐惧促使他去了日本艺妓那里。他发生这些变化时，也注意到了露西对他来说已经变得多么的陌生："所有这些表面的外部的变化看起来并不只是流于表面，而是露西身上真实的变化。就连她的服饰，都和他在荒凉的满洲里已经熟悉的一切那么的不相同，这使她成为了外部世界的一部分，对他来说已经失去了。"② 他们关系的结束并不只是因为斯蒂芬的不忠诚，还有另一个深层的原因：他们对彼此来说都已经变得陌生。斯蒂芬的老板吉姆的话是正确的，他说这些在中国生活的人所选取的结婚对象都会和他在家时所选取的不同。③ 和露西分手之后，斯蒂芬决定去做其他大多数公司职员会做的事情——遇到一个女孩仅

---

① Alice Tisdale Hobart, *Oil for the Lamps of China*, New York: The Bobbs-Merrill Company, 1933, p. 129.

② Ibid., p. 66.

③ Ibid., p. 68.

仅几天之后，就和她结婚，只是为了方便而不是因为爱情。他以一种商人超然的眼光观察研究那些他遇到的女孩，从中选择了海斯特。海斯特的父亲刚刚去世，她在这个世界上孤身一人。她需要斯蒂芬，他也需要她。于是，他们初次相遇三天之后，就结婚了。吉姆把这种婚姻称作"东方式婚姻"。他原本以为斯蒂芬会是为了爱情而结婚的那些极少数人之一，但是斯蒂芬"和其他人一样非常现实地选择了这种方式"①。通过海斯特的观察，何巴特批判了公司和它的职员们所签订的合同的荒诞性。在一次晚宴上，听到一个出色的职员只是因为他对一个女人的爱情而被遣送回国，海斯特猛地意识到"这些男人们被他们的公司强迫过上三年的独身生活是多么的不正常"②。这和何巴特第一个时期的描写形成了鲜明的对比。第一个时期，何巴特也提到了公司的这一规定。但通过对迈拉和新手的婚姻的批评，何巴特表达了对这一规定的支持。她认为迈拉和新手秘密结婚是对整个公司严重的犯罪，完全忽视了他们好不容易才建立起来的团体精神，是对公司的不忠诚。她指出或许对在美国国内的人们来说，这一规定看起来一点也不重要，甚至有点戏剧性。但是因为有一打像他一样的年轻人分散在中国，所以这个关于要求保持独身生活的规定并不像新手想得那么不重要。而且她认为婚姻使得迈拉发生了变化，她希望得到男人的照顾由渴望变成了需要。爱情削弱了新手的拓荒精神，导致了他像一个失去贞洁的女性一样带着羞耻感被辞退了。③

　　和其他公司职员的妻子一样，结婚之后，海斯特不得不接受上海的总经理对她的考验。她把自己打造成了那种公司所需要的女性。他们婚后刚一个月，斯蒂芬就被派往外地，把海斯特一个人留在了家里。何巴特以一个全知的叙述者的身份这样评价道："这个大的贸易开始按照边疆掌控石油贸易的需要费力打磨结了婚的斯蒂芬，使他时

---

①　Alice Tisdale Hobart, *Oil for the Lamps of China*, New York: The Bobbs-Merrill Company, 1933, p. 79.

②　Ibid., p. 114.

③　Ibid., pp. 189 – 200.

而如同滚珠一样光滑，时而像大齿轮一样凹凸不平。"① 海斯特和斯蒂芬一样，不得不为了公司做出牺牲。当斯蒂芬婚后被派往别处时，海斯特"对这个民族的语言几乎一无所知，顶多知道五六个词语……甚至男人都会给更长一点的时间来适应这里。这个公司的要求实在过分了"②。后来，斯蒂芬又被派到了中国内地去开辟一个新的分厂。他们居住在偏远荒凉的地区，周围没有一个白人，并且"日复一日，毫无变化，每天都是前一天的重复"。因为恶劣的医疗条件，海斯特在那里失去了他们的第一个孩子。然而斯蒂芬却不敢也不愿要求调往别处，因为公司需要的只是努力工作、忠诚和合作。它强调的是整个公司集体的利益而不是个人的利益。③ 每个人只是大机器上的一颗小螺丝钉。出于私人原因请求照顾会被认为是有损于公司的整体利益。这也和第一个时期，何巴特把新娘称为大利拉，并对她要求丈夫申请转到其他地方去的严厉批判形成了鲜明的对比。

同时，尽管公司承诺如果职员表现出了对公司应有的忠诚就会照顾他们。可事实是当他们中的任何人一旦失去了他们对公司的利用价值，就会被解雇，不管他以前曾经做出过多大的贡献。公司一方面想除掉那些没有利用价值的雇员，同时还想保全自己的声誉——永远不会解雇一个年老可信的仆人。它就采取措施让他们自愿离开，那样既节省了保险，并且更便宜一些。公司通常使用的策略就是利用他们不好的名声。海斯特指出所有的上层职员好像都有两种不同的名声，一个好的和一个不好的。公司会利用对它最有利的那个。坏名声被用来迫使他们离开公司。关于吉姆饮酒过量的传言在公司解雇他之前就开始散播。公司也想解雇斯蒂芬，因为当公司转变了交易方式，改成现金交易，他的技术就不再有用。因此，斯蒂芬被派往危险的排外情绪

---

① Alice Tisdale Hobart, *By the City of the Long Sand: A Tale of New China*, New York: The Macmillan Company, 1926, p. 84.

② Alice Tisdale Hobart, *Oil for the Lamps of China*, New York: The Bobbs-Merrill Company, 1933, p. 87.

③ Ibid., p. 13.

日益高涨的翠谷开辟新的分厂。在和村民的一次冲突中，他试图保护存放油罐的仓库，腿受了严重的伤害。斯蒂芬确信公司会因为他的忠诚而对他有所回报。尽管人们开始认为他的行为非常英勇，渐渐地，这种行为却变成了他性格鲁莽的一种标志。海斯特感到有一只无形的手臂暗中操纵把他塑造成了一个不称职的管理者。① 新被提升的经理，斯蒂芬的老朋友肯德尔利用斯蒂芬身体上的残疾来羞辱他，以打碎他的自信心。肯德尔告诉海斯特，公司认为斯蒂芬本该离开，他这么做是"出了洋相，到油罐那里去是做了根本不必要的事情！他的出现或许甚至会诱发毁灭性的后果"②。但是具有讽刺性的是海斯特听到他和另一位雇员的通话。当他询问肯德尔是否应该从危险的、中国人对他们的围攻一触即发的地方撤离时，肯德尔回答说："如果是我，在确信他们真的有所行动之前是不会撤离的！"③ 最终，斯蒂芬的幻想破灭了。他对公司的信仰，以及在讨论中西生意经的不同时反驳何的话语，此时看起来非常具有讽刺意味：

> "你为我做的，就是为公司做的。公司和我在这里是一体的。我是它们的仆人。"
> ……
> "你们看重的是生意，我们看重的是人情。"
> "但是一个人的责任！当然这是最重要的。"斯蒂芬坚持说。④

其实，何巴特隐晦地指出如果斯蒂芬做了经理，他可能也会做出同样的事情。因为当芬顿请求推迟出发时间时，斯蒂芬拒绝了："在某种程度上，这个命令使他释放了自己的耻辱。他有权力控制他人。

① Alice Tisdale Hobart, *Oil for the Lamps of China*, New York: The Bobbs-Merrill Company, 1933, p. 386.
② Ibid., p. 398.
③ Ibid., p. 383.
④ Ibid., p. 201.

芬顿必须服从他。他不知道当他给芬顿下命令时，一些普通的人性从他身上溜走了。他只知道他开始成为一个好的管理者。"①

何巴特通过何指出公司应该像个大家庭，对职员承担起责任。她不仅批判了美国的公司对它的职员的冷酷，而且通过正面的例子，指出了中国封建宗族制度的价值。她认为中国家庭对它的成员负责任，而作为回报，家庭成员也对它表现出了忠诚。在《中国灯油》中，当林代理商没有完成职责，何建议斯蒂芬去拜访林的家庭。因为"按照良好的传统……林的家庭，如果值得尊敬的话，将会承担起责任"②。斯蒂芬采纳了何的建议，从这个家庭中得到了他需要的东西。在《阳和阴》中，当沈家落难时，离开沈家多年的女儿沈思默也返回家，试图拯救她的家人，表达了对沈家的忠诚和不离不弃。

毫无疑问，在现在的中国读者看来，中国人过于看重人际关系是中国社会中的弊端和阴暗面。何身为公司的顾问，由于他和詹金斯不融洽的关系，就不愿意给公司提供任何建议。并且只是因为斯蒂芬对他表现出了尊重和友好，当斯蒂芬因为公司的事务求助于他时，他就毫不犹豫地帮助了他。他说："这是我们两个之间私人的事情，我会帮助东家您，但是不会帮助'光明的生意'的外国管理者。"③ 但是在何巴特笔下，通过和美国人以及美国公司的对比，显然，何巴特至少在一定程度上，是把它当作值得美国学习的方面去描述的。斯蒂芬的责任感无疑是优秀的品质。但是公司的冷酷无情却使他的忠诚显得毫无意义。何巴特认为公司的不近人情和中国文化中的重视人际关系形成了强烈的对比。她从文化利用的角度把中国文化之所有和美国文化之所缺并置在一起，希望能给美国文化提供有价值的帮助。出于这个目的，何巴特赞扬了中国文化中注重人际关系这一点，而这一点，却正是中国人所需要注意反省的。相反，斯蒂芬的忠诚和严守规则却

---

① Alice Tisdale Hobart, *Oil for the Lamps of China*, New York: The Bobbs-Merrill Company, p. 206.

② Ibid., p. 261.

③ Ibid., p. 200.

是中国文化值得学习的。

何巴特也注意到了中国哲学的价值。在儒学中，她发现了仁爱和私人关系的重要性，在佛教里，她发现了人类和自然和谐的美以及顺从的力量。在这些思想体系下，她还发现了中国的阴阳学说，并部分地接受了这一学说，运用它来分析对立双方的关系，尤其是男女关系和中美两国的关系，并且倡导男／女和中／美两国之间一种更加和谐的关系。

阴阳学说的起源很难追溯。在瑞典远东博物馆里收藏的一个有着大约六千年历史的陶罐上有一幅经典的道教关于宇宙的图案（太极图）。最早的文字记录是在《诗经》里。起初，主要是指自然现象：阴，山的北部，河的南部；阳，山的南部，河的北部。后来，在《周易》《道德经》等作品中又得到了丰富，它发展成一种重要的哲学，对中国传统生活的各个方面几乎都产生了深远的影响。

《周易》主要是一本关于阴阳之间互相转换的著作，书中主要强调了一点——阴阳之间有一种平衡。然而在《易传》——解释《周易》的一部作品里，阳是优于阴的，阳的这种优越性也可以在《吕氏春秋》《淮南子》《礼记》《台铉》和《春秋番录》等书中看到。

这里有位哲学家不得不提，那就是老子。作为道教的创始人，他大大地推动阴阳这一概念的发展。和《易传》的作者相反，相对于阳来说，他更加推崇阴。他的理论将会在下文详细介绍。

庄子是老子的追随者，不认可《易传》和其他作品中对"阳"的推崇，但是也不同意老子对"阴"的推崇。按照庄子的理论，阴阳自然发展，有时可以互相取代，它们之间并没有一条清晰的界限。对他来说，阴阳失衡对双方来讲都会造成同样的伤害。

在《阳和阴》的前言中，何巴特表达了她对阴阳这一概念的理解。这里将其全文引出是非常必要的：

中国古老的石鼓上雕刻着一种符号，中国几千年来代代相传的书籍中记载着一种符号，中国古往今来的碗碟上也都描绘着一种符号。这种符号被织进织物里，缝进刺绣品中，装饰在屋门上，做成商铺的标记：一个圆形，里面是阳和阴。阳，明亮的，阴，黑暗的，它们互相包含，互相转换。

圆外面是一个八卦图——八组竖线，有的是实线，有的是虚线。象征着温暖的图案的对面是象征着冰冷的图案；"雷"，唤醒者的对面是风和柔和；"天"的对面是地——"地，耕地，接受来自上天的种子。"就这样在创造性的和接纳性的这二者之间被分割成无尽的诸如此类的对立面——运动和宁静、男人和女人、光明和黑暗、活力和迟钝、积极和消极、精神和物质——阳和阴，永远对立、永远统一。

人类神秘的需求就在于两者之间保持平衡。平衡的法则就是道，看不见，但是无比强大，覆盖一切。道就是圆里那个无法分割的整体。

我们西方人曾经说中国在儒教中有它的伦理学体系，在佛教中有一个借来的神，在道教中有迷信。但是在这三者下面，秘密的、但是强大的，奔涌着这种更深一层的使命，它使人永不停歇地寻求着和宇宙造性力量的统一：那就是阳和阴。

尽管阴阳的内涵在不同的文本和不同的时代有所不同，并且很难用几行字甚至几页字解释清楚这一概念，但何巴特的确抓住了阴阳学说的本质：它们彼此对立、统一和互相转换。何巴特所使用的阴阳的概念主要指的是老子的概念。她在《格斯提的孩子》中说："现在我开始研究中国的思想……我遵循新的途径来思考这种以前只瞥见一些表面，理解了一部分的思想：老子的教义中所包含的神秘主义、儒教的严格教条的概念，以及佛教这一外来宗教所包含的另一种神秘主义。"①

---

① Alice Tisdale Hobart, *Gusty's Child*, New York: Longmans, Green and Co., Inc., 1959, p. 277.

因此，有必要粗略地解释一下老子的哲学中阴阳的概念，这一概念主要体现在《道德经》里。在他的宇宙论中，老子强调了阴阳对于宇宙存在的重要性："道生一，一生二，二生三，三生万物。万物负阴而抱阳，冲气以为和。"

　　和其他的哲学家一样，老子也认为阴阳共存于世界上的万事万物之中。在它们的调和下，万物生长。然而，和《易传》的作者相反，和阳相比，老子更推崇阴。在《道德经》的第六章中，他这样写道："谷神不死，是谓玄牝。玄牝之门，是谓天地根。绵绵若存，用之不勤。"

　　道，世界万物的最初来源，被比作女性的生育器官，这无疑大大提高了女性力量——阴的地位，使其远远超越了阳。这也和何巴特一直以来所推崇的女性的力量相一致。比如在第一个阶段，她把女性建立家的行为和上帝建造宇宙相比，第二个阶段她又把女性生育的能力和上帝造物的能力相比。

　　实际上，老子对阴性力量比对阳性力量的推崇贯穿了整部作品的始终。他也曾这么说过："牝常以静胜牡"。他还号召人们"知其雄，守其雌……知其白，守其黑……知其荣，守其辱"。通过运用自然现象作为例子——"人之生也柔弱，其死也坚强；万物草木之生也柔脆，其死也枯槁"，他解释说："故坚强者死之徒，柔弱者生之徒。是以兵强则不胜，木强则折；强大处下，柔弱处上。"老子也表现出他对于均属于阴的范畴的"静"和"水"两者的推崇："重为轻根，静为躁君。"而且"天下莫柔弱于水，而攻坚强者莫之能胜，以其无以易之。弱之胜强，柔之胜刚，天下莫不知，莫能行"。

　　因此，按照老子的观点，阴在种种的二元对立中，总是占据着主导地位：女性/男性、弱/强、软/硬、被动/积极等。①

　　从何巴特前两个时期作品中对中美两国的描述可以看出，显然她

---

　　①　许多学者都曾经探讨过《道德经》中的这一突出特点，更为详细的分析可以参考本杰明·史华兹、刘典爵和顾文炳等人的作品。

深受西方二元对立思维模式的影响。黑格尔这样解释了二元对立的存在："主体只能在对立中确立——他把自己树立为主要者，以此同他者、次要者、客体（the object）相对立。"① 法国著名的哲学家、解构主义的代表人物雅克·德里达（Jacques Derrida，1930—2004）对这一主导西方思维模式的二元论进行了剖析，他指出从柏拉图到卢梭，从笛卡尔到胡塞尔，所有的形而上学家们都坚持了二元论。在二元对立的双方中，有一个是优先的或者说居于中心的。这个优先的，中心的一方是和"逻格斯"联系最紧密的。比如：语言优于书写、在场优于缺席、一致优于不同、完满优于空虚、意义优于无意义、征服优于屈从、生优于死。在每个例子中，第一个词传统上都被认为是原初的、权威的、中心的和优秀的，而第二个则被认为是次等的、衍生的、边缘的或者甚至可以说是"寄生的"。德里达把这些称为二元对立，或者说"极端的分级"。他认为正是这一二元对立的思维模式带来了森严的等级、压迫和奴役，因此，他把消解逻格斯中心主义，以向最顽固的传统挑战作为解构主义的历史己任，并提出了异延等术语来强调差异的重要性。许多女性主义者也对男女二元对立进行了解构和批判。波伏娃在《第二性》中指出了男性是主体（the subject），是绝对（absolute），而女性则是他者（the other）。埃莱娜·西苏指出："在这致命的二元区分中，阴性词语的那一方总是逃脱不了被扼杀、被抹除的结果。"② 她不再试图变为主体，而是接受了自己的他者身份，提出了"阴性写作"。德里达承认了在他的整个学说中对中国哲学的参照："从一开始，我对中国的参照，至少是想象的或幻觉式的，就占有十分重要的地位。当然我所参照的不必然是今日的中国，但与中国的历史、文化、文字语言相关。所以，在近四十年的这种逐渐国际化过程中，缺了某种十分重要的东西，那就是中国，对此我是意识

---

① ［法］西蒙娜·德·波伏娃：《第二性》，陶铁柱译，中国书籍出版社1998年版，第12页。

② Pan Morris, *Literature and Feminism: An Introduction*, Lyon: Breakwill Press, 1993, p. 122.

到了的，尽管我无法弥补。"[①] 早在20世纪30年代，何巴特也已经尝试着借用中国的阴阳学说来解构二元对立学说。在她早期的作品中，她关于中国和美国的二元对立的概念中，美国是那个中心，中国是劣等的、美国是优等的。然而，在她第三阶段的创作中，这两种文化看起来不仅对立，而且统一。每一种文化都有它自己的"美和过度"，每个都包含着另一个，可以向另一个转化。在《中国灯油》中，尽管何巴特并没有清晰地说出她关于阴阳的概念，她的确开始探求中国文化中光明的一面以及美国文化中黑暗的一面，并且她心目中的这一二元对立双方的稳定性也已经开始动摇。在《阳和阴》的前言中，何巴特说她要"探讨的是西方和东方的思想，每一种思想的美好和过度，以及互相之间的影响"[②]。并且显然何巴特选择把阴阳更换为阳阴。在《阳和阴》的前言中，她指出她这么做是有意为之："我更换了这些名词，把积极的准则，阳，放在了前面。中国人把消极的准则，阴，放在前面。"她对这两个名词的更换反映出她仍然把美国文化放在第一位。然而，她试图通过把美国文化和中国文化融合在一起，倡导两者的和谐统一来使美国文化更加完善。考虑到她作为一个美国作家的身份，她更换阴阳的顺序也是可以理解的。

　　按照何巴特的观点，阴在中国文化中起着主导作用，而阳在美国文化中占主导地位。中国人推崇"退隐精神"，把他们自己埋没在"宇宙万物中"，他们认为宇宙万物和人类是平等的，所以他们消极地接受自然的法则。然而，美国人过着一种更加积极进取的生活。他们认为上帝凌驾于地球之上，人类是根据上帝的形象创造的，因此他们努力奋斗以征服自然，试图成为自然的主人。通过对比佛的形象和基督的形象，何巴特考察了这两种宗教的不同和对立。斯黛拉，在《阳和阴》这部作品中是一位受佛教影响很深的传教士。她送给书中的男女主人公，彼得和黛安娜，一个小小的铜佛像作为他们的结婚礼物。

　　① ［法］雅克·德里达：《访谈代序》，《书写与差异》上册，张宁译，生活·读书·新知三联书店2001年版，第11、5—6页。

　　② Alice Tisdale Hobart, *Yang and Yin*, New York：The Bobbs-Merrill Company, 1936.

佛像面部被动的表情激发了彼得积极进取的精神："仔细观察着佛像的面容，他最渴望的就是和他这种想要从生活中退隐的表情抗争。以积极的活力和它斗争。他的目光停留在基督的图片上……这张脸，以荆棘加冕……有一种痛苦的表情，还有更多——对痛苦的挑战。"①

按照何巴特的说法，这两种文化中阴阳的失衡使得它们都有缺陷。中国人，由于他们相信自然是一种神秘的力量，希望能够有办法和自然和谐相处，所以没有欲望去探索它的秘密，去征服它。因此，在他们中间缺乏一种科学的精神。和美国人相比，他们更弱一些。另一方面，美国人的进取和战斗精神，引导他们发明了各种大机器使他们的国家富裕，但同时，也导致了对道德和人情缺乏尊重，而"侵略性的贸易"，往中国输送鸦片，也把美国拖入了世界范围内的战争。在中国生活了多年之后，彼得仔细考虑这些，感觉到他曾经一度崇拜的"能量"（energy）变得几乎有些邪恶："尽管他一向崇尚能量，他还是发现美国旺盛的能量已经接近罪恶的边缘。如果说中国的消极被动导致了停滞不前，西方的积极扩张则埋下了大混乱的隐患。科学家们的不懈努力打开了全新的'能量'之门，然而，涌入者并没有遵守科学戒律，贪婪地将战利品抢夺一空。"②

何巴特不仅注意到了两种文化各自的缺陷以及它们之间的对立，而且意识到两种文化各自的力量。在征服自然的强烈的欲望的驱使下，美国人发明了大机器，发展了现代科学，这些对人类的生活大有益处。中国哲学，追求顺从与和谐，对人类的灵魂和肉体同样有益。当彼得接受了他的疾病和不能活动所带来的更大的痛苦，他开始康复了："接受，东方的显著特征，他发现，如果正确使用，会帮助他逐渐恢复。"③ 在他们追求和谐的过程中，中国人形成了他们自己独特的医药理论和人类涉足的其他领域内的一些理论。这些理论中的一部分

---

① Alice Tisdale Hobart, *Yang and Yin*, New York: The Bobbs-Merrill Company, 1936, p. 76.

② Ibid., p. 217.

③ Ibid., p. 309.

在西方科学那里得到了证实。何巴特在医药方面给了我们一个例子。西方的医生，依赖他们的现代医学，提出了一个理论——人体内生命力量的平衡对健康来说是非常必要的，并把它称之为"基础代谢"（Basal metabolism）。然而，在阴阳哲学中，古代中国人民已经推断出每个人体内，都有一个包含有天和地、否定和肯定、消极和积极的小宇宙。这些二元对立的失衡就会引发疾病，因此恢复的方法就在于他们体内这些阴阳力量的平衡。这个例子不仅展示了中国文化的力量，而且证明了西方科学和中国的阴阳哲学有时可以推出相同的结论。

何巴特也探索了基督教和佛教之间以及基督教和儒教之间的相似性。斯黛拉，一位可敬的西方传教士后来接受了佛教，说"佛就是中国人民的基督"，彼得遇到的"尊贵的"中国佛教徒也告诉他西方宗教和中国宗教并非不同，中国人民把他们的基督称作"佛"。[1] 彼得和斯黛拉以基督教传教士的身份来到中国。正是他们的基督教信仰激励他们为中国的发展牺牲自己的利益。然而，中国人民把彼得看作"有着一颗佛心的人"，并且把斯黛拉尊为"观音菩萨的姐妹"。[2] 儒教和基督教之间的相似性主要通过一位中国吴姓学者和沈络石揭示出来。仁是儒教的核心思想。"据杨伯峻先生《论语译注》统计，在《论语》中，孔子讲'仁'的地方共109次。"[3] 吴从彼得医生和他的其他西方同事在医院的工作和奉献中看到了"仁"："他们体现了某种儒家的理想。在他们这种粗糙尖锐的方式背后，他们拥有友善、温和以及仁慈。甚至对那些他们宗族之外的人来说也是这样——比如说，他们为那些'小人'建造了医院。"[4] 从彼得冒着生命危险为了一个"卑贱"的中国病人所做的一切中，络石发现了儒学服务和奉献的精神："儒学教义教给人们儿子和父亲的关系、学生和老师的关系、

---

① Alice Tisdale Hobart, *Yang and Yin*, New York：The Bobbs-Merrill Company, 1936, p. 250.

② Ibid., p. 219.

③ 杨伯峻：《试论孔子》，《论语译注》，中华书局1980年版，第16页。

④ Alice Tisdale Hobart, *Yang and Yin*, New York：The Bobbs-Merrill Company, 1936, p. 116.

朋友之间的关系，但是这儿有一种关系超越了那些个人之间的关系——医生和他的患者之间的关系、工人和他的任务之间的关系……这就是君子的奉献精神！"①

感动于彼得的行为，络石决定接受基督教的教义。对以西方二元论非此即彼为思维模式的彼得来说，络石的决定表明他放弃了儒家信仰："一个儒教徒，像你这样接受过儒家教义的训练，放弃了儒教信仰，改信基督教，的确并不常见。"然而络石却仍然把自己看作一个儒教徒。因为他的父亲曾经教育他说："君子之道最终去向何方即使圣人也不知道。"② 所以他认为尽管在基督教中存在着一些东西中国的圣人并没有看到，那仍然是君子之道。因此，络石接受了基督教，他相信他只是在那个看不到的大路上走得更远了一些而已。

通过对基督教和佛教的对比，何巴特传递了她的观念——中国文化和美国文化，尽管有时互相对立，互相排斥，其实质性的东西也互相包含。同时，通过对两个人物的塑造——接受了佛教的基督徒传教士斯黛拉和接受了基督教的深受儒学影响的中国学者络石，何巴特也清楚了表达了因为两种文化间的共同之处，它们也是可以互相转化的。

吉安娜·甘地·奎西（Gianna Canh-Ty Quach）认为《阳和阴》是一部"暗示了东方借助于西方获得重建和救赎的小说"③。这是对何巴特的误读。何巴特，事实上，在这部小说中恰恰批判了这种观点。这一点从她对一些基督徒对中国人的无知和狭隘的批判中和对两种文化的融合的倡导中非常清楚地表达了出来。中国学者宋伟杰也批判了何巴特没有谈到中美交流中出现的问题。④ 事实是，何巴特不仅

---

① Alice Tisdale Hobart, *Yang and Yin*, New York: The Bobbs-Merrill Company, 1936, p. 283.

② Ibid. .

③ Gianna Canh-Ty Quach, *The Myth of the Chinese in the Literature of the Late Nineteenth and Twentieth Centuries*, Diss. Columbia University, 1993, p. 56.

④ 宋伟杰：《中国·文学·美国：美国小说戏剧中的中国形象》，花城出版社 2002 年版，第 137 页。

谈到了这些问题，而且提出了解决这些问题的办法，那就是"互相补充"："我开始写我的第三部小说，在这部小说中，东方和西方，我希望，可以找到和谐的统一。"① 何巴特这种东西方取长补短、互相结合的观点在她对华盛顿的一个雕像的描述中得到了充分的表达。这座雕像是由美国 19 世纪著名雕塑家奥古斯都·圣高顿（Augustus Saint-Gaudens）制作的。在《阳和阴》中，何巴特说彼得的老师感受到了它的力量，称赞它是美国曾经制造出来的最精美的东西之一。彼得也把它看作了东西方文化统一的完美象征：

> 他站在这个戴着兜帽的雕像前，看着这张平静的脸孔……任思绪万千。这尊雕像有着深深的离世的表情。这个人的心灵，安静地，在秘密的生活的中心等待。外门已经关闭，精神转向内部……一缕微风吹动了穿着斗篷的沉默的雕像头上的树枝。是光线的小把戏吗？嘴巴好像表现了某种东西……他转到侧面，从另外一个角度仔细观察着这张脸。不，不只是光线的把戏。这位艺术家已经把他自己所继承的西方传统中的自信、坚定和东方传统中的宁静都融入了他的创造。人的心灵，在生活的秘密的中心静静地等待，正在回归，穿破了人类的斗争……女人？男人？彼得压根没想到去问。他坐在石凳上，长时间地注视着这张面孔，研究着它和谐的融合。阴和阳——一种女性和男性的平衡。每个人身上都有着这两种元素。他对于仍然需要一年的等待的遗憾逐渐消失了——东方的宁静使西方躁动的欲望逐渐平息下来。②

这种和谐统一的观点在这部小说中多处都有所表达。斯黛拉曾经批评彼得由于坚持责任和效率而缺乏人际沟通："由于你对效率的坚

---

① Alice Tisdale Hobart, *Gusty's Child*, New York：Longmans, Green and Co., Inc., 1959，p. 276.

② Alice Tisdale Hobart, *Yang and Yin*, New York：The Bobbs-Merrill Company, 1936，p. 318.

持，你丧失了某种人际沟通……那是不正确的……有某种东西中国人拥有而我们没有……就是对每个人个性的尊重。……的确，是我们发展了个体的概念。然而，责任和效率之类的东西却先随我们而来。在中国人那里，人际关系是放在首位的。"① 被她的批评所刺痛，彼得开始重新思考他认为效率就是力量的不妥协的态度："真的可以和自己的理想妥协吗？中国的方式认为没有什么理想是绝对完美的，人际关系是首要的，他一直在反对这一点。他曾经认为西方的理念一定会把东方的理念挤出去。或许两种不同的理念，可以融合在一起……"②

接受了佛教的斯黛拉批判了基督徒们非此即彼的思想："不要像贝克那样……好像除了我们自己的宗教之外，其他的宗教都是彻底邪恶的。……不要在有关精神的方面自鸣得意。"③ 当西方传教士嘲笑中国人信奉自己创造出来的神时，作者也借斯黛拉之口说出西方人也没有什么不同："你们的神也是根据你们自己的形象塑造的。"④ 当然，这在西方传教士中引起了很大的恐慌，他们举办了一次会议来决定她是否应该被赶出教会。会上，通过彼得对斯黛拉的赞扬，何巴特又一次表达了她对于这两种文化融合的渴望："他非常吃惊。她周身环绕着光辉。她的头发，全部带有一种银白色，看起来好像有光环环绕。而且她的脸……充满了巨大的活力。她好像正在挖掘某种隐藏的、令人振奋的力量。"⑤ 后来，彼得以中国人的方式接受了他的疾病，从而使病情好转，他开始意识到："顺从和努力是一件事情的两个方面，两个对立面。它们就像电的正负两极，互相对立但是互相补充。"意识到这一点，"彼得开始从中获得力量。"⑥

从上面的分析可以看出，何巴特，尽管对中国和中国人仍然还有

---

① Alice Tisdale Hobart, *Yang and Yin*, New York: The Bobbs-Merrill Company, 1936, pp. 160 – 161.
② Ibid., p. 161.
③ Ibid., p. 46.
④ Ibid. .
⑤ Ibid., p. 190.
⑥ Ibid., pp. 309 – 310.

许多误解，但是她的一些观点已经发生了很大的转变。她不再是那个试图把美国的生活方式强加到中国人身上的乐观的拓荒者了，也不再是那个梦想幻灭、认为中国和西方的相遇纯粹是个悲剧的女性了。在这一时期，她对中国人和中国的哲学有了进一步的、更深层次的了解。认识到了两种文化中以及人性中的共同之处，她渴望着它们的和谐、互补和统一。

第二节 流放者归来

本书前言中已经说明何巴特对中国和中国人态度的转变并非特例。20 世纪 30 年代，总体来说，西方作家作品中的中国形象经历了一种从否定到肯定的变化。鲁迅注意到了这一现象，他说那些赞美中国文化的西方人是别有用心的："我记得'拳乱'时候（庚子）的外人，多说中国坏，现在却常听到他们赞赏中国的古文明。中国成为他们恣意享乐的乐土的时候，似乎快要临头了；我深憎恶那些赞赏。"① 在另外一部作品中，他又一次表达了这种憎恶："以前，外国人所作的书籍，多是嘲骂中国的腐败；到了现在，不大嘲骂了，或者反而称赞中国的文化了。常听到他们说：'我在中国住得很舒服呵！'这就是中国人已经渐渐把自己的幸福送给外国人享受的证据。所以他们愈赞美，我们中国将来的苦痛要愈深的！"② 对鲁迅来说，外国人的赞美和他们对中国的肯定的形象的塑造就是"软刀子"。西方列强不再用枪炮等武器来攻打中国，而是开始使用"软刀子"，中国会在外国人的赞美声中走向坟墓。鲁迅解释了他对"软刀子"一词的使用，并且指出了它的危险性："用枪炮来打我们的时候，听说是因为我们野蛮；现在，倒不大遇见有枪炮来打我们了，大约是因为我们文明了罢。现

---

① 鲁迅：《〈出了象牙之塔〉后记》，《译文序跋集》，人民文学出版社 2006 年版，第 109 页。

② 鲁迅：《老调子已经唱完》，《鲁迅全集》第 7 卷，人民文学出版社 1973 年版，第 312 页。

在也的确常常有人说，中国的文化好得很，应该保存。那证据，是外国人也常在赞美。这就是软刀子。用钢刀，我们也许还会觉得的，于是就改用软刀子。"①

鲁迅是一位深具社会责任感的作家，他看到了中国人所遭受的苦难，可以理解他为什么会使用这么极端的词汇。那一民族存亡的危难时期，中国人所需要的是斗争精神和革新精神。因此，西方对中国传统文化的赞扬的确会在中国人中间产生削弱性的影响。问题是何巴特这一时期对中国的肯定性的描述是否真的别有用心，她是否真的想利用"软刀子"来伤害中国人？下文，将会探讨何巴特笔下的中国形象再一次发生变化的原因。

在《中国灯油》这部书的开头，何巴特就强调这只是一部小说。"书中没有一个人物是来自于真实的生活。所有的创作都是虚构的，书中所描述的机构也没有一所是真实的。选择了石油生意是因为光是进步的象征。同样，所涉及到的事件也都和历史无关。整个就是我自己在中国和其他地方的生活的经历、观察和思考的混合物。"② 然而，在《格斯提的孩子》中，她却披露说，《中国灯油》是基于她丈夫厄尔·何巴特的经历完成的。出于对美孚石油公司的忠诚和责任感，在1927年3月21日的大撤退中，厄尔没有放弃他自己的岗位，何巴特也决定，她的丈夫在中国停留多久，她就会陪着他待多久。在南京事件期间，厄尔冒着生命危险和那些用上了膛的步枪指着他的胸膛的中国士兵交涉。当时，他的妻子和其他52名西方人正藏在他家的楼上。他们用一条用床单撕成的绳子爬出了城墙外，得以逃脱。当厄尔往下爬时，床单的布破了，他的脚受了伤，这使他的腿永远瘸了。可是他的勇敢，仅是被美孚石油公司看作是出洋相。当美孚公司要缩减人员时，在为美孚忠诚地工作二十年后，他被迫辞职了。厄尔辞职之后，

---

① 鲁迅：《老调子已经唱完》，《鲁迅全集》第7卷，人民文学出版社1973年版，第312页。

② Alice Tisdale Hobart, *Oil for the Lamps of China*, New York: The Bobbs-Merrill Company, 1933, p. i.

何巴特第一次看到了大公司的非人性化，明白了做生意时，中国人强调人际关系的价值所在。他们第一次回国时，美国依旧处于繁盛时期。他们非常高兴和感激能够回到自己的国家。然而，这次回国时，厄尔已经四十多岁了。在企业界，被认为已经"老"了。除了海外贸易的经验，他一无所有，所以他很难在美国找到一份工作。1928 年 5月，他最终在柏林找到了一份检查新安装的加法器的下级主管的工作。在柏林生活期间，何巴特夫妇看到了第一次世界大战对普通德国家庭的影响以及德国人对协约国的怨恨，因为他们在《凡尔赛和约》中对德国人民提出了"战争罪责条款"，战胜国把发动战争的责任完全推给了战败国德国。何巴特夫妇在同年 7 月返回美国。几个月的失业之后，厄尔才在华盛顿找到了一份临时的工作。何巴特由于自身的经历，看到了美国公司对公司职员的冷酷无情、看到了战争的残酷，也因此而看到了中国家族制的价值和中国追求平和、宁静的哲学。

　　此外，虽然赫伯特·胡佛那些宣布美国最终战胜了贫穷的豪言壮语言犹在耳，美国的期货市场却开始陷入了崩溃。整个国家被卷入了经济危机之中，表面繁荣的面纱被彻底揭开，背后工业体制的缺陷彻底暴露。调查数据反映出了经济崩溃的严重程度：1929 年到 1931 年，失业率从 3.2% 上升到 24.9%，超过 1500 万的美国人失业。从 1932年冬天到 1933 年，银行体系几乎全面崩溃。到 1933 年 3 月份，超过5000 家银行破产，存款损失了数百万。[①]并且从 1929 年到 1933 年，国民生产总值从 1040 亿锐减到 740 亿美元。国民收入从 880 亿美元缩减到 400 亿美元。几乎每一天都有银行宣布破产；1930 年有 1350家银行倒闭，在接下来的两年分别有 2293 家和 1453 家倒闭。期货价格急速暴跌。通用汽车在 1929 年卖到 91 美金的高价，到 1933 年 1月跌到了 13 美金。同一时期，美孚石油公司从 83 美金降到了 30 美金，美国钢铁从 261 美金降到了 27 美金。农民绝望地看着他们的收

---

　　① 参见 http：//encarta msn. com/ encyclopedia-761584403/Great Depression in the United States html#s4.

入暴跌了 61%。一磅棉花，在 1929 年卖到 16 美分，1932 年卖到 6 美分；在 1929 年卖到 79 美分的一蒲式耳的玉米，只能卖到 31 美分。只有失业工人的人数稳定增长。1929 年，150 万工人——3% 的劳动人口——没有工作。到 1933 年，至少 1300 万工人——总人数的 25%——是闲着的。三年来，每周都有平均 75000 人失去工作。①

面对贫困，美国人民和中国人民的反应并没有多大不同。恐慌和绝望笼罩着他们。许多小公司的业主宣布破产，失踪了，或者自杀了。传统的礼仪和责任感也消失了。随着收入的减少，离婚率降低了，但是抛弃家庭的人却增多了。违法的事件也增多了。在美国明尼苏达州东南部城市明尼阿波利斯，几百人捣毁了一家产品市场的窗户，抢走了里面的肉、水果和罐装食品。罢工和游行也频繁发生。1932 年 6 月，大约 22000 名"一战"士兵聚集在华盛顿要求美国政府立即支付给他们在 1924 年答应的补偿金。当时美国议会决定推迟到 20 年之后。1934 年，150 万工人继续罢工。

经济大萧条粉碎了何巴特对于美国体制的信心。面对贫困的威胁时，美国人民所表现出来的恐慌让她更深刻地理解了中国人。她在《格斯提的孩子》中这样回忆道："我曾经在中国看到过恐慌。我还记得那么多车都争相驶过南京的主要街道，驶出了这个城市的大门，富人在逃跑，他们的财产堆在他们周围。妻子、小妾、有时是孩子蜷缩在行李中。中国人的恐慌是一种原始的恐慌，可以运用体力来消解。但是我的同胞们的恐慌是一种看不见的恐慌，从人们的大脑中迸发出来！夜复一夜，人们生活在贫困、债务和丧失名誉的噩梦中……有些人选择了结束自己的生命，因为太痛苦而无法忍受。"②

美国政府和大公司对待罢工工人和游行人员的态度不仅表现了他们的无能，而且非常残酷和非人性。1932 年，在亨利·福特的命令

---

① Walter Lafeber, Richard Polenberg, and Nancy Woloch, *The American Century：A History of the United States since the 1890s*, New York：Mcgraw-Hill, Inc. , 1992, p. 172.

② Alice Tisdale Hobart, *Gusty's Child*, New York：Longmans, Green and Co. , Inc. , 1959, p. 226.

下，警察向正在他底特律工厂罢工的工人们开枪射击。同年，美国著名军事家道格拉斯·麦克阿瑟（Douglas MacArthur，1880—1964）将军指挥配有刺刀、步枪和催泪瓦斯的联邦部队镇压了举行游行要求发放补偿金的退伍军人。在这种环境下，中国人对人际关系的强调以及中国人的宗族观念看起来尤其重要。

　　经济大萧条也带来了战争的乌云。世界经济继美国之后进入了衰退期。20 世纪 20 年代所签署的为了保护世界和平的协议也开始瓦解了。在德国和日本，法西斯主义和军国主义开始取代温和的政府。1931 年，日本对中国东北三省发起了全面的进攻，1932 年 3 月，傀儡政权"伪满洲国"宣布成立。这不仅威胁了美国在远东的利益，而且也由于对《九国公约》①的违背威胁了世界和平。一场军备竞赛很快就轰轰烈烈地开始了。1932 年，美国国务卿亨利·史汀生在写给参院外委会主席威廉·博拉（William Borah）的公开信中表明了美国对日本侵华行动的态度，要求世界拒绝承认一切违反《凯洛格和平公约》②和《九国公约》的行动："违反哪一个华盛顿条约都将破坏整个条约组织，随之也就解除了美国对华盛顿条约所承担的义务。简而言之，日本违反《九国公约》将导致美国的舰队规模不再受条约的限制，并在它的太平洋领地设防。"③ 1934 年后半年，日本要求允许他们拥有和英美一样的舰队数量。这一要求被拒绝后，日本退

---

　　① 全称《九国关于中国事件应适用各原则及政策之条约》。1922 年 2 月 6 日，美、英、法、意、日、荷、比、葡、中 9 国在华盛顿会议上签订。公约的核心是肯定美国提出的在华实行"门户开放，机会均等"的原则，并赋予它以国际协定的性质，使日本独占中国的野心遭到挫折。实质上是在美国占优势的基础上，帝国主义列强建立的对中国的联合统治，加深了中国的半殖民地地位。

　　② 《凯洛格公约》又称《非战公约》，1928 年 8 月 27 日，由美、英（包括英联邦 7 个成员国）、法、德、比、意、日、波、捷克斯洛伐克 15 国的代表在巴黎签订，全称为《关于废弃以战争作为推行国家政策的工具的一般条约》。1929 年 7 月 24 日正式生效。主要内容是：废弃以战争作为推行国家政策的工具；只能用和平方法解决国际争端或冲突。苏联于 1928 年 9 月 6 日宣布正式加入这一公约。截至 1933 年，加入非战公约的有包括中国在内的 63 个国家。

　　③ ［美］孔华润：《美国对中国的反应》，张静尔、周敦仁译，复旦大学出版社 1989 年版，第 75 页。

出了《五国条约》①，加紧扩张他们的海军和太平洋地区的防御工事。1933 年 1 月，阿道夫·希特勒（Adolph Hitler）在德国上台，加剧了战争的威胁。

这一时期的美国文学也受到了经济大萧条的影响。作家们更关心政治和社会问题。他们中许多人转向了左翼，加入了左翼作家同盟，比如"约翰·里德俱乐部"和共产党组织的"美国作家联盟"。在 20世纪 30 年代被称之为"红色的十年"中，愤怒的声音不绝于耳。描述大萧条对工人、农民、和美国中产阶级的影响，批判清教主义和美国社会体制的缺陷的作品大量涌现出来。小说家约翰·多斯·帕索斯（John Dos Passos，1896—1970）的《美国三部曲》相继出版于 1930年，1932 年和 1936 年，严厉地批评了美国的商业主义及其 1900 年到1930 年间对人民的剥削，被认为是"30 年代的主要成就之一"。② 西奥多·德莱赛（Theodore Dreiser）的小说《美国悲剧》（*Tragic America*）出现在 1931 年，威廉·福克纳（William Faulkner）的小说《我弥留之际》（*As I Lay Dying*，1930）、《圣殿》（*Sanctuary*，1931）、《八月之光》（*Light in August*，1932）、《押沙龙、押沙龙》（*Absalom*，*Absalom*，1936），也都创作于在这一时期。这些作品都表达了对美国资本主义深深的厌恶。

因此，何巴特所看到的美国和她在中国时想象中的美国形成了鲜明的对比。美国人民，和中国人民一样，当基本的生活条件无法保障时表现出了他们原始的欲望和利己主义。这使得何巴特更深地了解了中国的状况，同时也认识到了她对于美国的理想化："这两年，1930年和 1931 年，在我心目中是调整和思考的两年……那些占据高位的

---

① 《美英法意日五国关于限制海军军备条约》即《五国海军条约》于 1922 年 2 月 6 日签订。条约有效期至 1936 年 12 月 31 日。《五国海军条约》使英国正式承认了美英海军力量的对等原则，标志着英国海上优势从此终结，并使日本的扩军计划受到限制，从这个意义上说，它是美国外交的又一次胜利。《五国海军条约》是世界现代史上大国之间签订的第一个裁军协议。但条约本身并没有真正消除竞争，竞争将在以后重新激化。

② Emory Elliott, et al, eds. *Columbia Literary History of the United States*, New York：Columbia University Press, 1988, p. 754.

人的欺诈手段和不道德行为，隐藏在繁荣背后，现在面临国家灾难的时候，全部揭示出来了。我把美国理想化了。现在我的幻想破灭了，我渴望一块属于自己的土地；我几乎保持了一生的和土地的亲近成了紧急需求，一次比一次更强烈向我召唤。在那儿，我可以分辨出我的国家的优秀和罪恶。"①

宗教方面，在20世纪30年代也经历了一次"和东方宗教精神上的联合"的召唤。实际上，早在1890年，自由主义的声音就开始在传教士中出现了。在上海举办的第二届基督教在华传教士全国大会上，传教士李佳白（Reverend Gilbert Reid，1857—1927）提交了一篇名为"祖先崇拜"的论文。这篇论文是由美国来华传教士丁韪良（W. A. P Martin，1827—1916）完成的，他缺席了那次会议。文中，丁韪良辩论说，祖先崇拜"源自于人类本性中一些最好的原则"。当李佳白解释说它包含有"孝道和兄弟之爱"并且和《圣经》中要求"尊重所有的人"是一致的时候，台下人们反对的叫喊声迫使他不得不中止演说、下台。丁韪良是光绪皇帝任命中国第一所大学——京师大学堂（今北京大学）的首任校长。在该校开学时他曾当着中外来宾向孔子鞠躬致意。他的这一行为被一些基督教人士视为"背叛神"的举动。然而也有些人认为正是这样他得以融入中国，成为中国教育界的一分子。李佳白1882年由美国长老会派遣来华，主要在山东烟台、济南等地传教，是尚贤堂及其报刊的创办人。和中国民众的冲突，使他认识到传教应该和中国传统文化结合起来。在传教中，他通常"着华服用发辫，一如华人仪式也"②，而且，"一手握圣经，一手持四书，如听众不愿听基督教则另讲以孔教"③。1894年，李佳白在北京创建了"中国上流社会传道会"（The Mission among the High Class），

① Alice Tisdale Hobart，*Gusty's Child*，New York：Longmans，Green and Co.，Inc.，1959，p. 267.

② 李佳白：《李佳白博士重达其对于中国之友谊计划》，《国际公报》1927年第5卷第41、第42期合刊。

③ 赵士骏：《李佳白博士之略历》，《国际公报》1927年第5卷第45、46期合刊。

1897 年，更名为"中国国际学会"（The International Institute of China），即尚贤堂。中外教务联合会是尚贤堂下设的联合会，它的宗旨是"欲联络各教之教徒而谋彼此之亲善"[1] 使"各教互相亲睦，尊重友谊，无尔我之见、等级之分"[2]。不分宗教派别，各教人士都可入会。李佳白认为基督教和儒、释、道等各教立教的宗旨是一致的。因此。除宣讲基督教之外，他还广邀佛教、道教、印度教、伊斯兰教、犹太教等各教知名人士演讲，探讨不同宗教的教义。比如 1913 年上半年，教务联合会举办的演讲会的演说题目有"论孔教之结果""论基督教祈祷之真意""论回教祈祷之真意""论印度西克教之原理""论道教祈祷之真意""论春秋大义""论自由之理必不出真道之范围""论大同之理与天道关系""论目前时事与天道人命之关系"等[3]，"印度诗人泰戈尔、佛教太虚法师、日本佛教观光团团长尾关本孝、驻美公使伍廷芳等都曾是尚贤堂的座上宾"[4]。

在 1914 年的北京宗教代表大会上，大约有三十人，代表了不同的信仰，他们就宗教和谐问题发表了自己的看法。这次会议是由李佳白组织的。按照彼得·康的说法，第一次世界大战后，传教士面临的指责日甚一日。不少批评意见在理论上依据了新近提出的人类学观点，这些观点认为"传教活动无异于摧毁异域文化"。连主流教会也参加了攻击。[5] 彼得·康还以电影《雨》为例说明了当时的流行文化中也反映出美国人正在逐渐放弃对海外传教士的幻想，对美国用西方思想来改造世界的错误愿望提出了批评。

传教士本身的幻想也由于第一次世界大战而幻灭了。对于他们中的一些人来说，像中国哲学这样更少攻击性的哲学看起来更加有吸引

---

[1]　李佳白：《尚贤堂第五十二、五十三期半年报告》，《国际公报》1924 年第 2 卷第 78 期。

[2]　同上。

[3]　胡素萍：《李佳白与尚贤堂——清末民初在华传教士活动个案研究》，《史学月刊》2005 年第 9 期。

[4]　同上。

[5]　［美］彼得·康：《赛珍珠传》，刘海平等译，漓江出版社 1998 年版，第 169 页。

力。1924 年，传教士德维特·哥达德（Dwight Goddard）的文章《基督和佛相遇的地方》在自由杂志《论坛》上发表。他认为，佛教的理想和基督教的理想在很多方面都是相似的。而且和基督教强调耶稣是上帝唯一的儿子相比，在对其他宗教的宽容度上，佛教甚至更加进步和优秀："佛教的本质使它可以宽容地对待其他宗教；它从来没有以宗教的名义犯下过冷酷的迫害这样的罪行。"哥达德认为如果基督徒们能够"删去那个小小的字'唯一'，或许有朝一日，这世界上的两大宗教可以联合在一起"。①

南京事件之后，许多传教士开始重新思考他们在中国的使命。批判传教士工作的文章和著作不断涌现。从 20 年代中期开始，进步杂志《基督教世纪》刊发了一系列批评文章，如《传教士是基督徒吗？》（1930）、《从今结束传教帝国主义！》（1934）、《我不想使基督教一统全球》（1935）。② 哈佛学者威廉·欧内斯特·霍金（William Ernest Hocking）的《重新审视海外传教活动》（Re-thinking Missions）也被称为《非神职人员调查报告》一书于 1932 年 10 月出版，把对海外传教士的批评推向了高潮。这本书是基于以哈佛大学教授欧内斯特·霍金为主席的一个非神职人员委员会所进行的"非神职人员对国外传教活动的调查"完成的，得到了七个基督教教派的支持。"这本书断然否定传教事业，一时广为传阅。"③ 它实际上"宣告了海外传教幻梦的破灭"④。调查"号召对传教士思维方式的彻底改革——对东方宗教传统和基督教本身的一种全新的理解"⑤。他指出传统的传教士的看法认为只有一种获得救赎的方式，这是一种极大的误解。霍金表明了他对东方信仰的欣赏。他说他们发现儒教在"秩序、理性、社会界定"方面有所贡献。"佛教又为其增添了无限的深度，并且对激

---

① Dwight Goddard, "Where Christ Meets Buddha", *The Forum*, December 1924.

② ［美］彼得·康：《赛珍珠传》，刘海平等译，漓江出版社 1998 年版，第 169 页。

③ 同上。

④ 同上书，第 170 页。

⑤ Xi Lian, *The Conversion of Missionaries：Liberalism in American Protestant Missions in China*, 1907 - 1932, N. P. Pennsylvania State University Press, 1997, p. 193.

励心灵进行探索增加了吸引力。"基督教可以从佛教和印度教中学习它们的"冥想的艺术",这可以弥补它过于活跃的倾向。这些不同的信仰以及道教信仰中所表现出来的对禁欲主义和对"形而上学的真理的坚定不移的关注"会有助于矫正改革社会福音时那种通常不加思索的激进主义的狂热。丰富的东方宗教的符号象征可以激发西方基督徒们质疑上几个世纪流传下来的复杂的"枯燥乏味的"教义的优势。他认为如果在这么多种东方信仰中有"一个宗教真理的核心",那么基督教只是一个原始的"普世宗教"的一部分。如果是这样,也只好接受这一事实。①

这一调查的出现,使得西方传教士中对中国宗教的同情和期待宗教融合的观点更加的流行。不久之后,赛珍珠就在纽约的阿斯塔饭店发表了她那篇有争议的著名演讲,标题为"海外传教活动有无必要?"她给出了否定的回答。② 对何巴特——在她开始创作《阳和阴》之前就试图研究中国哲学——来说,是不可能忽视那个时期基督徒思想的转变的。

何巴特注意到美国人过于追求效率和责任对人造成的异化,也注意到中国人强调家族制度和人际关系所带来的益处;看到了美国传教士非此即彼的宗教思想的狭隘,也看到了中国宗教和哲学的包容性;认识到了美国二元对立的思维模式的问题所在。但是最可贵的是她在试图消解或者说打破美国人头脑中现存的二元对立时,并没有提出用新的二元对立来取代旧的,也没有认为中国思想比西方优秀,而是指

① Xi Lian, *The Conversion of Missionaries: Liberalism in American Protestant Missions in China*, 1907 – 1932, N. P. Pennsylvania State University Press, 1997, p. 170.

② 更多的例子可以参见席连(音译)的《传教士的转变》,就这个问题他做了比较彻底的调查。传教士戈登·波蒂特(Reverend Gordon Poteat)认为"如果拒绝承认真理,不管这一真理是在哪里发现的,毫无疑问这是对上帝的一种畸形的忠诚"(1933)。圣保罗教堂的教长威廉·拉尔夫·英奇(William Ralph Inge, 1860—1954)追问道:"在一个人类已经觉醒到需要保护物质资源的时代,难道基督徒不应该加入到其他人中间为世界精神资源的保护建立一个体制呢?"(1932)《时代》创办人亨利·卢斯(Henry Luce),当他1935年在大同的云冈石窟参观时,他称赞那些雕像是"一种伟大的内部的精神荣耀的外在标志",并且说他的心灵因此"得到了升华。"

出了两种文化各有不足，如果两种文化结合起来，才能互相抵消不足之处，互相取长补短。她能做到这一点，还有很大一部分原因得益于她的流浪者身份。

拉康曾经指出对自我和他者的认识需要脱离母体。这种脱离使她对自己和他人开始有了真正的认识。而主体一旦脱离母体，虽然一直有一种回归的情结，却是无论如何也无法回归母体了，这就造成了她永远的使自己处于了一种放逐的状态。即使何巴特已经返回美国，她精神上也永远处于了一种和美国疏离的状态。同样，虽然之前，她也和中国人处于一种疏离的状态，但是毕竟多年来一直生活在中国，离开中国之后，也能够采取一种更加超然的态度看待这个国家。萨义德也在《关于放逐的思考》（*Reflections on Exile*）一书中指出放逐"是人类和他的故乡之间、自我和它真实的家之间无法弥补的裂痕"①，是"一种带向习惯性秩序之外的生活，它是流浪的、去中心化的、对位的"。② 他认为放逐的状态可以给人们提供"超越国家和地方的局限的机会"。远离家乡可以以一个放逐者冷静、超然的态度来看待他的"家乡"。③ 放逐者知道："在一个世俗的、不可预知的世界，家总是临时性的。边界和围墙可以把我们围在一个安全和熟悉的区域，也能够成为监狱，通常会受到超出理性和必需的保卫。放逐者穿越了思想和经验的边界，打破了围墙。"④ 而放逐的乐趣就在于"把整个世界看作是一个陌生的土地使观点的独创性成为可能。大多数人主要注意到一种文化、一种生活背景和一个家，而放逐者们却至少注意到了两个。这种视野的多元性导致了对同时存在的事物的不同维度的认识"⑤。他借用了一个音乐术语来描述这一认知—对位："对于放逐者来说，生活习惯、表达方式、或者说行为方式会不可避免地在他们对

---

① Edward Said, *Reflections on Exile and Other Essays*, Cambridge：Harvard University Press, 2000, p. 173.

② Ibid., p. 186.

③ Ibid., p. 185.

④ Ibid. .

⑤ Ibid., p. 186.

这些事情在另外一个环境里的记忆的映衬下再现。新的和旧的环境都鲜明、真实、一起对位发生。在这一理解中有一种独特的乐趣，尤其是如果放逐者意识到其他的并置会减少传统对判断的影响并且可以提升一种出于共情的欣赏和理解。"[①]

何巴特放逐者的边缘化地位使得她可以将"一些不可能从群体本身滋生的质素引进了这个群体"。[②] 在何巴特这一时期的描写中，"对位"的思维模式在她的作品中非常清楚地体现出来。她通常把中美两国人对同一问题的不同或者相同的态度和解决方法并置在一起描写。比如，前面提到的分析传统对人的束缚这一点时，何巴特把中国缠足的习俗和西方清教传统放在一起分析。在描述西方公司对个人的冷漠和扭曲时，她也同时提到了中国家族制下对个人的责任。在描述基督精神时，她同时安排了一尊佛像进行对照。这种对应无处不在，不胜枚举。在描述一种文明的同时，何巴特总是也在描述着另一种文明，或与之形成对比，凸显两者的差异，或找出相似之处，指出人类的共性。

在中国居住了这么多年，何巴特的祖国对她来说看起来是一片陌生的新土地。她的生活习惯、表达方式和在美国的行为不可避免地会以她在中国对于这些事情的记忆来进行衡量和评判。因此，当看到她的同胞们相同的表现时，她怀着深深的同情来描述中国而不是以一个局外人的苛求和挑剔来描述她。而对位书写的写作方法，也弱化了西方刻板化认知对她的影响，使得她更加深刻地理解了中国。

第三节　中美两国的性别隐喻

何巴特对中国的态度的转变的另外一个非常重要的原因是她把中国和女性联系了起来，并尝试运用中国的阴阳学说来解读中美关系以

① Edward Said, *Reflections on Exile and Other Essays*, Cambridge: Harvard University Press, 2000, p. 186.

② ［德］西美尔：《时尚的哲学》，费勇等译，文化艺术出版社 2000 年版，第 110 页。

及男女关系。

国家民族的性别化隐喻由来已久。比如，英语中把国家称为"motherland"或者"fatherland"，德语中的"veterland"（相当于英语中的fatherland）等。Motherland暗示国家和母亲、孕育相关，主要指自然的出生地，fatherland则和文化传统等相关，更加强调后天的文明认同。由于近现代文明中男性和强壮、统治等相连，而女性和软弱、被统治等相连，在关照异国，强调自己的主体地位以及民族自信时，通常会把本国比喻成男性，而把别的国家比喻成女性。梁启超在1902年发表的《论中国学术思想变迁之大势》中就把西方比喻成了美人："盖大地今日只有两文明：一泰西文明，欧美是也；二泰东文明，中华是也。20世纪，则两文明结婚之时代也。吾欲我同胞张灯置酒，迓轮俟门，三揖三让，以行亲迎之大典。彼西方美人，必能为我家育宁馨儿以亢我宗也。"① 体现了他中学为体，西学为用的思想。借西学来发展、壮大中国。宗主国作家在描述殖民地、半殖民地国家时更是经常把这些国家描述成女性，以她们的弱小来凸显自己的强大。殖民地和半殖民地国家的作家也通常是把祖国比喻成受难的母亲形象以唤起民众起来保护自己的国家。马瑞·维斯纳·汉克斯（Merry E. Wiesner-Hanks）在《历史中的性别》（*Gender in History*）一书中指出，在16世纪和17世纪的许多木刻和雕塑中，美洲通常被塑造成戴着羽毛头饰的裸体女性。英国探险家瓦特·罗利爵士（Sir Water Ralegh）把他发现的南美的圭亚那描述成这样一块土地"一个仍是处女的国家（a country that hath yet her maidenhead），从未被武力入侵过"②，而纳什也把未被开垦的美洲大陆称为"处女地"（Virgin land）。萨义德在《东方学》中指出在那些东方主义者的作品中，西方和东方的关系是性别化的。东方被东方主义的话语典型地制作成"沉默、淫荡、女性化、暴虐、易怒和落后的形象"。正好相反，西方则被表现为"男性

---

① 梁启超：《论中国学术思想变迁之大势》，《新民丛报》第3号，1902年3月10日。
② Peter N. Stearns，*Gender in World History*，Routledge，2006，p. 207.

化、民主、有理性、讲道德、有活力并思想开通的形象"。① 这种东方形象是和性有关的。他认为将东方和性编织在一起是西方对东方的态度中一个长盛不衰的母题："东方……似乎不仅一直暗示着丰饶而且暗示着性的希望（和威胁），毫无厌倦的肉欲，无休无止的欲望，深不可测的生育本能。"② 马利尼·乔哈尔·舒勒（Malini Johar Schueller）也指出"在西方人的眼中，东方总是热忱地欢迎对她的侵入和授精"③。女性主义者也经常运用女性＝被殖民者和男性＝殖民者的比喻来分析女性在父权制家族社会中所受的压迫。在《女性、抵制和革命：现代世界中的女性和革命的历史》（*Women，Resistance，and Revolution：A History of women and Revolution in the Modern World*）一书中，希拉·罗博特姆（Sheila Rowbotham）指出"在对不发达国家的殖民中和女性在资本主义下所受到的压迫之间有某种相似性。经济依赖、文化接管、和压迫者相似的对尊严的认同"④。现代女性主义不仅继续而且扩展了这一比喻。约瑟芬·多诺万（Josephine Donovan）在她的文章"关于女性诗学"（Towards a Women's Poetics）中说"女性，不论是在社会中还是独居时，都同样处在被压迫或者他者化的状态中，这些是由处于统治地位的男权或者男性本位思想强加于她们的。因此，女性作为一个群体，共同享有某种意识，这种意识在被压迫群体中是非常普遍的"。玛里琳·弗瑞芝（Marilyn French）在作品《超越权限：关于男人、女人和道德伦理》（*Beyond Power：On Men，Women，and Morals*）中提供给我们关于男性＝殖民者、女性＝被殖民者这一对应关系更深一层的详尽的解释，她说："如果我们把对被殖民者和殖民者的描述调换成对女性和男性的描述，它们几乎在每一点上都同样适用。"劳拉·唐纳森（Laura E. Donaldson）也在《解构女

---

① ［美］爱德华·W. 萨义德：《东方学》，王宇根译，生活·读书·新知三联书店1999年版，第144—145页。

② 同上书，第243页。

③ Malini Johar. Schueller, *U. S. Orientalisms：Race，Nation，and Gender in Literature 1790 - 1890*, Ann Arbor：The University of Michigan Press, 1998, p. 5.

④ Laura E. Donaldson, *Decolonizing Feminisms*, London：Routledge, 1993, p. 5.

性主义》（*Decolonizing Feminisms*）一书中指出"如同殖民者和被殖民者的关系一样，西方文化把女性界定为和男性不同的种类"①。

就中国而言，许多曾描述过中国的西方作家都把它看作一个女性化的国家。对西方人来说，中国男性的大辫子和身穿长袍以及中国学者们的长指甲和修长柔软的手都象征性地说明了这个国家的女性化特征，并且在西方关于中国的文学作品中重复强调。② 西方作家对中国女性化的描述大都秉承了东方主义者的思维模式，主要是为了体现中国的虚弱和西方的强大。然而，不仅是西方人，而且那一时期的许多中国学者也同样把中国看作是一个与其他国家相比更为女性化的国家。但是，他们这种女性化中国的目的却和西方作家有所不同。中国作家的描述以其目的划分大致可以分为三类。③ 一类试图通过女性化中国来揭示中国的贫弱，激发国人的羞耻感，以警醒人们放弃自己泱泱大国的梦幻，学习西方，奋起直追。比如，梁启超在《新民说论冒险进取》中批判中国人缺乏冒险精神时，就把中国比喻为女子："一国之人，鬼脉阴阴，病质奄奄，女性纤纤，暮色沉沉。"④ 同年，蔡锷在署名"奋翮生"的文章《军国民篇》中写道："举国皆如嗜鸦片之学究，若罹癫病之老妇，而与犷悍无前之壮夫相斗，亦无怪其败矣。"⑤ 陈独秀在 1915 年的文章《今日之教育方针》中指出："余每见吾国曾受教育之青年，手无缚鸡之力，心无一夫之雄。白面纤腰，妩媚若处子，畏寒怯热，柔弱如病夫。以如此心身薄弱之国民，将何

---

① Laura E. Donaldson，*Decolonizing Feminisms*，London：Routledge，1993，p. 5.

② 尤其是长辫子，西方人侮辱性地称之为"猪尾巴"，在某种程度上，对他们来说已经成了中国人的标志。在那个时期西方的卡通和漫画中，中国人总是拖着长长的辫子。然而，长辫子是满洲统治者强迫汉族人留的，在满清入关之前，中国人并没有留这种发型。张芸在《别求新声于异邦——鲁迅与西方文化》一书中对相关的背景和历史做了深入的分析。

③ 这里主要参考了王宇的文章《百年文学民族身份认同中的性别隐喻》，以及王桂妹的文章《〈新青年〉中的民族话语与性别隐喻》和《中国现代启蒙者的民族话语与性别隐喻》，并在此基础上进行了划分。

④ 梁启超：《新民说论冒险进取》，https：//ctext. org/wiki. pl？if = gb&chapter = 907251&remap = gb。

⑤ 奋翮生：《军国民篇》，《新民丛报》1902 年第 1 号。

以任重而致远乎？"① 他又在"新青年"一文中说，"自生理言之，白面书生，为吾国青年称美之名词。民族衰微，即坐此病。美其貌，弱其质，全国青年，悉秉蒲柳之资，绝无桓武之态。艰难辛苦，力不能堪。"② 他在《一九一六年》一文中更是把白人和男性征服者以及中国人和女性臣服者联系起来，希望中国的青年能够觉醒，摆脱被征服的地位："一九一六年之青年，其思想动作，果何所适从乎？第一，自居征服 To Conquer 地位，勿自居被征服 Be Conquered 地位。全体人类中，男子征服者也，女子被征服者也。白人征服者也，非白人皆被征服者也。极东民族中，蒙满日本为征服民族，汉人种为被征服民族汉人。……若以一人而附属一人，即丧其自由自尊之人格，立沦于被征服之女子、奴隶、捕虏、家畜之地位。"③

第二类把中国描述成受苦受难的女性形象，以号召国人发奋图强，带领祖国走出不堪的境地。比如，1925 年闻一多在《七子之歌》中把祖国比作了被抢去孩子而哀告无门的母亲。郁达夫的《沉沦》中受尽凌辱的"我"和郭沫若的《炉中煤》中的"黑奴"则把祖国比喻成同病相怜的情人。

第三类则突出了中国人女性的思维方法，认为中国式智慧即女性智慧。胡适认为把中国比作睡狮不如比作睡美人更加确切，因为中国假如他日有所贡献于世界，会在于文物风教，而不在于武力。林语堂也在《吾国吾民》中特地拿出一章中的一节来探讨中国人心灵的女性化特征，他指出中国人的心灵在很多方面都类似女性的心态："事实上，'女性化'是唯一可以概括中国人心灵的各个方面的词汇。女性的智慧与女性的逻辑的那些特征正是中国人心灵的特点。"④

在《阳和阴》中，何巴特也把中国和女性紧密联系起来了。如同她的前辈们一样，她也用"优雅的体形、精致的面容、纤细的手指"

---

① 陈独秀：《今日之教育方针》，《青年杂志》1915 年第 1 卷第 2 号。
② 陈独秀：《新青年》，《新青年》1916 年第 2 卷第 1 号。
③ 陈独秀：《一九一六年》，《青年杂志》1916 年第 1 卷第 5 号。
④ 林语堂：《中国人》，郝志东、沈益洪译，学林出版社 1994 年版，第 179 页。

来形容中国男性，并认为"佝偻着的瘦削的肩膀"是中国人"传统的身体结构，证明高贵和博学的传统姿态"。① 而且"大多数中国男性都有着女人一样光滑的面容"。② 在借彼得之口谈论到中国男性的辫子时，她这样写道："满族人给中国人打上的臣服标志的确是一种缺陷。他想知道西方会不会把中国男性和那种女性化的发型分开。他们的穿着，也强化了对他们的这种女性化的印象。"③ 另外一点很重要的是由于她对中国阴阳学说的接受，她找到了中国和女性的最大的共同点——同属于"阴"的一方，而美国和男性，她认为属于"阳"的一方。在她眼中，中国文明属于一种推崇"阴"的文明，和美国文明——一种推崇"阳"的文明形成了强烈的对比。《阳和阴》一书中"消极、被动、接受、宁静、撤退"等词经常用来形容女性和中国，而"积极、进攻、主动"等词则用来形容男性和美国。比如，在彼得结婚时收到的两个礼物，一个是斯黛拉送的一尊铜佛像，另一个是戴尔小姐送的戴着荆棘皇冠的基督头像。那个佛像消极、顺从、与世无争的表情和面孔激发了彼得积极进取的精神，而从基督头像上，彼得看到了对痛苦的挑战。和萨义德以及舒勒所批评的东方学者不同，何巴特把中国和女性联系起来并不是想表示她对中国的蔑视。她也并非想运用把中国比作女性这个比喻来揭示女性所受到的压迫。她的意图在于传达她关于和谐统一的思想——中美两个国家之间和谐统一以及男女两性之间的和谐统一。她认为在这个范式中，美国/中国和男性/女性都是二元对立的。中国和女性同属于"阴"。它们共同的特征就是屈从、对关系而不是工作的强调，它们通常采取的策略就是以退为进——退一小步以便取得自己想要的更大的利益。何巴特对这两种性别和这两种文明的描述交织在了一起。她对男女特征和关系的描述会让人想到中美特征和两国的关系，反之亦然。而这一点在她对奥古斯

---

① Alice Tisdale Hobart, *Yang and Yin*, New York：The Bobbs-Merrill Company, 1936, p. 15.

② Ibid., p. 175.

③ Ibid., p. 162.

都·圣高顿制作的雕像的描述中很好地揭示了出来。彼得把它看作了东西方文化完美的结合，也看作了男性和女性完美的结合。他认为奥古斯都把西方传统中的自信坚定和东方传统中的宁静都融入了这一雕像中。男人和女人的界限在这尊雕像中也比较模糊。它把这一切都和谐地融合在了一起，体现了阴和阳的平衡：一种女性和男性的平衡。每个人身上都有着这两种元素。他对于仍然需要等待一年的遗憾逐渐消失了——"东方的宁静使西方躁动的欲望逐渐平息下来。"① 也因此，何巴特对女性的地位和作用的理解也加深了她对中国的理解，以及对中美关系的理解。从何巴特的作品中我们可以看出，一直以来，她都认为女性和男性应该是平等的，他们之间不仅存在着差异，而且有很多共同之处。甚至有的时候她更加强调女性的力量。这一时期，她又进了一步，认为每一种性别都是另外一种性别的有益的补充。她对待男女关系的态度在《阳和阴》中通过彼得和黛安娜——他生活中的伴侣以及他和斯黛拉——他工作中的伙伴的关系反映了出来。何巴特意识到"他们之间的区别深不可测"。结婚之后，家庭在黛安娜的生活中是占据第一位的。小彼得和塞丽娜死后，她放弃了在中国的工作返回了美国以确保女儿梅梅的安全。当彼得询问她的工作时，她回答说："我并不是教会的财产。考虑到梅梅，还有什么事情是重要的呢？"② 黛安娜怀孕时的幸福和满足以及她和孩子们的关系是彼得难以理解的。因此，在失去孩子时，他也无法体会到黛安娜的感受。同样，对黛安娜来说，她也很难理解彼得为什么会为了科学而甘愿去冒牺牲自己身体健康的危险。看起来好像"彼得猛烈地打击了她那么困难才保留下来的家里的一样非常珍贵的东西"③。在工作中，女性特质和男性特质之间也有冲突。彼得指责斯黛拉屈从于中国的传统。斯黛拉反过来批评他对中国人过于严厉，她认为在他对效率的坚持中，他

---

① Alice Tisdale Hobart, *Yang and Yin*, New York: The Bobbs-Merrill Company, 1936, p. 318.

② Ibid., p. 272.

③ Ibid., p. 302.

已经丧失了一些人性。①

何巴特在《阳和阴》中不仅揭示了男女的不同，而且她也证明了男女是如何互为补充的。例如，下面这段关于彼得和黛安娜婚后生活的描写："她的整个身体获得了一种从未有过的宁静与和谐……满足感充斥了她身体的每个细胞。彼得在船舱里的每一个细微的动作，通过每一根神经激起一种悸动，细腻强烈，令人满足，把她带入深深的与她自己的和谐。他们婚后夜里的记忆从她心中流过——她的意识丧失在彼得身上了，陷入了他充满激情的爱中。她曾经认为他是不同的、完全陌生的，现在意识到他使她圆满。"② 每当看到黛安娜时，彼得也都觉得自己的疾病和担心统统消失了，并且觉得她令他更加的完整："她的在场具有美好奇妙的恢复作用！他不再感到恐惧、不再觉得不舒服。她使他完整。"③

工作中，斯黛拉，她女性的眼光，同样对彼得来说是一种补充：

> 如同他在医院的实际工作中那么强烈地需要她一样，他感到对她的一种更为强烈的需要。他需要她的心灵以便咨询她的感知——那是一种女性的直觉，这种直觉，到现在为止，影响了他的所有决定，使他在工作中做手术时以及作为一名医生诊疗时更加的高效。④

如前所述，何巴特有着强烈的女性意识。贯穿她的整个文学生涯，她强烈地关注着女性在社会中的作用。虽然在前两个阶段，中国在和美国相比中都处于二元对立的劣势地位，但是由始至终，在她的笔下女性从本质上来说从未放于比男性低等的位置。初到中国时，她说男性是照亮中国的油灯，而女性是灯油，男性需要依靠女性补充能

---

① Alice Tisdale Hobart, *Yang and Yin*, New York: The Bobbs-Merrill Company, 1936, p. 160.
② Ibid., p. 67.
③ Ibid., p. 299.
④ Ibid., p. 193.

量。经过了南京事件，即便她意识到了女性在现实生活中的从属、边缘地位，她仍然骄傲地宣布伊本只会制造船只，而玛格丽特却像上帝一样创造了人。因此，当她认识到在二元对立中，中国和女性都属于"阴"，被动、消极的力量时，她开始把女性和中国联系在一起。她对女性的地位和作用的深深的理解令她更加深刻地理解了中国。她对女性的同情也使她和中国人取得更多的共鸣。其后她和丈夫地位和关系的变化也令她去思索中美关系中中国的地位，影响了她对中美两国的看法。何巴特居住在中国时，她的生活全部围绕着她的丈夫。她称自己为"公司职员之妻"，哀叹自己"个性的丧失"。然而，当他们返回美国后，她的某些身份特征又重新恢复了。她的小说《中国灯油》取得了很大的成功。她在文学领域内的成功和她的丈夫在商业领域内的失败形成了强烈的对比。她的成功带给她莫大的自信，但是也给她和她丈夫的关系带来了许多问题。她的丈夫无法忍受只是以"何巴特夫人的丈夫"的身份被人们所认识。当电影版的《中国灯油》在百老汇上映时，他拒绝和她一起去观看。厄尔告诉她说："难道你不明白我也有自己的权利吗？……如果我们一起去纽约，我将只会是何巴特夫人的丈夫。我并不是嫉妒你——我希望你成功。只是我们谁也不应该从属于另一方。"①

这一关系的逆转也促使何巴特重新思考男女之间的关系。她渴望他们之间能够取得一种和谐。她意识到无论哪一方的过度都会引起两者的失衡。虽然她没有明确地说，但是通过对"过度"的批判，暗示了"执其两端用其中"（《中庸》）的方法。她认为这两种文化和这两种性别一样都应该互为补充。她相信通过互相之间的补充，两个国家可以修复他们对彼此曾经做出的伤害。

何巴特称赞中国文化中的某些因素，比如强调人际关系，是因为她认为这一点正是美国社会中所缺乏而在当时的历史环境下又是非常

---

① Alice Tisdale Hobart, *Gusty's Child*, New York: Longmans, Green and Co., Inc., 1959, p. 286.

急需的。她希望能通过运用中国的阴去补充美国的阳，美国企业社会中的侵略性和非人性将会被削弱，从而重新获得平衡。这就使得何巴特和中国新一代的学者比如鲁迅他们的观点非常不一致。他们认为对当时的中国来说，古老的中国哲学已经变得非常反动，中国必须按照西方的模式获取重生。因此何巴特为之辩护并且希望利用中国古老文化中的一些部分服务于美国，她希望利用的部分通常恰好就是她的中国同时代人所希望中国摒弃的部分。

　　以何巴特所推崇的中国的家族制度为例，当时的许多中国作家学者对它就是深恶而痛绝的。晚清以来，家就成了革命者们猛烈攻击的对象。① 对他们来说，家族制度阻碍着中国的发展，是导致"自由死""国权死""国民死"的根源，② 邹容在《革命军》中指出是家庭造就了中国人浑身的奴隶性："父以教子。兄以勉弟，妻以谏夫，日日演其惯为奴隶之手段"，致使中国"依赖之外无思想，服从之外无性质，谄媚之外无笑语，奔走之外无事业。伺候之外无精神"。孙中山也在《三民主义》中指出："中国人最崇拜的是家族主义和宗族主义，没有国族主义，外国旁观的人说中国是一盘散沙，这个原因在什么地方呢？就是因为一般人民只有家族主义和宗族主义，而没有国族主义。中国人对于家族和宗族的团结力非常大，往往因为保护宗族起见，宁肯牺牲身家性命。至于说到对于国家，从来没有一次具有极大牺牲精神去做的。所以中国人的团结力，只能及于宗族而止，还没有扩张到国族。"③ 谭嗣同在《仁学》中也指出家族中"父以名压子，夫以名困妻"导致了"仁"之"少存"。④ 激进者，甚至提出"破家""去家""毁家"的言论。康有为在《大同书》中提出了"去

---

　　① 复旦大学中国语言文学系安斌 2012 年的硕士学位论文《家庭伦理与文学叙述——以〈新青年〉（1915—1920）及其"同人群体"为中心》详细考察了《新青年》杂志的家庭伦理叙述及其作家群体的相关文学作品，为研究五四时期的家庭书写提供了翔实的资料。

　　② 家庭立宪者：《家庭革命说》，《辛亥革命前十年间时论选集》第 1 卷下册，张枬、王忍之编，生活·读书·新知三联书店 1979 年版，第 833 页。

　　③ 孙中山：《三民主义》，岳麓书社 2000 年版，第 2 页。

　　④ 谭嗣同：《仁学——谭嗣同集》，辽宁人民出版社 1994 年版，第 17 页。

家"说。梁启超评价它时说"全书数十万言……其最要关键,在毁灭家族。"①《天义》第四卷署名"汉一"的文章《毁家论》指出:"故自家破,而后人类之中,乃皆公民无私民,而后男子无所凭借以欺凌女子,则欲开社会革命之幕者,必自破家始矣。"②鞠普在《毁家谭》中也指出"欲得自由、平等,必自毁家始"③,陈独秀也指出家族伦常是奴隶道德,使得"率天下之男女,为臣,为子,为妻,而不见有一独立自主之人者",号召青年男女"脱离附属品之地位,以恢复独立自主之人格"。④"五四"以及其后的几代作家延续着对家族制度的抨击,在他们眼中,家阴冷、黑暗、散发出一股腐尸气,成为罪恶的渊薮,桎梏那些向往阳光、自由的年轻人的牢笼。李大钊说:"中国现在的社会,万恶之源,都在家族制度。"⑤"只手打孔家店的英雄"吴虞指出家族制度与君主政体"相依附而不可离",如果政治改革而儒教家族制度不改革,不可能得到真正的共和。⑥鲁迅在评论《狂人日记》时也认为它"暴露家族制度的弊害",张爱玲《金锁记》中描述了在慵懒中沉沦、堕落、毫无生命力的姜家、巴金《家》中泯灭自由、藏污纳垢的高家也上演着家族制度下一幕幕的悲剧。林语堂也在《吾国吾民》中对家族制度带来的腐败和其他社会问题进行了抨击:"总之,家庭制度恰好是个人主义的反动。它拉着人后退"。⑦

家族制度如同一座文化的围城,在里面的想出来,在外面的想进去。最主要的原因就是它在中国发展的已经过度了,却正是西方社会中所缺少的。同样,一些西方社会中发展过度的事物也正是中国社会所急需的。陈独秀在《青年杂志》第1卷第4号中指出:"西洋民族

① 梁启超:《清代学术概论》,上海古籍出版社2006年版,第81页。

② 汉一:《毁家论》,《辛亥革命前十年时论选集》第2卷下册,生活·读书·新知三联书店1963年版,第916—917页。

③ 鞠普:《毁家谭》,《辛亥革命前十年间时论选集》第3卷,生活·读书·新知三联书店1963年版,第195页。

④ 陈独秀:《陈独秀著作选编》第1卷,上海人民出版社2010年版,第172—173页。

⑤ 李大钊:《万恶之源》,《李大钊选集》,人民出版社1959年版,第227页。

⑥ 吴虞:《读荀子书后》,《吴虞集》,四川人民出版社1985年版,第110页。

⑦ 林语堂:《中国人》,郝志东、沈益洪译,学林出版社1994年版,第182页。

以个人为本位，东洋民族以家族为本位。"① 当时的中国面临着亡国灭种的危险，中国学者因此背负着丧权辱国之痛。他们痛恨中国政府的懦弱、无能，痛恨中国人的奴性。当时的中国学者意识到这一切都是因为中国人缺乏个人意识，缺乏民族意识，缺乏反抗精神，而正是家族制度日日演练了中国人的这种奴性。西方的"个人主义"正好弥补了中国的这一所缺。因此，桎梏、牢笼、城堡是他们描述家庭时反复出现的意象。其实，如同何巴特感受到公司制度的束缚下，没有了个人自由一样，中国的知识分子也感受到了在另一种束缚——家族制度的束缚下，他们也丧失了个人的意志。

这一时期，何巴特对自己以前所崇拜的商业和传教事业、对西方人非此即彼的逻格斯中心主义都进行了批判。她清楚地看到了美国文化中的弊端，她和丈夫关系的改变以及其他二元对立引发的困惑使她急于想找到解决之道。而美国文化内部无法提供解决办法，她转向从中国文化中寻找，从而颠覆了她以前对中国的看法，并对中国文化中优秀的方面进行了赞扬。她看到了中国文化中注重人际关系的作用和优势；看到了中国哲学的力量，并试图运用阴阳学说寻求一种平衡。然而她并没有对中美文化孰优孰劣做出判断，因为文化作为一个整体本来就没有优劣可言。她的转变不是说她发现中国文明比西方文明更加优秀，而是转变了对中国文明的态度，认为中国文明只是一种有别于西方的文明，和所有的文明一样，它有光明的一面也有黑暗的一面，有优于西方文明的地方，也有不如西方的地方。最重要的是两种文明之间有效的交流，取长补短。

通过和中国学者的形象自塑的对比，有一点也尤其需要注意。在文化利用中，由于时代的需要和矫正的需要，都有对本文化过度的批判和对他文化过度的赞赏的倾向。随着时间的改变和社会的发展，应该重新衡量两种文化。文化利用应该是一种动态的过程，不应该是一成不变的。那个时代中国文化之所缺，未必仍是这个时代的中国文化

---

① 陈独秀：《东西民族根本思想之差异》，《青年杂志》1915 年第 1 卷第 4 号。

中也缺乏的。凡事用其极就会程式化，就会成为束缚人手脚的东西。比如中国的家族制度，毫无疑问曾经在中国历史上起到过极大的推动作用，然而历史发展到了何巴特那个时代，对中国人来说就已经不合时宜，成为一种束缚，然而对西方人来说却是一种新鲜事物，正好可以补其不足。何巴特欣赏这一制度，如同中国当时的学者欣赏西方的科学和民主一样，是建立在和本国文明的对比之上的。

结　　语

　　"欲扬宗邦之真大，首在审己。"① 外来者视角的引入，可以有助于避免自我审视时的一些偏差。正如齐美尔在《生存形式》一书中指出的："社会的总体的同质化及整合等会很容易失去客观性，走向由于思想的偏向或片面性而引起的危险的崩溃过程。这是因为缺少处于'外来者'角度的批判及在普遍名义下的斟酌。"②

　　女性相对于异域以及本国男性而言，是外来者和边缘人。她们视角的加入对认识异域、促进更有效的国际交流具有不可或缺的作用。20 世纪 30 年代美国女性作家在提升美国公众对中国的看法中所起到的作用也证实了这一点。

　　虽然民族主义难以避免，国家政治以及本国文化的影响也难以消除。然而，也正是这些使得她们对异域的表述和被表述国家人民的自我认识有所不同。脱离了本国人民，也不能融入异域，找不到自己的归属。无根性给她们带来了漂泊感，然而，也正是得益于在两个国家之间的游走，使得她们拥有了特殊的双重视角，对位的思考使她们对两个国家的认识都有别于他人。

　　同时，女性被驱逐在男性政治权力中心之外，感受到自己所受到的束缚和压制，因此弱小者和受压迫者也更容易引起她们的同情。而

---

　　① 鲁迅：《摩罗诗力说》，《鲁迅全集》第 1 卷，人民文学出版社 2005 年版，第 67 页。

　　② 转引自［日］北川东子《齐美尔：生存形式》，赵玉婷译，河北教育出版社 2002 年版，第 212 页。

且她们的母性、她们身体所负载的国家民族的隐喻，都使得她们追求稳定、安全与和平。这些都影响了女性对异域的看法和对国际关系的看法。如同女权主义第一波浪潮和解放黑人有着密切的关系。在帮助黑人砸破他们的镣铐时，这些女权主义者们发现她们也都身戴镣铐。①何巴特女性意识的发展也和她的"中国观"息息相关。在中国的生活也使她从"认同于美国改造中国的国家计划的支持者"转变为"认同于这一计划的牺牲者"，最后她借用阴阳理论对中美关系提出了自己的解读。此后的一些女权主义者也试图用德里达的解构主义理论来消解包含男/女在内的一系列导致压迫存在的二元对立结构。20 世纪80 年代之后，一批女性主义者也开创了女性主义国际关系理论。她们相信在国际关系中，女性的声音不容忽视。②尽管这些理论还不是非常成熟，但是国际事务中女性的参与，势必有助于世界和平的发展。何巴特把阴阳理论运用到对中美关系的分析以及男女关系的分析中，在今天仍然具有深刻的意义。

此外，在异国形象研究中，无论是乌托邦的他者还是意识形态的他者，都忽视了作家的个人性因素在异国形象塑造中的作用。何巴特的清教背景、她对土地的热爱以及她对自由和平等一以贯之的追求，对她中国形象的塑造和转变有着莫大的影响。莫哈指出任何文学形象都是三重意义上的形象：异国形象、出自一个民族（社会、文化）的形象以及一个作家特殊感受所创造出来的形象。他强调有价值的学术研究都是注重第二点的研究，也就是研究创造了形象的文化。③然而，正是由于作者个人特色的参与，才使得异国形象如此斑驳繁杂、丰富多彩。个人特色的引入，将会给国际交流带来更鲜活的生命力和更有价值的参考意义。

然而，由于笔者目前能力所限，对何巴特的个人性因素，比如，

---

① 王恩铭：《20 世纪美国妇女研究》，上海外语教育出版社 2002 年版，第 28 页。

② Francine D. Amoco and Peter R. Beckman eds. *Women in World Politics：An Introduction*, Bergin & Gravey, 1995.

③ 孟华主编：《比较文学形象学》，北京大学出版社 2001 年版，第 25—26 页。

她身上的女性、母性、人性的因素对她中国观的影响分析得还不够透彻，对这些和国家意识形态对她的影响的区分也不够清晰，都有待进一步的深入。

19 世纪末 20 世纪初，西方多种势力齐聚中国，试图改变这个国家，把她拉向自己设定的道路。而当时中国一些有社会责任感的知识分子出于对西方国家先进生产力的羡慕以及对长久束缚中国人的封建传统文化的怨恨，也开始接受西方的种种思潮，并以自己所倾向的国家模式为范例，试图把中国推向现代化的进程。就在这一推一拉之间，中国的传统文化发生了巨大的转变，并在某种程度上在当时的中国形成了一种全球化的语境。一个世纪过去了，20 世纪 80 年代的中国又一次向西方敞开了自己。在全球化进程日益加速的今天，传统和外来文化之间的碰撞也日益加剧，许多中国人开始面临着传统认同感丧失的危机。应该如何既吸收西方文化传统中的精华，又同时保持和发展中国自己的文化传统则成了一个亟待解决的难题。19 世纪末 20 世纪初的那次文化的交流和融合则给我们提供了弥足珍贵的前车之鉴，而考察中华文化和当时来华的美国作家之间的关系也就成了我们考察中国文化传统演变的一个重要窗口。如何正确评价这批来华美国人，如何正确评价当时的中美文化交流会给我们的今天带来一些值得汲取的经验和教训。同时，中美文学史上对这批人的研究过少，如何给他们在中美文学史上一个正确的定位也是一个非常值得我们思考的问题。另外，对文学中异国形象塑造的研究也是文艺理论中有待进一步研究的问题。通过对那个特殊时期的那批有着异国经历的作家的研究，将会对我们社会的转型、中外关系、文艺理论的创新以及跨文化传播方面的研究起到一定的推动作用。

参考文献

英文文献

Adams, J. Donald, "A Memoir of Uncommon Charm: Nora Waln's Remarkable Record of Her Life in China", *The New York Times Book Review*, April 23, 1933.

Alcoff, Linda Martin and Eduardo Mendieta, eds., *Identities: Race, Class, Gender, and Nationality*, Oxford: Blackwell, 2003.

Amoco, Francine D. and Peter R. Beckman, eds., *Women in World Politics: An Introduction*, Bergin & Gravey, 1995.

Arkush, R. David and Leo O. Lee, trans. and eds., *Land without Ghosts*. Berkeley: University of California Press, 1993.

Birkett, Dea, *Spinsters Abroad: Victorian Lady Explorers*, Oxford, 1989.

Borg, Dorothy, *American Policy and the Chinese Revolution*, 1925 – 1928, New York: Octagon Books, Inc., 1968.

Braden, Charles S., "The Novelist Discovers the Orient", *The Far East Quarterly*, Vol. 7, No. 2, Feb, 1948.

Eliza Jane Gillett Bridgman, *Daughters of China: or, Sketches of Domestic Life in the Celestial Empire*, New York: Robert Carter & Brothers, No. 285 Broadway, 1853.

Braden, Charles S., "The Novelist Discovers the Orient", *The Far East Quarterly*, Vol. 7, No. 2, Feb, 1948.

Brown, G. Thompson, *Earthen Vessels and Transcendent Power: American Presbyterians in China*, 1837 – 1952, New York: Orbis Books, 1997.

Brownmiller, Susan, *Against Our Will: Men, Women and Rape*, New York: Simon and Schuster, 1975.

Buck, Pearl S. , *The Chinese Novel: Nobel Lecture Delivered Before The Swedish Academy At Stockholm*, New York: The John Day Company, 1939.

Buck, Pearl S. , *The Exile*, New York: The John Day Company, 1936.

Buck, Pearl S. , *Fighting Angel: Portrait of a Soul*, New York: The John Day Company, 1936.

Buck, Pearl S. , *My Mother's House*, Richwood: Appalachian Press, 1965.

Buck, Pearl S. , *My Several Worlds: A Personal Record*, New York: The John Day Company, 1954.

Buzan, Barry, "New Patterns of Global Security in the 21st Century", *The Theory and Practice of International Relations*, ed. William Olson, 1994.

Cathy Caruth, *Unclaimed Experience: Trauma, Narrative, and History*, Baltimore and London: The Johns Hopkins University Press, 1996.

Cassandra's Column, "Bearing Up in China", *China Critic*, 5 January, 1933.

Chao, T. C. , P. C. Hsu, T. Z. Koo, T. T. Lew, M. T. Tchou, F. C. M. Wei, and D. Z. T. Yui, *China To-day: Through Chinese Eyes*-3rd ed. , London: The Edinburgh Press, 1927.

Clifford, N. R. , *Shanghai, 1925: Urban Nationalism and the Defense of Foreign Privilege*, University of Michigan Press, 1979.

Clinton, Catherine, *The Other Civil War: American Women in the Nineteenth Century*, New York: Hill and Wang, 1984.

Cochran, Sherman, "Introduction", *Oil for the Lamps of China*, By Alice Tisdale Hobart, Cornell University, 2003.

Code, Lorraine, *Encyclopedia of Feminist Theories*, London: Routledge, 2000.

Cohen, Warren I. , *America's Response to China: A History of Sino-American Relations – 3rd ed*, New York: Columbia University Press, 1990.

Confucius, *The Analects*, Trans. Arthur Waley, Beijing: Foreign Language Teaching and Research Press, 1998.

Conn, Peter, *Pearl S. Buck: A Cultural Biography*, Cambridge University Press, 1996.

Croll, Elisabeth, *Wise Daughters from Foreign Lands: European Women Writers in China*, London: Pandora Press, 1989.

Dallmayr, Fred, *Beyond Orientalism: Essays on Cross-Cultural Encounter*, New York: State University of New York Press, 1996.

Dawson, Raymond, *The Chinese Chameleon: An Analysis of European Conceptions of Chinese Civilization*, London: Oxford University Press, 1967.

Davis, Nira Yuval and Floya Anthias, eds. , *Woman-Nation-State*, Houndmills: The Macmillan Press LTD, 1989.

Dhuyvetter, Mary Ann, "China Reoriented: the Realistic Portrayal of China People in the Novels of Pearl . S. Buck and Alice Tisdale Hobart", Diss. San Diego State University, 1998.

Donaldson, Laura E. , *Decolonizing Feminisms*, London: Routledge, 1993.

Goddard, Dwight, "Where Christ Meets Buddha", *The Forum*, December 1924.

Elliott, Emory, et al, eds. , *Columbia Literary History of the United States*, New York: Columbia University Press, 1988.

Epstein, Israel, *From Opium War to Liberation*, Beijing: Foreign Language Press, 2004.

Fairbank, John K. , *Chinese-American Interactions: A History Summary*, New Brunswick: Rutgers University Press, 1975.

Fairbank, John K. , *The Great Chinese Revolution 1800 – 1985*, New York: Harper & Row, publishers, Inc. , 1987.

Fairbank, John K. , *The United States and China* – 4th ed. Cambridge: Harvard University Press, 1976.

Flexner, Eleanor, *Century of Struggle: The Woman Rights Movement in the United States*, Harvard University Press, 1975.

Foucault, Michel, *Discipline and Punish: The Birth of the Prison*, Trans. Alan Sheridan, New York: Vintage Books, 1995.

Foucault, Michel, *Power/Knowledge: Selected Interviews and Other Writings 1972 – 1977*, ed. Colin Gordon, Trans. Colin Gordon, Leo Marshall, John Mepham, and Kate Soper, New York: Pantheon Books, 1980.

Fussell, Edwin S, *Frontier: American Literature and the American West*, Princeton, New Jersey, 1965.

Gernet, Jacques, *A History of Chinese Civilization*, Trans. J. R. Foster and Charles Hartman, Cambridge University Press, 1999.

Goldblatt, Howard, *Hsiao Hung*, Boston: Twayne Publishers, 1976.

Goldstein, Johathan, Israel Jerry, and Hilary Conroy, eds. , *America Views China: American Images of China Then and Now*, London: Associated University Presses, Inc. , 1991.

Graham, Dorothy, *Through the Moon Door: The Experiences of an American Resident in Peking*, New York: J. H. Sears & Company, 1926.

Grayson, Benson Lee, "A History of Sino-American Relations", *The American Image of China*, ed. Benson Lee Grayson, New York: Frederick Ungar Publishing CO. , 1979.

Gu, Hongming, *The Spirit of the Chinese People*, Beijing: Foreign Language Teaching and Research Press, 1999.

Hersey, John, *A Single Pebble*, New York: Vintage Books, 1984.

Hobart, Alice Tisdale, *By the City of the Long Sand: A Tale of New China*, New York: The Macmillan Company, 1926.

Hobart, Alice Tisdale, *The Cup and the Sword*, Cassell and Company Limited, 1943.

Hobart, Alice Tisdale, *Gusty's Child*, New York: Longmans, Green and CO., Inc., 1959.

Hobart, Alice Tisdale, *Oil for the Lamps of China*, New York: The Bobbs-Merrill Company, 1933.

Hobart, Alice Tisdale, *Pioneering Where the World Is Old*, New York: Henry Holt and Company, 1917.

Hobart, Alice Tisdale, *River Supreme*, New York: The Bobbs-Merrill Company, 1934.

Hobart, Alice Tisdale, *Their Own Country*, New York: P. F. Collier & Son Corporation Publishers, 1940.

Hobart, Alice Tisdale, *Venture into Darkness*, New York: Longmans, Green and CO., 1955.

Hobart, Alice Tisdale, *Within the Walls of Nanking*, London: Butler & Tanner LTD, 1927.

Hobart, Alice Tisdale, *Yang and Yin*, New York: The Bobbs-Merrill Company, 1936.

Hocking, WilliamErnest, *Re-Thinking Missions: A Laymen's Inquiry after One Hundred Years*, New York: Harper & Brothers, 1932.

Hogan, PatrickColm, *Colonialism and Cultural Identity: Crises of Tradition in the Anglophone Literatures of India, Africa, and the Caribbean*, Albany: State University of New York Press, 2000.

Horton, Michael S., *Charles Finney vs. the Westminster Confession*, the Alliance of Confessing Evangelicals, 1995.

Hosie, Lady Dorothea, "Bringing Light to China: Rev. of *Oil for the Lamps of China*, by Alice Tisdale Hobart", *Saturday Review of Literature*, 21 October, 1933.

Hsü, Immanuel C. Y., *The Rise of Modern China*, New York: Oxford University Press, 2000.

Hu, Shi. , *The Chinese Renaissance*, Beijing: Foreign Language Teaching and Research Press, 2001.

Humm, Maggie, *A Reader's Guide to Contemporary Feminist Literary Criticism*, New York: Harvester Wheatsheaf, 1994.

Hunter, Jane, *The Gospel of Gentility*: *American Women Missionaries in Turn-of-the-Century China*, New Haven: Yale University Press, 1984.

Inge, William Ralph, "The Future of Christian Missions", *The Forum*, September 1927.

Isaacs, Harold R. , *Scratches on Our Minds*: *American Images of China and India*, New York: The John Day Company, 1958.

Jameson, Elizabeth, *All that Glitters*: *Class, Conflict, and Community in Cripple Creek*, University of Illinois Press, 1998.

Jameson, Elizabeth, "Women as Workers, Women as Civilizers", *The women's West*, ed. Susan Hodge Armitage, Elizabeth Jameson, The University of Oklohoma Press, 1987.

Jayawardena, Kumari, *The White Woman's Other Burden*: *Western Women and South Asia During British Colonial Rule*, New York: Routledge, 1995.

Jespersen, T. Christopher, *American Images of China 1931 – 1949*, Stanford: Stanford University Press, 1996.

Jogenson, Theodore and Nora O. Solum, *Ole Edvant Rölvaag*: *A Biography*, New York: Harper & Brothers Publishers, 1939.

Kaplan, E. Ann, *Looking for the Other Feminism, Film, and the Imperial Gaze*, New York: Routledge, 1997.

Kunitz, Stanley J. and Howard Haycraft, eds. , *Twentieth Century Authors*. H. W. Wilson Company, 1942.

Lafeber, Walter, *The New Empire*: *An Interpretation of American Expansion 1860 – 1898*, New York: American Historical Association Cornell University Press, 1963.

Lafeber, Walter, Richard Polenberg, and Nancy Woloch, *The American Century: A History of the United States since the 1890s*, 4th ed, New York: Mcgraw-Hill, Inc. , 1992.

Lao, Tzu, *Tao Te Ching*, Trans. Arthur Waley, Beijing: Foreign Language Teaching and Research Press, 1999.

Lau, D. C. , "The Treatment of Opposites in Lao-tzu", *Bulletin of the School of Oriental and African studies* 21, 1958.

Leavis, F. R. , *The Great Traditon*, N. P. : Catto & Windus, 1948.

Levenson, Joseph, *Confuciuan China and its Modern Fate*, Berkeley: University of California Press, 1968.

Lewis, Elizabeth Foreman, *When the Typhoon Blows*, Philadelphia: The John C. Winston Company, 1942.

Lewis, *Young Fu of the Upper Yangtze*, New York: Bantam Doubleday Dell Books, 1932.

Lian, Xi, *The Conversion of Missionaries: Liberalism in American Protestant Missions in China, 1907 – 1932*, N. P. Pennsylvania State University Press, 1997.

Liao, Kang, *Pearl S. Buck: A Cultural Bridge across the Pacific*, London: Greenwood Press, 1997.

Liao, Kuang-sheng, *Antiforeignism and Modernization in China, 1860 – 1980: Linkage between Domestic Politics and Foreign Policy*, Hong Kong: The Chinese University Press, 1984.

Lin, Yi-chin. "Foreign Novels on Modern China", *The China Critic*, Feb. 28, 1935.

Lin, Yutang, *My Country and My People*, Beijing: Foreign Language Teaching and Research Press, 2000.

Liu, Haiping, "Pearl S. Buck's Reception in China Reconsidered", *The Several Worlds of Pearl S. Buck*, eds. Lipscomb, Elizabeth J. , Frances

E. Webb, and Peter Conn, London: Greenwood Press, 1992: 55 – 67.

Liu, TaJen, *U. S. – China Relations*, *1784 – 1992*, New York: University Press of Amercia, Inc. , 1997.

Lloyd, G. *The Man of Reason*: "*Male*" *and* "*Female*" *in Western Philosophy.* London: Methuen Limited, 1984.

Mayer, Tamar, ed. , *Gender Ironies of Nationalism*: *Sexing the Nation*, London: Routledge, 1999.

McClellan, Robert, *The Heathen Chinee*: *A Study of American Attitudes Toward China 1890 – 1905*, Columbus: Ohio State University Press, 1971.

McElvaine, Robert S, *The Great Depression*: *America*, 1929 – 1941, New York: The New York Times Book Co. , Inc, 1984.

Merwin, Samuel, *Hills of Han*: *A Romantic Incident*, The Bobbs-Merrill Company, 1919.

Miln, Louise Jordan, *In A Shantung Garden*, New York: Frederick A. Stokes Company, 1924.

Miln, Louise Jordan, *It Happened in Peking*, New York: Frederick A. Stokes Company, 1926.

Miln, Louise Jordan, *When we were strolling players in the East*, New York: Charles Scribner's Sons, 1896.

Mogen, David, Mark Busby, and Paul Bryant, eds. , *The Frontier Experience and the American Dream*: *Essays on American Literature*, Texas A&M University Press, 1989.

Moore, Ruth, *The Work of Alice Tisdale Hobart*, New York: The Bobbs-Merrill Company, 1940.

Morgan, Edmund S. , *The Puritan Family*, New York: Harper & Row, Publishers, 1944.

Morris, Pan. , *Literature and Feminism*: *An Introduction*, Lyon: Breakwill Press, 1993.

Newton, Judith, *Starting Over: Feminism and the Politics of Cultural Critique*, N. P. The University of Michigan Press, 1994.

Morris, Pam, *Literature and Feminism: An Introduction*, Oxford: Blackwell, 1993.

Moody, David, ed. , *T. S. Eliot*, Shanghai: Shanghai Foreign Language Education Press, 2000.

Mosher, Steven W. , *China Misperceived: American Illusions and Chinese Reality*, BasicBooks, 1990.

Nash, Gerald D. , *Creating the West: Historical Interpretations 1890 – 1990*, N. P. University of New Mexico Press, 1991.

Nash, Roderick, *Wilderness and the American Mind*, New Haven and London: Yale University Press, Revised edition, 1973.

Nourse, Key Tyler, "Interpreter of East and West: Alice Tisdale Hobart", *Top Flight: Famous American Women*, ed. Anne Stoddart, N. Y: Tororto, 1946.

Park, Robert E. , "Human Migration and Marginal Man", *The American Journal of Sociology*, 1928 .

Parker, Alice A. , and Elizabeth A. Meese, *Feminist Critical Negotiations*, Amsterdam: John Benjamins Publishing Company, 1992.

Plante, Ellen M, *Women at Home in Victorian America: A Social History*, New York: Facts on File, 1997.

Pratt, Mary Louise, *Imperial Eyes: Travel Writing and Transculturation*, New York: Routledge, 2008.

Price, Eva Jane, "An American Missionary Family During the Boxer Rebellion", *China Journal 1889 – 1900: An American Missionary Family During the Boxer Rebellion, 1889 – 1900*, ed. Robert H. Flesing, New York, 1989.

Pruitt, Ida, *A Daughter of Han*, Stanford: Stanford University Press, 1967.

Pusey, James Reeve, *Lu Xun and Evolution*, Albany: State University of New York Press, 1998.

Quach, Gianna Canh-Ty, *The Myth of the Chinese in the Literature of the Late Nineteenth and Twentieth Centuries*, Diss. Columbia University, 1993.

Riggle, Bob Robert, "Within Four Seas All Women Are Sisters", Nanking University, Nanking, 4 July, 1997.

Rohmer, Sax, *The Return of Dr. Fu Manchu.* 1916, New York: Pyramid Books, 1965.

Rose, Gillian, *Feminism and Geography: The Limits of Geographical Knowledge*, Cambridge: Pility Press, 1993.

Rowe, John Carlos, *Literary Culture and U. S. Imperialism: From the Revolution to World War* II, New York: Oxford University Press, 2000.

Rubinstein, Murray A, "American Board Missionaries and the Formation of American opinion toward China, 1830 – 1860", *America Views China: American Images of China Then and Now*, eds. Jonathan Goldstein Jerry Israel, and Hilary Conroy, London: Associated University Presses, Inc. , 1991.

Ryan, Mary P, *Womanhood in America: From Colonial Times to the Present*, New Viewpoints, 1979.

Said, Edward W, *Culture and Imperialism*, New York: Alfred A. Knopf, 1994.

Said, Edward W, *Orientalism*, New York: Vintage Books, 1979.

Said, Edward W, *Reflections on Exile and Other Essays*, Cambridge: Harvard University Press, 2000.

Saint-Etienne, Christian, *The Great Depression, 1928 – 1938: Lessons for the 1980s*, California: Hoover Institurion Press, 1984.

Schneider, Dorothy, and Carl J. Schneider, *American Women in the Progressive Era, 1900 – 1920*, New York: Facts on File, 1993.

Schueller, Malini Johar, *U. S. Orientalisms: Race, Nation, and Gender in Literature 1790 – 1890*, Ann Arbor: The University of Michigan Press, 1998.

Schwartz, Benjamin, "The Thought of the Tao-te-ching", *Lao-tzu and the Tao-te-ching*, eds. Kohn, Livia and Michael Lafargue, New York: State University of New York Press, 1998.

Shaw, Samuel, "Knavery and Idolatry", *The American Image of China*, eds. Benson Lee Grayson. New York: Frederick Ungar Publishing CO. , 1979.

Smith, Anna, *Julia Kristeva: Readings of Exile and Estrangement*, New Zealand: Macmillan Press, 1996.

Smith, Henry Nash, *Virgin Land: The American West as Symbol and Myth*, Cambridge: Mass. , 1950.

Simonson, Harold P. , *Beyond the Frontier: Writers, Western Regionalism and a Sense of Place*, Texas Christian University Press, 1989.

Sommerville, Margaret R. , *Sex and Subjection: Attitudes to Women in Early-Modern Society*, London: Arnold, 1995.

Spencer, Cornelia, *The Land of the Chinese People*, New York: J. B. Lippincott Company, 1964.

Spence, Jonathan D. , *The Chan's Great Continent: China in Western Minds*, New York: W. W. Norton & Company, 1998.

Spivak, Gayatri Chakravorty, *A Critique of Postcolonial Reason: Toward a History of the Vanishing Present*, Cambridge: Harvard University Press, 1999.

Steans, Jill, *Gender and International Relations: An Introduction*, Cambridge: Pility Press, 1998.

Stearns, Peter N, *Gender in History*, Routledge: 2nd Revisededition, 2006.

Stirling, Nora, *Pearl Buck, Woman in Conflict*, Piscataway: New Century

Publishers, Inc. , 1983.

Stoeltje, Beverly J, "A Helpmate for Man Indeed", *The Journal of American Folklore*, Vol. 88, No. 347, 1975.

Sun-Yat-Sen, *Memoirs of a Chinese Revolutionary: A Programme of National Reconstruction for China*, New York: Ams Press, 1979.

Tang, Yijie, Preface, *The Analects*, By Confucius, Trans. Arthur Waley, Beijing: Foreign Language Teaching and Research Press, 1998.

Turner, Frederick Jackson, "The Significance of the Frontier in American History", *Frontier and Section: Selected Essays of Frederick Jackson Turner*, ed. Ray Allen Billington, Englewood Cliffs, 1961.

Utley, Freda, *The China Story*, Chicago: Henry Regnery Company, 1951.

Wallace, Margaret, "When East and West Meet in China: Mrs. Hobart's Fine Novel Places Two Civilizations in Juxtaposition", *The New York Times Book Review*. October 8, 1933.

Waln, Nora, *The House of Exile*, Boston: Little, Brown, and Company, 1933.

Welter, Barbara, "The Cult of True Womanhood, 1820 – 1860", *Dimity Convictions: The American Women in the Nineteenth Century*, Athens: Ohio University Press, 1976.

Wang, Peng, *The American Woman in Exile: Alice Tisdale Hobart and Her China Narrative*, Shandong University Press, 2012.

Williams, Dave, *Misreading the Chinese Character: Images of the Chinese in Euroamerican Drama to 1925*, New York: Peter Lang Publishing, Inc. , 2000.

Williams, Frederick Wells, *The Life and Letters of Samuel Wells Williams, LL. D. Missionary, Diplomatist, Sinologue*, New York: Press of G. P. Putnam's Sons, 1988.

Williams, WilliamAppleman, *Tragedy of American Diplomacy*, New York:

Dell Publishing Co. , 1962.

Winks, Robin W. and James R. Rush, eds. , *Asia in Western Fiction*, Manchester: Manchester University Press, 1990.

Woloch, Nancy, *Women and the American Experience*, McGraw-Hill Education, 2010.

Wu, William F, *The Yellow Peril: Chinese Americans in American Fiction 1850–1940*, Hamden: The Shoe String Press, Inc. , 1982.

Xiao, Hong, *Selected Stories of Xiao Hong*, Trans. Howard Goldblatt, Beijing: Chinese Literature, 1982.

Xiao, Hong, *Two Novels By Hsiao Hung: The Field of Life and Death and Tales of Hulan River*, Trans. Howard Goldblatt and Ellen Yeung, Bloomington: Indiana University Press, 1979.

Yahuda, Michael, "The Changing faces of Chinse nationalism: The dimensions of statehood", *Asian Nationalism*, ed. Michael Leifer, New York: Routledge, 2000.

Yao, Hsian-Nung, "Exile: Portrait of an American Mother", *The China Critic*, 30 April. 1936.

Yegenoglu, Meyda, *Colonial Fantasies: Towards a Feminist Reading of Orientalism*, Cambridge University Press, 1998.

Yue, Daiyun, *Comparative Literature and China—Overseas Lectures by Yue Daiyun*, Beijing: Peking University Press, 2004.

Zhao, Yifan, "Agnes Smedley: An American Intellectual Pilgrim in China", Diss. Harvard University, 1989.

Zhu, Gang, *Twentieth Century Western Critical Theories*, Shanghai: Shanghai Foreign Language Education Press, 2001.

中文文献

阿英编:《反美华工禁约文学集》, 中华书局 1958 年版。

[美] 爱德华·W. 萨义德:《东方学》, 王宇根译, 生活·读书·新

知三联书店 1999 年版。

［日］北川东子：《齐美尔：生存形式》，赵玉婷译，河北教育出版社
    2002 年版。

［美］彼得·康：《赛珍珠传》，刘海平等译，漓江出版社 1998 年版。

曹子渔：《缠足论》，《教会新报》，华文书局股份有限公司影印本。

陈独秀：《今日中国之政治问题》，《新青年》1918 年第 5 卷第 2 号。

陈独秀：《偶像破坏论》，《新青年》1918 年第 5 卷第 2 号。

陈独秀：《本志罪案答辩书》，《新青年》1919 年第 6 卷第 1 号。

陈独秀：《新青年》，《新青年》1916 年第 2 卷第 1 号。

陈独秀：《东西民族根本思想之差异》，《青年杂志》1915 年第 1 卷第
    4 号。

陈独秀：《陈独秀著作选编》（第 1 卷），上海人民出版社 2010 年版。

陈君静：《大洋彼岸的回声：美国中国史研究历史考察》，中国社会科
    学出版社 2003 年版。

陈顺馨、戴锦华选编：《妇女、民族与女性主义》，中央编译出版社
    2004 年版。

《陈友仁对宁案提出抗议》，《民国日报》1927 年 4 月 3 日第 3 版。

杜维明：《"五四"的困境在过分的政治化，今天的突破要面对四个
    课题》，郭齐勇、郑文龙编《杜维明文集》，武汉出版社 2002 年版。

《对外舰开炮将抗议》，《大公报》1927 年 3 月 31 日第 2 版。

范存忠：《中国园林和十八世纪英国的艺术风尚》，周国珍译，《中国
    比较文学》1985 年第 1 期。

《反英声中之汉口两工潮》，《大公报》1927 年 1 月 9 日第 6 版。

［美］费正清：《美国与中国》，张理京译，世界知识出版社 2003
    年版。

［美］费正清：《伟大的中国革命》，刘尊棋译，世界知识出版社 2003
    年版。

［德］格尔特雷特·雷娜特：《穿男人服装的女人》，张辛仪译，漓江
    出版社 2000 年版。

［德］顾彬：《关于"异"的研究》，曹卫东编译，北京大学出版社
　　1997年版。

顾钧：《在中美之间——对赛珍珠小说的形象学解读》，博士学位论
　　文，北京大学，2001年。

［中］辜鸿铭：《中国人的精神》，黄兴涛、宋小庆译，海南出版社
　　1996年版。

顾文炳：《阴阳新论》，辽宁教育出版社1993年版。

郭英剑编：《赛珍珠评论集》，漓江出版社1999年版。

汉一：《毁家论》，《辛亥革命前十年时论选集》，第2卷下册，三联
　　书店1963年版。

［美］哈利·弗兰克：《百年前的中国：美国作家笔下的南国纪行》，
　　符金宇译，四川人民出版社2018年版。

［美］哈罗德·伊萨克斯：《美国的中国形象》，于殿利、陆日宇译，
　　时事出版社1999年版。

［美］亨利·纳什·史密斯：《处女地：作为象征和神话的美国西
　　部》，薛蕃康、费翰章译，上海外语教育出版社1991年版。

胡素萍：《李佳白与尚贤堂——清末民初在华传教士活动个案研究》，
　　《史学月刊》2005年第9期。

胡适：《编辑后记》，《独立评论》1935年3月第142号。

胡适：《请大家来照照镜子》，《胡适文存》第3集，黄山书社1996
　　年版。

花之安：《西姐东，禁溺女儿》，《近代中国史料丛刊》第3编第
　　80辑。

黄万华：《传统在海外：中华文化传统和海外华人文学》，山东文艺出
　　版社2006年版。

黄万华：《"边缘"的活力》，黄万华主编《多元文化语境中的华文文
　　学》，山东文艺出版社2004年9月。

黄锡培：《回首百年殉道血》，美国中信出版社2010年版。

［德］霍克海默、阿尔多诺：《启蒙辩证法》，洪佩郁等译，重庆出版

社 1990 年版。

家庭立宪者:《家庭革命说》,张枬、王忍之编《辛亥革命前十年间
　　时论选集》第 1 卷下册,生活·读书·新知三联书店 1979 年版。

鞠普:《毁家谭》,《辛亥革命前十年间时论选集》第 3 卷,生活·读
　　书·新知三联书店 1963 年版。

孔范今:《二十世纪中国文学史》,山东文艺出版社 1997 年版。

[美]孔华润:《美国对中国的反应——中美关系的历史剖析》,张静
　　尔译,复旦大学出版社 1989 年版。

雷雨田:《上帝与美国人——基督教与美国社会》,上海人民出版社
　　1994 年版。

李大钊:《万恶之源》,《李大钊选集》,人民出版社 1959 年版。

李定一:《中美早期外交史》,北京大学出版社 1997 年版。

李佳白:《李佳白博士重达其对于中国之友谊计划》,《国际公报》
　　1927 年第 5 卷第 41、第 42 期合刊。

李佳白:《尚贤堂第五十二、五十三期半年报告》,《国际公报》1924
　　年第 2 卷第 78 期。

李书敏、严平、蔡旭主编:《萧红散文小说选》,重庆出版社 1999
　　年版。

黎照编:《鲁迅梁实秋论战实录》,华龄出版社 1997 年版。

梁启超:《记华工禁约》,《饮冰室合集》第 7 册,中华书局 1989
　　年版。

梁启超:《清代学术概论》,上海古籍出版社 2006 年版。

林湄:《边缘作家视野里的风景》,黄万华主编《多元文化语境中的华
　　文文学》,山东文艺出版社 2004 年版。

林语堂:《中国人》,郝志东、沈益洪译,学林出版社 1994 年版。

刘海平主编:《文明对话:本土知识的全球意义》,上海外语教育出版
　　社 2002 年版。

刘海平主编:《世纪之交的中国与美国》,上海外语教育出版社 2000
　　年版。

刘世南选注：《黄遵宪诗选注》，上海古籍出版社1986年版。

鲁迅：《〈出了象牙之塔〉后记》，《译文序跋集》，人民文学出版社 2006年版。

鲁迅：《狂人日记》，《新青年》1918年第4卷5号。

鲁迅：《呐喊·自序》，《鲁迅全集》第1卷，人民文学出版社2005 年版。

鲁迅：《摩罗诗力说》，《鲁迅全集》第1卷，人民文学出版社2005 年版。

罗志田：《国家与学术：清季民初关于"国学"的思想论争》，生 活·读书·新知三联书店2003年版。

毛如升：《勃克夫人的创作生活》，《文艺月刊》1933年第4卷第 6期。

孟华：《移花接木的奇效：从儒学在17、18世纪欧洲的流传看误读的 积极作用》，乐黛云等主编《独角兽与龙——寻找中西文化普遍性 中的误读》，北京大学出版社1997年版。

孟华主编：《比较文学形象学》，北京大学出版社2001年版。

［德］齐美尔：《社会是如何可能的——齐美尔社会学文选》，林荣远 编译，广西师大出版社2002年版。

［德］西美尔：《时尚的哲学》，费勇等译，北京文化艺术出版社2000 年版。

［匈牙利］乔治·卢卡奇：《历史和阶级意识》，张西平译，重庆出版 社1989年版。

《青黄不接之南京城》，《大公报》1927年3月26日第2版。

［美］赛珍珠：《我的中国世界》，尚营林译，湖南文艺出版社1991 年版。

慎予：《取缔外人在华的反宣传机关》，《民国日报》1927年4月 2日。

［美］斯皮瓦克：《三个女性文本和一种帝国主义批评》，马海良译， 罗钢、刘象愚主编《后殖民主义文化理论》，中国社会科学出版社

1999 年版。

颂民：《群众宜注意南京事》，《民国日报》1927 年 3 月 28 日第 3 版。

宋伟杰：《中国·文学·美国：美国小说戏剧中的中国形象》，花城出版社 2002 年版。

［美］斯蒂格勒：《技术与时间》，裴程译，译林出版社 2000 年版。

孙中山：《三民主义》，岳麓书社 2000 年版。

谭嗣同：《仁学——谭嗣同集》，辽宁人民出版社 1994 年版。

王恩铭：《20 世纪美国妇女研究》，上海外语教育出版社 2002 年版。

王立新：《美国对华政策与中国民族主义运动（1904—1928）》，中国社会科学出版社 2000 年版。

吴光华主编：《汉英大辞典》，上海交通大学出版社 1997 年版。

伍晓明：《吾道一以贯之：重读孔子》，北京大学出版社 2003 年版。

［法］西蒙娜·德·波伏娃：《第二性》，陶铁柱译，中国书籍出版社 1998 年版。

夏志清：《张爱玲给我的信件》，《联合文学》1997 年第 13 卷 7 期。

萧红：《呼兰河传》，解放军文艺出版社 2000 年版。

萧红：《生死场》，《萧红全集》，哈尔滨出版社 1991 年版。

解本亮：《凝视中国：外国人眼里的中国人》，民族出版社 2004 年版。

《新加坡华侨之流血》，《大公报》1927 年 3 月 16 日第 1 版。

［法］雅克·德里达：《访谈代序》，《书写与差异》，张宁译，生活·读书·新知三联书店 2001 年版。

颜子魁：《1885 年美国屠杀华工的石泉事件》，黄同成译，《岭南文史》1984 年第 1 期。

杨联芬：《晚清至五四：中国文学现代性的发生》，北京大学出版社 2003 年版。

杨玉圣：《中国人的美国观：一个历史的考察》，复旦大学出版社 1996 年版。

《扬子江面又一惨剧》，《大公报》1927 年 3 月 8 日第 6 版。

《英美两国军舰一小时大炮四十发又兼机关枪扫射，市民外侨皆因此而死》,《晨报》1927 年 3 月 27 日第 2 版。

《英美舰开炮轰击:大掠夺!大火灾!!市民死伤无数惨不忍睹,外侨亦传有受伤者》,《晨报》1927 年 3 月 26 日第 2 版。

《英舰在粤暴行》,《大公报》,1927 年 3 月 30 日第 3 版。

乐黛云:《跨文化之桥》,北京大学出版社 2002 年版。

乐黛云等主编:《独角兽与龙——寻找中西文化普遍性中的误读》,北京大学出版社 1995 年版。

乐黛云、张辉主编:《文化传递与文学形象》,北京大学出版社 1999 年版。

张弘等:《跨越太平洋的雨虹:美国作家与中国文化》,宁夏人民出版社 2002 年版。

张芸:《别求新声于异邦:鲁迅与西方文化》,中国社会科学出版社 2004 年版。

赵家璧:《勃克夫人与黄龙》,《现代》1933 年第 3 卷第 5 期。

赵士骏:《李佳白博士之略历》,《国际公报》1927 年第 5 卷第 45、第 46 期合刊。

赵一凡:《超越东方主义:中美文化关系 21 世纪展望》,刘海平主编《世纪之交的中国与美国》,上海外语教育出版社 2000 年版。

朱刚:《新编美国文学史第二卷》,上海外语教育出版社 2002 年版。

朱刚:《二十世纪西方文艺文化批评理论》,扬智出版社 2002 年版。

朱骅:《赛珍珠与何巴特的中美跨国写作:论来华新教女传教士的"边疆意识"》,博士学位论文,复旦大学,2010 年 3 月。

周宁编著:《2000 年西方看中国》,团结出版社 1999 年版。

周宁:《天朝遥远——西方的中国形象研究》,北京大学出版社 2006 年版。

周宁:《世界之中国:域外中国形象研究》,南京大学出版社 2007 年版。

后　记

　　看着地图上科蒂奇·格罗夫（Cotage Grove）、橡树岭（Oakridge）等这些何巴特作品中提到的名字，感觉那么的熟悉，却又那么的陌生。鼠标沿着何巴特行走的路线一路滑动，向西，向西，一直向西，直到来到中国，然后追随着她的足迹，再一次踏遍她在中国走过的山山水水。眼前恍惚出现了一个背影，一位娇弱的女性迈着坚定的步伐孤独地前行。触摸着这段历史，心灵和着那个时代的脉搏一起跳动，感受着那个时期这样一位女性在异国他乡的艰辛和伟大，竟然感动莫名，潸然泪下。历史总给人以厚重的感觉，历史总会在不经意间触动你心中最柔弱的那根弦。

　　感谢何巴特，感谢那些曾经踏上、正在踏上和即将踏上中国的土地，并用真诚的心去感受她、描述她的所有的异乡人。

　　感谢我的硕士、博士和博士后的三位导师！是他们给了我学术上的生命！我的硕士生导师王誉公教授把我带进了美国文学研究的殿堂，我的博士生导师刘海平教授为我指明了研究的方向，我的博士后导师黄万华教授，则指出了我研究方法上的欠缺，引导着我在这条道路上继续深入前行。感谢张子清教授，感谢他在生活、学习、工作中不断为我指点迷津。

　　感谢南京大学教给了我批判的意识，感谢山东大学让我懂得了对作者要有理解之同情。感谢外文系教给了我小处着手、小心求证，感谢中文系教给了我大胆假设、要有普世精神和人文情怀。

感谢美国俄勒冈大学图书馆、俄勒冈大学的王旭光老师以及我的同学张金良和凌建娥在资料方面给我提供的帮助。

感谢美国康奈尔大学的舍曼·科克伦教授给我分享他多年前为《中国灯油》的再版所撰写的序言。

感谢英国著名传记作家希拉里·斯波林（Hilary Spurling）在《埋骨：赛珍珠在中国》（*Burying the Bones：Pearl Buck in China*）尚未出版前就给我寄来了她的部分书稿。也恭喜她凭借此书荣获 2011 年布莱克传记大奖。

感谢我的书中出现了和没有出现名字的文学和评论界的前辈们！从他们的著作中我不断地汲取着营养，虽然书中未必出现他们的名字，但是我思想的形成和他们的著作密不可分！

感谢我的家人，感谢他们带给我的无私的爱！

感谢唐顺对本书所做的修改、润色！

感谢中国社会科学出版社的曲弘梅老师和慈明亮老师为本书的出版所做出的辛苦付出和不懈努力！

需要感谢的实在太多太多……如同一株卑微的小草，需要感谢的却是整个宇宙。

怀着感恩的心前行！